Herausgegeben von Bernhard Roloff
und Georg Seeßlen

# Grundlagen des populären Films 4

Kino, das ist Faszination, Traum und Vergnügen. Das Kino spiegelt unsere Ängste und Wünsche. Das Kino entführt uns aus der Alltagswirklichkeit und ist doch zugleich ein Kommentar zu ihr. Das Kino verstehen heißt deshalb auch die Gesellschaft und unsere Rolle in ihr verstehen.

Der populäre Film ist die Form des Kinos, die Unterhaltung für alle bieten will. Er bedient sich dazu bestimmter Genres, die von der Erwartungshaltung des Publikums geprägt sind. Sein Wesen ist die Schaffung und Aufrechterhaltung von Mythen, in denen sich moralische und kulturelle Vorstellungen verdichten.

Die zehnbändige Reihe «Grundlagen des populären Films», herausgegeben von Bernhard Roloff und Georg Seeßlen, bringt einen neuen Ansatz in die Filmliteratur. Hier werden erstmals die wichtigsten Genres des Unterhaltungsfilms erschlossen: ihre Geschichte beschrieben, ihre Merkmale erklärt und ihre sozialen Bezüge ermittelt.

Der Science-fiction-Film, eine Herausforderung für Tricktechniker und Maskenbildner, war schon immer ein Spiegelbild gesellschaftlicher Träume und Ängste – von den ersten Jules Verne-Verfilmungen des Franzosen Georges Méliès bis hin zu den philosophischen Space Operas wie Kubricks «2001 – A Space Odyssee» oder John Carpenters «Dark Star» und den modernen Weltraum-Märchen wie «Star Wars». Den Sinn für das Wunderbare und die Macht der Phantasie zu erhalten, hat der Science-fiction-Film ebensoviel beigetragen, wie er in Zeiten ideologischer Verdüsterung kollektive Neurosen und aggressive Propaganda transportieren konnte. Die Geschichte des Genres, die hier vor dem zeitgeschichtlichen und kulturellen Hintergrund entwickelt wird, ist eine faszinierende und aufschlußreiche Nebenlinie der Filmgeschichte.

Programm Roloff und Seeßlen

Georg Seeßlen

# Kino des Utopischen

## Geschichte und Mythologie des Science-fiction-Films

Mit einer Bibliografie von Jürgen Berger

rororo
Rowohlt

Originalausgabe
Redaktion Ludwig Moos
Umschlagentwurf Heinz Waldvogel
(Umschlagbild: «This Island Earth»)
Frontispiz: Werbemotiv zu «Star Wars» (Centfox)
Für die Bereitstellung der Filmfotos danken wir den Verleihanstalten
Veröffentlicht im Rowohlt Taschenbuch Verlag GmbH,
Reinbek bei Hamburg, Mai 1980
Die Taschenbuchausgabe erfolgt mit freundlicher Genehmigung
des Verlages B. Roloff (Programm Roloff & Seeßlen),
8919 Schondorf/Ammersee

Satz Times (Linotron 404)
Gesamtherstellung Clausen & Bosse, Leck
Printed in Germany
980-ISBN 3 499 17334 4

# Inhalt

«Ich holte Atem, biß die Zähne zusammen, faßte den Vorwärtshebel mit beiden Händen und ging mit einem dumpfen Schlag los. Das Laboratorium wurde neblig und dunkel. Mrs. Watchett kam herein und ging, offenbar ohne mich zu sehen, zur Gartentür. Sie wird wohl eine Minute oder so gebraucht haben, um durchs Zimmer zu gehen, aber mir kam es vor, als schösse sie wie eine Rakete hindurch. Ich drückte den Hebel zu seiner äußersten Lage hinüber. Die Nacht kam, wie wenn man eine Lampe ausbläst, und im nächsten Moment kam der Morgen. Das Laboratorium wurde blaß und verschwommen, dann blasser. Hierauf kam schwarze Nacht, dann wieder Tag, wieder Nacht, wieder Tag, schneller und immer noch schneller. Ein wirbelndes Murmeln füllte mir die Ohren, und eine seltsam dumpfe Verwirrung senkte sich auf meinen Geist.»

H. G. Wells: Die Zeitmaschine (1895)

# Vorwort

Das Kino des Utopischen, der Science-fiction-Film, ist ein Genre, das mehr als andere ein direktes Echo auf gesellschaftliche Ideen und Wirklichkeiten vermittelt, und zugleich ein Genre, das sich am meisten von den Begrenzungen der Wirklichkeit entfernen kann, um eine reine Kino-Welt zu entwerfen. Alltäglich ist es kaum, was da gezeigt wird, und jeder noch so triviale Science-fiction-Film vermittelt so etwas wie ein Konzept von der Welt und der Art, wie die Menschen sie sich aneignen oder aus ihr vertrieben werden. Fast zu offensichtlich ist, daß sich Science-fiction-Filme als Modell ideologiekritischer Diskurse eignen: Was sich bei Filmen anderer Genres erst bei genauerem Hinsehen offenbart, liegt hier schon an der Oberfläche, nämlich daß jeder Film seinem Wesen nach eine politische Botschaft hat. Aber weil das eben nur die eine Seite des Genres ist, soll in diesem Buch versucht werden, die Analyse nicht als Abwehr, sondern als Zugang zu sehen. Es geht darum, den Science-fiction-Film zu verstehen, nicht ihn in ein enges Beurteilungsraster zu pressen.

Nur ganz selten versteigt sich der Science-fiction-Film dazu, positive Utopien zu entwerfen, eine Welt zu konstruieren, in der zu leben sich lohnen würde. Die Mehrzahl aller Filme des Genres spricht vom Schrekken, den die Zukunft für uns bereithalten könnte, vom Schrecken, der in unserer Gegenwart schon angelegt ist. Es kann also nicht verwundern, daß sich wie ein roter Faden durch die Darstellung der Geschichte des Genres das zieht, was Susan Sontag die «Katastrophenphantasie» genannt hat, eine spezifische Form der Angstabwehr. Der Science-fiction-Film behandelt, so verschlüsselt, wie es das populäre Kino nun einmal muß, unsere Vorbehalte gegenüber der gesellschaftlichen Entwicklung, und er tut dies zumeist auf eher konservative, nicht selten reaktionäre Weise. Einen schönen, einen freundlichen Science-fiction-Film unter dem Wust von Schreckensvisionen zu finden fällt schwer – aber es gibt auch solche Filme im Genre, und es gibt «große Momente» immer wieder in seiner Geschichte, in denen es bildhafte Entwürfe, faszinierende, schreckliche und schöne, gibt, die sich so in keiner anderen Form des Kinos finden.

Drei Aufgaben soll dieses Buch erfüllen: eine möglichst umfassende Darstellung des Genres und seiner sozialpsychologischen, politischen und literarischen Quellen, die auch denen das Kino des Utopischen (bzw. des Anti-Utopischen) nahebringen, die sich nicht gerade zu den Aficionados des Genres zählen; weiter eine Darstellung der «Ideengeschichte» des Science-fiction-Films, der filmischen Bewältigungsversuche für eine Welt, die durch technologischen und sozialen Fortschritt für das Individuum gefährlich tautologisch wird, und der «phantastischen Reisen», die aus der enger und enger werdenden Welt fliehen lassen, und die Darstellung dessen, was sich im Genre als *sense of wonder*, als die Lust am Phantastischen entwickelt hat, schließlich die Darstellung der spezifischen Filmsprache der Science-fiction mit ihren Konstanten und Variablen.

Wir danken allen, die uns beim Zustandekommen dieses Buches geholfen haben, vor allem Christian Rost, Fernand Jung, Jürgen Berger und Susan Huxley vom British Film Institute, die uns bei Bild- und Materialbeschaffung behilflich waren. Zu besonderem Dank sind wir Herrn Rolf Giesen verpflichtet, der das Manuskript kritisch durchsah und uns manchen wertvollen Hinweis gab. So konnte eine Aufbereitung der filmhistorischen Fakten erreicht werden, die zusammen mit den von Rolf Giesen verfaßten Büchern zum Thema, «Der Science Fiction-Film» (Lexikon), «Der Phantastische Film» (wissenschaftliche Untersuchung) und «Science Fiction» (Filmbeschreibungen), die wohl umfassendste systematische Darstellung des Genres überhaupt darstellen dürfte.

*Die Herausgeber*

# Mythologie der Science-fiction

# Elemente der Science-fiction-Literatur

## Von der philosophischen zur phantastischen Reise

In der Reiseliteratur der Spätaufklärung in der zweiten Hälfte des achtzehnten Jahrhunderts tobte der Kampf zwischen Nutzen und Sinnlichkeit und trieb die Helden in der Welt und in der Heimat umher. Das Problem der Vermittlung zwischen persönlicher Erfahrung und allgemeiner Erkenntnis, zwischen individueller Praxis und gesellschaftlicher Theorie löste sich am ehesten noch in der Reise, auf welcher Erfahrungen gesammelt und mit der Theorie in Übereinstimmung gebracht werden konnten. Allen Forschern, Philosophen und Literaten, ob sie nun aus heutiger Sicht eher einem konservativen oder einem liberalen Verständnis zuzuordnen wären, war aufgegeben, der Herausforderung des Sinnlichen durch die Anwendung der Vernunft zu begegnen. Die angestrebte Freiheit des Menschen, die Überwindung seiner Unmündigkeit bedeutete, die Kontrolle des Menschen durch die direkte Abhängigkeit in bedingungslosem Gehorsam zu ersetzen durch die Fähigkeit des Menschen, sich selbst zu beherrschen, seine anarchischen Leidenschaften durch stete, vernünftige Überprüfung zu zügeln und gesellschaftliche Herrschaft einsichtig als rationale Notwendigkeit zu begreifen. Von der historischen Kraft der Vernunft wurde erwartet, daß sie zu diesem Zwecke klare Grundsätze und einfache Gesetze herzustellen imstande sei. Mit den Grundsätzen der Logik hätte sich jedes individuelle Problem zur Lösung bringen lassen müssen.

Die Voraussetzung dafür war die Klarheit der Welt. Es mußte einmal aufgeräumt werden mit all dem Dunklen, Geheimnisvollen, Magischen, Mystischen; ein für allemal mußte das Unerklärliche aus der Welt geschafft werden. Die Vernunft mußte herrschen, mit solch absolutem Machtanspruch wie vordem die Könige und Götter, und so mußte die Eroberung in ihrem Namen, die Forschung, zum zentralen Wunschtraum und zur einzigen völligen mythischen Befriedigung werden. Die Vernunft hatte dabei einen Kampf mit der Natur begonnen, der bis in unsere Gegenwart reicht und der die endgültige Niederlage der Natur als negative Utopie produziert hat. Dieser lange, damals begonnene «Krieg» ist das Thema der Science-fiction geworden.

Immanuel Kant hat dazu eine philosophische Legitimation gegeben: «Die Vernunft muß mit ihren Prinzipien nach denen allein übereinkommende Erscheinungen für Gesetze gelten können, in einer Hand, und mit dem Experiment, das sie nach jenen ausdachte, in der anderen, an die Natur gehen, zwar um von ihr belehrt zu werden, aber nicht in der Qualität eines Schülers, der sich alles vorsagen läßt, was der Lehrer will, sondern eines bestallten Richters, der die Zeugen nötigt, auf die Fragen zu antworten, die er ihnen vorlegt» («Kritik der reinen Vernunft»).

Darin steckt nicht nur die Dominanz menschlicher Vernunft über die «wilde» Natur, sondern auch die Ablehnung der natürlichen und göttlichen Bestimmung, sozusagen die Emanzipation von allem, was sich nicht lenken und mit Gesetzen berechnen läßt. Damit verbunden ist der Anspruch auf die Konstruktion der Welt nach den vom Menschen selbst gesetzten Maßen; die Reise ist ein philosophischer Akt, in dem der Natur ihr Geheimnis entrissen und das Vakuum mit vernünftiger, menschlicher Herrschaft gefüllt wird. Der Kolonialismus ist eine wirtschaftliche und politische, und auch, wie sich hier belegen läßt, eine philosophische «Notwendigkeit»; ohne ihn läßt sich der aufklärerische Prozeß nicht durchführen (genauer: der Mythos der Vernunft verlöre seine Dynamik).

Das Geheimnisvolle und Unerklärte soll aus der Welt geschafft werden, damit man mit klaren Grundsätzen frei leben kann. In diesem Anspruch aber steckt auch schon der Kern der späteren Verzweiflung, der Melancholie und «Dekadenz» der Vor-Romantik und Romantik. Die Natur ist vom Übernatürlichen befreit, und der Mensch von der unerklärten Natur in sich selbst – scheinbar. Gott ist weit entfernt von den Äußerungen der Welt. Aber ist nun die Vernunft ein Teil der Natur, so auch alle aus ihr abgeleiteten Regeln und Prinzipien; das heißt, letztlich wäre das ordnende Eingreifen der Vernunft überflüssig, ja irreal: Der Richter, in Kants Beispiel, könnte sich vom Zeugen nicht mehr unterscheiden. Wäre aber die Vernunft von der Natur unterschieden, so müßte sie sich zwangsläufig dem Übernatürlichen annähern, denn sie ließe sich nicht mehr auf verläßliche (Natur-)Gesetze zurückführen. Die Emanzipation des Menschen durch die Vernunft war auf der einen Seite durch Absurdität, auf der anderen durch die Entfremdung der Denaturierung bedroht.

So mußte das Verhältnis des Menschen zur Natur in einem dynamischen, Anpassungsfähigkeit produzierenden Prozeß gedeutet werden. Das heißt, der Mensch mußte die Natur verändern, in einem stetigen expansiven, wenn man so will, auch aggressiven Vorgang, dessen ideelle Grundlage das Ethos der Arbeit war. Denn wo sie das Geheimnis zu verlieren hatte, da war der Natur auch alles Idyllische und Arkadische abgesprochen: Die Natur hatte vernünftig zu sein wie die Vernunft natürlich. Der Beweis ward durch ihre Ausbeutung erbracht.

Aber zugleich erhält das Fremde auch seine eigenen Autonomien.

«Auch das Fremde im europäischen Menschen wird zu einem der großen Themen der Zeit. Der Wahnsinn wechselt aus dem Raum reiner Abweichung in den seiner eigenen Wahrheit, die eng mit der Wahrheit der Vernunft verbunden ist. Die Befragung des Wahnsinnigen, des Wilden und des Kindes durchkreuzt im 18. Jahrhundert die Suche des Menschen nach seiner Positivität. (...) Der Zweifel der Aufklärung, ob die Zivilisation eine Denaturierung, eine grandiose Verzerrung und Verdekkung des Natürlichen sei, lenkt die Aufmerksamkeit der Philosophen, Anthropologen und Pädagogen auf die Kerker der Irrenhäuser, die Südseeinseln und die Kinderstuben, wo sie eine entfesselte Vernunft, einen natürlichen Gesellschaftszustand und unverfälschte Bedürfnisse zu finden hoffen. Diese stammelnden, singenden und plappernden Stimmen, die so lange Zeit unbeachtet geblieben waren, vermischen sich jetzt mit dem hominististischen Diskurs und pluralisieren die Vorstellung vom Menschen» (Uwe Japp).

So wird die Situation immer bedrohlicher, wo eine um die andere Hoffnung der Aufklärer sich nicht erfüllt. Die Realität der Wilden, der Wahnsinnigen und sogar auch die der Kinder läßt sich mit ihrer Vernunft weder deuten noch ertragen. In der Folgezeit wird der Anspruch gegenüber der Natur immer gewalttätiger, ein Prozeß, der sich auch in der Reiseliteratur nachvollziehen läßt. Wird vorderhand nur beschrieben, was zu beobachten und zu erklären war, so wird immer mehr der Kampf und die Gefahr bedeutsam. Und auch in den Motivationen der Reisenden selber ergeben sich Verschiebungen und Spannungen; zur äußeren gesellt sich die innere Gefahr: die Expeditionen schleppen ihre eigenen Bösewichte mit ins jungfräuliche Land.

Um einer geistigen Selbstaufgabe zu entgehen und einen einmal gesetzten Bezugsrahmen zu verteidigen, mußte man im Interesse der Vernunft Zwangsmaßnahmen gegen die zunächst beobachteten «unzivilisierten» Zustände legitimieren. Im Namen der Vernunft wurden ebenso viele Verbrechen begangen wie im Namen Gottes und der großen Reiche. Hatte man einmal die Hoffnung begraben, in den menschlichen Rudimentärzuständen die Entstehung der Vernunft zu sehen (und damit endlich ihre natürliche Bestimmung, aber auch ihr Fortschreiten zu beweisen), so war nun diese Unvernunft die größte Bedrohung. Parallel dazu, daß die Helden von Reise- und Abenteuerromanen im neunzehnten Jahrhundert (wo sich die Aufklärung im bürgerlichen Alltag festgefressen hat) immer mehr mit wilden Tieren und Menschen zu kämpfen haben, läßt sich beobachten, wie auch die Pädagogik und die Psychiatrie immer militanter werden. Der Feldzug gegen die Unvernunft hatte nun gleichsam realpolitische Dimensionen erreicht, und er gab zunehmend seinen politisch-ökonomischen Kern preis.

So wird deutlich, wie wenig diese philosophischen Auseinandersetzungen abstrakte Denkspiele in einem luftleeren Raum waren. Der Kampf um ein neues Selbstverständnis setzte sich fort im Alltagsleben, im Verhältnis der Eltern zum Kind, im Verhältnis des Mannes zur Frau, im Verhältnis zwischen Herrn und Knecht. Niemand brauchte die Philosophen wirklich zu lesen, um in ein Spannungsfeld der schwierigen Konstruktion einer neuen Realität zu geraten. Und wie sich damals die philosophischen Legitimationen in die Reise- und Abenteuerliteratur übersetzen, so werden sie nun, zum Beispiel, in der Science-fiction abgehandelt, denn die Unsicherheiten, die zwischen Aufklärung und Romantik sich im bürgerlichen Bewußtsein verankerten, sind heute so weit von ihrer Beseitigung entfernt wie eh, auch wenn eine Reihe von neuen Erklärungs- und Ordnungssystemen hinzugekommen sind.

Im abenteuerlichen Unterhaltungsroman spielt die Vernichtung der Eingeborenen und ihre Blutrünstigkeit eine immer größere Rolle, wobei häufig dem Gegner die eigene Absicht unterstellt wurde, einem Gegner übrigens, den man sich realiter erst einmal schuf. Die unzivilisierten Wilden der kolonialen Unterhaltung sind nicht weniger «erfunden» als die Wesen aus dem All in der Science-fiction.

Aber obwohl der «philosophische» Herrschaftsanspruch durch immer militantere wirtschaftliche, politische und militärische Mittel gestützt zu werden scheint, läßt sich die Resignation nicht verhindern. Die Aufklärung verliert gerade jene, die maßgeblich an ihrem Zustandekommen beteiligt waren: die Künstler und Philosophen. Es dämmert die Erkenntnis, daß die Natur, wie immer sie sich äußern mag, vom Instrument der Vernunft als gesellschaftlicher, gesellschaftsbildender Kraft nicht beherrscht, sondern nur zerstört werden kann. Zugleich wächst die Furcht vor einem «Zurückschlagen» der unvernünftigen Natur; aus den Kolonien kommt manches Geheimnisvolle und Phantastische in die Heimat, was nächtens spukt, Menschen zum Wahnsinn treibt oder ihren Besitzern die Lebenskraft nimmt. Der romantisch-melancholische Rückschlag trifft auf die Furcht, dieser große Feldzug der Rationalität, dies Ausmerzen des Magischen und Mystischen, diese Verdrängung der vielen Gottheiten zugunsten der Prinzipien sei ein großer Frevel gewesen, der seine Strafe nach sich zieht. Georg Forster, der seine «philosophische Reise» in dem Buch «Dr. Johann Reinhold Forster's und seines Sohnes Georg Forster's Reise um die Welt, auf Kosten der Großbrittanischen Regierung, zu Erweiterung der Naturkenntniß unternommen und während den Jahren 1772 bis 1775 in dem von Captain J. Cook commandirten Schiffe the Resolution ausgeführt» beschrieb, wußte sich noch eins mit seinem gesellschaftlichen Auftrag; aber schon die Helden der amerikanischen Pionierliteratur schleppen eine gehörige Portion Ekel an ihrer Zivilisation mit sich in die Wildnis.

Reisen als existentieller und pädagogischer Vorgang lädt sich mit immer neuen Bedeutungen, oft auch widersprüchlicher Natur auf. Es gibt nun neben den wissenschaftlich dominierten solche privaten, wenn man so will, «sensibilistischen» Reisebeschreibungen wie die von Lavater, welcher seine Reise erneut als religiöse Erfahrung beschreibt: «Religios nenn ich den Reisenden, dem keine Sichtbarkeit genug thut, der sich nach etwas Unsichtbarem umsieht, wie der Dürstende nach einem Brunnen, wie der Verirrte nach einem Wegweiser, wie der in der Finsterniß Tappende nach einem Lichtstrahl! Religios nenn ich den Streber nach etwas Einfachem und Ewigen, das einfacher ist, als Alles, was die fünf Sinnen einfach nennen.» Auf seiner Reise, so ließe sich allegorisch formulieren, was in Wahrheit ein Prozeß über Jahrzehnte bzw. ein Beispiel für die «Ungleichzeitigkeit des Gleichzeitigen» ist, verliert der Reisende sein unbekümmertes Vertrauen in den Empirismus und läßt sich wieder gefangennehmen von der Mystik der Natur – ein merkwürdiger, hundertfünfzig Jahre andauernder Krieg des europäischen und amerikanischen Menschen mit seinen «philosophischen» Widersprüchen.

Es ist nur folgerichtig, daß der Versuch, sich das Fremde durch die Vernunft vertraut zu machen, umschlagen muß in die Faszination durch das Exotische. Aber dieses Exotische, das man im Schatten des Unverstandenen findet, als Form und gar schon wieder als Metapher, wird nur zum Teil in der Fremde belassen, der andere Teil wird zurückgespiegelt an den Ausgangsort: die Kultur selber wird zum Ort des Unheimlichen und faszinierend Grausigen. Ludwig Tiecks Briefroman «William Lovell» aus dem Jahr 1795 ist ein Beispiel für eine neue Art der Reise: die Bewegung von Ort zu Ort bedeutet hier für den Helden, nirgends festgelegt, in keiner Moral, keinem Milieu, keiner Lebensart gänzlich gefangen zu sein. Aus der Bildungsreise, die ein fast notwendiges Sozialisationsinstrument des Großbürgertums gewesen war, ist nun eine seelische Belastungsprobe geworden, und die Rückkehr ist fraglich. So mag die Reise zu einem Synonym für die Krise werden.

Die Behaglichkeit, auch Langeweile des Lebens in guten Vermögensverhältnissen und genau geregelten Lebensformen hat ihre Schrecken, und die erzwungene Fadheit der Frauen treibt hinaus, das Weibliche von wirklicher Bedeutung zu suchen. Rückkehr ist nicht unbedingt Triumph, sondern gelegentlich Entsetzen: «Alle diese Plätze sind stumm geworden, ich finde sie widerwärtig und armselig, da sie mir damals so teuer, so überaus teuer waren», heißt es im zweiten Band des «William Lovell». Es läßt sich nicht mehr verleugnen, daß im Reisen ein Entfremdungsprozeß von der Heimat stattfindet, das reicht von Tiecks Roman und seinen Nachfolgern bis zur Science-fiction-Geschichte von den Astronauten, die bei der Rückkehr die Erde in zerstörtem, wildem, böse verändertem Zustand wieder erreichen oder selbst körperlich oder seelisch so verwandelt sind, daß sie niemand mehr kennt. Zudem fallen nach und nach das Erwartete und das Gefundene auseinander, der Reisende verliert sich in Labyrinthen. Kapitän Nemo hat die Konsequenzen gezogen und verzichtet auf eine Rückkehr; die Reise selbst ist ihm zur Heimat geworden. Und Tarzan, als Lord Greystoke geboren, bleibt in der Wildnis.

Es ist die Geschichte vom «verlorenen Sohn», die sich als roter Faden durch die Reiseliteratur zieht. Zuerst warnt sie vor dem Verlassen von Heimat und Familie, dann, in der Variation der Aufklärung, ist sie gar eine Verpflichtung zum Hinausgehen in die Welt, sie im Namen der Vernunft zu erobern. Schließlich, in der romantischen Unterhaltungsliteratur, wird die Rückkehr zum eigentlichen Problem. Was wird man vorfinden, was wird man mitbringen? (Säkularisiert findet sich dieses sozialpsychologische Thema im Grunde in den meisten trivialen Abenteuerromanen des neunzehnten Jahrhunderts: Die Reisegruppe, die sich im dunklen Herzen des fremden Kontinents, in den phantastischen Welten unter der Erde und in den Ruinen versunkener Kulturen verirrt, dort extrem aggressiven, aber auch extrem friedfertigen oder überzivilisierten Kulturen begegnet, muß sich, mit Schätzen und Erfahrungen überreich ausgestattet, auf die gefahrvolle Rückreise machen; die Frage: wie zurückkehren, verdrängt die Frage: warum und wohin zurückkehren.)

Zusammenfassend läßt sich sagen: In der Reise symbolisiert sich der Widerspruch des durch die Aufklärung initiierten Entfremdungsprozesses; aufgehoben in dem rituellen Akt der Reise ist neben dem Beweis der eigenen Positivität zugleich auch, wie bei Lavater gezeigt, der metaphysische Aspekt einer Gottessuche, die Veränderung der Natur durch die «Vernunft», die Flucht und Entfremdung von der Heimat, von der daheimbleibenden Frau und vom Elternhaus. Wie man sich vom Ursprungsort entfernt, so nähert man sich dem Fremden an, mit jenem Teil seiner selbst, der dem Druck des Verdrängten nicht standhalten konnte und – zumindest – Bilder dafür sucht und der unfähig ist, das Fremde zu unterwerfen. Die Rückkehr bedeutet sodann, daß selber «Fremdheit» mit in die Heimat gebracht wird; die Lust an der Eroberung schlägt zurück in der Furcht, erobert zu werden, vom Magischen und Fremden, vom Phantastischen, das ganz auszumerzen dem bürgerlichen Machtanspruch nicht gelingen konnte. Der Reisende hat das Fremde gesehen, darunter vieles, «was nicht für seine Augen bestimmt war», und er muß nun, wie die Helden vieler phantastischer Romane, damit rechnen, daß es in seinen eigenen Lebensbereich eindringt. Statt gewonnen zu werden, geht Sicherheit auf der Reise verloren. Die Invasions-Stories der Science-fiction lassen sich auch als Ausdruck dieser Furcht sehen, das «schlechte Gewissen» des Kolonialisten, das sich nur in überdimensionalen Projektionen äußern kann. Stellt man einmal alle diese Elemente des Reiseabenteuers nebeneinander, so hat man bereits die Hälfte vom

Themenrepertoire der Science-fiction aufgestellt, unterteilbar in die Eroberung («Space Opera») und den Rückschlag («Invasion»).

Die Aufklärung, die sich später im Positivismus fortsetzen wird, gerät in eine Krise; die Romantik formuliert den Zweifel. Der jeder Reise immanente Aspekt des Utopischen droht von der «romantischen» Anti-Utopie überdeckt zu werden, der «gotische» Schrecken erstickt nicht selten die Konzeption des Zukünftigen. Fast alle utopischen Werke und Staatsromane waren eingebettet in einer Reiseerzählung, in der der Held gleichsam stellvertretend für den Leser Zeuge einer idealen Lebensform wird. Zugleich war der Held aber auch der «Vertreter» des Autors als des Schöpfers dieser Utopie, ein Vermittler. «Aus dieser mehrfachen Aufgabe erklärt sich die typische Gesichtslosigkeit des utopischen ‹Helden› und die entsprechende – oft verständnislos bemängelte – psychologische Flachheit des utopischen Romans» (Martin Schäfer). Mit anderen Worten: Die «reine» Utopie wie die «reine» Reiseliteratur hat in Wahrheit gar keinen echten Helden, an dessen Schicksal man Teilnahme entwickeln könnte; das Subjekt der Erzählung ist die Personifizierung des Übergangs vom Staunen ins Verstehen und vom Zweifel zur Überzeugung in der Utopie. Erst im Umschlag in die romantische Anti-Utopie wird der Held «interessant» als der Außenseiter, der die Bedrohung erkennt und dazu besonders konditioniert, womöglich unter tragischen Konflikten leidend sein muß.

Illustration zu Cyrano de Bergeracs «Reise zum Mond» (1662).

Der Schrecken des «Gotischen», der sich Mitte des neunzehnten Jahrhunderts ausbreitete, betraf die Wiederkehr des Unvernünftigen und des Vorbürgerlichen. Sowohl in der Tatsache, daß «Täter» und «Opfer» – einander zu ähnlich, um Vertreter gänzlich verschiedener Prinzipien zu sein – ihren Kampf austragen, ohne daß die Gesellschaft daran Anteil nimmt, als auch das häufig verwendete Motiv der Geheimbünde veranschaulichen die Furcht der lesenden Bürger, die Kontrolle über ihren Machtzusammenhang, die Errungenschaften ihrer Revolution und die Selbstdisziplinierung zum Zweck rationaler Herrschaft zu verlieren, wo sich unter der Oberfläche die Teile und Grundlagen des Systems verselbständigen. Diese Angst vor der Auflösung rührte nicht nur von der offensichtlichen Unfähigkeit des rationalen Weltbildes her, sämtliche Zweifel an der Beherrschbarkeit der natürlichen Kräfte (auch als Allegorie für die Beherrschung der eigenen Triebhaftigkeit) auszuräumen, sondern auch daher, daß sich im Zuge der Industrialisierung neue soziale Widersprüche herausbildeten. Die bürgerliche Welt mußte sich von einer Revolution bedroht fühlen, zu der sie gar nicht lange zuvor selber das Vorbild geliefert hatte. So mußte der Bürger, um der Erhaltung seiner politischen Macht willen, seine eigene «revolutionäre» Vergangenheit verdrängen. Auf Schritt und Tritt begegnete der bürgerliche Held nun sich selbst und seiner eigenen, bedrohlichen Vergangenheit, die ihn einholte. Kein Wunder also, daß ihn seine Reisen immer mehr statt ins «erklärbare» Ferne ins Unerklärliche, in seine eigenen Abgründe führten. Unter dem Einfluß des Gotischen verwandelte sich die Reise von einem politisch-philosophischen in einen psychologisch-traumhaften Vorgang, bei dem das Phantastische allgegenwärtig schien.

In den «phantastischen Reisen» und den «phantastischen Begegnungen» der *gothic novels* und den ihr verwandten Formen der Unterhaltungsliteratur formten sich die verdrängte Erotik und die verdrängte politische Bedrohung durch die eigene (auch nach dem eigenen Selbstverständnis schmerzhafte) Ungerechtigkeit zu Schreckensvisionen, die das Alte und das Neue, den Feudalismus, die Kirche, die Forschung und die Wissenschaft gleichermaßen betraf: Man war gefangen zwischen Gestern und Morgen. Es ist zum Beispiel wohl durchaus legitim, in der Erschaffung des künstlichen Menschen (am deutlichsten in Mary W. Shelleys «Frankenstein, or the Modern Prometheus») nicht nur den (durchaus nicht eindeutig verurteilten) «Frevel» an der Natur, sondern auch eine unbewußte Allegorie auf die Entstehung einer neuen *Klasse* von Menschen, der Proletarier, zu sehen, denen wie Frankensteins Geschöpf die Einbeziehung in den eigenen sozialen Lebensbereich verweigert wird. (Vergleiche dazu auch den Band «Kino des Phantastischen» in dieser Buchreihe.)

Der Reisende, eher: der Umhergetriebene der gotischen Schauerromane, begegnet seinen Visionen äußerst ambivalent; im Gegensatz zum «Helden» des philosophischen oder utopischen Reiseromans ist er nicht der Vertreter einer definitiven Weltsicht, sondern ein Opfer ihrer Widersprüche, der romantische Außenseiter. Diese Charakterisierung setzt sich in der Science-fiction in den vielen Helden fort, deren Reise nichts anderes ist als eine Flucht. Nur ist hier nicht mehr die Amoral des Vergangenen die eigentliche Bedrohung, sondern die gesellschaftliche Gesetzmäßigkeit, die, vom Helden erkannt, in eine totale Vernichtung des Menschlichen führen wird.

## Vorläufer und Entstehung der Science-fiction

Wie bei vielen Formen der populären Literatur hat, ein wenig, auch bei der Entstehung der Science-fiction Edgar Allan Poe Pate gestanden, nicht so sehr, weil er Erzählungen und Romane, wie zum Beispiel «The Pit and the Pendulum», geschrieben hat, die schon science-fiction-verwandte Elemente beinhalteten, als vielmehr deswegen, weil die Struktur seiner Arbeiten die Produktion jener geschlossenen Mikrowelten ermöglichte, die später für das Genre unerläßlich wurden. Zudem hat Poe in zahlreichen Arbeiten wissenschaftliche Details als *handlungsbestimmende* Elemente in eine phantastische Grundstimmung eingeführt, zugleich hat er aber auch in satirischen Werken wie «The Man that was Used Up» die Fortschrittsgläubigkeit seiner Zeitgenossen karikiert. Schließlich entstand mit «Narrative of A. Gordon Pym» u. a. die Verbindung von Abenteuer- und Reiseroman mit spekulativen Details, die sich als Erzählmuster für die frühe Science-fiction anbietet.

Mark Twain war einer der ersten Autoren, die die Themen des Phantastischen ganz vom gotischen Beiwerk befreiten – im Gegensatz etwa zu Mary Wollstonecraft Shelley oder Robert Louis Stevenson, die in ihren Romanen «Frankenstein» und «The Strange Case of Dr. Jekyll and Mr. Hyde» ebenfalls Vorläufer des Genres schufen. In Mark Twains «A Connecticut Yankee in King Arthur's Court» ist das Thema der Zeitreise auf völlig un-mystische Art abgehandelt.

Es ist weniger die Entwicklung bestimmter Themen, von der Raumfahrt bis zum utopischen Entwurf, was das Genre initiiert hätte (diese lassen sich im Einzelfall zurückverfolgen in die Antike, ins Mittelalter, im Grunde in jede menschliche Kultur), es ist vielmehr die Entstehung eines kulturellen, psychischen Klimas, das mit ganz bestimmten dichterischen Techniken verarbeitet wird. Diese Techniken erreichen vor allem «die gezielte Darstellung ‹vereinzelter Abnormitäten›, die sich in einer Enklave innerhalb der ‹normalen› Welt befinden. Mit dieser Technik gelingt es, gleichsam autarke Welten zu entwerfen, deren Verbindung zum Gewöhnlichen, Alltäglichen auf ein unbedingt nötiges Mindestmaß reduziert ist, damit ihre Selbstgesetzlichkeit desto überzeugender und aufsehenerregender wirken kann. Thematisch handelt es sich dabei in der Regel um Erfindungen, Neuerungen (Innovationen), Entdeckungen (nicht nur geographischer Art), geheimnisvolle Ereignisse und scheinbar unerklärliche Sachverhalte, die dann dennoch rational erklärt werden (wenn es sich nicht um humoristische Texte handelt). Gleichzeitig bleiben das Geheimnisvolle und Unerklärliche aber selbst Gegenstände der Darstellung: Gerade das Spiel mit ihrer Setzung und Negierung wird sich als wichtiger Motor der SF erweisen» (Friedrich Leiner/Jürgen Gutsch).

Die Beschäftigung mit dem Phantastischen hatte somit eine Form, ein «Zuhause» in der Abenteuerliteratur gefunden: Die phantastischen Reisen führten nun in Gebiete, wo eine um die andere dieser Mikrowelten nach eigenen Gesetzen funktionierend vorgefunden wurde, und in diesen Mikrowelten ließ sich auch, was das Genre vom utopischen Roman geerbt hatte, ansetzen. Die Ergiebigkeit dieser Methode zeigte sich schon bald daran, daß die so entstandenen Formen so etwas wie Gattungen bildeten, wo ein Werk sich dem anderen zuordnete, es ergänzte oder ihm widersprach. Während all die Werke der phantastischen Literatur, die Staatsromane und die Beschwörungen des Magischen gleichermaßen, die als Ahnen der Science-fiction gelten, im Grunde isolierte Einzelwerke geblieben waren, vom Gilgamesch-Epos zu Jonathan Swifts Satire «Gulliver's Travels», entwickelte sich nun eine literarische Konvention, in der sich ausgesprochen talentierte genauso wie minder begabte Autoren ausdrücken konnten und in der die Erwartung des Publikums mit einbezogen werden konnte.

Als schließlich die Industrielle Revolution die Technologie in den Stand unbegrenzter zukünftiger Möglichkeiten zu versetzen schien und sich das Bürgertum als Klasse in der Metaphysik ihrer Maschinen die ausbeuterische, elende Praxis vernebelte, da war es nicht nur möglich, sondern auch notwendig geworden, daß man sich eine Literaturform schuf, welche sowohl die Perspektiven als auch die Metaphysik der Technik ästhetisch umzusetzen und massenhaft zu verbreiten imstande war. Die Verbindung von Technik und Abenteuer folgte der kolonialen Mythologie, und nachdem man die Spekulation mit gesellschaftlicher Utopie unterbinden wollte, lag nichts näher, als an die Stelle der sozialen die naturwissenschaftlich-technischen Utopien zu stellen. Die Reise erhält neue Ziele, neue Methoden; sie bleibt – vorläufig – jedoch noch ganz dem klassischen Reise- und Abenteuerroman verhaftet.

Jules Vernes phantastische Reisen etwa führen zum Mond («Autour de la lune» – 1869), unter die Erdoberfläche («Voyage au centre de la terre» – 1864) und in die Tiefen des Meeres («Vingt mille lieues sous les

Jules Verne-Verfilmung von Georges Méliès: «Le voyage dans la lune» (1902).

mers» – 1869). Die Helden dieser und anderer science-fiction-ähnlicher Romane von Verne sind zumeist im Wortsinne von der Technik begeistert; sie benutzen sie jedoch weniger dazu, um etwas aufzubauen, als vielmehr dazu, irgendwohin zu gelangen, eben eine jener Mikrowelten aufzusuchen, neues Terrain zu betreten, in dem sich das Phantastische mit dem Technischen messen muß. (Darin liegt ein wichtiger Impuls für die spätere Science-fiction.) Interessanterweise funktionieren die Gegenspieler der Helden nicht so sehr nach diesem Prinzip: Sie sind noch stärker mit Technologie futuristischer Dimension ausgestattet als die Helden, und, was das Wichtigste ist, sie versuchen, die Technik gerade auf die Gesellschaft anzuwenden, während die positiven Figuren in ihr zumeist mehr einen Selbstzweck sehen, als Mittel der Exploration und nicht als deren Ziel. Die Bösewichte versuchen, vermittels der Technik die Gewalt über die Gesellschaft zu erringen, während die Helden mit ihr nach neuen Ressourcen für sie suchen. Hier zeichnet sich die Spaltung in die guten und die bösen Technokraten ab, die das Genre vornimmt. Auch ein charakteristischer Kreisschluß der Science-fiction nimmt hier seinen Ausgang: Die Technik verlangt nach einem neuen

Menschen, und das kann nur der sein, der sie auch hervorgebracht hat, der europäische Kolonialist mit humanistischen Idealen, während eine kritische Haltung zur bürgerlichen Gesellschaft, auch ihrer Kriegsbereitschaft, immer dazu führt, daß der Technokrat als Usurpator der Macht und die Technik selber als pervertiert dargestellt werden. (Das gilt auch für solche «gut-bösen» Charaktere wie Kapitän Nemo.) Die Technik verändert nur den Schurken, während sich der Held ihrer souverän bedient. Und für diesen ist die Aufgabe, die er sich gestellt hat, oft der reine Selbstzweck (oder sie ergibt sich aus Zufall), wie an den vielen phantastischen Reisen in Vernes Werk darzustellen ist, die einer Illusion, gar einer Fehlinterpretation von Informationen folgen und nichts bewirken als das Durchstreifen der bekannten und unbekannten Welt, immerhin den Beweis der freien Souveränität seiner Helden-Gestalten. Die Odyssee, die ihren Ausgangsort und ihr Ziel vergißt, ist auch ein Thema der Science-fiction. Nur in sehr wenigen Arbeiten läßt Verne etwas spüren vom Pessimismus des späteren Genres, etwa in der Kurzgeschichte «Der ewige Adam», einem Modellbild für das zyklische Welt- und Geschichtsbild der Science-fiction. Ansonsten überwiegen in seinem Werk die optimistischen Ausblicke, und ein gut Teil seiner Arbeiten birgt komödiantische Elemente.

War auf Poes fast ein wenig selbstzerstörerische Reaktionen auf Widersprüche mit Verne die radikal veräußerlichte, wenn auch durchaus mit scharf beobachteten, oft ironischen Porträts versehene Schilderung des technischen Fortschritts als abenteuerliches Spiel gefolgt, so gelangte bei Herbert George Wells die literarische Form der Spekulation zu einer strengen, ganz auf die Exploration seiner Grundlagen ausgerichteten Perspektive. Wennzwar sich gerade in der Naivität seiner Konzeptionen der futurologische Aspekt des Genres am ehesten in Zweifel ziehen läßt, so gab er doch die antiutopischen wie die Reste utopischer Denkformen vor. «Jules Verne regte den jungen Wells an, aber er teilte nicht Vernes starkes Interesse an der Technik, wie man schnell sieht, wenn man die Verne-Romane ‹Von der Erde zum Mond›/‹Reise um den Mond› mit Wells' ‹Die ersten Menschen auf dem Mond› vergleicht. Während bei Verne eindeutig das ‹Wie› im Vordergrund steht, löst Wells die Transportfrage ganz beiläufig mit einer Kugel aus einem Anti-Schwerkraft-Metall. Ihm geht es mehr um die Seleniten, die Mondbewohner, und um ihre Gesellschaft. Dieser gravierende Unterschied zu Verne zieht sich durch sämtliche Werke: Wells versucht sich an der Darstellung des Außergewöhnlichen und der menschlichen Reaktion darauf, er wendet sich prinzipiell an einen anderen, ‹reiferen› Leserkreis als Verne. Er schildert die Auseinandersetzungen des Menschen mit der natürlichen und gesellschaftlichen Umwelt und bietet in der Regel auch eine positive Lösung an. Besonders in seinen späteren Romanen, die auf die ‹Scientific Romances› folgen, kristallisiert sich immer mehr heraus, daß Wells nicht nur Romancier, sondern auch gesellschaftlicher Reformer sein wollte. Er versucht eine Synthese aus Belehrung und Unterhaltung, baut gern auch Essays in die Romanhandlung ein, in denen er sich direkt und ohne Umwege über die dichterische Gestaltung an den Leser wendet. Er fühlte sich als kämpferischer Sozialdemokrat mit einer sozialistischen Utopie vor Augen, von der er aber glaubte, daß sie nicht über den Weg der Revolution zu verwirklichen sei. Diese Utopie ist in fast allen seinen Werken gegenwärtig und tritt einmal realisiert, einmal als Morgenröte, einmal nur als Idee in Erscheinung» (Hans Joachim Alpers).

Wells beeinflußte das Genre nicht nur als Vertreter der antiutopischen Aspekte in der Science-fiction entscheidend, als steter Warner vor einer gewaltsamen, zu raschen Umwandlung der Gesellschaft zu einer sozialistischen Gesellschaft auf der einen, einer Zuspitzung der Klassengegensätze auf der anderen Seite, er hat in einigen Büchern auch Hauptthemen späterer «trivialer» Genre-Literatur vorgegeben: die Zeitreise in «The Time Machine», das Invasionsthema in «War of the Worlds», die schrecklichen Mutanten und veränderten Menschen in «The Island of Dr. Moreau», die atomare Bedrohung in «The World Set Free» oder den Zusammenstoß eines wandernden Planeten mit der Erde in «The Star». Der antiutopische Aspekt bei Wells zeigt sich gerade in seinen utopischen Entwürfen, die nie eine «beste der Welten» zeigen, sondern immer erneut den Menschen zukünftige Aufgaben zuteilen, Widersprüche zu überwinden übriglassen. Mit anderen Worten: Die Erfüllung einer Utopie ist hier zugleich die Geburt einer neuen Utopie. Diese auch für das Science-fiction-Genre signifikante Auflösung des Begriffs entspricht dem Verzicht auf Revolution (wobei Revolution nicht nur als gewaltsamer Umsturz verstanden wird, sondern als radikale Änderung von Herrschaftsverhältnissen überhaupt und als dialektischer Schritt zu einer neuen Qualität) und der Entwicklung des zyklischen Weltbildes.

Unter den Vorläufern der Science-fiction wäre etwa noch der heute ein wenig in Vergessenheit geratene deutsche Autor Kurd Laßwitz zu nennen, der schon ein Jahr vor Wells, nämlich 1897, eine Invasionsgeschichte («Auf zwei Planeten») veröffentlicht hatte, daneben Howard Phillips Lovecraft, der zum erstenmal ein Invasionsmotiv in Beziehung zur Frühgeschichte des Menschen setzte und damit zum Begründer der Parallel-Mythologien in der Science-fiction wurde. Wennzwar alles andere als ein «reiner» Science-fiction-Autor, machte doch er am ehesten Poes Vermächtnis für das Genre nutzbar (wobei allerdings weder sein Mystizismus noch sein manifester Antisemitismus verschwiegen werden soll, der ebenfalls nicht ohne Einfluß auf den Beginn des Genres bleiben sollte).

Mit diesen Autoren war mehr oder weniger der Rahmen dessen abgesteckt, was sich später unter dem Begriff der Science-fiction subsumierte: «Spekulative Phantastik; naturwissenschaftlich-technische Aspekte sowie Beschäftigung mit jenen wissenschaftlichen Grenz-Phänomenen, die seit der Romantik so besonders attraktiv sind; freies Spiel mit Denkinhalten; die Annahme, daß alles das, was vorher in mythischen oder doch prinzipiell verborgenen Bereichen lag, aufgelöst werden könne in rationalistischer Erklärung; schließlich vor allem ein steter Bezug zur Zukunft des Menschen. Nehmen wir hinzu die von Poe entwickelte Technik der Darstellung in ‹autarken Enklaven›, so besitzen wir die wesentlichen Merkmale der SF (Leiner/Gutsch). Das Genre hatte seine Technik und seine Themen gefunden; mit dem zusätzlichen Einfluß solcher antiutopischer, aber nicht hauptsächlich science-fiction-bezogener Autoren wie Aldous Huxley («Brave New World») oder George Orwell («1984») hatte sich auch eine rudimentäre Philosophie für das Genre herausgebildet; was nun fehlte, war das «richtige» Medium für seine größtmögliche Verbreitung. Und ein wirksamer Name.

## Die Entwicklung der Magazin-Science-fiction

Die Entwicklung der Science-fiction zu einer Massenliteratur vollzog sich in den *pulp*-Magazinen, deren Geschichte Martin Schäfer zusammengefaßt hat (seiner Darstellung wird hier in groben Zügen gefolgt). Als erstes Magazin, das sich auf die phantastische Literatur konzentrierte, gilt «Weird Tales», das 1923 gegründet und vor allem durch die phantastischen Erzählungen von H. P. Lovecraft populär wurde. 1926 folgte mit «Amazing Stories», dessen Gründer Hugo Gernsback den Inhalt als «Scientification» bezeichnete, woraus über «Scientifiction» schließlich die Gattungsbezeichnung Science-fiction wurde. Das Magazin brachte neben neueren Geschichten auch Nachdrucke der Erzählungen von H. G. Wells und Jules Verne. Die folgenden Jahre sahen in Amerika und England immer neue Magazin-Gründungen, um die herum sich auch die ersten Fan-Vereinigungen organisierten. Den ersten Höhepunkt erreichte diese Magazin-Science-fiction, die sowohl Kurzgeschichten als auch Romane (zumeist in Fortsetzungen publiziert) umfaßt, zu Ende der dreißiger Jahre, unter anderem auch durch den Einfluß des Magazins «Astounding Science Fiction», das 1930 unter dem Titel «Astounding Stories of Super-Science» begründet worden war und seit 1937 von John W. Campbell herausgegeben wurde. Während die Magazin-Science-fiction der zwanziger und dreißiger Jahre vor allem um die *gadgets* ging, um die phantastischen Apparate, mit denen sich die alten Menschheitsträume erfüllen ließen, erreichte unter dem Einfluß Campbells die

Science-fiction einen ersten auch am sozialen Aspekt zukünftiger Technologie interessierten Impetus. Aber im Zentrum von Campbells Definition des Genres standen der naturwissenschaftliche Gehalt und die «Ingenieurs-Perspektive». Zusammen mit dem 1939 entstandenen Magazin «Unknown» bzw. «Unknown Worlds» bot «Astounding Science Fiction» das Forum, dessen sich nahezu alle namhaften Autoren des Genres bedienten, die Möglichkeiten und Grenzen des Genres zu bestimmen. Während sich «Astounding Science Fiction» der «realistischen», naturwissenschaftlich bestimmten Science-fiction verschrieben hatte, war «Unknown» mehr von Einflüssen der phantastischen Literatur und der «Lovecraft-Schule» geprägt und wies eine Vorliebe für bizarre Themen auf. Campbell verlor später allerdings das Interesse an der mehr in Richtung auf die Fantasy gehenden phantastischen Literatur; nachdem «Unknown» während des Krieges eingestellt werden mußte, gab es später keine Wiederbelebung mehr.

Kurz vor dem Krieg gab es auf dem mittlerweile beträchtlichen Markt noch einmal eine Expansion. Gernsbacks «Wonder Stories» wurden von einem großen Verlag aufgekauft und als «Thrilling Wonder Stories» erfolgreich. (Gernsback gründete noch einige weitere Magazine, darunter «Air Wonder» oder «Science Wonder Quarterly», die zumeist jedoch nicht allzu lange bestanden.) Neugründungen waren etwa «Startling Stories» und «Fantastic». Ehemalige Fan-Magazine schafften den Übergang zu kommerziellen Projekten, so etwa Frederik Pohls «Super Science Fiction» oder Donald A. Wollheims «Cosmic Stories». In diesen Publikationen deutete sich der Beginn einer Opposition gegen die von Campbell bevorzugte technische, «sachliche» Science-fiction an. Sein am Ingenieursdenken ausgerichtetes Konzept für das Genre führt zunehmend zu Beschränkungen thematischer und stilistischer Art, und insbesondere in seiner Verbindung mit pseudowissenschaftlichen Heilslehren war die Science-fiction der Campbell-Richtung zu einem engen Gefäß für die prospektiven Botschaften des Genres geworden. Autoren wie Ray Bradbury konnten sich nicht in den Magazinen Campbells profilieren, sondern in den Neugründungen wie «Super Science Fiction».

Im Krieg kam es zu einigen Einstellungen unter den Science-fiction-Magazinen, bedingt vor allem durch die Papierrationierung, und Magazine wie «Unknown» stellten ihr Erscheinen gänzlich ein. Nach Beendigung des Krieges wurden jedoch wieder neue Magazine gegründet, nun auch oft mit anderen, nicht an Campbell orientierten Konzepten, und zu diesen neuen Magazinen wechselte bald auch eine Reihe der Autoren von «Astounding», weil es dort größere literarische Freiheit gab. «The Magazine of Fantasy and Science Fiction» (gegründet 1949) und «Galaxy» (1950) brachten Stories, die gelegentlich stilistische und thematische Experimente wagten, Gesellschaftskritik in nicht allzu scharfer Form,

Satire und andere literarische Formen mit einbezogen. Grob gesprochen war die Science-fiction vor dem Krieg eine Gattung, in der die darstellerischen Mittel zweitrangig gegenüber dem Dargestellten waren. Nun war es immerhin nicht mehr unmöglich, Science-fiction als eine literarische Kunstform anzusehen. Nach dem Krieg gehörte die stilistische Eleganz zum Kriterium des Genres. Das mag unter anderem auch damit zusammenhängen, daß sich die Leserstruktur des Genres ein wenig änderte. Waren Campbells Science-fiction-Konzeptionen wohl hauptsächlich an technisch interessierte Jugendliche gerichtet, so wurde sie nun zum Genre einer urbanen Mittelschicht, geprägt von einer freilich limitierten Liberalität. Es gehörte zum Selbstverständnis der «neuen» Science-fiction, kulturelle und politische Ideen zu verarbeiten, die nicht unbedingt dem traditionellen amerikanischen Denken entsprachen. Möglicherweise ist so verständlich, daß sich ein für uns kaum nachvollziehbarer Kampf um die Science-fiction abspielte, in dem die Science-fiction nicht nur als «jüdisches» und «intellektuelles» Genre dargestellt wurde, sondern auch als ein «unamerikanisches». Die Science-fiction stand Pate beim Sieg einer neuen, aufgeschlosseneren (und tatsächlich eher jüdischen als puritanischen) Mittelschicht in den großen Städten über die konservative alte Mittelschicht. So begrenzt die Aussagen des Genres auch sind, in den fünfziger Jahren war der Science-fiction durchaus etwas «Revolutionäres» beizuordnen; sie gehörte zu den Legitimationen und Fermenten eines sozialen Generationswechsels.

«Der editoriale Umschwung war wieder verbunden mit dem Hervortreten einer neuen Autorengeneration und fiel zusammen mit dem ersten sogenannten SF-‹Boom›. Die Anzahl der Magazine hatte 1946 nur 8 betragen: *Astounding Science Fiction, Amazing, Fantastic, Thrilling Wonder, Startling, Weird Tales,* das Abenteuerheft *Planet Stories* (ein anderer von Bradburys kuriosen Abnehmern!), und ein ‹reprint›-Magazin, *Famous Fantastic Mysteries*. 1949 waren es schon 17, und 1953 wurde ein Höchststand von über 30 erreicht. Was diesen ‹Boom› auslöste, ist nicht ohne weiteres zu sagen; er ist um so bemerkenswerter, als die Zeit der *pulp magazines* damals eigentlich schon vorbei war – die Firma Street & Smith hatte schon 1948 alle ihre pulps außer eben *ASF* liquidiert. Der ‹Boom› erwies sich dann auch als kurzlebig; nur 13 Titel bestanden über das Jahr 1955 hinaus. Zwar kam es 1957–58 – unter dem Eindruck von Sputnik I? – zu einer Anzahl Neugründungen, aber 1960 war man bei den sechs Titeln angelangt, die mit einigen Schwankungen bis heute das moribunde Magazin-Genre ausmachen» (Martin Schäfer).

Eine – nicht minder kurzlebige – Renaissance erlebte die Magazin-Science-fiction während einer erneuten Verjüngung des Genres im Zuge der Entwicklung der von England ausgehenden New Wave. Als 1964

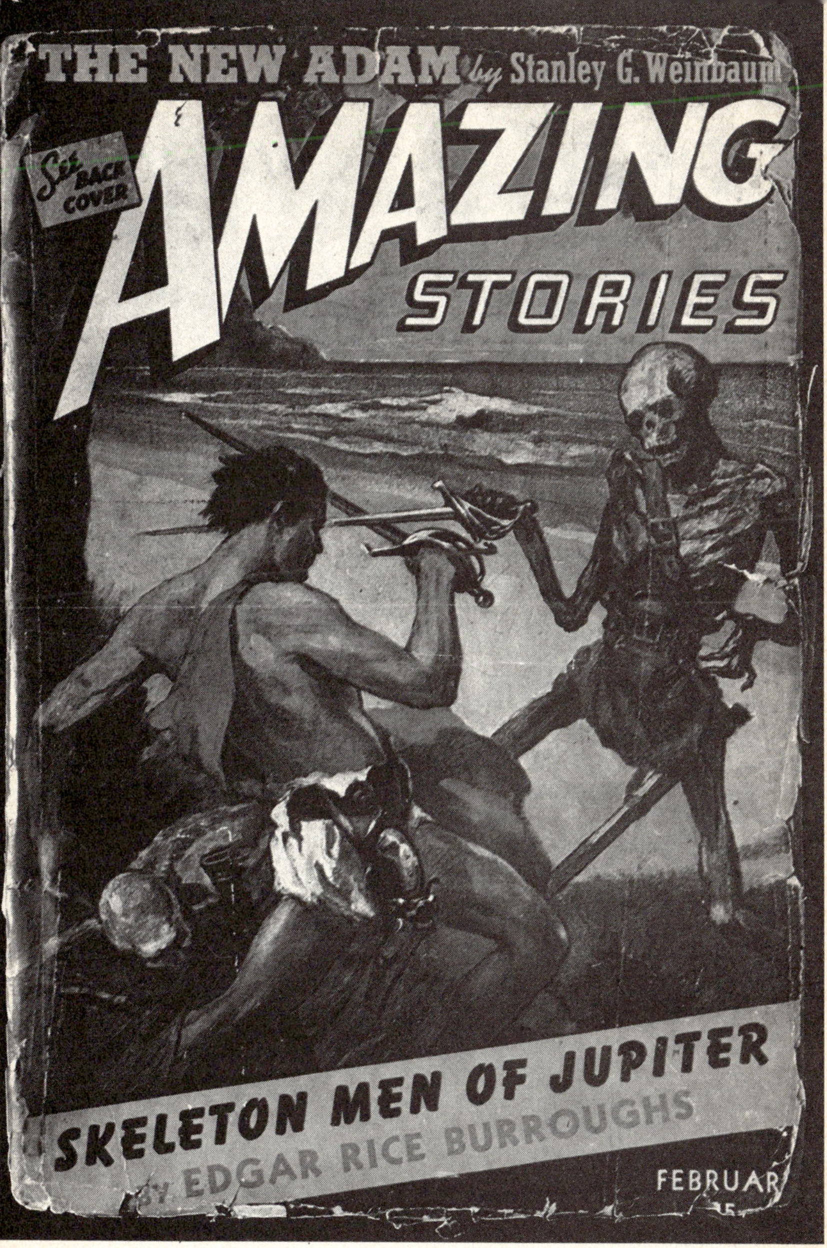


Titelbild des Science-fiction-Magazins «Amazing Stories».

Michael Moorcock die Redaktion des Magazins «New Worlds» übernahm, gab er ihm eine neue Zielrichtung und forderte in seinem Editorial «eine neue Literatur für das Raumzeitalter». Er griff die etablierten Autoren des Genres an und ermutigte seine Autoren zu einer weiteren «Literarisierung» der Science-fiction. Autoren wie etwa J. G. Ballard begaben sich auf die Suche nach dem *inner space*. Zum erstenmal assimilierte die Science-fiction Formen der Pop- und Gegenkultur, und bislang tabuisierte Themen erotischer und politischer Art wurden behandelt. Und zum erstenmal entwickelten sich innerhalb der Science-fiction Tendenzen, die die Grundlagen des Genres, etwa den Glauben an die Wissenschaft (sei er nun positiv oder negativ vermittelt) oder den kolonialistischen Aspekt, radikal in Frage stellten. Auch hier vollzog sich, nach einer Phase der Diskussion und der Solidarisierung, der Übergang von der Magazin-Science-fiction zur direkt zum Buch konzipierten Literatur. «New Worlds» etwa wurde zwar als Magazin eingestellt, existiert jedoch als Taschenbuch-Almanach weiter.

Man kann so von einem ständigen Regenerationsprozeß der Science-fiction sprechen, der im Gegensatz zu anderen Genres der Unterhaltung (Western, Love Stories etc.) immer neue Elemente zu integrieren imstande ist. Die Entwicklung der Science-fiction in den Magazinen, die im Gegensatz zu nahezu allen anderen Genres auch heute noch nicht gänzlich ohne Belang ist, hat dazu geführt, daß das Genre extrem pluralistisch wurde (ganz abgesehen davon, daß es eine Reihe von Seitenlinien wie «Fantasy» entwickelt und eine gewisse Durchlässigkeit zur «reinen» Literatur aufweist). So existieren heute neben der Campbell-Richtung, sozusagen der *all-american* Form der Science-fiction, die Formen der zweiten und dritten Generation der Science-fiction-Autoren, die dem liberalen Selbstverständnis des urbanen Mittelstands entsprechen, die gelegentlich etwas auseinanderdriftenden Formen der «New Wave»-Science-fiction, die zugleich etwas vom rebellischen Impetus der Jugend in den sechziger Jahren wie auch vom Rückzug in die inneren Welten beinhalten. Durch die Existenz der Magazine hat nicht so sehr eine Richtung die andere abgelöst, als daß vielmehr die eine Schule sich neben der anderen etablierte. Die Grenzen sind fließend, die innerhalb des Fandoms geführten Definitions- und Abgrenzungsdiskussionen allerdings lassen etwas von der «politischen» Bedeutung des Richtungsstreits im Genre ahnen. In jüngster Zeit ist durch den Erfolg der großen Science-fiction-Filme der siebziger Jahre eine neue Form der Science-fiction-Publizistik entstanden, in der sowohl auf die filmische als auch die literarische (und häufig auch auf die graphische) Seite des Genres eingegangen wird. Dies mag vielleicht auch ein Indiz dafür sein, daß augenblicklich die bildhafte über die literarische Seite der Science-fiction triumphiert, zumindest, daß es einen Austausch zwischen beiden gibt, wie er vorher sich nie hat entwickeln lassen.

Während des Booms in den fünfziger Jahren eroberte sich die Science-fiction auch den Buchmarkt, und in den sechziger Jahren hatte das Buch das Magazin als bedeutendste Publikationsform des Genres übertroffen. Schon in den vierziger Jahren waren Anthologien in Buchform entstanden, die in den Magazinen einen schier unerschöpflichen Vorrat an Stories fanden. Aber die Science-fiction in Buchform bestand ausschließlich aus Nachdrucken aus den Magazinen; erst Mitte der fünfziger Jahre gab es Science-fiction-Romane, die ihre Erstveröffentlichung als Buch erlebten. Science-fiction «erwischte» dann sozusagen den Boom der Taschenbücher. Verschiedene spezialisierte Taschenbuchreihen etablierten sich und schufen, was vordem die Magazine bewirkt hatten, nämlich Identifikationsmodelle für eine Richtung des Genres und «Warenzeichen» für ein bestimmtes Niveau zu sein. Die Herausgeber von Taschenbuchreihen lösten die Editoren der Science-fiction-Magazine als Trendsetter und Vaterfiguren des Genres ab.

Die hier skizzierte wirtschaftlich-publizistische Entwicklung des Genres blieb natürlich nicht ohne Auswirkungen auf die Form und das Selbstverständnis der Science-fiction und auf die Haltung ihrer Autoren zu ihr, die ganz sicher anders ist als die Haltung anderer Unterhaltungsschriftsteller zu ihren Sujets. Die Magazin-Science-fiction, die wohl repräsentativ für die Entwicklung des Genres insgesamt ist, hatte in dem «wissenschaftlichen» Anspruch in der Campbell-Ära zumindest in ihrem Umfeld einen Teil der eigenen Ideologie nach außen gewandt. Nirgends war und ist die Mythenbildung, was den «Kern» des Genres anbelangt, so ausgeprägt wie in der Science-fiction. Das Unterhaltungsbedürfnis, das die Science-fiction befriedigte, war ihr, so scheint es, nie Existenzzweck genug. Campbell betonte immer wieder, daß er Autoren bevorzuge, die einen naturwissenschaftlichen Hintergrund aufzuweisen hätten und ihren Lesern in der Form des Genres Wissen über ihre jeweiligen Gebiete zu vermitteln imstande wären. Tatsächlich aber war auch diese erste Autorengeneration der verbreiteten Science-fiction sehr unterschiedlich zusammengesetzt. Von den Hauptautoren in Campbells «Astounding», Isaac Asimov, L. Sprague de Camp, Lester del Rey, Robert A. Heinlein, L. Ron Hubbard, Kuttner/Moore, Fritz Leiber, Murray Leinster, Clifford Simak, Theodore Sturgeon, A. E. Van Vogt, Jack Williamson, waren nur vier wissenschaftlich ausgebildet: Heinlein war Marineoffizier mit einer technischen Bildung, Sprague de Camp Ingenieur, Fritz Leiber hatte Psychologie studiert, und Isaac Asimov war Biologe. Die Autoren von Campbells Magazinen setzten sich ansonsten aus den «Veteranen» des Genres zusammen, wie «Doc» E. E. Smith (zwar auch ein ehemaliger Wissenschaftler, jedoch ohne Ambitionen, seine Literatur mit naturwissenschaftlichen Details zu füllen) oder Jack Williamson, aus Autoren der Unterhaltungsliteratur, die sich nicht auf ein bestimmtes Genre festgelegt hatten, wie etwa Murray Leinster oder Alfred Bester, von denen sich später allerdings einige ganz der Science-fiction-Literatur widmeten, wie A. E. Van Vogt, Lester del Rey oder Theodore Sturgeon, aus Autoren des Lovecraft-Kreises, die von Campbell in Richtung auf die Science-fiction motiviert wurden, wie etwa Fritz Leiber oder Robert Bloch, schließlich aus Fans, die ihre ersten Versuche bei Campbell unternahmen, um vom Amateurstatus zur professionellen Science-fiction-Autorenschaft zu wechseln, darunter etwa Isaac Asimov oder James Blish. Aus dieser Zusammensetzung der Science-fiction-Autorenschaft ist nicht nur das Auseinanderfallen von Selbstverständnis und Realität des Genres abzulesen, sondern diese Vielfalt erklärt auch die Durchlässigkeit des Genres für Ideen und Formen und seine Möglichkeiten, ein breites Publikum anzusprechen.

Die zweite Generation der Science-fiction-Autoren, die nach dem Krieg in den neuen Science-fiction-Magazinen ihr Forum fanden, hatte eine noch breitere Basis. Wieder rekrutierten sich neue Autoren aus dem Fandom, so etwa C. M. Kornbluth, Frederik Pohl, Damon Knight und schließlich auch Ray Bradbury, der sozusagen durch eine eigene Schule (Richard Matheson, William F. Nolan etc.) das Genre befruchtete. Ein Teil der Autoren kam von der Sprach- und Literaturwissenschaft her, so Jack Vance, Philip José Farmer, Philip K. Dick. Und Wissenschaftler und Journalisten wandten sich dem Genre ebenso zu wie bereits auf anderen Gebieten erfolgreiche Autoren.

Auch an dieser Zusammensetzung der Science-fiction-Autoren läßt sich der Emanzipationsprozeß der Science-fiction absehen, der sich vielleicht als der Sieg der städtischen (was in der amerikanischen Ethnomythologie immer assoziiert zu: jüdisch) Intelligenz und Weltoffenheit erweist, eines «psychologischen» Problembewußtseins über das puritanisch-amerikanische Selbstwertgefühl, das sich innerhalb des Genres in den Endlos-Epen der Space Operas ihren Ausdruck bewahrt hat und das die frühe Science-fiction dominiert hatte. Natürlich war diese nicht von heute auf morgen auch aus den ambitionierteren Programmen verschwunden, und natürlich mußten viele der jüngeren Autoren des Broterwerbs wegen auch der «alten» Science-fiction ihren (wenn auch unter Pseudonym abgelegten) Tribut zollen. Aber das Genre hatte ein anderes Selbstverständnis gefunden; so wie sich schon früher das Wort «Utopie» nur ganz gelegentlich in den theoretischen Äußerungen zum Genre fand, so war nun auch das Futurologisch-Wissenschaftliche nicht mehr das vorrangige Kriterium für den Status eines Science-fiction-Produkts. Und dadurch, daß man nun der Science-fiction den Charakter einer besonderen Form der Futurologie (der ganz ihr sowieso nie zugestanden hat) absprechen konnte, bewegte sich das Genre, mehr oder minder zwangsläufig, hin zu einer Form der Literatur, die alle möglichen Botschaften und Ideen transportieren, manchmal auch durchaus sich selbst genügen konnte. Wie bei einem früheren Prozeß (vergleiche den Abschnitt «Der Aspekt des Utopischen in der Science-fiction») aus der Utopie der utopische Roman und somit die Anti-Utopie geboren wurde, so wurde nun aus der Zukunftsgläubigkeit des Entwurfs (der allerdings sowieso kaum noch mit der Wirklichkeit Schritt halten konnte) ein Medium liberaler Skepsis, ein Gestaltungsmittel, das sich zur Vermittlung und zur ästhetischen Neutralisierung literarischer ebenso wie politischer oder kultureller Ideen verwenden ließ. In der New Wave schließlich konnte sich das Genre auf satirische Quellen des Genres besinnen und zugleich eine mythische Qualität annehmen, die sich vorher durch das Gebot des Rationalismus verboten hatte (zu belegen etwa am Werk von Autoren wie Robert Silverberg, Roger Zelazny oder Samuel R. Delany). Daß heute übrigens die Kluft zwischen geschriebener Science-fiction und Science-fiction-Film nicht mehr so groß ist wie etwa in den fünfziger Jahren, liegt auch an der Entwicklung von Schreibtechniken innerhalb des Genres (etwa von John Brunner), die auf sehr «filmische» Montageformen zurückgreifen.

## Die Themen der Science-fiction

Wie jedes Genre, so ist auch die Science-fiction nicht eigentlich durch ihre Themen definiert als vielmehr durch deren «besondere Behandlung» in einem bestimmten Klima und mit einer bestimmten Technik. Allerdings gibt es kaum ein Genre der Unterhaltungskultur, das so sehr seine Themen «wichtig nimmt» wie die Science-fiction; thematische Originalität gehört in gewissem Sinne zu den Beurteilungskriterien des Science-fiction-Publikums. In den meisten anderen Genres sind die Voraussetzungen für die Handlung die immer gleichen. Im Gegensatz dazu muß sich jede Science-fiction-Geschichte gleichsam ihre Voraussetzungen selber schaffen. Das heißt, während die Qualität eines Autors in anderen Genres zuförderst darin besteht, aus der souveränen Kenntnis der Voraussetzungen des Genres, seiner Gesetze, ein Höchstmaß an Originalität und Variation zu erzielen, wird man den Science-fiction-Autor immer auch daran messen, wie er seine selbstgeschaffenen Grundlagen (sein System phantastischer oder extrapolierter Annahmen) und Voraussetzungen erfüllt.

Bei der Konstruktion «autarker Welten» und ihrer Verknüpfung mit einer traditionellen (Abenteuer-)Geschichte werden sich logische, thematische und moralische Fallen auftun, die zu umgehen die Kunst des minderen Science-fiction-Autors ist. Sich auf die Widersprüche eines jeden, mit noch so vielen phantastischen «Ausweichmöglichkeiten» ausgestatteten Systems nicht einzulassen, hat die Basis des Genres, die Masse der wenig ambitionierten Erzählungen zu einem scheinrationalen Genre mit erheblichen Beschränkungen werden lassen. Aber die Science-fiction hat auch nie verhindert, daß Autoren mit größeren Fähigkeiten sich nicht an die Konventionen der Verdrängung hielten und tatsächliches gedankliches Neuland zu betreten versuchten. Indes ist auch der Vorrat an Themen für solche Explorationen nur begrenzt, so begrenzt wie das, was uns die Gegenwart zu denken erlaubt, gesellschaftliche, technologische und «dimensionale» Widersprüche.

Wenn auch das thematische Reservoir genauso begrenzt erscheint wie in anderen Genres, so scheinen doch die Kombinationsmöglichkeiten auf den ersten Blick entschieden mannigfaltiger. So verdoppeln sich die Themen der Science-fiction gleichsam schon, indem jedes auf zwei verschiedene Arten, in einer «utopischen» oder in einer antiutopischen Perspektive, dargestellt werden kann. Dazwischen und in der Verbindung mit anderen Aspekten liegt eine gewisse Variationsbreite; die «Mehrdimensionalität» des Genres scheint eine Vielzahl von Brechungen möglich zu machen. Bei genauerem Hinsehen erweisen sich die Konventionen des Genres jedoch stärker als seine strukturelle Freiheit. Oder anders ausgedrückt: Wird die Freiheit in einem Werk überstrapaziert, so wird das nicht selten durch Ausgrenzung aus dem Kern des Genres geahndet. Ein Genre, das ist Thema, Methode, Stimmung *und* Ideologie (siehe dazu das nächste Kapitel).

## Gesellschaftsbilder

Sehr selten findet sich in der Science-fiction das ausgeformte Bild einer wie auch immer funktionierenden zukünftigen Gesellschaft mit all ihren Aspekten, wie das etwa bei «Brave New World» oder «1984» der Fall gewesen war. Eine der Ausnahmen ist die Schilderung «imperialer» Regierungen auf der Welt und im Universum, die weniger als Gesellschaften denn als Staat funktionieren. Die Zeichnung «galaktischer Imperien» reicht von Isaac Asimovs berühmter «Foundation»-Trilogie bis zum Endlos-Epos der Perry Rhodan-Serie (die es zeitweilig ja auch auf eine amerikanische Ausgabe gebracht hat).

Wesentlich häufiger werden bestimmte Teilbereiche der gesellschaftlichen Herrschaft herausgehoben und in ihrer Machtfunktion absolut gesetzt. Vor allem wird immer wieder auf das Thema der totalen Kontrolle des Menschen durch gesellschaftliche Instanzen Rekurs genommen. Weniger den Ursachen und Zielen als den Mitteln gilt dabei das Hauptinteresse. Die Perfektion gesellschaftlicher Kontrolle übt dabei eine nicht geringe Faszination aus, zugleich finden sich auch einige Relikte des Kalten Krieges verarbeitet. Gedankenkontrolle zum Beispiel gibt es in Robert Heinleins «If This Goes On ...» (1940), Alfred Besters «The Demolished Man» (1953), Ray Bradburys «Fahrenheit 451» (1953) oder Philip K. Dicks «Ubik» (1969). Eine Reihe von Science-fiction-Romanen geht von der Annahme aus, die durch andere soziale Gruppen noch zurückgedrängte oder kontrollierte Macht gesellschaftlicher Instanzen könne in einem zukünftigen Staat total werden. Verbunden mit einer solchen partiellen Kritik auch an kapitalistischen Phänomenen ist dabei jedoch immer die Isolierung dieser Erscheinungen, womit ein gewisser Verlust an Sensibilität für das *Zusammenspiel* verschiedener Kräfte in diesem System unvermeidbar ist. Nicht nur haben da immer wieder die Polizei, die Wissenschaftler oder die Armee die Macht an sich gerissen; in «The Weather Man» (1962) von Theodore L. Thomas sind es die Wetterfachleute, die gelernt haben, das Wetter auf der Erde zu bestimmen, welche die völlige Kontrolle über die Geschicke der Menschheit erlangen. «The Space Merchants» (1962) von Frederik Pohl und Cyril Kornbluth schildert eine Welt, in der die Werbemanager das Sagen haben; Kornbluths «The Syndic» (1953) läßt die amerikanische Mafia die Gesellschaft beherrschen; die Wirtschaft hat direkt die Macht übernommen in «The Midas Plague» (1951) und «The Tunnel Under the World» (1955) von Frederik Pohl.

Häufig werden Auseinandersetzungen zwischen Planeten auch zu einer allegorischen Konfrontation der großen Gesellschaftssysteme unserer Zeit verwendet, wie etwa in Ursula K. LeGuins «The Dispossessed», wo dem Leben auf dem «sozialistischen» Planeten durchaus nicht ohne Sympathie begegnet wird, freilich die Gleichung Sozialismus = Armut und Kapitalismus = Reichtum auf arg naive Weise fortgedacht wird. In anderen Werken hat sich die Welt ganz auf die westlichen Status-Symbole eingerichtet; es gibt Romane, in denen das Fernsehen, andere, in denen die Mode über alle menschlichen Bedürfnisse dominiert. J. G. Ballard schildert in «Concrete Island» eine Welt, die dem Auto «gehört». Ein Mann ist hier mit seinem Auto auf eine «Insel» inmitten der gewaltigen Straßen geraten und kann von ihr aus nicht mehr über den «Strom» des Verkehrs entkommen. Da auch alle Versuche, Hilfe zu alarmieren, vergeblich sind, muß er wie eine Robinson-Figur auf seiner Insel überleben. Unter den vielen antiutopischen Entwürfen, in denen gesellschaftliche *pressure-groups* die Macht usurpieren, befindet sich sogar eine nachgerade antiklerikale: in Edgar Pangborns «Davy» (1964) hat die Kirche alle Macht an sich gebracht und verhindert (im 34. Jahrhundert!) jede gesellschaftliche Entwicklung. Modeerscheinungen können, nach der Technik der autarken Welten, «hochgerechnet» werden,

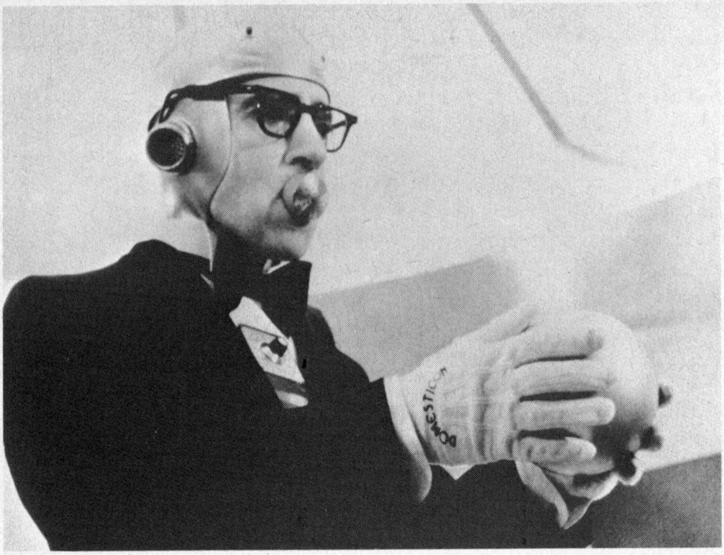

Woody Allens satirischer Blick auf eine von Robotern beherrschte Zukunft: «Sleeper» (Der Schläfer – 1973).

so etwa, wenn in John Jakes «On Wheels» (1975) nahezu ganz Amerika in Caravans auf den Highways unterwegs ist, ohne anhalten zu können und zu dürfen. (Übrigens hat hier auch die Autoindustrie gleich die Regierung übernommen.) In «The Jagged Orbit» (1969) von John Brunner regiert die Waffenindustrie die Welt; in Robert Shirleys «Teenocracy» (1969) sind es die ausgeflippten Teenager.

Immer wieder findet sich in den antiutopischen Gesellschaftsbildern der Science-fiction die Kritik an den Konsumzwängen unserer Gesellschaft, so etwa, wenn in der Kurzgeschichte «The Subliminal Man» (1969) von J. G. Ballard ein Supermarkt der Zukunft geschildert wird, bei dem die Namen der Käufer auf großen Plakaten mit den jeweiligen Kaufsummen veröffentlicht sind, die eifrigsten Kunden zu Helden, die schlechtesten zu sozialen Außenseitern gestempelt werden. Andere, damit verbundene extrapolierbare Phänomene der kapitalistischen Gesellschaft sind etwa das immer mehr sich steigernde Unterhaltungsbedürfnis der Menschen, vor allem, um aufgestaute Aggressionen zu verarbeiten (etwa: «The Tenth Victim» von Robert Sheckley aus dem Jahr 1965, die Schilderung einer legalisierten, mediengerechten Menschenjagd, noch im selben Jahr von Elio Petri verfilmt), oder die zunehmende Monopolbildung der Wirtschaft («Gladiator-in-Law», 1955, von Frederik Pohl und Cyril Kornbluth, den Wirtschaftskritikern unter den amerikanischen Science-fiction-Autoren).

Die meisten dieser kritischen Anti-Utopien sind jedoch mit einer Ambivalenz behandelt, die kaum eine eindeutige Stellungnahme erlaubt, und nur sehr selten werden Alternativen entwickelt. Zudem sind die mehr analytisch angelegten Extrapolationen, die gelegentlich etwas antiseptischen Alpträume, eher die Ausnahme als die Regel im Genre. In den üblichen Space Operas und Abenteuer-Science-fiction-Romanen finden sich versteckt die restaurativeren bis reaktionären Gesellschaftsbilder des Genres, etwa, berühmtes Beispiel, in Robert Heinleins «Starship Troopers» (1959), wo eine Gesellschaft als positive Kraft entwickelt wird, die ihre Stabilität durch ein Einparteiensystem und durch die Tatsache erlangt hat, daß die Gewährung der Menschenrechte vom Durchlaufen einer prägenden Militär-Ausbildung abhängig gemacht ist.

**Das Fremde und die Fremden**

Die Science-fiction hat ihr weites thematisches Spektrum vor allem der Tatsache zu verdanken, daß das Genre auch Elemente anderer Literatur- und Unterhaltungsgattungen assimilieren kann. «Die Science Fiction hat gezeigt, daß sie alle möglichen Modelle annehmen kann und doch auf ganz definitive Weise eigenständig, unmißverständlich Science Fiction bleibt. Da gibt es soziale Satiren wie Pohl/Kornbluths ‹The Space Merchants›, Kriminalgeschichten wie Alfred Besters brillanter ‹The Demolished Man› (1953), Spionage-Thriller wie Eric Frank Russells ‹Wasp› (1957), ausgefallene literarische Avantgarde wie Brien W. Aldiss' ‹Barefoot in the Head› (1969), militaristische Propaganda wie Robert A. Heinleins ‹Starship Troopers› (1959), antimilitaristische Pamphlete wie Harry Harrisons ‹Bill, the Galactic Hero› (1965), kraftvolle Poesie wie Harry Martinsons ‹Aniara› und sogar pornografische Science Fiction wie etwa einige der jüngsten Romane von Philip José Farmer, ganz zu schweigen von religiösen Versuchen wie James Blishs ‹A Case of Conscience› (1958), und natürlich die unzähligen *weird tales* und Horror-Geschichten mit SF-Hintergrund. Und augenscheinlich kann das Genre mühelos die alten Western-Klischees integrieren, die vom Öffnen neuer Grenzen durch große, hagere, wetterharte (‹raumharte›) Männer handeln, die drohende Colts (Strahlenkanonen) schwingen und den Indianern (den Außerirdischen) das Land nehmen» (Sam J. Lundwall).

Aus dieser Tradition entwickelte das Genre in den Space Operas seinen kolonialistischen Aspekt. Doch hat sich auch in diesem Sub-Genre seit den Tagen von E. E. Smith und dem frühen Robert Heinlein thematisch einiges geändert. So lassen sich zum Beispiel Ray Bradburys «The Martian Chronicles» (1950) durchaus als melancholischer Kommentar zum kolonialistischen Genozid lesen. Auch in Olaf Stapledons gigantischen Menschheits-Epen nehmen die Fremden, die *aliens*, nicht die Rolle der Monster oder der Untermenschen ein, die die Space Operas und die trivialeren Empire-Erzählungen für sie bereithalten.

Oft genug, und auch hier in Verwandtschaft mit dem Western, ist der Aufbruch zu neuen Welten in der Space Opera eine Reaktion auf das enge, bedrückende, überzivilisierte Leben in der «Giant City» auf der Erde. Wie an der Grenze im Westen ist auch im Weltraum eine Rückkehr zu den fundamentalen menschlichen Werten und Beziehungen möglich, eine Freiheit von sozialem Zwang und kultureller Überdeterminierung und der Verzicht auf den unliebsamen Dialog. Als Eroberer erlebt der alte Mensch des neunzehnten Jahrhunderts seine Wiedergeburt in der Zukunft. In Kurd Laßwitz' «Auf zwei Planeten» etwa werden die Raketen als «neue Wikingerschiffe der Menschensehnsucht» auf der Suche nach «neuem Lebensraum» beschrieben.

Die Begegnung mit dem Fremden führt zwangsläufig zu einer Akkulturation; der Pionier beutet das *virgin land* nicht nur aus, er verwächst mit ihm zu einer neuen Einheit. «Ich glaube an den Mars ... Ich glaube, daß er uns eines Tages gehören wird. Wir halten ihn fest. Wir siedeln uns hier an, wir kneifen nicht und laufen nicht fort», heißt es in Bradburys «Mars-Chroniken». Der *frontier*-Mythos begreift auch die Frau mit ein: die Weltraumfahrerin ist die Pionier-Frau. Als «abenteuerlustig, neugierig, tapfer und trotzig» wird sie in Judith Merrils «Daughter of Earth» (1952) beschrieben. Doch solchen Glorifizierungen der Pioniertugenden stehen auch kritischere Betrachtungen gegenüber, so etwa Catherine MacLeans «Unhuman Sacrifice» (1952), wo irdische Missionare durch ihre Bemühungen, eine außerirdische Rasse zu bekehren, deren Untergang herbeiführen.

Die imperialistischen Epen und ihre kritischen Seitenlinien sehen in den angetroffenen *aliens* nur eine andere Rasse, deren Kultur, ob sie nun selbst halbpflanzlicher, fischähnlicher oder «äffischer» Natur sein mögen, ob sie fliegen oder sich telepathisch verständigen können, nicht von der der selbstverständlichen Kolonisatoren unterschiedener ist als die Kultur der Weißen von der Kultur der Indianer. Es gibt nur die Frage, welche der anderen überlegen ist (und diese Frage ist zumeist rein rhetorischer Art). Andere Arbeiten der Science-fiction finden im *alien* das Modell für ein paradoxes Gedankenspiel: sich das Unvorstellbare vorzustellen, oder, pragmatischer, etwas Fremdes in seiner Fremdheit akzeptieren lernen. So hat zum Beispiel Arthur C. Clarke einige Erzählungen geschrieben, in denen es zu einer Begegnung mit Fremden kommt, die nicht an einer Kommunikation mit den Menschen interessiert sind, oder die so andersartig sind, daß es kein «Verständnis» geben kann.

Wieder anderen Science-fiction-Autoren sind die *aliens* die Nachfolger der Engel und Teufel, wie der Raum den Himmel ersetzt hat (und – gelegentlich – die Erde selbst zur Hölle geworden ist). Auch ihren Göttern begegnen die Menschen auf ihren Raumfahrten. «Engel»/Götter mit einem großen Maß an Beteiligung in der Menschheitsgeschichte sind die *aliens* etwa in Arthur C. Clarkes «2001» (und in dem Film von Stanley Kubrick), auch wenn sie hier manifest gar nicht in Erscheinung treten, und in Robert A. Heinleins «Stranger in a Strange Land» (1961). Unvorstellbare Lebensformen werden entwickelt, wie etwa von Stanislaw Lem in «Solaris» (und dem gleichnamigen Film von Andrej Tarkovskij), wo ein ganzer Planet als Lebewesen fungiert und sich gegen die menschlichen Eroberer wehrt, indem er «Menschen» aus dem Unterbewußtsein der Astronauten entstehen läßt. In Arthur C. Clarkes «Childhood's End» (1953) kommen die *aliens* auf die Erde, es sind – Teufel, gehörnte, mit Schwänzen versehene, schwarze und nach Pech und Schwefel riechende Wesen, die sich allerdings als Freunde der Menschheit entpuppen. Eine Vision vom «brüderlichen *alien*» gibt es auch in Frank Herberts «Dune».

## Roboter und Androiden

Die Roboter, Denk- und Handlungsmaschinen, sind nicht nur der avancierteste Ausdruck einer zukünftigen, phantastischen Technologie (zugleich die wohl «gesichertste» Prognose des Genres), sie mögen auch, als Doppelgänger des Menschen, ein gleichsam gotisches Problem des Genres bilden. Neben Isaac Asimovs Roboter-Stories, deren Grundlagen, wie es heißt, tatsächlich nicht ganz ohne Einfluß auf die Computertechnik geblieben sind (auch wenn sich seine drei Roboter-Gesetze logisch nicht verwirklichen lassen), gibt es eine Reihe von Anti-Utopien in der Science-fiction, die den Roboter am Ende der menschlichen Kultur sehen.

Dieses Problem des künstlichen Menschen ist freilich nicht nur ein technologisches, sondern in mindestens ebensolchem Maße ein «theologisches», und da die Science-fiction ihr gotisches Erbe noch lange nicht überwunden hat, so muß sie auf die Herausforderung reagieren: Ganz selbstverständlich gibt es Roboter, wenn sie eine handlungstragende Funktion erfüllen, in der Science-fiction selten. (Als in «Star Wars» ein Roboter-Paar gar als Komiker-Team dargestellt wurde, kam das einer ungeheuren Befreiung gleich, was nicht wenig zum Erfolg des Films beigetragen haben mochte.)

«Das Programm der künstlichen Anfertigung des Menschen stellt in unserem Kulturkreis eine Gotteslästerung dar. Der Schöpfungsakt soll vom Menschen wiederholt werden; es handelt sich also um eine Karikatur, um den menschlichen Versuch, dem Gotte gleich zu werden. Ein solches Wagnis kann, dem Dogma zufolge, nicht glücken; und sollte es doch dazu kommen, so heißt das, daß teuflische Kräfte beim Werk mitgeholfen haben, daß die Hölle dem Schöpfer des Homunculus beigestanden hat.

Es gibt aber Mythen aus vorchristlicher Zeit, welche über Homunculi reden und diese nicht für Resultate einer Zusammenarbeit des Menschen mit dem Bösen halten. Diese Mythen sind eben in der vorchristlichen Zeit entstanden, aber auch fern dem Judaismus, welcher ja zum Ahnen des Christentums wurde. Denn im Prinzip kann eine Religion dem Problem der ‹künstlichen Anfertigung von Menschen› gegenüber ganz neutral bleiben; nur die Mittelmeerkultur, vom Christentum kodifiziert, hält den Homunculus für das Resultat einer Gotteslästerung, wie schon erwähnt. Deshalb sind die ‹Urroboter›, diese literarischen Prototypen aus früheren Jahrhunderten, gewöhnlich böse oder zumindest unheimlich, wie z. B. der Golem» (Stanislaw Lem).

So hat sich im Genre neben dem Roboter als futurologischer Spekulation das «mythische Objekt» (Lem) etabliert. Der Dialog zwischen dem natürlichen und dem künstlichen Menschen entspricht dabei einer schrittweisen Säkularisierung des Genres, und die Emanzipation der Maschinenwesen oder der Cyborgs (*cybernetic organism*) ist nicht nur unter rein technologisch-nützlichkeitsbezogenen Aspekten zu sehen. Allerdings hat der Einfluß Asimovs mit seinen perfekten Roboter-Gestalten es schwierig gemacht, gegen dieses positive, «dienende» Verständnis zu opponieren. In seinen Geschichten, die auf den drei Gesetzen der Robotik aufbauen (vergleiche dazu den Abschnitt «Der Aspekt des Utopischen in der Science-fiction») wird, vermittelt durch die Tätigkeiten der Roboter-Psychologin Calvin, einer beruhigenden, älteren Dame, jedesmal aufs neue die Unfehlbarkeit der Roboter aufgezeigt, auch wenn es zunächst den Anschein hatte, daß sie gegen ihre Programmierungen verstoßen hätten. So wird der Roboter nur selten als direkte Gefahr angesehen. Ein Beispiel dafür ist etwa Robert Silverbergs Kurzgeschichte «The Iron Chancellor», wo ein harmloser Haushaltsroboter von einem neugierigen Jungen zufällig umprogrammiert wird und schließlich die ganze Familie erschlägt.

Das Problem der Roboter ist aber nicht so sehr ihre direkte Bedrohlichkeit oder ihre Unkontrollierbarkeit als die Schwierigkeit der Verständigung des Menschen mit seinem Ebenbild und eine mögliche Koexistenz (denn wenn die Maschinen denken können, d. h. an ihrer eigenen Programmierung beteiligt sind und diese im Bedarfsfall ändern können, dann müssen sie zwangsläufig so etwas wie Gefühle, vielleicht sogar eine Seele entwickeln, und dies wiederum bedeutet, daß sie als vollwertige Partner angesehen werden müssen). Das hat gelegentlich sogar einen erotischen Aspekt, etwa wenn sich Roboter, Cyborgs, Androiden, Mensch-Maschinen-Einheiten etc. in ihre menschlichen Schöpfer verlieben. Sam J. Lundwall führt als Beispiele dafür eine Serie von Kurzgeschichten von Anne McCaffrey an, wo das Gehirn eines Mädchens die «Seele» eines Raumschiffs wird und «sie» sich schließlich in den Kommandanten des Schiffs verliebt, und Lester del Reys «Helen O'Loy» (1938), wo ein weiblicher android geformter Robot seinen Schöpfer heiratet und «glücklich bis an ihr Lebensende» ist.

Zweierlei sind die grundsätzlichen Gefahren für die Menschen durch die Roboter: Sie könnten, ihrer größeren Widerstandsfähigkeit, ja ihrer größeren Intelligenz wegen, eines Tages die Übernahme der Macht von den Menschen fordern (Beispiel: «Time and Again», 1951, von Clifford Simak), oder sie könnten durch ihre zunehmende Menschenähnlichkeit sozusagen «schleichend» die Menschen nach und nach ersetzen (Beispiel: «Dream of Victory» von Algis Budry).

Androiden, ebenso wie Mutanten mit etwa außergewöhnlichen PSI-Kräften, können aber auch die Außenseiter, die Symbole der Ohnmacht gegenüber der Brutalität menschlicher Gesellschaften sein, mit der sie abweichendem oder «unwertem» Leben begegnet. In Philip K. Dicks «Do Androids Dream of Electric Sheep?» (1969) gibt es veritable «Kopfgeldjäger», die alle Androiden töten, deren sie habhaft werden. Zur Konkurrenz zwischen Mensch und Maschine gibt es schließlich die Alternative des neuen, teils organischen, teils mechanischen Menschen, dargestellt etwa in Poul Andersons «Kings Who Die» (1962).

Mit diesen drei Themen und ihren mannigfaltigen Variationsmöglichkeiten sind natürlich die thematischen «Vorräte» der Science-fiction nicht ausgeschöpft; allerdings lassen sich die meisten anderen Themen auf eines dieser drei Grundprobleme zurückführen oder erweisen sich als Weiterentwicklungen. So ist zum Beispiel das häufig verwendete Motiv der Zeitreise oft nur ein Mittel, um ein Gesellschaftsbild plausibel zu machen (bekanntestes Beispiel ist wohl H. G. Wells' «The Time Machine») oder Parallel-Menschheitsgeschichten zu entwerfen (in der Konstruktion von, etwa: Was wäre, wenn Hitler den Krieg gewonnen hätte?, oder, wie in «Bring the Jubilee», 1952, von Ward Moore: Was wäre, wenn der Süden den amerikanischen Bürgerkrieg für sich entschieden hätte?). Ein anderes Motiv ist etwa, eine «Lösung» für das Zeitreise-Paradox zu bringen, wodurch man sich selber begegnen, sich selber, beispielsweise durch den Mord am eigenen Großvater, auslöschen (und doch wieder nicht) kann. Auch die *gadgets*, die phantastischen Erfindungen der Zukunft, die dem Menschen neue Möglichkeiten erschließen werden, sind spätestens mit dem Ende der Campbell-Ära nicht mehr «für sich» hinreichende Hauptmotive von Science-fiction-Erzählungen, vielmehr bilden sie zumeist ein Glied in der Kette für die Erschaffung eines Modells in einer autarken Welt. Ähnliches gilt auch von den phantastischen parapsychologischen Fähigkeiten wie Telekinese, Teleportation oder Hypnose.

Es ist nicht das Problem der Science-fiction, die Zukunft vorherzusehen (wenngleich in der Masse der Entwürfe, rein statistisch gesehen, immer wieder ein Detail ein «Treffer» sein muß), es ist ihr Problem, die Gegenwart zu bewältigen. Sie tut dies, indem sie die Phänomene gesellschaftlicher Herrschaft, wie sie der Mittelstand erfährt, der Erfahrung des je Unbekannten und der Technologie isoliert und in pointierter Form «verlängert» in das, was man weniger eine hypothetische Zukunft als einen abstrakten Denk-Raum nennen könnte. Die Kritik der New Wave-Exponenten, etwa Michael Moorcocks Aussage, die Science-fiction habe, anstatt die Zukunft vorherzusagen, die Zukunft zu *verstehen*, hat ihre Berechtigung, insofern sie wieder ein ganzheitliches Erleben fordert. Doch sie hat auch einen Beigeschmack des Mystischen; möglicherweise reagieren die Kritiker auf die technokratischen Gedankenspiele des Genres so ähnlich, wie einmal die Autoren der *gothic novels* auf den Rationalismus und seine politischen Forderungen reagiert haben.

Jonathan Harris und der Roboter sind die Helden der von Irwin Allen produzierten Science-fiction-TV-Serie «Lost in Space» (1965–1968).

# Die Bausteine der Science-fiction

## Der Aspekt des Phantastischen in der Science-fiction

Der «sense of wonder», die Formel für den Geist des Genres, ist mehr als ein Gespür für das Wunderbare; er ist eine Weise, den magischen Eros des Märchens aus dem Vergangenen, Archaischen ins Prospektive, Konstruierende zu übertragen. Großer Anstrengungen und vieler Verschiebungen hat es bedurft, aus der Geborgenheit im Magischen mit seiner «weiblichen» Zärtlichkeit und Grausamkeit, seiner matriarchalischen Aura, ein «männliches» Genre der Unterhaltung zu machen, das seine Geborgenheit im Magischen mit der Eroberung und dem Kampf um neue Ideen verbindet. Wie es im Märchen fast immer um große Gefühle geht, so in der Science-fiction um Macht und Ohnmacht; Visionen absoluter Omnipotenz wechseln sich ab mit Alpträumen völliger Machtlosigkeit.

Macht ist im Märchen eine Funktion der Liebe; der Bauernjunge will die schöne Prinzessin, auch wenn er dazu erst einmal die halbe Welt besiegen muß. Deshalb ist das Phantastische, letztendlich und nach vielen Gefahren, auf seiner Seite, denn es ist selbst nichts anderes als eine verborgene Dimension der Erotik. Der Held der Science-fiction, ein Held der Ideen und des Kampfes, hat wenig erotische Interessen. Commander Kirk läßt sich mit den weiblichen Wesen, denen er im Weltraum begegnet, nur ein, wenn er dadurch sein Schiff oder seine Mission retten kann. Bei dem Bemühen, seine Konzeption zu verwirklichen, seinen Auftrag zu erfüllen oder einer gescheiterten oder an Überperfektion erstickenden Konzeption zu entrinnen, kommt dem Helden des Genres die Erotik allenfalls in die Quere. Darum hat der Held (und sogar auch der Anti-Held) der Science-fiction das Phantastische zum Gegner. Er lebt es nicht, er ignoriert es geflissentlich, und er eliminiert es gegebenenfalls. Das Phantastische ist ihm entweder das Normale, oder er reagiert so kühl es eben geht, indem er seine Technik gegen es mobilisiert. «Sense of wonder» ist also auch eine Art, mit dem Phantastischen auch den Eros zu verdrängen, jedenfalls den Teil davon, der nicht kontrollierbar erscheint.

Das Phantastische ist nichts anderes als die zu wildem Ausdruck gelangten erotischen Potentiale der Phantasie, welche sich in unseren Denk- und Sozialisationsformen nicht mehr formen lassen. Pointiert ausgedrückt ließe sich sagen, daß ins Phantastische, Traumhafte, Überreale drängt, was von einer umfassenden Sexualität in unseren Gesellschaften nicht wahrgenommen werden kann. Die Evozierung des Phantastischen in der Science-fiction der Massenliteratur ist fast immer mit der Abwehr, und zwar einer Abwehr zur Vernichtung, verbunden. Je undefinierter, gestaltloser, ver-formter das phantastische Wesen, desto eilfertiger der Einsatz todbringender Waffen. (Es geht auch andersherum: die Annäherung an das phantastische Wesen durch die Konstruktion einer Identität für es.) Je mehr etwas, das geschieht, keinem Sinn gehorcht, desto bedrohlicher wird es. (Und auch hier gibt es das Gegenbild von der Aufhebung der Bedrohung durch ein nachträgliches Erkennen einer Regelhaftigkeit.) Eine konkrete Form der menschlichen Erscheinung (die «verläßlichste» dieser Formen ist wohl die Uniform mit einer eigenen, veräußerlichten Symbolsprache, die definitiv den sozialen Rang, die technische Spezialität, die Zugehörigkeit eines Menschen preisgibt, ohne daß man sich als sein Gegenüber in einen komplizierten, von emotionalen Risiken nicht freien Dialog einlassen muß) und die Geregeltheit aller Abläufe, die Verläßlichkeit von Tatsachen und die Zweckbestimmtheit von Rede und Gegenrede sind die eigentliche Utopie der Science-fiction (und zugleich ihre panische Furcht). Eines der häufig wiederkehrenden Schreckensbilder des Genres ist die Bedrohung durch den Verlust der Form oder durch «formlose» Wesen; auf der anderen Seite sind die Helden, selbst da, wo sie offensichtlich mit einer friedlichen Mission beauftragt sind, zumeist nach militärischem Vorbild gewandet und organisiert. Einen ausgesprochen zivilen Charakter hat die Science-fiction nur sehr selten erreicht.

Das Phantastische als Bauelement der Science-fiction hat im allgemeinen die Funktion, das Gegenbild zu ihm, gesellschaftliche, technische, individuelle Konstruktion, zu bestätigen. Als eine besondere Form des Chaos ist das Phantastische nur denkbar in einer dialektischen Beziehung zum Geordneten; auch dort, wo das Genre ihm verfällt, wild und süchtig Phantastisches produziert, wird es und bleibt es die Ausnahme, die die Regel bestätigt. Das heißt, das Phantastische wird beschworen, um besiegt zu werden. Der Rest, der bleibt, macht süchtig. Die Irritationen des Genres sind eine ständige, bestätigende und doch verwundende Mutprobe für den mit Logik und Regel umpanzerten Geist. Der erlaubt sich zu spekulieren, um nicht seinen Phantasien ausgeliefert zu sein.

So ist die Science-fiction, die Fantasy und bis zu einem gewissen Grad auch das Horror-Genre ein auf den Kopf gestelltes Märchen. Nicht nur ist dessen natürliche Magie in die fortgeschrittene Technologie projiziert, die Motivationen von den Leidenschaften zu den Konzeptionen verschoben, und hat der Mann als Bezugspunkt die Frau verdrängt, sondern es ist auch an die Stelle der Erinnerung, der individuellen wie der kulturgeschichtlichen, die Dominanz des Entwurfs über die Erfahrung getreten. Der Bericht vom Turmbau zu Babel und der nachfolgenden Sprachverwirrung ließe sich als eine Art Vorläufer zu einer Science-fiction-Story sehen, zugleich aber auch als Allegorie darauf, was Science-fiction selber ist. Vielleicht nicht die Haupttendenz, aber doch eine sehr wichtige ist für das Genre die, Gott durch den zukünftigen Menschen zu ersetzen, weniger, weil das Genre so große theologische Probleme hätte, als vielmehr aus dem Grund, daß die Expansion sonst Grenzen finden könnte. Da aber die Science-fiction als Genre keinen materialistischen Ansatz aufweist, kommt sie nicht ohne Götter aus. Wenn sie nicht selbst kurzerhand den Menschen zum Gott erhebt oder vage pantheistisch das ewige Weltall, dann schafft sie sich ihre künstlichen Gottheiten. Häufig sieht sie diese nicht anders als das absolut gesetzte Prinzip der Manipulation. Was liegt dann näher, als den Computer zum Gott (oder zum Teufel) zu erheben?

Die wunderbare Erlösung wird in der Science-fiction durch die Erlösung vom Wunderbaren ersetzt. Die Erlösung vom Weiblichen, Erotischen, Formlosen, Ekelhaften, Gefährlichen ist, wenn man so will, die

Britische TV-Phantasie: «The Invisible Man».

Quintessenz des Genres. Das relativ reichhaltige Reservoir an Mythen und archaischen, totemistischen oder animistischen Vorstellungen, deren Sinngehalt zum Teil in der Geschichte verlorengegangen ist, findet sich in der Science-fiction wieder, domestiziert und (manchmal notdürftig) rationalisiert. Aus der Verknüpfung positivistischer Ideale und der Evozierung jeweils höherer, unkontrollierbarer Systeme entsteht die Grundaussage des Genres, daß die Welt durch ständige Bedrohung und technische Manipulationen im Gegenzug zusammengehalten wird. In der Science-fiction gibt es keine größere Angst als die vor der Freiheit. Wie allerdings in der Entwicklung eines jeden Genres zu beobachten ist, so entstand auch in der Science-fiction eine Gegenbewegung, d. h., aus den Voraussetzungen des Genres wurden nach und nach die Themen. Für all dies, was hier gesagt wurde, gibt es auch Beispiele, die es in Frage stellen, ja sogar gegenteilige Lösungen ausprobieren.

Die Extrapolierung gewisser zukünftiger Aspekte bereits angelegter gegenwärtiger Tendenzen, die dem «männlichen» Wunsch nach Berechenbarkeit entspricht, produziert das Phantastische gelegentlich als Nebenprodukt, dann nämlich, wenn in einem rationalen (oder scheinbar rationalen) System ein logischer Bruch entsteht und eine anders als phantastisch anmutende Lösung nicht gefunden werden kann. Der Respekt des Genres vor naturwissenschaftlichen Tatsachen zwingt zu manchen erzählerischen Volten, die einige Produkte der Science-fiction zu einer Abfolge von nachträglichen rationalen Legitimationen macht. Klassische Werke der Science-fiction-Literatur ähneln oft einer Reihe von Gleichungen, aus denen nach und nach die Unbekannten eliminiert werden, wobei allerdings nicht selten ein eher «unmathematischer» Trick Verwendung findet, welcher die Gleichung schließlich nur um den Preis der Redundanz (literarisch: der Tautologie) «aufgehen» läßt. Auch dies verweist auf die Tatsache, daß das Prospektive des Genres wohl eher einem psychischen als einem politischen oder wissenschaftlichen Bedürfnis entspricht. Da die Science-fiction, ganz im Sinne von Poes «autonomen Welten», vorwiegend auf der Basis von Axiomen funktioniert, erhalten ihre Konzeptionen einen Grad von Beliebigkeit, der den Primat der beabsichtigten Aussage über die Beobachtung latenter Entwicklungsmöglichkeiten sichert. So ist es nicht so sehr die Grundfrage des Genres: «Was wäre, wenn ...», sondern die Fragen: «Was müßte sein, damit ...» und «Was würde bestätigen, daß ...». Das Unerwartete wird daher zum literarischen und filmischen «Lockvogel», das Erwartete zu genießen.

Science-fiction ist also im Kern ein Genre *gegen* das Phantastische, allen literaturhistorischen Theoremen zur Geschichte der Gattung zum Trotz. Dies hängt zum einen mit der Verbindung von Science-fiction und Abenteuerliteratur, zwischen «kolonialem Abenteuer» und technischer Eroberung, zusammen (vergleiche dazu auch den Abschnitt «Der Aspekt des Kolonialismus in der Science-fiction»). Es ist zudem ein Erbe der Apologetik eines positivistischen Wissenschaftsverständnisses, welches im Genre länger existierte als im akademischen Bereich selbst. Und es ist schließlich ein Derivat der Angst, die erst das Genre ermöglicht, daß ein Herrschafts- und Ordnungssystem mit den Pfeilern: «koloniale» Macht, Vorherrschaft des Mannes, Dominanz wirtschaftlicher, wissenschaftlicher und zivilisatorischer Expansion, Beherrschung der Natur durch die Technik, segensreiche Manipulation der Gesellschaft, Abwendung der schöpferischen Kollektivierung bei gleichzeitiger Forcierung quasimilitärischer Kollektivierung, niedere Bewertung der Sexualität, hohe Bewertung von Leistung etc., verlorengehen könnte. Alles, was diesem scheinbar stabilen System zuwiderläuft (oder zuwiderzulaufen scheint), wird in der Science-fiction zu einer Schreckensvision: Bevölkerungsexplosion, «Vermassung», Vorherrschaft der Frauen (oder Substituten wie den oft verwendeten «verweichlichten» Zivilisationen, die über Glück und Schöngeisterei ihre Verteidigungsbereitschaft verloren haben), Einbruch barbarischer oder phantastischer Kräfte, eine Endzeit, in der es nichts mehr zu erobern und entdecken gibt. Alle negativen Gesellschaftsutopien der Science-fiction handeln von Gesellschaften, die sich nicht mehr expansiv nach außen richten, sondern an sich selbst ersticken; selbst in den kritischeren Beispielen des Genres steckt so ein Stück kolonialem Weltverständnisses: Eine Gesellschaft, die sich nicht mehr ausdehnt, wird böse, und Veränderungen gibt es nur in der Auseinandersetzung mit konkurrierenden Gesellschaften.

Diese Abwehr geht natürlich nicht gezielt rational vor sich, sondern sie vollzieht sich in einem Klima der Regression. Die Bewegung des Genres selbst ist die von menschlichen Beziehungen zu deren mal technischen, mal psychedelischen Ersatzfunktionen. Die Unfähigkeit, miteinander zu kommunizieren, die die Science-fiction-Literatur stillschweigend voraussetzt, wird überspielt durch immer aufwendigere, ja auch phantastischere Kommunikationssysteme: Da können sich die Helden über Lichtjahre hinweg verständigen, auf Bildschirmen ist das Gesicht des Ansprechpartners zu sehen, man kann die Gedanken des anderen lesen, man durchdringt die Schranken des Bewußtseins, aber man hat sich nichts zu sagen, und man ist froh, wenn eine neuerliche Gefahr den Austausch von Anordnungen nötig macht. Und sehr vieles von dem, was als technische Utopie das Genre bestimmt, von den Raumschiffen bis zur phantastischen Innenarchitektur solcher Träume, ist nichts anderes als eine Projektion archetypischer Konstellationen. (Da hat es dann ein Erich von Däniken leicht, diesen ganzen Vorgang noch einmal umzukehren und kurzerhand die archäologischen Funde im Sinne der Science-fiction-«Ideologie» zu interpretieren.) Es gehört also zu den Prinzipien der Science-fiction, entgegen ihrem Selbstverständnis, zunächst nicht etwas auf-, sondern etwas abzubauen: die grundlegende Hoffnung des Menschen auf sich selbst. Die Science-fiction umstellt den Menschen mit Warnungen, und mag auch die eine oder andere durchaus berechtigt sein, so ist doch die Summe des Genres die Entmutigung in der Zufriedenheit des Unglücks. Sie setzt so die «Arbeit» der konservativen Religionen fort, die genau wie sie von, wenn man so will, «phantastischen» Axiomen ausgehend in sich eine zwingende Logik entwickeln, Widerspruch um Widerspruch ausmerzend durch immer neue Mythen, bis jeder aus dem Alltagsleben erwachsende Widerstand in eine abgeleitete Regel mündet und konditioniert ist. Wie es je kritische Anhänger einer Religion gibt, so gibt es auch die kritischen Science-fiction-Fans, die, noch einmal, den Geltungsbereich ihrer Axiome zu erweitern imstande sind, indem sie sie mit humanistischen, gar auch gesellschaftsverändernden Ansprüchen verknüpfen.

Wie es in jeder Religion zunächst einmal befreiende Elemente gibt (etwa wenn sich konstatieren läßt, daß der einzelne seinem Gott mehr verantwortlich ist als dem weltlichen Herrscher), so ist auch die Science-fiction nicht denkbar ohne eine Art von Versprechen. Das ist zum einen der utopische Aspekt (auf den im nächsten Kapitel eingegangen wird), und das ist zum anderen das Phantastische, in dem man verdrängtes Gefühl, mannigfaltig gebrochen und ins Metaphysische projiziert, zurückerhält. In der Mehrzahl der Fälle wird uns das Phantastische als das Furchteinflößende präsentiert, aber mal mehr, mal weniger läßt sich doch zumeist die begrabene Hoffnung darin noch ausmachen.

Eine Definition des Phantastischen zu wagen wäre vermutlich derselbe Akt der Domestizierung, den das Genre so erfolgreich betreibt; was sich definieren läßt, kann phantastisch nicht mehr sein. Es hat an Versuchen dazu nicht gefehlt (in der angefügten Literaturliste gibt es eine Reihe von Beispielen nachzulesen), aber selten gerät das über Mystifizierungen oder Tautologien hinaus. Vielleicht läßt sich (hoffentlich nicht zu) vereinfachend sagen, daß jedes Element, das im Menschen im Verlauf seiner gesellschaftlichen Entwicklung «sterben» hat müssen, in einer Belebung, ja Beseelung von Dingen und Wesen seiner Umwelt fortexistiert. Was er selbst nicht mehr vermochte, hat der Mensch seinen Göttern und seinen Fetischen zugeschrieben. Aber weil dies nie ein statischer Prozeß sein konnte, blieb immer die Furcht der Wiederkehr der verlorenen Teile seiner Seele. So kommt, was wir von unseren Möglichkeiten unserer Gesellschaftsfähigkeit wegen abgespalten haben, als Gespenst, als das «Unheimliche» zurück. Das Phantastische in unserem Alltagsleben, das ist etwa eine Liebe gegen alle Regeln der Vernunft, der scheinbar unmotivierte Ausbruch von Gewalt in geordneten Verhältnissen, die mannigfaltigen «Verrücktheiten», denen wir klinisch, chemisch, durch Entzug der Freiheit begegnen. Wir leben mit dem Gebot der Ausgrenzung des Phantastischen; unser Bedürfnis danach, nach einem verlorenen Teil unser selbst, läßt sich allenfalls noch ästhetisch befriedigen, als ein «öffentlicher Traum» der populären Kultur mit der Maßgabe, uns nach einem Schauder der Regression zurückzuführen in die Prämissen unseres Alltagslebens.

In der Sicherheit eines Klimas der Regression erzeugt die Science-fiction ihre «autonomen Welten», in welchen das Kleine groß und das Große klein erscheinen mag. Ordnung in das Chaos der Träume zu bringen, ist eine der Aufgaben der Science-fiction. Einer der vielen Ordnungsfaktoren, die in den «säkularisierten Märchen» (Jürgen vom Scheidt) angewendet werden, ist die überpräzise Abstufung der magischen Potenzen. Im Verlauf der Handlung wird schrittweise deutlich, was eine phantastische Kraft vermag und was nicht; jede hat ihre Verwundbarkeiten. Wie einer animistischen Vorstellungswelt eine peinlich genaue Abstufung der einzelnen Bedeutungen der Kräfte geläufig ist (die Schlange ist mächtiger als der Baum, und dieser gibt größere Kraft als der Fluß, aber in der Zeit des Regens ist der Fluß mächtiger als die Schlange, wenn man den richtigen Tanz zelebriert), so beschäftigt sich die Science-fiction mit der Feinabstufung von Hierarchien technischer und sozialer Natur, möglichst in Zahlen ausdrückbar.

Mit anderen Worten: Was das Genre seinem Publikum an «Lustgewinn» zu bieten hat, ist in erster Linie Bestätigung und Verteidigung eines bestimmten Menschen- und Gesellschaftsbildes, das weniger nach traditionellen Prinzipien wie «links» und «rechts» als nach einem Verständnis von Herrschaft, Wachstum, Natur und Technologie im Sinne der Disziplinierung bewertet werden kann. Dieses Menschenbild, das seine Wurzeln in der abendländischen und christlichen Kultur hat, ist tief in unsere Seele eingeschrieben; man braucht zahlreiche «Krücken», es aufrechtzuerhalten; es völlig zu überwinden, bedarf es der geistigen und pragmatischen Arbeit von Generationen. (Deshalb wäre es vermessen, sich etwa über die Aussagen des Genres erhaben zu fühlen: eine Kritik der Science-fiction, die nicht zugleich eine Kritik unseres gegenwärtigen Lebens wäre, müßte seminarhaft wirken.)

Um zu funktionieren, muß das Genre vom Psychologischen absehen – weder das Utopische noch das Phantastische hätte sonst eine Chance. Und doch läge nichts ferner als zu behaupten, die Science-fiction wäre ein rein intellektuelles, von psychischen und sozialpsychologischen Bedürfnissen unabhängiges Genre. Sie versucht, seelische Bedürfnisse zu «objektivieren»; aus einem individuellen wird ein gesellschaftliches Problem und aus einem gesellschaftlichen ein technisches (und gelegentlich vice versa). Diese Tendenz der Verdinglichung, die auch unser Alltagsleben prägt, wird von der Science-fiction idealisiert, zumindest mythisiert. Das heißt, der Verlust an Gefühl und Beziehung wird im Genre mit latentem Einverständnis behandelt, zumeist auch dort, wo er als Alptraum erscheint. Von den fortschrittlichen Kritikern und Autoren der Science-fiction wird häufig der Mangel an erotischer Phantasie beklagt. Aber möglicherweise ist gerade die Erotik im mythologischen Kern des Genres zu finden, nämlich in der ins Gigantische projizierten Auseinandersetzung zwischen der phallischen, «männlichen» Technik und dem «weiblichen» Element des Phantastischen. Science-fiction ist jener Teil der Phantastik in Literatur und Film, bei dem der Ausgang dieser Auseinandersetzung gewiß ist.

Die Liebe des Genres gilt dem Detail; es möchte das schwierige Ganze im durchschaubaren Teil auflösen, und es gibt sich philosophisch überlegen (die Anhänger der Gattung lieben es, sich gegen den Vorwurf der Trivialität zu wehren oder innerhalb des Genres scharfe Trennlinien zu ziehen – etwas, was zum Beispiel einem Western-Fan nie in den Sinn käme), weil es die Zusammenhänge seiner Teile komplizierter konstruiert, als das in anderen Genres der Fall ist. Es mobilisiert zuweilen die Intelligenz seines Publikums und läßt es, darin dem Detektiv-Genre verwandt, an einem mehr oder minder trickreichen Spiel mit seinen Variablen teilnehmen. Die Lust am Durchschauen der Konstruktion gehört zu den Vergnügungen, die die Science-fiction ihrem Publikum beschert, das mit den Versatzstücken des Genres umgehen gelernt hat wie ein Kartenspieler mit seinen Blättern. Auch das Kartenspiel gehört zu jenen «männlichen» Vergnügen, logisch und konstruktiv auf Unbekanntes zu reagieren; es geht um den Sieg über das eingrenzbare Reservoir an Ungewißheit.

Das Phantastische ist aber auch das Ergebnis einer Enttäuschung über das Wirkliche (so wie im Märchen und in den Ideologien das enttäuschende Nicht-Verstehen der «wirklichen Frau» zur Suche nach der mythischen Frau führt); es kann die Wirklichkeit angreifen oder sich von ihr entfernen. Wirklich irritierend ist weder die Wirklichkeit für sich noch das Phantastische, sondern nur die Begegnung beider. So wie das Verdrängte und Nichterlaubte «gut aufgehoben» ist im Wahn und in den Träumen und erst durch Kongruenzen mit der tatsächlichen Wahrnehmung bedeutsam und gefährlich wird, so ist das Phantastische durchaus beruhigend, wenn es in einem geschlossenen System gefangen ist. Der Sioux Sitting Bull, in Robert Altmans Film «Buffalo Bill and the Indians, or Sitting Bull's History Lessons» (Buffalo Bill und die Indianer – 1976), lebt, was er träumt. Erst durch den Verlust dieser Einheit entsteht das Phantastische als Widerspruch zu unserem Leben.

Unter den vielen Formen, in denen uns das historisch und individuell Verdrängte geformt zurückdrängt, ist das rein Phantastische nur eine Spielart; neben den religiösen Formen etwa des «Aberglaubens» wären zu nennen: das Poetische (eine ästhetische Sublimierung der Leidenschaft), das Makabre (die «Freude» an der Angst), das Komische (die Lust am Widerspruch), das Geheimnisvolle (sozusagen: das Phantastische des Agnostikers), das Psychedelische (die Suche nach inneren Welten), schließlich das Utopische, das zusammen mit dem Phantastischen zum wesentlichen Anspruch des Genres gehört. Wie das Phantastische bedürfen alle diese Elemente einer ästhetischen Einstimmung, einer atmosphärischen Vorbereitung, der Konvention eines Einverständnisses. Das Phantastische ist nur wirksam auf Grund einer Stimmung mehr oder weniger kontrollierter Regression, so etwa das Poetische nur durch eine Schärfung der sprachlichen Sensibilität, das Makabre nur durch den Abbau von Tabus in einem Klima sublimierten Sadismus, das Komische nur durch das Einverständnis mit der Entfremdung, das Geheimnisvolle durch die Neugier und das Psychedelische durch eine Art «narzißtischer Ich-Auflösung». Einen «Sinn für das Phantastische» zu haben bedeutet also, ebenso wie etwa der «Sinn für das Komische» oder der «Sinn für das Makabre», die Einübung und Perfektion eines ästhetischen Fluchtverhaltens mit einer Garantie für die Rückkehr zur Anpassung an den Alltag.

Dies könnte nun arg nach naiver Ideologiekritik klingen, wenn man das Flüchten aus der Realität für die Leiden der Menschheit verantwortlich machen und der eindeutigen Flucht ein eindeutiges Standhalten gegenüberstellen könnte. Dem ist aber nicht so; es gibt für menschliches Verhalten als umfassendes Motiv nur dies: einen Ausweg finden, nach drinnen oder nach draußen, nach oben oder nach unten; wo Raum ist, dahin flieht man vor seinen Widersprüchen, als Kollektiv wie als einzelner. So wie – zum Beispiel – die Religion ist auch das Phantastische eine lähmende Droge und eine mögliche Bewahrung historischer Hoffnungen zugleich. Anders ausgedrückt: Auch die Veränderung der konkreten Wirklichkeit hat einen phantastischen Aspekt, wie die Phantastik nie völlig ihre Herkunft von konkreten menschlichen und gesellschaftlichen Problemen verleugnen kann. Glück haben und Angst abwehren zu wollen, dies bringt das wirkliche Leben und den Traum zu einer zerbrechlichen, gefährdeten Einheit.

Das Phantastische ist allerdings nicht mit dem Traum identisch, obwohl es eine Reihe von verwandten «Bausteinen» aufzuweisen hat, und auch die Traumarbeit dürfte sich von der zur Herausbildung der phantastischen Mythen kaum unterscheiden. Aber es ist an eine historische Kontinuität gebunden und hat eine allgemein verständliche «Sprache» gefunden; es betrifft den gesellschaftlichen Verdrängungsprozeß der Evolution: «Das Phantastische ist das Doppeldeutige, die dumpfe Anwesenheit des Tieres im Menschen oder des Menschen im Tier. Daher das Werwolfmotiv. Aber das Reich der Ambivalenz ist mit unzähligen

Bastardwesen bevölkert: die Korb- oder Grotten-Menschen bei Hieronymus Bosch, Gemälde, die sich beleben (Poe, Storm), lebende, bösartige Statuen (Mérimée), Puppen (Blackwood) und lebende Roboter (Arnim, Hoffmann)» (Louis Vax). Das Phantastische nistet in den evolutionären Übergängen zwischen Tier und Mensch, das heißt zwischen Natur und Mensch, und zwischen Mensch und Maschine, das heißt zwischen Mensch und Gesellschaft.

Vom Märchen über die phantastische Literatur des neunzehnten Jahrhunderts zur heutigen Science-fiction hat das Phantastische einen Wandlungsprozeß durchgemacht, der sich auf verschiedenen Ebenen beschreiben läßt. Geht man von den phantastischen Gestalten der jeweiligen Gattung aus, so läßt sich eine «aufsteigende» Linie ziehen. Das Märchen mit seinen Zwergen, Feen, Zauberern und Drachen entspricht, einem populären Vorurteil zufolge, einer kindlichen Vorstellungswelt. Das bedeutet in der Tat jedoch nicht mehr, als daß das Wunderbare des Märchens in sich geschlossen ist und keinen pragmatischen Bezug zur allgemeinen Wirklichkeit hat. Mag die «böse Stiefmutter» oder der Zauberer hundertmal eine reale Entsprechung haben, aus einem Märchen ist nicht abzuleiten, wie man sich ihnen gegenüber verhalten könnte; der schwarzen Magie wird mit weißer Magie begegnet.

In der phantastischen Literatur gibt es statt Hexen und Kobolden Vampire, Untote, künstliche Menschen. Gemeinsam ist diesen «Halbwesen» der Gattung, daß ihre Erscheinung auffallend mit erotischen Symbolen korrespondieren, und daß das Problem der Schuld, das im Märchen in dieser Form keine Rolle spielt, an ihrem Schicksal fundamentalen Anteil hat. Mit anderen Worten: Die phantastische Literatur spiegelt eine «erwachsene» (nach heutigem Verständnis vielleicht auch pubertäre) Gefühlslage wider.

Im Märchen ist das Phantastische fraglos existent, es ist in seinem Milieu eigentlich das Normale; in der phantastischen Literatur bricht es in den Alltag ein, um – allenfalls – in einem aufklärerischen «happy ending» wieder zu verschwinden. Das Magische, das im Märchen eine Grundlage der Existenz ist, kommt als bedrohliche Ambivalenz zurück. Die phantastische Erzählung entsteht als Nachfolge des Märchens, wo eine aufklärerische Bewegung die Welt streng determiniert und das Unerklärliche beiseite hat schaffen wollen. Wo das Märchen eine Welt des Wunders ist, da handelt die phantastische Erzählung von einer Auseinandersetzung zwischen dem Wunderbaren und der rationalen Wirklichkeit.

Auch die Science-fiction beharrt auf der Realität als Basis ihrer Form des Phantastischen (während sich etwa die Fantasy auf das geschlossene System der Märchen besinnt). Was aber in der phantastischen Literatur der Einbruch des Übernatürlichen in die gesicherte bürgerliche Welt ist,

Die Wiedergeburt des Drachens aus dem Märchen im Science-fiction-Film: «The Valley of Gwangi» (Gwangis Rache – 1968).

das ist in der Science-fiction die *Produktion* des Phantastischen, sozusagen als Nebenprodukt von Forschung und Wissenschaft, die «Erfindung des Verderbens». Weil das Genre mit wissenschaftlichen (oder pseudowissenschaftlichen) Erklärungen nicht spart, ist es doch nicht weniger phantastisch als die Erzählungen etwa von Sheridan Le Fanu, Prosper Mérimée oder Edgar Allan Poe; es ist nur eine andere Art der Phantastik, eine Phantastik, wie sie Wissenschaft und Gesellschaft selber hervorbringen können, indem sie unauflösbare Paradoxien entstehen lassen. Wie in der Wissenschaft «blinde Flecken» oder gar Tore zum Übernatürlichen entstehen – etwa irrationale Zahlen als Ergebnis eines unmöglichen mathematischen Vorgangs, mit denen aber rationale Ergebnisse erzielt werden – oder der menschlichen Vorstellungskraft zuwiderlaufende Erkenntnisse erbracht werden – eine «Krümmung des Raums», die letztendliche Relativität der für uns so absoluten Zeit –, so produziert auch der gesellschaftliche Fortschritt seine Paradoxien, zum Beispiel die Bedeutungslosigkeit des Menschen gegenüber seiner eigenen technischen Schöpfung, das «Denken» der Maschinen und das Ende des Denkens bei den Menschen. Jede mathematisch denkbare, sinnlich aber nicht greifbare neue Dimension produziert solche unlösbaren Widersprüche: Wenn eine Bewegung in der Zeit möglich wäre, so könnte zum Beispiel jemand an den Ursprung der Welt zurück «reisen» und die Entstehung der Menschen verhindern. Wenn es aber nie Menschen gegeben hätte, dann wäre auch der Zeitreisende selbst nicht existent und könnte ergo auch nicht die Entstehung der Menschheit verhindern. Auf solchen logischen Fallen basieren die Denkspiele der Science-fiction, die das Phantastische oft als Pendant zum Absurden bezeichnen. Schließlich mag auch der Weltraum noch voll von wunderbaren Lebensformen stekken, die nach anderen, gleichwohl «natürlichen» oder wissenschaftlichen Gesetzen leben.

Während die phantastische Literatur also das Wunderbare in einer Konfrontation mit der rationalen Wissenschaftlichkeit sieht, basiert die Science-fiction auf dem Gedanken, daß der Geltungsbereich der Wissenschaft noch längst nicht durchmessen ist, und daß sich für jedes scientifische System ein höherwertiges finden läßt, welches dessen «blinde Flecken» oder Widersprüche abschaffen kann. Dabei berührt das System der phantastischen Wissenschaft zwangsläufig das Magische, je höher seine Fähigkeiten eingeschätzt sind. Aber als Prämisse bleibt bestehen, daß das Unmögliche in der Science-fiction nicht nur präsent ist wie in der phantastischen Literatur, sondern daß es auch möglich werden kann.

Auf den ersten Blick fällt neben der Rationalisierung die «Ent-Erotisierung» der phantastischen Wesen der Science-fiction auf. Die «aliens» des Genres haben selten triebpsychologisch bedingte Ziele, sondern zumeist ausschließlich politisch-militärische oder sozial-pädagogische Interessen. Wenn es stimmt, was Roger Callois schreibt, nämlich, daß das Phantastische jeweils dem entspräche, was eine Gesellschaft «zu wünschen übrig läßt», so kommen den Projektionen des Genres neben der Erfüllung der «Menschheitsträume» (Reisen über alle Grenzen hinaus, Unsterblichkeit, Abschaffung der Arbeit etc.), respektive ihren Verteufelungen in den negativen Utopien, vor allem die Sehnsucht nach gesellschaftlicher und individueller Macht und die Überwindung des Eros zum Ausdruck. Die Phantastik des Genres läßt neue (gesellschaftliche) Möglichkeiten in neuen Dimensionen von Zeit und Raum entstehen um den Preis der Abschaffung individueller sinnlicher Befähigungen. Die Abschaffung der Liebe ist eine Lieblingsvorstellung des Genres.

Daß die Möglichkeiten bei der Erfindung des Phantastischen begrenzt sind, im Märchen ebenso wie in der Science-fiction, wird verständlich, wenn man erkennt, daß es im allgemeinen nur zwei Formen des Phantastischen gibt: die phantastische Belohnung (die phantastische Hilfe) und die phantastische Strafe (die phantastische Bedrohung). Die Lust am Phantastischen entspringt immer entweder einem Wunsch, der sich nicht erfüllen läßt, weil die eigene Macht dazu nicht ausreicht (man imaginiert die phantastische Hilfe), oder einem Wunsch, den man nicht äußern darf, weil er unter ein soziales Verbot fällt (man imaginiert die phantastische Bedrohung). Die Katharsis des Genres liegt in einer Abfolge von «reinigender» Strafe und Belohnung; die Science-fiction ist ein extrem pädagogisches, ein tröstendes Genre, das viele Belohnungen für den auch kulturellen Triebverzicht seines Publikums bereit hält.

In der Science-fiction hat die Technik die Stelle der Magie im Märchen eingenommen, bei der Erfüllung von Wünschen beizustehen, wobei gleichsam das Medium auf den Charakter der Wünsche selbst eingewirkt hat. Der erotische Wunschtraum ist dabei nur insoweit ausgeklammert, als er eine reale, nichtorganisierte und nicht von Hierarchien bestimmte Begegnung von Individuen betrifft, jede Form von erotischer «Ganzheit», während die sogenannten Partialtriebe in zahllosen Projektionen aufscheinen. Man könnte sagen, daß die Science-fiction das Märchen ist, das den Rationalismus der Aufklärung, den extremen «Rückfall» ins Mystische, schließlich den Positivismus und seine skeptischen Kritiker durch Anpassung überlebt hat. Auf der Ebene des Individuums ließe sich formulieren: Die Science-fiction ist das Märchen, das die Pubertät und die ersten Phasen des Sozialisationsprozesses durch Anpassung überlebt hat. Nach wie vor aber existiert das Phantastische ausschließlich zu dem Zwecke, die Kausalität der Nichtbefriedigung und der Nichtgeborgenheit aufzuheben. Im Kern dieser Phantastik steckt eine sado-masochistische Komponente, denn das Genre wendet seine phantastische Hilfe gegenüber den «Feinden» ebenso gewaltsam und lustvoll an, wie es die phantastische Strafe als genußvolles, morbides Glück kennt. Hier findet das Genre zu seiner erotischen Aussage. Und das «Ausweichen» auf die neuen Ebenen in der Science-fiction geht nicht ganz ohne Auslieferung aus; in einem Extremfall gleicht das Verhältnis zwischen der Science-fiction und ihren Fans dem in einer Sekte.

In der Aggression gegen die Wirklichkeit, welche das Phantastische darstellt, ist es ziemlich unerheblich, ob es eine vernünftige Erklärung erhält oder nicht. In H. G. Wells' «The Invisible Man» ist die Unsichtbarkeit auch dann eine Bedrohung, wenn klar ist, daß sie einem wissenschaftlichen Experiment entspringt; es ist der schiere Angriff gegen die Konventionen der Kommunikation, wenn man so will, eine Rache des unterprivilegierten Individuums an der Gesellschaft. Das Phantastische ist nicht so sehr eine geschlossene Welt, die man durchqueren muß, wenn man auf der Suche nach seiner eigenen Identität ist (auch wenn es eine solche Rolle durchaus spielen kann), es ist in erster Linie eine Strategie, mit Versagungen fertig zu werden.

## Der Aspekt des Utopischen in der Science-fiction

### Der historische Begriff der Utopie

«Utopia» war der Titel einer berühmten Schrift von Thomas More aus dem Jahr 1516, in der er einen idealen Staat beschrieb. Dies war ganz sicher nicht die erste utopische Dichtung (staatspolitische Entwürfe gehen bis in die Antike zurück); aber das Buch war so exemplarisch für die Gattung des «Staatsromans», daß Jahrhunderte später aus seinem Titel der Begriff der Utopie abgeleitet wurde. Vom Humanismus Mores bis zum Sozialismus des zwanzigsten Jahrhunderts haben soziale Theorien immer wieder ihre Utopien, ihre Staatsromane hervorgebracht. Sie gehörten zumeist als eine bestimmte Phase zu einem sozialtheoretischen Denkprozeß, die sich durch beweisbringende andere Denkschritte schließlich selbst aufzuheben bestimmt war. Einfacher ausgedrückt: Utopie war ein konkreter politischer Entwurf, der ganz auf seine theoretische und praktische Verwirklichung angelegt war, weder allegorische noch poetische Abschweifungen duldete. Die Utopie war eine Methode der Sozialwissenschaften, nicht zu trennen von deren politischen Ansprüchen. Ihre Erfüllung war nicht der Glaube an sie, sondern ihr Übergang zur wissenschaftlichen Anwendbarkeit, so wie es etwa in Friedrich Engels' Buch «Die Entwicklung des Sozialismus von der Utopie zur Wissenschaft» (1882) schon im Titel zum Ausdruck kommt. In diesem historischen Kontext läßt sich also die Utopie definieren als ein gesellschaftlicher, politischer Entwurf, mit gleichsam vorwissenschaftlichen («künstlerischen») Mitteln unternommen, der auf seine Umwandlung in eine wissenschaftliche Theorie, schließlich in soziale Praxis angelegt ist. (Schon jetzt wird deutlich, daß *dieser* Utopiebegriff auf die Science-fiction kaum angewendet werden kann.)

Bis zur Mitte des neunzehnten Jahrhunderts waren der literarische und der wissenschaftliche Begriff von Utopie mehr oder minder identisch, vereint zumindest durch die politische Funktion. Aber nun vollzog sich, was man die Verwissenschaftlichung der definitiven Utopien nennen könnte. Im historischen Materialismus war sozusagen die letzte große der möglichen Utopien (vielleicht auch die «Zusammenfassung» aller bisherigen Utopien), der Sozialismus, aufgehoben in wissenschaftlicher Theorie und politischer Praxis. Von den anarchistischen Strömungen bis zu den faschistoiden Degenerationen des Sozialismus konnte nun keine politische Bewegung mehr einen solchen «Entwurf» vorlegen; es ließ sich allenfalls noch über Interpretationen streiten. Der utopische Gedanke von der Vergesellschaftung der Produktionsmittel und der letztendlichen Aufhebung des Staates im Kommunismus ist der Endpunkt jedes möglichen utopischen Denkens, weil in seinem «Entwurf» die Aufhebung der Voraussetzung für eine Utopie enthalten ist: Eine gesellschaftliche Utopie hat ihren Sinn in einer Idee vom idealen Staat, und der idealste aller idealen Staaten ist eben dieser, nämlich keiner.

Auf den ersten Blick mag es nun erstaunlich erscheinen, daß die Produktion von Utopien und Staatsromanen im neunzehnten und zwanzigsten Jahrhundert nicht etwa versiegte, sondern im Gegenteil eine nie zuvor erlebte Konjunktur verzeichnen konnte. In einer Flut von utopischen Romanen wurde die Utopie «literarisiert»: Der wissenschaftliche trennte sich vom ästhetischen Teil des Utopischen. Dieser Vorgang läßt sich auch als eine Entpolitisierung der Utopie deuten, deren gesellschaftliche Funktion unter anderem, wie Arnhelm Neusüss schreibt, in einer «Utopie-Denunziation» liegt. Mit anderen Worten: die literarische überlebt die politische Utopie nur in ihrer Funktion als Gegenbewegung. Die literarische Utopie des neunzehnten und zwanzigsten Jahrhunderts einschließlich der Science-fiction als Genre der Unterhaltungsindustrie bezog sich, ganz im Sinne der «autonomen Welten», auf Einzelaspekte idealer oder beängstigender Gesellschaftsbilder; sie erhält zunehmend den Charakter einer literarischen «Warnung». Diese literarische Anti-Utopie kann als eine der Grundlagen der Science-fiction gelten, jenes Genres also, das der Form nach die Utopie fortsetzt, der Intention nach aber deren Aufhebung, zumindest deren Kritik betreibt.

Dieser Umwandlungsprozeß des Utopischen hat sicher mehrere Gründe. Einer davon liegt zweifellos schon in der Funktion und der Produktionsweise der Unterhaltungsindustrie, die eben nicht auf eine Selbstauflösung («Verwirklichung») ihrer Aussagen angelegt ist, sondern auf eine möglichst unendliche weitere Produktion. Auf der anderen Seite ist die «definitive Utopie» des Kommunismus zunächst ein durchaus schmerzlicher Denkschritt, denn diese Utopie/Wissenschaft schließt in sich ein Ende der Menschheitsgeschichte im herkömmlichen Sinne ein. So konkret und präzise die in ihr angelegten sozialen und technischen Mechaniken analysiert sind, so sehr ist doch auch ihre Erfüllung für den einzelnen einer Wandlung mit ungewissem Ausgang vergleichbar, ähnlich dem Bild von der Raupe, die sich nicht verpuppen will, weil sie nicht wissen kann, ob wirklich ein Schmetterling aus ihr wird. Denn es ist nur allzu deutlich, daß die Erfüllung der sozialistischen Utopie dem Menschen nicht seine gegenwärtige Qualität beließe. Subjekt oder Ziel dieser definitiven Utopie wäre ein neuer Mensch in einer vorab nicht vorhersehbaren Gefühlslage. Voraussetzung für die Erfüllung dieser Utopie wäre so, daß man seinen Bezugsrahmen, seine «Realität», verleugnete, ein Vorgang, der im bisherigen Verhaltensrepertoire des Menschen nicht vorkommt. So produziert die definitive Utopie ganz zwangsläufig ein gehöriges Potential an Angst, völlig unabhängig davon, ob man sich politisch mit ihr identifiziert oder nicht, unabhängig auch davon, ob es sich bei ihr um eine reale historische Bewegung oder um einen kolossalen Mythos handelt, der seine eigene Unerfüllbarkeit in seinen Kern eingearbeitet hat.

Neben dieser Angst um die Erhaltung der eigenen Realität (die sich im übrigen als Motiv zahlreicher Science-fiction-Geschichten ausmachen läßt) produziert die definitive Utopie ein weiteres historisch/psychologisches Paradoxon: die Utopielosigkeit. In den Gesellschaften des «real existierenden Sozialismus», in denen das Leben aus steten Kompromissen der zur Wissenschaft gewordenen Utopie mit der Wirklichkeit besteht, hat sich die Utopie ebenso den Anspruch auf Erfüllung austreiben lassen wie in der Unterhaltungsliteratur der westlich-kapitalistischen Länder. Auch hier ist letztlich die Utopie zu einer «ästhetischen» Form geworden, die anstatt gesellschaftliche Veränderungen voranzutreiben, solche verhindert. Zudem sorgt ihr globaler Anspruch dafür, daß sich Utopisches neben ihr nicht mehr herausschälen kann, sowenig das Utopische im historisch-gesellschaftlichen Sinn wie das Utopische im pragmatisch-intentionalen Sinn: der Wunsch nach dem Glück.

Die definitive Utopie, zumindest das, was uns von ihr im Alltag erreicht, wird so unversehens zu einer Bedrohung eines jeden bekannten Bezugsrahmens, die verschiedene gesellschaftliche und individuelle Reaktionen herausfordert. Sie mag unter anderem dazu führen, daß in den Gesellschaften, in denen sie bejaht wird, ein radikales Utopie-Verbot entsteht, während in den Gesellschaften, in denen sie verneint wird, oft der größte Teil des kulturellen Apparats mobilisiert wird, um ihre Gefahr zu bannen. Gegen die große, aber statische Kraft der definitiven

Utopie, so ließe sich bildhaft formulieren, werden die zahllosen kleinen, aber «beweglichen» Kräfte der einzelnen Anti-Utopien eingesetzt, welche so schnell vergehen, wie sie entstehen, deren Vorrat und Produktion aber unerschöpflich scheint. (Definiert man die Anti-Utopie einmal als ästhetischen Protest gegen die Attacke der historischen Utopie auf die Wirklichkeit, so lassen sich auch Architektur, Mobiliar, das technische Design, kurz: die gesamte Warenwelt, als mehr oder weniger ungeordnetes Nebeneinander von Anti-Utopien sehen; auch sie übernehmen von den Utopien Formen und Methoden, um die ästhetische Fixierung der inneren und äußeren «Wirklichkeit» zu betreiben. Diese Wirklichkeit besteht in den westlichen Industrienationen in einer anarchischen Form der Produktion, die sich in einer ebenso anarchischen Kultur äußert, welche ein vages Gefühl der Freiheit hervorruft, dessen Entzug als Verlust eines Teils vom innersten Wesen eines jeden erscheinen muß. Die für ein «gesundes» Leben unerläßliche Sinnproduktion ist so eindeutig mit dieser anarchischen Kultur verbunden, daß ein sinnvolles Leben ohne sie nicht *denkbar* ist. Nur die gleichzeitige Erscheinung von sozialer Klaustrophobie, eine gewisse Form der Verelendung, führt zu einer stärkeren Opposition, die freilich häufiger ins geborgene Damals als in die Fährnisse der Utopie führt.)

Die Anti-Utopie der Science-fiction ist also nichts anderes als die Verteidigung der bestehenden Realität als Sinn des Lebens, eines verborgenen Zusammenspiels von Vorstellungen, Mythen, Machtzusammenhängen und Verkehrsformen, gegen die Ahnung von der historischen Notwendigkeit einer neuen Gesellschaft und eines neuen Menschen. Diese Verteidigung ist keineswegs immer reaktionär oder militant, sie läßt sich genauso in den subtileren, kritischen Beispielen der Gattung nachweisen. Wo sie nicht eindeutig auf eine imperialistische Allegorie hinausläuft, da ist Science-fiction häufig eine spekulative «Möblierung» der pluralistischen Vorstellung, die allein ein Leben ohne historischen Utopie-Mythos möglich macht. Die pluralistische Gesellschaft hat als solche kein eindeutig definiertes Ziel außer dem ethischen Mythos, ihren Mitgliedern die bestmöglichen Lebensbedingungen und Entfaltungsmöglichkeiten bereitzustellen. Eine glückliche Zukunft läßt sich so nur als eine Aufrechterhaltung von schwierigen sozialen Balancen denken. So ist das antiutopische Denken tief im Verständnis von Mensch und Gesellschaft eingeschrieben. Eine Vielzahl von Lebens- und Gesellschaftsformen, die nebeneinander in einer mal militärisch, mal kulturell bestimmten Balance existieren, gehört zu den Grundvorstellungen des Genres, von den «gehobenen» literarischen Formen bis zu den Trivial-Epen wie «Flash Gordon» oder «Star Treck». Wenn Utopie die Forderung nach dem Absoluten ist, so gibt es in der Science-fiction dieses Absolute nur als Schreckensvision, während sich das menschliche Glück nur in kleinen hierarchischen Gruppen einlösen läßt. Die Science-fiction kann, zum Beispiel, eine Gleichwertigkeit von Menschen nur als Gleichgültigkeit sehen.

Natürlich ist im Kern jede Utopie nichts anderes als ein Mythos, die phantastische Aufhebung der Widersprüche der Wirklichkeit. Deutlich wird dies vor allem im Vergleich mit der zweiten, nach ähnlichen Gesetzen funktionierenden Konstruktion der Sozialwissenschaften, dem «Staatsvertrag». Zeigt die Utopie das Ziel einer Gesellschaft *aus der Wirklichkeit heraus*, so der Staatsvertrag ihren Ursprung als «Absprache» zwischen Herrschenden und Beherrschten. Und hier allerdings wird klar, daß solch ein Konstrukt zu kaum einem anderen Zwecke als dem der Legitimation von Herrschaftsansprüchen dienlich sein kann: Der Vertreter der puritanischen Ethik Hobbes, zum Beispiel, sieht in dem *Verzicht* auf Macht die Grundlage der Gesellschaft und des Staates, ein demokratischer Revolutionär wie Locke macht sie in der *Delegation* von Macht aus, und ein Materialist wird ihre Entstehung auf die Arbeitsteilung zurückführen. Sieht man genau hin, so beschäftigt sich die Science-fiction mindestens ebenso häufig mit «Staatsverträgen», also mit der Entstehung von Gesellschaften, wie mit Utopien. Der Raum- oder Zeitreisende wird häufig konfrontiert mit Gesellschaftsformen, in denen Macht und Gehorsam extrem aufgeteilt sind; er muß diesen Zusammenhang klären, seine Geschichte bis an die Quelle verfolgen, um überleben zu können, um sich zu retten, um – kleiner Gott, der er ist – für einen «demokratischen Ausgleich» zu sorgen. Der Widerspruch zwischen Macht und Individualität wird dabei im Genre meist durch einen Trick gelöst, der als Lösung eine Usurpation vorweist. Insofern war es auch für die amerikanische pluralistische Geschichtsauffassung einfacher, den Faschismus als «Usurpation» von Hitler und Mussolini zu sehen, als den Kommunismus in seiner kollektiven Erscheinung.

Der Pluralismus des Genres (auch er als Mythos gedacht) zeigt sich also auch in dieser Bewegung: Die Zukunft beinhaltet nichts anderes als neue Anfänge; anstatt, wie in dem Mythos der definitiven Utopie angelegt, eine völlig neue Qualität zu erreichen, gestaltet sich in der utopischen Literatur und im Science-fiction-Genre die gesellschaftliche Entwicklung zyklisch, als eine Abfolge von Phasen aufsteigender Tendenz in der Vergesellschaftung mit einem anschließenden «Rückfall» in die Barbarei, ausgelöst durch einen globalen Krieg oder durch eine gesellschaftliche Explosion, die wenige Individuen nur überleben läßt. Das Ideal der amerikanischen Mythologie (und tendenziell unser aller pluralistischer Weltbilder) ist eine Gesellschaft, die gewissermaßen «gerade erst angefangen hat», die *frontier*-Gesellschaft, voller Möglichkeiten. Solche rudimentären Gesellschaften, die durchlässig sind für den einzelnen, ohne ihn ganz zu bestimmen, machen den Großteil der positiven

Gesellschaftsbilder des Genres aus, nicht zuletzt in dem Parallel-Genre der Fantasy mit seinen archaischen Kulturen.

Wie sich im zyklischen Geschichtsbild des Genres die Vorstellung gegen die determinierende Kraft der Utopie wehrt (ein wenig vielleicht auch der Krisen-Zyklus der kapitalistischen Wirtschaftsordnung sein unbewußtes Abbild findet), so kommt in seinem Anachronismus eine Abwehr gegen die Geschichtlichkeit des Menschen selbst zum Ausdruck: Das Jetzt soll die Ewigkeit repräsentieren; es gibt keinen «Ursprung» und kein Ziel der Geschichte. Der Schöpfungsplan sieht nichts anderes vor als die stetige Erneuerung des Individuums, das das Anschwellen und Absteigen der Gesellschaften überlebt. «Doomsday», der Untergang der Welt, ist nicht nur ein Schrecken, sondern auch eine Erlösung, die das Zuviel an Gesellschaft in einem Reinigungsprozeß aus der Welt schafft. Dann mag alles von vorn beginnen: Aus den Individuen werden Familien und Gemeinschaften, und eines Tages formt sich, rudimentär noch, wieder eine Gesellschaft, die das Böse bekämpfen muß und es doch selber in zunehmendem Maße produziert. Dieser Kreislauf, der sich, wo er nicht explizit dargestellt wird, in vielen phantastischen Reisen «erfahren» läßt, überträgt dem einzelnen jedwelche Verpflichtung, sich dem totalen Anspruch der Gesellschaft nicht zu beugen. Diese Vorstellung ist sicher auch nicht ganz unabhängig von puritanischem Ethos, das zwischen dem einzelnen und der göttlichen Kraft keine – gesellschaftliche – Vermittlung zuläßt und das in der Bewährung einschließlich des Erfolges den menschlichen Lebenszweck sieht.

Als immer wieder variierte Grundaussage der Science-fiction läßt sich also aufstellen: Bevor ein bestimmter Grad der Vergesellschaftung des Menschen erreicht wird, bricht die Entwicklung der Gesellschaften zusammen und beginnt von neuem, oder: Wenn eine Gesellschaft den Individualismus überwunden hat, geht sie an sich selbst zugrunde und hinterläßt den Entkommenen die Chance zu einem individuellen Neubeginn. Beispiele hierfür anzuführen erübrigt sich, läßt sich doch etwa die Hälfte zumindest der angelsächsischen Science-fiction-Literatur auf diesen Kern zurückführen (was seit den sechziger Jahren auch auf den Film zutrifft).

Der Anti-Intellektualismus des Genres (wie der Anti-Intellektualismus der gesamten Unterhaltungsindustrie) läßt sich vor diesem Hintergrund deuten: der Intellektuelle ist derjenige, welcher in der Lage ist, die Gesetze, Strukturen, den «Plan» einer Gesellschaft zu formulieren. Diese Formulierung selbst ist aber schon ein Verstoß gegen den pluralistischen Mythos. Es gibt kein Ziel der Gesellschaft und kein Ziel der Geschichte, und wenn schon, dann soll es wenigstens nicht formulierbar sein. Zudem ist antiutopisches Denken angesichts der definitiven Utopie notwendig, wenn die Metaphysik erhalten bleiben soll. Metaphysische

Denkschritte aber, ob nun explizit religiös bestimmt oder nicht, sind in unseren Lebensformen unerläßlich, um sozial konforme «Realitäten» zu produzieren. Die Anti-Utopien sind so auch die Waffen der Metaphysik gegen die Utopien. Utopie und Metaphysik sind, nachdem die Utopie im Materialismus «ihre» Wissenschaft gefunden hat, unvereinbar geworden, und es steckt mehr Metaphysik als Utopie in der Science-fiction.

Daß die Verbindung: Metaphysik–Anti-Utopie–zyklische Geschichtsauffassung geeignet ist, die definitive Utopie zurückzudrängen, erscheint klar, wenn man daran denkt, daß eine Utopie nicht eine Hoffnung für die Zukunft ist, sondern sozusagen ein «Befehl» an die Geschichte, eine Prophezeiung, die sich selbst erfüllen will. Der Heroismus in der Science-fiction ist im Grunde die Befehlsverweigerung. Aber dazu muß sich das Genre erst einmal auf eine Idee von Utopie, auf ein totales Gesellschaftsmodell einlassen, um dann nicht so sehr die Unbrauchbarkeit eines bestimmten, sondern eines jeden Gesellschaftsplans zu belegen. Das geht gelegentlich bis zur Ablehnung gesellschaftlicher Karitas.

Doch übernimmt die Science-fiction von ihrem Gegenpol, der Utopie, dabei eine Reihe von Denkformen und Abstraktionen. In der Denkweise der Utopie werden die Verkehrsformen der Menschen zwangsläufig abstrahiert; sie finden sich auf Rituale reduziert. Dabei spielt der Zusammenhang zwischen technisch-wissenschaftlichem Fortschritt und der Diversifikation der gesellschaftlichen Rituale eine große Rolle. «Die meisten utopischen Autoren folgen entweder Morus (und Platon), indem sie die juristische Struktur ihrer Gesellschaft betonen, oder Bacon, indem sie mehr deren technische Macht betonen. Die erste Art der Utopie steht der sozialwissenschaftlichen und politologischen Theorie näher; die letztere überschneidet sich mit dem Genre der ‹Science Fiction›. Selbstverständlich kann seit der industriellen Revolution keine Utopie mehr ganz an der Technik vorübergehen. Da die Technik fortschrittlich war, wurde die Reise nach Utopia immer mehr zu einer Reise in die Zeit statt in den Raum, eine Vision der Zukunft, nicht einer Gesellschaft, die bereits an einem isolierten Ort der Erde existiert (oder außerhalb der Erde: Die Berichte über Reisen auf den Mond gehören seit langem zur Romanliteratur und sind zum Teil utopisch). Der Aufstieg von Wissenschaft und Technik bewirkte eine gewaltige Zunahme der juristischen Komplikationen in unserem Dasein. Sobald die Medizin die Ursache einer ansteckenden Krankheit in einem Virus entdeckt hat, werden Quarantäne-Gesetze erlassen; sobald die Technik das Automobil erfunden hat, wird ein gewaltiger juristischer Apparat aufgebaut, und Tausende von nichtkriminellen Bürgern werden in Gerichtsverfahren und Strafen verwickelt. Dies bedeutet eine entsprechende Vermehrung der lebensnotwendigen rituellen Gewohnheiten; eine neue rituelle Gewohnheit muß aber bewußt und hemmend sein, bevor sie automatisch oder unbewußt wird. Wissenschaft und Technik, insbesondere die letztere, führen in jede Gesellschaft den Begriff des zielgerichteten sozialen Wandels ein, des Wandels mit logischen Konsequenzen. Diese Konsequenzen betreffen in erster Linie die Zunahme rituellen Verhaltens» (Northrop Frye). Der spekulative Charakter der Science-fiction bezieht sich also darauf, die auf bestimmte mehr oder weniger vorhersehbare, mehr oder weniger wünschenswerte technische Entwicklungen folgenden gesellschaftlichen Rituale logisch zu entwickeln, ohne dabei den «zielgerichteten sozialen Wandel» im Sinne einer Utopie zu interpretieren. Dabei wird natürlich den exakt durchprogrammierten sozialen Konstruktionen und Ritualen pessimistisch begegnet, da sie dem «freien Spiel der Kräfte» zuwiderlaufen und offenbar nichts anderes als Formen gesellschaftlichen Totalitarismus hervorbringen können.

Damit wäre nun der im «Kern-Mythos» der Science-fiction aufgehobene Grundwiderspruch eingekreist und läßt sich näherungsweise definieren: Die aus dem technisch-wirtschaftlichen Fortschritt sich folgernden und fordernden gesellschaftlichen Veränderungen werden, mittels neuer technischer Konstrukte, mittels phantastischer Elemente, schließlich und hauptsächlich mittels Negation umgelenkt in eine fragwürdige Harmonie zwischen technologischem Fortschritt und sozialem Stillstand. In der Science-fiction paßt sich nicht die Gesellschaft den Produktionszwängen (= «die Technik») an, sondern umgekehrt, die phantastische Technik dem historischen Mythos. Die Anti-Utopie des Genres weigert sich, den Zusammenhang zwischen technisch-industrieller und sozialer Revolution zu erkennen; sie akzeptiert nur das Bild von der schäbigen Sklavenhaltergesellschaft als Gegenbild zur individualistischen *frontier*-Gesellschaft. Mit anderen Worten: Die Science-fiction zeigt, wie der Mensch von heute mit der Technik von morgen in einer Gesellschaft von gestern lebt.

## Positive Utopien

Daß positive Utopien sich überhaupt von einer «experimentellen» Methode der Sozialwissenschaften zu einem Phänomen der Massenliteratur entwickeln konnten, war nur im Übergangsstadium einer bestimmten Klassenlage möglich. Die bürgerliche Revolution hatte unter dem Anspruch nach «Freiheit, Gleichheit, Brüderlichkeit» alle nichtfeudalistischen Klassen, also auch Bauerntum und Proletariat, in ihre Konzeptionen mit einbezogen, um dann, nach einer Phase der Konsolidierung der bürgerlichen Macht, die einstigen, zumindest ideellen Verbündeten in einer erneuten Koalition mit den feudalen Kräften zu verraten und auf ihrer Ausbeutung die eigene Prosperität zu begründen. Während die Utopien das «allgemeine Glück» verheißen hatten, realisierte sich nun nur das «besondere Glück» der bürgerlichen Klasse und das allgemeine Elend von Kleinbürgern, Proletariern und Bauern. Der Kern aller (vormarxistischen) positiven Utopien des Frühkapitalismus war der Segen, den die industrielle Revolution der Menschheit bringen würde: Was die Maschinen dem Menschen an Arbeit abnehmen würden, das sollten sie ihm zugleich als Glück ermöglichen. Daß dies im Bereich privatwirtschaftlicher Ausbeutung der Ressourcen und der Produktivkräfte nicht möglich war, die mögliche gesellschaftliche Prosperität also bald von einer Klasse des besitzenden Bürgertums angeeignet wurde, ließ sich in einem Mythos des abgestuften Wohlbefindens verdrängen. Nicht nur produzierte sich die Illusion, Bürger und Arbeiter könnten «Hand in Hand», als zwei verschiedene Qualitäten mit einem Ziel, die Zukunft «bauen», es wurde nun auch dem Proletariat jene Unmündigkeit zugeschrieben, aus der die Aufklärung den bürgerlichen Menschen in hartem Ringen befreit hatte. Als perfidestes Mittel bürgerlicher Ideologie im beginnenden Klassenkampf erwies sich die Aberkennung der Bedürfnisse: Der «genügsame» Bauer wurde ebenso fester Bestandteil der populären Mythologie (bis hin zum Heimatfilm) wie der fleißige, «bescheidene» Arbeiter. Was dem Proletariat verweigert wurde, legitimierte sich durch das mythische Bild vom Arbeiter, der zu unmündig sei, seine Bedürfnisse zu erkennen und seine Interessen selbst zu verwalten. So konstituierte sich eine Art neuen «Staatsvertrages», in dem der «glückliche Arbeiter» seine Rechte freiwillig dem Bürgertum abtrat, um seine Erfüllung ganz in der Arbeit und im Eros der Maschinen zu finden. Um nun die Unmündigkeit des Proletariers festzuschreiben, bedurfte es großer kulturell-politischer Anstrengungen, denn wieder ging es darum, eine selbstgeschaffene Voraussetzung für den sozialen Wandel, nämlich die Einführung der Zeit in die Legitimation der Macht, aus der Welt zu schaffen. Waren alle feudalistischen Herrschaftsideen auf die Ewigkeit bezogen, eine von Gott oder der Geschichte *ein für allemal* übertragene Macht, so waren in den bürgerlichen Revolutionen die Umstände gesellschaftlicher Veränderung zum zentralen Modell für die Kontinuität der Geschichte geworden. Um ihre Herrschaft zu legitimieren, mußte die bürgerliche Klasse ihrem Gesellschaftsbild nun die historische Dimension wieder austreiben, sie hätte sonst das Ende ihrer Privilegien mit einschließen müssen. Man behalf sich zunächst mit der Mobilisierung von Gefühlen, oder anders ausgedrückt: Man produzierte Neurosen, um gegen die eigene Widersprüchlichkeit Protest anzumelden. Die «Empfindsamkeit» des Bürgers machte ihn immun gegen die Niederungen des Klassenkampfes, des sozialen Wandels. Es suchte ihn das Gespenst seiner eigenen revolutionären Vergangenheit heim (vergleiche das Kapitel

«Der Aspekt des Phantastischen in der Science-fiction»), und umgekehrt versuchte er, wie ein Mensch, der seinen Widersprüchen nicht gewachsen ist, sich, mitleidheischend, «krank schreiben» zu lassen. So kreiste die bürgerliche Kultur zwei Ansprüche ein: den kolonialen, der wieder alle Gegensätze auf ein gemeinsames Ziel hin harmonisierte (und real sogar auch den Arbeiter ein wenig an der Ausbeutung beteiligen sollte), und das Gefühl des Ekels vor den niederen Instinkten des Menschen, in dem sich auch der «Ekel» vor den Ansprüchen des Proletariats allegorisierte. Die Furcht vor dem Proletariat sublimierte sich in der bürgerlichen Kultur in einem «Ekel vor der Masse», der der gefühligen Denunziation einer Klasse gleichkam. (Jedem, der auch nur ein Dutzend der trivialeren Science-fiction-Epen gelesen hat, wird spätestens hier die Kongruenz dieser Gedankenkette mit dem Genre der Science-fiction auffallen. Auch die Empfindsamkeit des Bürgers, seine Ritualisierung des Leidens, hat ihren Niederschlag in den negativen Utopien der Science-fiction gefunden, etwa wo – wie in Aldous Huxleys «Brave New World» – der gefühllose, «schmerzlose» Mensch zum Negativbild wird, oder wo die Erfüllung aller Bedürfnisse zu einer schrecklich gelähmten Gesellschaft führt.)

Die Angst vor der «Vermassung» – gesteigert durch die Herausbildung der definitiven Utopie des Sozialismus – nach innen und die Notwendigkeit wirtschaftlicher Expansion nach außen formten schließlich das kolonialistische Weltbild des Bürgertums im neunzehnten Jahrhundert. Der Gegner im Inneren war zu besänftigen, wenn es einen Gegner «draußen» gab. Gesellschaftliche Einheit und nationale Identität wurden erreicht durch die Vorbereitung auf den Krieg; nach der bürgerlichen Revolution und der Industrialisierung hatte der Krieg neben der geopolitischen und wirtschaftlichen auch eine gesellschaftliche Bedeutung erhalten. Und nicht zuletzt entwickelte sich, was für das Genre der Science-fiction von großer Bedeutung ist, eine Parallelität, ja eine zwingende Wechselwirkung zwischen technologischem Fortschritt und militärischer Aufrüstung. Worauf sich also jeweils die politische Entwicklung bezog, war die Möglichkeit/Notwendigkeit eines Krieges. Mit anderen Worten: Die positive Utopie der bürgerlichen Gesellschaft ist der Krieg. Denn im Krieg steckt die einzig mögliche Verwirklichung des technischen Fortschritts, die nicht zwangsläufig zu neuen sozialen Widersprüchen führte. Es ist nur allzu deutlich, daß diese Haltung auch für die Science-fiction im ganzen tendentiell bestimmend ist.

Dies läßt sich, wie geschehen, zum einen aus der historisch gewordenen Funktion des Genres als Instrument der Ideologie (zumindest der ideologischen «Beruhigung») ableiten, es ist aber auch durchaus aus der inneren Logik des Genres selbst zu folgern. Denn wenn es in der Science-fiction um den technisch-wissenschaftlichen Fortschritt ohne den sozialen Wandel geht (wo es dem Genre nicht um die Warnung vor der Erfüllung der Utopien zu tun ist), dann muß diese utopische, phantastische Technik ihren Sinn, ihre Erfüllung in einer Anwendung «nach draußen» finden, also in einer imperialen Eroberung oder in einem gigantischen Krieg. Der ganze gigantische technische Hokuspokus wäre ohne den «Sternenkrieg», ohne universale Polizeiaktionen ziemlich sinnlos. Eine Unterform der trivialen Science-fiction, unser «Perry Rhodan» zum Beispiel, zeichnet ein Zukunftsbild, in dem ausschließlich nur noch die Waffensysteme weiterentwickelt werden und selbst die phantastischen Reisen, die phantastischen, «parapsychologischen» Fähigkeiten, die Roboter nur zu dem einzigen Zweck der Eroberung und Festigung imperialer Macht dienen. (Im übrigen ist die Unterscheidung zwischen trivialer und nichttrivialer Science-fiction absolut willkürlich; es mag, was die Themen und die ästhetischen Mittel der Science-fiction anbelangt, schichtenspezifische, altersmäßige und bildungsabhängige Abstufungen geben. Ein Leser der «kritischen» Anti-Utopien wird auf den Konsumenten von Endlos-Epen mit Raumschlachten und Planetenkriegen verächtlich herabsehen, und dennoch sind beide Elemente nur die zwei Seiten einer Münze. Wenn dennoch hier gelegentlich das Wort «trivial» aufscheint, so nur, um den Standort innerhalb des Genres zu bestimmen. Als «triviale Science-fiction» wird hier also bezeichnet, was die Mehrheit des engagierten Publikums, des «Fandoms», selber so bezeichnet, was dem «fortgeschrittenen» Aficionado, bildlich gesprochen, als Basis seines Identifikationsmodells ein wenig peinlich geworden ist.)

Wenn die positive Utopie im Genre in nichts anderem als der kriegerischen Mobilität einer Gesellschaft im permanenten Eroberungs-/Verteidigungszustand besteht (einer Reihe von tatsächlichen oder scheinbaren Gegenbeispielen zum Trotz), so liegt es nahe, in den negativen Utopien die Schreckensbilder zwangsbefriedeter Immobilität zu vermuten. Es wäre zwar falsch, in jeder der zahllosen Anti-Utopien des Genres einen Einspruch gegen das utopische Denken überhaupt zu sehen. Als Gegenbeispiele ließe sich eine Reihe von eher satirischen Science-fiction-Erzählungen anführen, aber auch solche Klassiker wie H. G. Wells («The Time Machine») und Jack London («The Iron Heel»). Doch andererseits ist das Utopische, wenn schon, zumeist verborgen in den Konstruktionen und Konventionen des Genres.

Die Anti-Utopie kann also unter bestimmten Voraussetzungen durchaus Beiwerk oder sogar Voraussetzung des Utopischen sein. Die Regel im Genre ist aber weder die «echte» antiutopische Gesellschaftskritik noch die rein konservative Kritik an der Utopie und die Legitimation des Bestehenden, sondern eine ausbalancierte Verknüpfung beider Elemente. Besonders deutlich ist dies in den drei großen Modellen kritischer Anti-Utopien für die Science-fiction, in Jewgenij Samjatins «Wir»

Die notgedrungen vergröbernde filmische Umsetzung einer klassischen negativen Utopie: George Pals Verfilmung von H. G. Wells' «The Time Machine».

(My, 1920), in Aldous Huxleys «Schöne neue Welt» (Brave New World, 1930) und in George Orwells «1984» (Nineteen Eighty Four, 1949). Diese Romane, «in denen die Grenzen der Gattung wohl nicht nur endgültig abgesteckt, sondern auch ausgeschöpft worden sind» (Martin Schäfer), schufen äußerst populäre Verbindungen von Utopiekritik und Gesellschaftskritik, zugleich eine kodifizierte Form dafür, wie beides miteinander kurzzuschließen sei, eine Form, die im Genre dafür sorgte, daß beides mehr und mehr zu einer Einheit wurde, deren Elemente auch für den kritisch analysierenden Leser nicht mehr zu trennen sind. So machte sich das Genre immun und «neutral»; es vereinigt in sich die beiden Haupttendenzen der bürgerlichen Gesellschaft: das Unbehagen an der eigenen Gesellschaftsform und die Furcht vor einer radikalen Änderung zur Zukunft hin. Gesellschaftskritik relativiert sich in der Science-fiction a priori durch den antiutopischen Kern, wie umgekehrt die Warnung vor der vorgestellten Meta-Gesellschaft auch Kritik am kapitalistischen Staat mit einschließt.

Es sei nun dahingestellt, ob in der fortgeschrittenen Science-fiction die Utopiefeindlichkeit mit der Gesellschaftskritik «verkauft» wird, oder umgekehrt. Tatsache ist, daß beides eine Einheit bildet, die so erst das Genre konstituiert. Diese Verzahnung ist auch für die als Rudiment und Ansatz in der Science-fiction immer noch vorhandenen positiven Utopien nachzuweisen. Und auch hier wäre es müßig zu fragen, ob die positive Utopie als «Vorwand» für die Anti-Utopie oder umgekehrt die Anti-Utopie als «Vorwand» für die positive Utopie funktioniert. Als Beispiel seien nur die Roboter-Geschichten von Isaac Asimov erwähnt, in denen die Roboter durch ihre Programmierung zum Prinzip des Guten werden. Grundlage ihrer Existenz sind die drei Robotik-Gesetze, die lauten: 1. Ein Roboter darf niemals ein menschliches Wesen verletzen oder durch sein Nichthandeln zulassen, daß ein menschliches Wesen zu Schaden kommt. 2. Ein Roboter muß den Befehlen gehorchen, die ihm ein Mensch gibt – es sei denn, diese Befehle stehen im Widerspruch zum ersten Gesetz. 3. Ein Roboter muß seine eigene Existenz schützen, solange dies nicht dem ersten oder zweiten Gesetz widerspricht. Auf Grund dieser Gesetze lassen sich nicht nur zahllose logische Denkspiele durchführen, sie sind auch eine Garantie für das Gute in der Technik. So kompliziert und menschenähnlich werden bei Asimov die Roboter, daß als Heldin einiger Roboter-Erzählungen eine «Robot-Psychologin» fungieren kann. Die Liebe, welche die auch äußerlich dem Menschen völlig ähnlichen Roboter nicht kennen, ist ersetzt durch eine allgemeine, jederzeit abrufbare Freundlichkeit der Roboter. In «I, Robot» wird ein Roboter sogar zum Segen der Menschheit zum absoluten Führer. Asimov hat, ganz wie die negativen Utopien des Genres, nur mit umgekehrtem Vorzeichen, die Technik beseelt. Sie ist das Gute, das der Mensch aus sich herausgearbeitet hat. «Romantik hat abgedankt zugunsten forscher Progressivität, die meint, alles Heil entspringe den Denkmaschinen. Technik, deren Verselbständigung in minderen SF-Stories als apokalyptische Drohung erscheint, verwandelt sich, ebenso undifferenziert, zur eschatologischen Verheißung. Das positivistische Erbe hat sich endgültig durchgesetzt, hat alle Dialektik, die nach Zweck und Bedingungen des technischen Fortschritts fragt, als schlicht fortschrittsfeindlich diffamiert» (Pehlke/Lingfeld). Da also, wo die Science-fiction zu einer positiven Utopie gelangt, erreicht sie dies, indem sie die «utopischen Aufgaben» des Menschen auf die Technik überträgt. Kurioserweise nähert sich diese Utopie sozusagen auf «Umwegen» der des Materialismus wieder an, indem sie das Absterben des Staates darstellen, freilich nur, indem sie alle staatlich-administrativen, alle politischen, unangenehmen, schmutzigen Prozesse den Maschinen überträgt, die allein wirklich objektiv zu urteilen und ohne egoistisches Interesse zu handeln in der Lage sind. Gerechtigkeit und Güte der Maschinen ist allerdings nicht unschwer als jenes bürgerliche Ideal vom über den Dingen stehenden

Geist des weisen Führers auszumachen, das sich im Namen der Sache legitimiert.

Und in dieser positiven Utopie verborgen steckt auch wieder ein Stück Anti-Utopie; der ideale Staat in den positiven Utopien der Science-fiction ist derjenige, in dem nicht mehr der Mensch, sondern die Maschinen die Verkehrsformen ordnen, denn ihnen allein wird zugebilligt, was dem Menschen in diesem menschenunfreundlichen, kalvinistischen Genre längst abgesprochen ist: Güte. Die Roboter erlösen den Menschen von sich selbst, vor allem von der Geschichte, dem Medium seiner Sündenfälle. «Denken Sie», sagt die Robot-Psychologin am Schluß von «I, Robot», «daß für alle Zukunft Konflikte vermeidbar werden. Nur die Maschinen sind von jetzt an unvermeidbar.»

## Negative Utopien

Die Science-fiction entstand aus einer Fusion von utopischer Literatur und gotischer Phantastik. Nicht nur mußte sich zur Abwehr der definitiven Utopien die im Genre mögliche Gesellschaftskritik verkleiden, es war auch einer so mythenversessenen Gesellschaft wie der bürgerlichen nicht mit rationalen Utopien beizukommen, die pragmatisches Handeln hervorgerufen hätten. Und weil umgekehrt der Rationalismus die Ideologie dieser Gesellschaft ist, ihre Religion gewissermaßen, so lassen sich die Kritik und der Entwurf kaum anders als in romantischer, gefühlsbetonter Form vorbringen. Wenn man sich daran erinnert, daß das Romantische einmal als Opposition gegen den Herrschaftsanspruch des Rationalismus aufkam, wird deutlich, daß die Sentimentalität, schließlich später der oft extreme Subjektivismus im Genre einer immanenten Kritik an einer der Legitimationen bürgerlicher Herrschaft entspricht, die freilich längst nicht mehr die bedeutendste ist.

Die Grundlage des Genres ist die romantische Ungleichung von Freiheit und Glück. Jemand, der glücklich ist, zufrieden vor allem, kann nicht frei sein, und frei zu sein bedeutet, auch das Unglück und das Leiden zu akzeptieren. Es ist wichtiger, frei zu sein, so dies romantische Verständnis, wohl unser aller Denk- und Lebensgrundlage, auf daß man sich selber erfahre und den Anspruch auf die Erfüllung der Qualität Mensch einlöse, als glücklich zu sein, womöglich in einer Masse, ohne eine freie Individuation. Der Mensch kommt zu sich selbst und zu einer Persönlichkeit nur durchs Leiden, und die Gesellschaft tut wohl, dem Menschen nichts von seinen Leiden zu enteignen. «Man habe sich zu entscheiden zwischen der Barbarei des Glücks und Kultur als dem objektiv höheren Zustand, der Unglück in sich einbegreift», beschreibt Theodor W. Adorno dieses Axiom.

Mit diesem Widerspruch, der an seiner Entstehung beteiligt war, hat das Genre zu kämpfen auch dort, wo versucht wird, beides, die Freiheit und das Glück, in einem noch so instabilen Entwurf zu vereinen. So lassen sich die beiden Hauptaussagen des Genres in bezug auf die negative Zukunftserwartung, nämlich: grenzenlose Banalität des Lebens auf der einen oder grenzenloser Schrecken auf der anderen Seite, aus diesem ursprünglichen Widerspruch zwischen rationalem und romantischem Anspruch deuten. Die Kritik der Science-fiction an der Gegenwart kann nur von dieser Voraussetzung ausgehen und muß schon deshalb zugleich mit ihrer Gegenwartskritik eine Kritik der möglichen Utopie mit einschließen. Der Versuch des Genres, eine – paradoxe – «romantische Rationalität» oder «rationale Romantik» zu entwickeln (man denke etwa an die von H. G. Wells geprägte Bezeichnung der «scientific romances»), spiegelt so eine Sackgasse des bürgerlichen Denkens, deren avancierteste Spiegelung in der Unterhaltung die Science-fiction zuweilen ist.

Die Kritik der Science-fiction an der Gegenwart, an Staat und Gesellschaft, beruht gerade an der Fortschreibung gegenwärtiger oder sogar schon im Ansatz überwundener Tendenzen, und mit ihrer Fortschreibung wird nolens volens der revolutionären Umgestaltung die Wirklichkeit entzogen. Mit anderen Worten: Wo die Science-fiction die karikierten Gegenwartsverhältnisse ins Jahr 2145 projiziert, da schafft sie gewissermaßen ein «historisches Loch», in dem all die Möglichkeiten der Veränderung, all die versäumten Gelegenheiten zur Verbesserung des menschlichen Lebens, all die verratenen Revolutionen des Bürgertums verschwinden. Hier ist man wieder beim Ausgangspunkt: Die Science-fiction verbindet als Genre des Mittelstandes die Kritik nach «oben» (Diktatur, Aristokratie, Vergangenheit) mit der Kritik nach «unten» (Sozialismus, Proletariat, Zukunft) und wird somit zu einer zugleich melancholischen und militanten Bestätigung des Status quo auch in ihren «liberalen» Beispielen. «Wenn man sich mit Wells und Orwell die Zukunft des Menschen unumgänglich als die eines Roboters vorstellt, oder wenn diese Zukunft wie in Bradburys Roman oder Truffauts Film ‹Fahrenheit 451› dargestellt wird, so haben wir es nicht mit einer Vorwegnahme der Zukunft, sondern mit einer bloßen Fortschreibung dessen zu tun, was bereits vergangen ist, gleichwohl die Gegenwart noch mitbestimmt. Der größte Fehler wäre, den Menschen heute noch zu einem von der Maschine abhängigen Wesen zu degradieren, obwohl die kybernetische Mutation ein beispielloses Aufblühen der menschlichen Freiheit möglich macht. Die falschen Propheten, die den *Tod des Menschen* voraussagen und, ausgehend von einem abstrakten und doktrinären Strukturalismus, den Menschen als eine *von den Strukturen gelenkte Marionette* definieren, diskutieren über längst vergangene und gescheiterte Unternehmungen der Menschheit; sollen doch die Toten die Toten begraben» (Roger Garaudy).

Man muß diesen Optimismus, nicht zufällig von einem Vertreter der «definitiven Utopie» stammend, nicht teilen, um zu akzeptieren, daß der wie auch immer gelöste Grundwiderspruch im Genre, der zwischen Mensch und Maschine, wahrscheinlich einer falschen Fragestellung entspricht. Die Technik hat im Genre zuviel Seele, zuviel Eigengewicht, sie birgt zuviel vom projizierten bürgerlichen Selbstverständnis und von seinen historischen Verdrängungen, als daß es zu einer solch klaren Aussage wie der Brechts gelangen könnte, daß die Maschinen so lange gut sind wie sie das Dasein der Menschen erleichtern. In den eindeutig reaktionären Werken der Science-fiction-Literatur ist mit der Kritik an den Maschinen die Kritik der Masse verbunden; das heißt die Furcht, die Maschine versklave die Menschen, überdeckt oft nur die noch tiefere Furcht, die Maschinen könnten jenen Teil der Menschen befreien, der die bürgerliche Gesellschaft allein in Frage stellen würde. Hier ist Science-fiction nichts anderes als die Spiegelung des realen Vorgangs, wie mit einer Verbindung von Industrialisierung und multimedialer Gehirnwäsche das Proletariat als Klasse vernichtet worden ist. In den negativen Utopien der Science-fiction befürchtet das Genre, daß die Maschinen, außerirdische Invasoren, eine überstrukturierte Gesellschaftsform mit ihren bürgerlichen Helden das tun könnten, was die bürgerliche Herrschaft mit ihren potentiellen Überwindern gemacht hat.

Statt einer Auseinandersetzung *um* die Technologie beschreibt die Science-fiction eine Auseinandersetzung *mit* der Technologie. Ganz gewiß gehört auch diese zu den zukünftigen Aufgaben des Menschen, doch genauso sicher ist vorrangig der soziale Kampf um ihre Verfügung. Das heißt, die Auseinandersetzung mit der Technologie wird im Genre in erster Linie auf einer ästhetischen Basis betrieben; die Maschinen, zum Beispiel, haben die Erde und das menschliche Leben unschön gemacht, die Natur ist verdrängt, der Individualismus zerstört, Gefühle sind verlorengegangen, die Menschen können nichts mehr wollen, kurz: mit der Technologie ist das Schicksal des Proletariats universal geworden. Das (jugendliche) mittelständische Publikum der Science-fiction sieht auf gigantischer Projektionsfläche seine eigenen Ängste bestätigt, die einzige individuelle und historische Gefahr, das «Absinken» des Bürgers zum Proletarier. In diesem Mythos formt sich das politische Weltbild des Genres, das sich als so «reifer» Kritiker vor der Unfreiheit des Menschen hat tarnen können. Die negativen Utopien erhalten erst dann ihren Sinn, wenn man sie in Bezug setzt zur Struktur ihrer Leserschaft.

So muß sich über der Diskussion der Mittel eindeutig das Ziel verlieren, denn tatsächlich sind diese Mittel ja nichts anderes als ein symbolisches Bild für die gefürchtete soziale Hölle; in den apokalyptischen Visionen der Science-fiction von einer Giant City der Zukunft, die als riesige Fabrik angelegt ist, drückt sich so die Angst des Bürgers aus, «in die Fabrik gehen» zu müssen. In einer utopischen Vorstellung hätten die Maschinen ihren wohldefinierten Platz und ihre Moral: Alles, was sie beitragen könnten, das utopische Ziel zu erreichen, wäre ihnen gestattet, und alles, was der Erreichung des Ziels zuwiderlaufen würde, verboten. Im antiutopischen Denken muß die Technologie hingegen einen völlig anderen Stellenwert einnehmen: Hier kann sie nur vage Hoffnung auf eine vorsichtige Verbürgerlichung des Proletariats (also gleichsam Ersatz für ein utopisches Konzept) oder eine dumpfe Furcht vor der Proletarisierung des Bürgertums sein.

Doch die avancierte Science-fiction geht in ihrer antiutopischen Konstruktion noch einen Schritt weiter: «Während die kontinentaleuropäischen gegenutopischen Werke dazu neigen, Wissenschaft und Technik zu dämonisieren und den Menschen ‹versklavt› in ihrem Griff zu zeigen, werden Wissenschaft und Technik in der amerikanischen Science Fiction immer mehr zu bloßen Instrumenten, während die Unvernunft und Unmündigkeit des *Homo Futurus* als eigentliches Thema in den Vordergrund tritt» (Vera Graaf). Das heißt, die Science-fiction stellt somit die Möglichkeit eines neuen Menschen, der freilich eine andere Beziehung zur Maschine hätte als zu einem Machtmittel, in Frage. Die Maschine als Muster gesellschaftlicher Produktionszusammenhänge wird zur Waffe gegen den Menschen. Die Kritik an der Technologie wandelt sich also: Es gibt keinen Menschen, der die zukünftigen technologischen Möglichkeiten zum Segen der Menschen anwenden könnte. So erhält die Technik den Charakter einer Utopie, die der Mensch nicht erfüllen kann.

Ist dies einmal akzeptiert, so läßt sich nur noch in einem empfindlichen Gleichgewicht zwischen Mensch und Maschine leben. Jeder Schritt kann da das Verhängnis bedeuten. Die Science-fiction will, um es einmal überspitzt zu formulieren, verhindern, daß die Zukunft stattfindet. Wenn in der Gegenwart schon so viel Schlimmes angelegt ist, dann kann die Zukunft nur schrecklich sein, meint die moralische Anti-Utopie des Genres, und sie überspringt dabei in der mahnenden Zeichnung ihres Zukunftsbildes alle jene historischen Punkte, wo sich die dialektischen Umschwünge revolutionärer Neugestaltung ermöglichen würden.

In der Entwicklung der amerikanischen Science-fiction gibt es nur ein einziges bedeutendes Buch, das eine positive soziale Utopie zum Gegenstand hat, Isaac Asimovs «Sterne wie Staub». Einen neuen in gewisser Weise utopischen Aspekt hat die Science-fiction allenfalls in einigen Werken der New Wave erlangt, wo im *inner space* neue Glücksmöglichkeiten für das Individuum entdeckt werden, ein Glück, das sich nur noch im Individuum selber, höchstens in einer kleinen Gruppe verwirklichen kann. Aber sowenig das Ideal vom «Absterben des Staates» durch bloße Verweigerung erreicht werden kann, sowenig läßt sich die Freiheit des

Individuums als eine Größe denken, die nicht gesellschaftlich und kollektiv errungen wäre. Und somit ist die Freiheit dieser Utopie beim Charakter einer Droge angelangt; die phantastische Reise wird zum Trip.

## Der Aspekt des Kolonialismus in der Science-fiction

Was für etliche Genres der populären Kultur zutrifft, gilt auch für die Science-fiction, nämlich daß einer ihrer Ursprünge in der viktorianischen Unterhaltungsliteratur liegt. In ihr entwickelten sich häufig Themen des Phantastischen aus der traditionellen Abenteuerliteratur, eine Reihe von Autoren schrieben sowohl Abenteuerromane und Kriminalromane als auch phantastische Literatur. In dieser Literatur spiegelte sich der bestimmende Widerspruch zwischen gesellschaftlich notwendiger Innovation und ebenso notwendigem Konservatismus. John Baxter beschreibt den «Geist» der Epoche:

«Für die Viktorianer war die Erforschung der Welt nicht nur das Recht, sondern sogar die Pflicht des Menschen. Wissensdrang, verbunden mit imperialistischer Mystik, förderte beides, Kolonialismus und

Landnahme im Weltraum. Titelbild eines Pulp-Magazins.

wissenschaftliche Forschung, Erkundung von neuem Land und neuen natürlichen und übernatürlichen Phänomenen. Phantasten und Propheten konnten ihre Ideen verbreiten, und selbst der verschrobenste Unsinn wurde zumindest einmal angehört. Initiative und Gelegenheit waren wichtiger als Qualifikation. Die Missionare drangen ins Innere Afrikas vor und erforschten es, ‹Botaniker› erklommen die höchsten Berge, und die Physiker experimentierten mit spiritualistischen Kräften. Darin lag für den Engländer des neunzehnten Jahrhunderts kein Widerspruch; die Welt war ein riesiger Vorrat an Geheimnissen, wer konnte ahnen, was noch in den verborgenen Winkeln darauf wartete, entdeckt zu werden.» Tatsächlich diente alles dies, Freiheit, Ermutigung und Unterstützung jeder Art von Forschung, hauptsächlich dem einen Zweck, den Herrschaftsanspruch des britischen Imperiums zu bestärken. (Kein Wunder also, daß manches Ergebnis der «freien» Forschung diesen Zweck eher wiedergab als eine logisch interpretierte Beobachtung.) Mit Konsequenz aber brachte dieses System der Forschung schließlich auch Ergebnisse hervor, welche die ideologischen Prämissen angriffen, zum Beispiel Darwins Abstammungslehre, die nicht nur ein religiöses, sondern auch ein kulturelles, letztendlich politisches Axiom in Frage stellte: die unbedingte Superiorität des Menschen über die Natur.

Die Leidenschaft für Forschung und Entdeckung, die Analogie von kolonialistischer Landnahme und naturwissenschaftlicher (und eben auch «parapsychologischer», wie wir es heute nennen würden) Forschung gehörte sicher zu den Legitimationsideologien des viktorianischen Imperialismus. Sie war über ein kompliziertes Geflecht moralischer und gesellschaftskritischer Regeln und Zwänge so in das Gefühlsleben der bürgerlichen Menschen eingeschrieben, daß der Drang nach Forschung und «Eroberung» sozusagen ein Teil des viktorianischen Eros geworden war. Das männliche Rollenverständnis verlangte nach einer Identitätsfindung im «Abenteuer» der Eroberung und Erforschung; bildlich gesprochen waren die gesellschaftlichen Zwänge so angelegt, daß nur im Neuen für den jungen bürgerlichen Mann eine Möglichkeit der Selbstbestätigung offengehalten wurde. (In Wahrheit war dieser bürgerliche Mann natürlich entweder Geschäftsmann oder Militär, oder er lebte von einem akademischen Dienstleistungsberuf, aber da diese Tätigkeiten sich durchaus verbinden ließen mit dem Mythos der Eroberung, wurden sie gehalten von der Vorstellung, den wahren Kern ihrer Männlichkeit im Abenteuer entdeckt zu haben.)

Daß jede Erforschung «wilden» Landes früher oder später ihre gleichsam direkte Konfrontation verlieren mußte und zu ausbeuterischen und – vor allem – bürokratischen Herrschaftsformen führte, und daß jede neue naturwissenschaftliche Entdeckung ihre geschäftliche Auswertung finden mußte, gehört zu den ideologischen Widersprüchen des Systems, über die man sich mit massenhaften «Trophäen» in allen Formen hinweghalf. Wo man schon längst der Großgrundbesitzer war oder Angestellter einer Handelsgesellschaft, da spielte man noch den Jäger und Forscher. Und daheim las man Abenteuerliteratur.

Für den bürgerlichen viktorianischen Idealtypus waren die Kolonien und das Labor die beiden mythischen Möglichkeiten einer politischen und «geistigen» Sozialisation: Hier wurde er, in der populären Vorstellung, durch Bewährung und Erfolg (und durch eine gehörige Portion Destruktivität) zum Mann. Der Held der Abenteuerliteratur ging in die Kolonien und kehrte als ein anderer, ein Erwachsener zurück; seine Erlebnisse haben ihn reifen lassen, mit Gelassenheit tritt er nun der Frau gegenüber. Und Verwandlung seiner selbst ist auch das Merkmal der Helden von Romanen um wissenschaftliche und parawissenschaftliche Vorgänge, deren später, nicht mehr geheurer Nachfolger der *mad scientist* des Genres ist. Immerhin läßt sich sagen, daß der «natürlichen» Sozialisation durch die Landnahme Vorrang vor der «künstlichen» Sozialisation durch die Wissenschaft eingeräumt wurde, in England, aber erst recht später in Amerika, wo sich der Vorgang in anderer Form wiederholte. Dem Ethos des Kolonisators stand hier das Ethos des Pioniers gegenüber.

Die «Verknappung» des zu kolonisierenden Landes, die Tilgung der weißen Flecken auf der Landkarte (tatsächlich aber auch: die Konzentration der wirtschaftlichen Macht in immer weniger Händen und die zunehmende Regelhaftigkeit von Karrieren), schließlich auch die notwendige Rationalisierung, Entmystifizierung der Wissenschaft ließen einen Mangel entstehen, der vor allem durch die populäre Kultur behoben wurde. Sie brachte immer neue Formen hervor, welche die Widersprüche zwischen den imaginären Sozialisationskonstrukten (einem ideologisch-psychischen Gesamtkomplex) und der Wirklichkeitserfahrung zu «kitten» imstande waren. Das heißt, die populäre Kultur hatte (und hat) die Aufgabe, den durch die Sozialisationsinstanzen vermittelten, gelegentlich sogar erzwungenen Entwurf der Rollen mit der diesen überrollenden Wirklichkeit zu versöhnen. Nicht ein realistisches Bild der Welt braucht dazu gewonnen werden, sondern ein jeweils neuer Mythos, in dem sich die Widersprüche aufheben lassen. So wurde zum Beispiel aus dem kolonialen Abenteurer dessen Gegner, eine Figur wie Tarzan, um die Unschuld des Abenteuers zu bewahren. Er ist zugleich der Wilde, dessen Freiheit und natürlicher Eros bewundert wird, was aber im kolonialen Rassismus verdrängt werden muß, und der überlegene Europäer, Lord Greystoke. Die Dämonisierung der Wissenschaft in den Formen des *mad scientist*-Themas bewahrt, durch eine andere Form der Verschiebung, deren faszinierende Aura der Magie. Es ist verständlich, daß in diesem Prozeß der Verschiebungen immer bizarrere Formen gefunden werden müssen. So wie das «Draußen» der Kolonien für den bürgerlichen Helden eine Flucht ins Niemandsland des Abenteuers ist, in dem paradoxerweise als einzigem noch die Werte Gültigkeit erlangen, die er drinnen, in der Heimat sich einverleibt hat, so wird nun in der Literatur häufig genug das Draußen, das Phantastische, zur Zuflucht für die Wertsysteme, die drinnen in der Realität ihre Verläßlichkeit verloren haben. Wie das Phantastische schon immer ein Ausweg für das Verbotene war (vergleiche dazu den Band «Kino des Phantastischen» in dieser Buchreihe), so ist es auch ein Ausweg für die von der Geschichte überholten Wertsysteme. In der Science-fiction, beispielsweise, «halten sich» politische Ideologien, die im Klartext ausgedrückt kaum Billigung erfahren würden. Auf diese Weise hebt sich bis zum sattsam bekannten «Großimperator des solaren Imperiums», dem Science-fiction-Romanheft-Helden Perry Rhodan, die imperialistische Konzeption der Welt, die zugleich auch eine Konzeption zur Organisation der Sexualität ist, im Genre auf.

Wie die Abenteuerliteratur auf einen Mangel an Abenteuern oder auf eine ungeliebte Umstrukturierung reagiert, so reagiert die phantastische Literatur auf einen Verlust an Magie. Mit dem Abbau des Magischen in der Welt erhöht sich, pointiert ausgedrückt, die Selbstverantwortung des Menschen, wenn man so will, seine Einsamkeit. Die bürgerliche Ideologie des Viktorianismus und seiner Ausläufer trägt rudimentär das Paar von Lebensprinzipien in sich: das Abenteuer als Bewährung und Individuation und die Magie von Geborgenheit und mythischen Kollektivierungen. In dieser Konzeption gibt es keinen anderen Weg zur Gemeinschaft als den über die Gefolgschaft und, als Kompensation für den Mangel an Gefühl darin, die Projektion der Gefühle in Natur und Gesellschaft: die Magie. Daß ein solches Weltbild noch immer sehr virulent ist, zeigt der enorme Erfolg der science-fiction-verwandten Genres wie Fantasy, Heroic Fantasy oder Sword & Sorcery, die sozusagen als Illustration für die «imperialistische Tendenz» des Genres gelten kann, vermittelt durch eine im Genre der Science-fiction häufig angewandte Vorstellung von der «Rebarbarisierung» des Menschen.

Das Phantastische ist aber auch zumindest in seinen an Reise und Eroberung orientierten Formen (die Themen der «phantastischen Reise», die «Space Operas» der Science-fiction) ein Ersatz für den «realistischen» Abenteuerroman, wie auch seine filmische Umsetzung vom phantastischen Film fortgesetzt wird. Der Verlust der Kolonien (wobei dem materiellen Verlust ein ideeller zuzuordnen ist) bedeutet auch den Verlust von Sozialisations- und Identifikationsmodellen, die in der Unterhaltung zum Teil «nachgeliefert» werden. An die Stelle der Forschungsreisen in zu kolonisierende Gebiete der Erde tritt die phantastische Reise ins Innere der Erde, auf den Meeresgrund, zu fernen Planeten. Dem Schrecken, der Vorrat an Geheimnissen auf der Welt könne begrenzt sein und der Mensch müsse an die Lösung der durch ihn selbst geschaffenen Probleme gehen, wird in immer unvorstellbarere Fernen ausgewichen. So läßt sich ein Teil der phantastischen Literatur als Reaktion auf den Verlust kolonialistischer Selbstbestätigung interpretieren. Nur leicht verändert in ihrer Tendenz demgegenüber ist die frühe amerikanische Science-fiction, die einen ganz ähnlichen Verlust zu verarbeiten hat: das «closing of the frontier», das Ende der Eroberung und Besiedlung des Kontinents im Westen. Daß zum Beispiel die frühe amerikanische Science-fiction so wenig wirklich Phantastisches und so viel an Eroberung und Inbesitznahme vorweist, mag ein Indiz dafür sein, daß sie als Fortführung des amerikanischen Mythos im Western zu dienen hatte. In der Space Opera war der Astronaut der Westerner, der von Planet zu Planet zieht wie der Cowboy von Wasserstelle zu Wasserstelle.

# Geschichte des Science-fiction-Films

# Science-fiction in der Stummfilmzeit

## Georges Méliès und die Anfänge des Science-fiction-Films in Europa

Die Geburt eines jeden Genres im Film ist nicht nur der Beginn einer neuen Thematik, sondern auch der Beginn einer neuen technischen und ästhetischen «Sprache» des Films. So besehen ist zum Beispiel der Western das Genre der Landschaften und der Bewegungen, der historische Film das Genre der Kostüme und Architekturen, das Melodram das Genre der Blicke und Gesten. Der Science-fiction-Film ist von Anfang an das Genre der verblüffenden Filmtricks, das Kino, welches das «Unmögliche» darstellt und phantasievoll mit den Naturgesetzen umgeht.

Aber zugleich war der Science-fiction-Film immer auch schon ein sehr «literarisches» Genre, in dem das Technische zumeist mit dem gedanklichen Experiment einherging. Mehr als das bei anderen Genres der Fall war und ist, hat der Science-fiction-Film häufig die Ideen von Schriftstellern umzusetzen versucht, die in ihren Büchern an die Vorstellungskraft der Leser appelliert haben. So durchzieht die Geschichte des Genres die Gefahr, immer wieder als bloße «Illustration» der literarischen Science-fiction, gelegentlich sogar als deren Verflachung zu wirken. Der Science-fiction-Film *zeigt*, so plakativ und eindeutig wie ein Genre-Film in der Regel nun einmal ist, was die geschriebene Science-fiction *erzeugt*: Vorstellungen, Träume, Ahnungen, Spekulationen, Visionen.

Auch der erste Science-fiction-Film, der dieser Bezeichnung durch seine Handlung gerecht wird, Georges Méliès' «Le voyage dans la lune» (1902) bezieht sich auf literarische Vorlagen: auf Jules Vernes «De la terre à la lune» (1865) und auf H. G. Wells' «The First Men in the Moon» (1901). Allerdings verhält sich der Film eher parodistisch zu seinen Quellen. Es ist eine Abfolge grotesk-komischer und immer verblüffender «bewegter Bilder»: Das Raketengeschoß, mit dem man von der Erde zum Mond gelangt, wird von einer Anzahl leichtgeschürzter Tanzmädchen in die Raumkanone verfrachtet. Die Rakete trifft den «Mann im Mond» ins Auge. Die «Seleniten» (aus Wells' Roman) sehen eher komisch als bedrohlich aus, und sie zerplatzen, wenn sie mit einem Regenschirm angestoßen werden. Als die furchtlosen Raumfahrer zur Erde zurückkehren (wobei sie sich der «natürlichen Anziehungskraft» der Erde bedienen und ihr Gefährt einfach «hinunter»fallen lassen), wird gerade

Georges Méliès' Vision von der Raumfahrt.

ein Denkmal für die verschollenen Helden aufgestellt.

Das Grundmotiv der mehr abenteuerlichen Science-fiction, die phantastische Reise, ist auch das Thema von «Le voyage à travers l'impossible» (1904), wo ein Zug mit rasender Geschwindigkeit über eine Bergkuppe fährt, davonfliegt, in den weiten Himmel und darüber hinaus, ins All, dann zurückkehrt und im Meer landet, um schließlich wieder sicheres Land zu erreichen. Die Tricks, die Méliès anwandte, dienten weniger einer perfekten Illusion als einer Demonstration immer neuer, verblüffender mechanischer Möglichkeiten zur Darstellung von Bewegungen und Verwandlungen. Sie waren zum Teil in Méliès' eigenem Theater, dem «Théâtre Robert-Houdin», ausprobiert oder vorentwickelt, und alle Trickaufnahmen wurden auch im Theater gedreht. Die Tricks verrieten nicht selten ihre Herkunft: So agierten etwa die Darsteller vor einem gemalten Hintergrund (den man zur Erzeugung einer Bewegungs-Illusion verschieben konnte), Gegenstände oder phantastische Gestalten wurden, oft vor einem schwarzen Hintergrund, wie Marionetten oder Puppen bewegt und konnten so neben den Schauspielern agieren, etc. Daneben gab es aber auch Tricks, die sich nur mit dem neuen Medium des Films verwirklichen ließen, so etwa, wenn sich gezeichnete mit realen Szenen abwechselten, und es gab sogar einige Szenen im *stop-motion*-Verfahren, das erst viele Jahre später durch Spezialisten wie Willis O'Brien oder Ray Harryhausen zur Perfektion gebracht wurde. «Méliès erforschte jede Möglichkeit der Theatermechanik, um sie für das Kino nutzbar zu machen» (Georges Sadoul), und er entdeckte zahlreiche filmische Techniken, um aus ihnen die größten «Theater-Effekte» für das Kino zu erzielen. (Nur eine einzige wichtige Erzähltechnik des phantastischen Films sollte in dieser Frühzeit des Genres nicht wenigstens ansatzweise angewandt werden: der Schnitt.)

Méliès erzählt in diesen und seinen folgenden Filmen mit phantastischer Thematik nicht eigentlich eine Geschichte, er stellt vielmehr populäre Vorstellungen nebeneinander, verbindet sie mit humoristischen und tricktechnischen Mitteln und schafft so, dem Varieté und dem Zaubertheater verwandt, dem er immer verpflichtet blieb, eine «Vorstellung», in der sich Mythen und Sensationen, das Bekannte und das Überraschende zu einem Bilderreigen fanden. Der Tendenz seiner Zeit, aus allem, der Politik, der Kultur, der Wissenschaft etc. eine gleichsam zirzensische Attraktion zu produzieren, die eigene Zeit gewissermaßen als eine Abfolge von «Ausstellungen» zu betrachten, kam er mit seinen Filmen entgegen. Er machte gleichsam die populären Postkarten mit ihren phantastischen, erotischen und gesellschaftlichen Anspielungen lebendig, die ein bevorzugtes Ausdrucksmittel der bürgerlichen Welt waren; er brachte das Theater zum Kino, indem er ihm eine neue technische Dimension hinzufügte

Doch sosehr Méliès' Filme auch dem Zeitgeist entsprachen (und dementsprechend schnell der – vorläufigen – Vergessenheit anheimfielen), so groß war doch auch ihre Bedeutung als «Prophezeiungen» des Science-fiction-Genres. Denn auch die brillanten *tableaux* von Méliès haben ihr Zentrum dort, wo noch lange (und vielleicht immer) die unterhaltsame Science-fiction ihren Ausgang nimmt: am Punkt, wo sich das Phantastische, das Komische und das Erotische treffen. Auf den phantastischen Reisen gibt es Begegnungen mit bizarren Wesen mit ganz und gar unirdischen Eigenschaften und Fähigkeiten; Landschaften und Architekturen vermögen ein geheimnisvolles Eigenleben zu entwickeln und entgegen ihrer zweckrationalen oder natürlichen Bestimmung zu leben. So hat das *bug eyed monster* aus den «typischen» Science-fiction-Filmen und -Romanen der vierziger und fünfziger Jahre seinen Vorläufer in Méliès' «Seleniten» oder in dem Eisriesen aus seinem Film «A la conquête du pôle» aus dem Jahr 1912, so wie die Heldinnen in ihren knappen Kostümen ihre Vorbilder in den Foliès Bergère-Ballettmädchen aus «Le voyage dans la lune» oder in den Meermädchen aus «Deux cent milles lieues sous les mers ou le cauchemar d'un pêcheur» (1907) hätten haben können. Und wie der Science-fiction-Film späterer Jahre immer auch ein aktuelles Genre war, das auf Ängste und Faszinationen durch den technischen und sozialen Fortschritt reagierte, so finden sich in Méliès' Filmen auch jene Themen angesprochen, die in der Gesellschaft der zehner Jahre für Gesprächsstoff sorgten. Daß da, zum Beispiel, so ausgiebig von Reisen, ungeheuren Entfernungen, die durch neue technische Fortbewegungsmittel zu nichts zusammenschrumpfen, und unglaublichen Geschwindigkeiten die Rede war, hatte sicherlich auch seinen Ursprung in der sich sprunghaft entwickelnden Technologie des Verkehrs. Die Geschwindigkeit versetzte die Menschen in Entzücken und Angst. Die Geschwindigkeit der modernen Verkehrsmittel zu Lande, zu Wasser und in der Luft und was sich daraus folgern ließ, das gehörte zu den wesentlichen Themen der frühen Science-fiction, vor allem in der Literatur, aber auch, wie bei Georges Méliès, im Film, ganz so, wie fünfzig Jahre später das Genre versuchte, die Relativität von Zeit und Raum in faßbare Vorstellungen zu übertragen.

Um das Thema der Geschwindigkeit ging es zum Beispiel auch in dem englischen Film «The ‹?› Motorist» (1905 – Regie: Walter Booth), wo ein Automobil eine solche Geschwindigkeit erreicht, daß es ins All hinausgeschleudert wird, an der Sonne vorbeifliegt, um auf den Ringen des Saturn kehrtzumachen und zur Erde zurückzukehren. Das Weltall hat in diesen Satiren auf die «Geschwindigkeitsräusche» der Zeitgenossen noch etwas anheimelnd Überschaubares; es ist nichts weiter als die Fortsetzung unserer Atmosphäre, in der dieselben Gesetze gelten wie auf der Erde.

Schließlich aber war es nur noch ein kleiner Schritt, um aus den bekannten, allerdings noch nicht ganz geheuren technischen Fortbewegungsmitteln phantastische, fremde und bedrohliche Invasionsmaschinen zu machen, die die Erde angreifen. Sehr schnell ergab sich aus der ersten Thematik, der phantastischen Reise, so die zweite Thematik der frühen Science-fiction, die bis heute ihren Reiz nicht verloren hat: die Invasion und die «unheimliche Begegnung». In «The Airship Destroyer» (1909 – Regie: Walter Booth), einem der ersten rein dramatischen Science-fiction-Filme, geht es um mysteriöse Flugmaschinen, die London angreifen. Sie erweisen sich allen Waffen, sogar Panzern und Mörsern, überlegen, bis ein junger Wissenschaftler sie vermittels ferngesteuerter Torpedos vernichtet. Der Publikumserfolg dieses Films, der vor allem auf dem Gebiet der Modell-Tricks neue technische Möglichkeiten des Films aufzeigte, führte dazu, daß einige Nachfolgefilme in Auftrag gegeben wurden: «The Aerial Anarchists» (1911 – Regie: Walter Booth) zeigt einen neuerlichen Luftangriff auf London, und in «The Pirates of 1920» (1911 – Regie: A. E. Colby, Dave Aylott) gibt es bereits eine ausgewachsene Abenteuergeschichte mit der für spätere Action-Filme verbindlichen Typologie. Es geht um einen jugendlichen, kräftigen Helden und einen bösen, aber interessanten Schurken, der die schöne Braut des Helden kidnappt. Bevor er dieser etwas antun kann und seine finsteren Weltbeherrschungsgelüste durch einen besonders widerwärtigen Zerstörungsakt in die Tat umsetzen kann, wird er aber vom Helden in letzter Minute trotz seiner Superwaffen bezwungen. Mit diesen Filmen begann das «militärische» Moment der Science-fiction im Film, die Parallele mit dem Kriegsfilm und die späterhin häufig recht fragwürdige Ideologie des Genres Gestalt anzunehmen; die Invasionsgeschichten der Science-fiction «meinten» recht häufig sehr reale und gar keine unirdischen Eroberer, oder sie beanspruchten eine größere Verteidigungsbereitschaft in Zeiten politischer Spannungen. Daß sich das Thema in dieser Zeit gerade in England so publikumswirksam umsetzen ließ, kann wohl kaum ein Zufall sein.

Noch ein drittes für die Entwicklung des Genres entscheidendes thematisches Element kristallisierte sich bereits in der Stummfilmzeit heraus: die Figur des *mad scientist*, des verrückten, diabolisch oder ignorant die Menschheit gefährdenden Naturwissenschaftlers und Erfinders, die sowohl für das Horror- als auch für das Science-fiction-Genre bestimmend werden sollte. In dem amerikanischen Film «Frankenstein» (1910 – Regie: J. Searle Dawley) taucht sie zum erstenmal auf, dann, in ihrer eigentlichen Funktion im Genre, in «La folie du Docteur Tube» (1914 – Regie: Abel Gance), wo ein Wissenschaftler durch Experimente mit Lichtstrahlen zum Wahnsinnigen wird, der sich die Menschen vermittels Hypnose gefügig machen will. Ähnlich diesem Film war auch «L'Inhumaine» (1923 – Regie: Marcel L'Herbier), die Geschichte einer gefeierten Opernsängerin, die durch einen «wahnsinnig» in sie verliebten Wissenschaftler nach ihrem Tod zu einem verhängnisvollen zweiten Leben erweckt wird, vorwiegend als formales Experiment angelegt. (Zu den Mitarbeitern dieses Films gehörte neben den späteren Regisseuren Alberto Cavalcanti und Claude Autant-Lara auch der Maler und Experimentalfilmer Fernand Leger.)

Aber die phantastische Thematik war nicht nur eine gestalterische Herausforderung, sondern auch als Medium für sozialkritische oder satirische Allegorien ein Motiv des Avantgarde-Films. Das bekannteste Beispiel hierfür ist René Clairs «Paris qui dort» (1923). Der Film erzählt die Geschichte eines jungen Mannes, der Wächter des Eiffelturms ist. Eines Morgens kommt niemand, ihn abzulösen, und als er hinuntersteigt, um nachzusehen, entdeckt er, daß ganz Paris in einen Zustand völliger Unbeweglichkeit verfallen ist. Alle Uhren sind zu einer bestimmten Zeit stehengeblieben, die Menschen «versteinert» inmitten ihren Bewegungen. Die wenigen Menschen, die von der rätselhaften «Krankheit» verschont geblieben sind, entwickeln ein aggressives und asoziales Verhalten; die Männer betrinken sich und prügeln sich um die

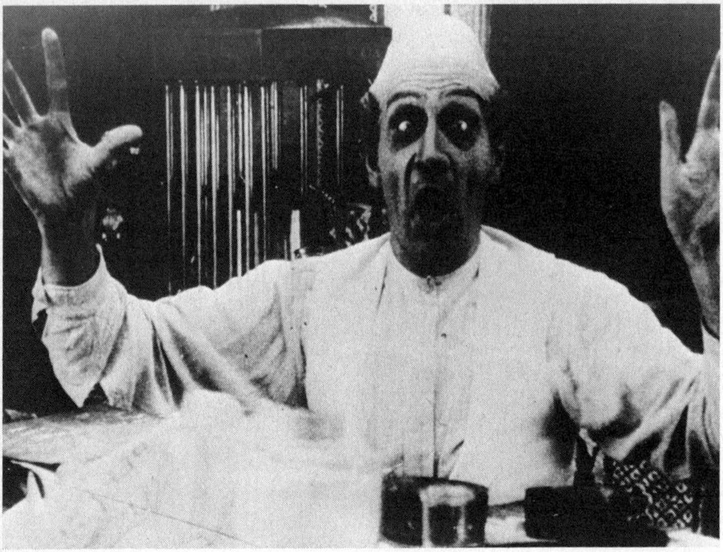

Einer der ersten *mad scientists* in der Geschichte des Genres. «La folie du Docteur Tube» (1914) von Abel Gance.

einzige «lebendige» Frau. Der Held entdeckt durch einen Radiosender die Quelle der geheimnisvollen Versteinerung: Ein Wissenschaftler hat die Einwohner der Stadt mit einem Strahler hypnotisiert. Der paralysierende Strahl wird abgestellt. Aber die Menschen haben aus dem Geschehen nichts gelernt; sie kehren zurück in ihre sozialen und erotischen Frustrationen, zu ihrem früheren Leben, als wäre nichts geschehen. Der junge Held zieht sich mit der Tochter des Wissenschaftlers auf «seinen» Turm zurück und verschließt ihn.

«Bemerkenswert ist unter den Motiven von ‹Paris qui dort› die – später fast selbstverständliche – Prämisse, daß sowohl die Wissenschaft als auch die menschliche Natur an sich böse sind, oder doch wenigstens korrupt. Clair präsentiert uns einen der ersten *mad scientists* der Filmgeschichte, auch wenn dessen Charakter hier zugegebenermaßen eher gutartig ist. Seine Erfindung, die er ohne böse Absicht und ohne zu wissen, was ihretwegen geschieht, anwendet, ruft eine Katastrophe hervor, so wie es die meisten technischen Apparaturen der Science Fiction tun. Aber der Wissenschaftler selbst wird als komischer Typus gezeigt, unrealistisch und ohne feste Konturen in der Charakterzeichnung, ganz im

Gegensatz zu seiner hübschen Tochter, der ersten in einer langen Reihe von Filmheldinnen in ähnlichen Situationen. Der Held selbst ist kräftig, zupackend, ein Proletarier. Und schließlich sollte die Gruppe, die ‹Masse›, die in Hysterie und Anarchie verfällt, wenn es keine zügelnde Autorität mehr gibt, eine typische Vorstellung des Genres werden, die in nahezu jedem Film mit dem ‹Ende der Welt›-Thema auftaucht» (John Baxter).

Der Science-fiction-Film entwickelte seine eigene Typologie, seine eigenen Gesetze, nach denen sich die Beziehungen der Protagonisten nach immer ähnlichen Schemata regelten. Zugleich aber waren diese Gestalten auch Möglichkeiten, die Gesellschaft, ihre Opferbereitschaft, ihre Solidarität, ihre Disziplin, ihre Klugheit oder was immer gerade am ehesten in Frage stand, einer Prüfung zu unterziehen. Und wie bei René Clair sollte die Gesellschaft in den meisten Science-fiction-Filmen der Folgezeit diese Prüfung nicht bestehen.

«Paris qui dort» (1923) von René Clair. Mit Henri Rollan und Madelaine Rodrigue.

## Die deutschen utopischen Filme

Die Naivität, oder doch die scheinbare Naivität des phantastischen Films in England und Frankreich, wich auf der «dämonischen Leinwand» des deutschen expressionistischen Films nach dem Ersten Weltkrieg einer fortwährenden Explosion von Bedeutungen und Visionen. War für Méliès und seine Zeitgenossen das Phantastische vor allem ein Spiel mit der Mechanik und die Exploration neuer Möglichkeiten, vermittels der Technik natürliche Grenzen zu überschreiten, so war der expressionistische deutsche Film mit phantastischer Thematik eher die Projektion innerer Widersprüche, eine Art «Dammbruch» zwischen äußerer Wirklichkeit und innerer Befindlichkeit. Lotte H. Eisner zitiert in ihrem Buch «Dämonische Leinwand» einen zeitgenössischen Kritiker: «Die Welt ist so durchlässig geworden, daß ihr jeden Augenblick Visionen und Phantome zu entströmen scheinen; unaufhörlich wandeln sich äußere Tatsachen in innere Erlebnisse um, unaufhörlich werden seelische Vorgänge exteriorisiert.»

Die Sicherheit der bürgerlichen Gesellschaft vor dem Krieg, die sich die Welt zum Spektakel machen zu können glaubte, war dahin, nun wurde ihr wahnsinnig und dämonisch, was sie nicht mehr begreifen und ausstellen konnte: Das Kuriose wurde zum Obskuren. Doch sosehr der deutsche Film zu Beginn der dritten Dekade des zwanzigsten Jahrhunderts Ausdruck von Verstörung und Unsicherheit war, wobei nicht selten das Phantastische als schizophrene Reaktion auf unauflösbare Widersprüche fungieren mochte, so sehr war doch auch das Kino der Ort, wo sich das eine oder andere einrenken ließ, wo man das Böse und den Wahn am Ende aus der Welt getrieben sehen konnte. Denn auch der expressionistische Film, trotz aller formaler und thematischer Innovationen, war in erster Linie Unterhaltung, also ein System von Versuchen, sich mythologisch die Risse in der Welt zu kitten und klare Bilder für unklare Gefühle zu finden.

Zudem ist die Perspektive auf die wenigen «Spitzenfilme» dieser Zeit, die gewiß nicht repräsentativ für das gesamte Filmangebot waren, ein wenig irreführend. Und es läßt sich der filmische Expressionismus nicht als eine Schule, eine Stilrichtung, nicht einmal als eine klar zu definierende «Strömung» im deutschen Film sehen, sondern eher als eine Anzahl der verschiedenartigsten Versuche, ein Zeitgefühl und, mehr noch, die aus anderen Kunstgattungen bekannten Stilmittel und Themen auf den Film zu übertragen. Aus diesem Konglomerat von Talenten, Ideen und Gefühlen entstammen viele Impulse für die Entwicklung verschiedener Film-Genres, vor allem des Kriminalfilms und des Horrorfilms (vergleiche dazu den Band «Kino des Phantastischen» in dieser Buchreihe).

Es ist überaus schwierig (und zugegebenermaßen auch ein wenig müßig), eine Trennungslinie zwischen utopischen Filmen und phantastischen Filmen mit «übernatürlichen», märchenhaften oder parapsychologischen Motiven zu ziehen (wie ja überhaupt die klare Trennung von Horror- und Science-fiction-Genre sich erst in den vierziger Jahren herausbildete). Bestimmte, immer wiederkehrende Vorstellungen, wie etwa der «seelenlose Mensch», tauchten einmal als übersinnliche Phänomene auf (wie z. B. in den «Doppelgänger»-Filmen), ein andermal als utopisch-technische Konstruktionen (wie etwa der weibliche Roboter in Fritz Langs «Metropolis»). Inmitten einer hypertechnologisch gezeichneten Welt der Zukunft erscheint (wieder in «Metropolis») der *mad scientist* als Magier, der seine böse Technik mit kabbalistischen Ritualen unterstützt. Es ging in diesen Filmen viel weniger um Erklärungen oder anschauliche Rationalisierungen wie im späteren amerikanischen Science-fiction-Film; es ging darum, die Krise eines Menschenbildes umzusetzen, das den Menschen klar umgrenzt zwischen den Welten des «reinen Geistes» und der «reinen Mechanik» ansiedelte. Geist und Mechanik, Fleisch und Maschine waren so durcheinandergeraten wie die politische Ordnung, in der sich auch die klaren Fronten verwischt hatten und allenfalls in der Negation kurzfristig bürgerliche Allianzen noch möglich waren.

Der deutsche phantastische Film war bevölkert von Geistermenschen – der Tod in Fritz Langs «Der müde Tod» (1921), der Vampir in Friedrich Wilhelm Murnaus «Nosferatu, eine Symphonie des Grauens» (1922), der Doppelgänger aus «Der Student von Prag» (1926 – Regie: Henrik Galeen); von künstlichen Menschen – «Genuine» (1920 – Regie: Robert Wiene), «Der Golem» (1920 – Regie: Paul Wegener, Carl Boese); von Wesen zwischen Alptraum und Wirklichkeit – «Das Cabinett des Dr. Caligari» (1919 – Regie: Robert Wiene), «Das Wachsfigurenkabinett» (1924 – Regie: Paul Leni); von wahnsinnigen Tyrannen wie «Dr. Mabuse, der Spieler» (1922 – Regie: Fritz Lang) und Besessenen wie in «Orlacs Hände» (1924 – Regie: Robert Wiene).

Auf so seltsame und «widernatürliche» Weise die meisten dieser «Halbmenschen» zum Leben gelangen, auf so gewaltvolle und bizarre Weise müssen sie es auch wieder verlieren; die Gesellschaft vernichtet, was sie an Ungeheurem hervorbringen muß. Insofern nehmen diese phantastischen Filme die Grundregel des späteren Genres bereits vorweg, nämlich, daß auf den Einbruch des Phantastischen in die bürgerliche Welt dessen Vernichtung oder Ausgrenzung zu folgen hat. Während eine Anzahl dieser Filme das Unbehagen oder ganz einfach die Angst der Nachkriegsgesellschaft wiedergaben, ohne Ordnung leben zu müssen, die eine archaische, dämonische oder tyrannische Machtergreifung verhindern könnte, gab es auch schon andere, die sich dem Phantastischen «vom Standpunkt eines banalen bürgerlichen Optimismus (näherten). Von diesem ausgehend, verkleinert die Filmhandlung das bestehende Unbehagen und symbolisiert es durch einen flüchtigen Unfall, der das Vertrauen in immerwährende Sicherheit nicht nachhaltig abschwächen soll» (Siegfried Kracauer). Die Anzahl der phantastischen Filme aus der Folgezeit, die sich nicht an dieses «Rezept» der Verkleinerung gehalten haben, läßt sich an zwei Händen abzählen.

Einer der ersten deutschen Filme, die ihr menschliches «Halbwesen» durch eine quasiwissenschaftliche Erklärung rechtfertigten, war der Serienfilm «Homunculus» (1916 – Regie: Otto Rippert), der aus sechs «Kapiteln» bestand. Homunculus, der künstliche Mensch, von dem genialen Wissenschaftler Professor Hansen und seinem Assistenten Rodin in der Retorte erzeugt, ist zunächst ein menschlicher Idealtypus mit außergewöhnlichen geistigen Eigenschaften. Erst als er erfährt, daß er kein wirklicher Mensch ist, beginnt er sich einsam und ausgestoßen zu fühlen, betrogen um den Kern des Mensch-Seins: die Liebe. Ruhelos wandert er durch die Welt, immer auf der Suche nach menschlicher Gesellschaft, die nichts von seiner Herkunft weiß. Aber wo er auch erscheint, überallhin ist die Kunde von seinem Wesen gedrungen: «Aber das ist ja Homunculus, der Mensch ohne Seele, ein Handlanger des Teufels – ein Ungeheuer!» Die zurückgewiesene Sehnsucht Homunculus' verwandelt sich in Haß. Er wird zum Diktator, der nur noch nach Rache verlangt. Er «verkleidet» sich als Arbeiter und entfacht als Agitator Aufstände, die ihm als Tyrannen wiederum den Vorwand dazu liefern, das Volk grausam zu unterdrücken. Erst als er schließlich sogar einen Weltkrieg vom Zaun bricht, trifft ihn ein Blitzstrahl und macht seiner Herrschaft ein Ende.

Die Ähnlichkeiten mit dem späteren wirklichen Diktator, Adolf Hitler, mögen auf den ersten Blick verblüffend sein, vor allem die terroristischen Formen der Machtergreifung und die Strategie der Erzeugung der Gewalt, gegen die sich der Diktator als Schutz andient. Freilich sind die Elemente, aus denen die Figur «zusammengesetzt» ist, lange tradiert in der Geschichte der populären Mythologie, und die Zeichnung einer Ambivalenz der politischen Kräfte, vor allem die «Entdeckung» der Manipulierbarkeit von Massen, entsprach einem allgemein verbreiteten Pessimismus (um nicht zu sagen: Fatalismus), der den Antagonismus von «Volk» und «Führer» als stetigen Teufelskreis von Gewalttätigkeiten interpretierte.

Aber für die Entwicklung des Science-fiction-Genres war vor allem das Thema der Erschaffung eines künstlichen Menschen durch wissenschaftliche Methoden von Bedeutung, ein Thema, das auch durch medizinische Forschung paraphrasiert wurde, (nicht nur) in Deutschland aber auch ein Widerhall einer genetischen, rassischen, dynastischen

Ideologie war, die zwar im Faschismus zu ihrer reinsten und perfidesten Form kam, aber beileibe nicht auf diesen beschränkt gewesen ist. In Frage stand die «gewachsene», familiale, auf Blutsverwandtschaft gegründete Identität des Menschen. Der Mensch, der nicht «auf natürliche Weise gezeugt» ist, war (und ist) nicht nur eine Herausforderung der christlichen Theologie und Ethik, sondern auch eine Infragestellung der bürgerlich-patriarchalischen Hierarchie und ihrer Vorstellungen der leiblich-seelisch-materiellen «Erbschaften».

Daß also aus dem künstlichen Menschen, dem entfremdeten Außenseiter mit zu vielen Fähigkeiten und zuwenig Bindungen, ein zerstörerisches Wesen, ein böser Tyrann werden mußte, erscheint so weniger als die Vorahnung kommender politischer Herrschaftsformen als vielmehr die Projektion und Dämonisierung einer naturwissenschaftlich in den Bereich des Möglichen gerückten Bedrohung der «mythologischen Identität» des bürgerlichen Individuums. (Bezeichnenderweise sucht der traurige und grausame Roboter oder Android dieser Filme seine Helfer und sein Instrument immer da, wo nach der Vorstellung der Autoren die Entindividualisierung sowieso schon fortgeschritten ist: bei den Arbeitern, bei der «Masse».) Der Hitlerismus entsprach vielleicht einer ähnlichen politischen Psychologie, eine Vorahnung, wie oft behauptet wird, waren diese «Tyrannenfilme» indes kaum, und noch viel weniger waren sie rationale Versuche, vor politischen Herrschaftsformen zu warnen. Sie waren Reaktionen auf eine Verunsicherung, auf Risse in der Mythologie der bürgerlichen Gesellschaft, die mit den Mitteln der «Unterhaltung» gekittet wurden, nachdem ihnen die schlimmsten Gespenster und Nachtmahre entwichen waren.

Zwei Jahre nach «Homunculus» entstand die erste Film-Version von Hanns Heinz Ewers' Roman «Alraune» (die Regie ist nicht bekannt). War Homunculus ein Mensch aus der Retorte, so Alraune, sein weibliches Gegenstück, das Produkt einer künstlichen Befruchtung, die ein Wissenschaftler an einer Prostituierten mit dem Samen eines Mörders vornimmt. Er zieht das Kind auf, vorwiegend deshalb, weil er seine Theorie beweisen will, daß der Charakter eines Menschen viel mehr von Umwelt und Erziehung als von der Veranlagung geprägt wird. Doch Alraune ist auch mit den besten Absichten nicht von ihren verbrecherischen Anlagen zu befreien. Es sind jedoch, so legt der Film nahe, nicht nur diese Erbanlagen, sondern auch der «seelenlose» Akt ihrer Zeugung, der aus ihr ein menschliches Ungeheuer macht, den mechanischen Vamp, dessen einziger Lebenszweck es ist, Männer in Ruin, Zerstörung und Selbstmord zu treiben.

Mehr noch als bei «Homunculus» wird in diesem Film – wie in seinen zahlreichen Remakes, darunter ein ungarischer Film aus demselben Jahr, bei dem Mihaly Kertesz die Regie führt, welcher später unter dem

Namen Michael Curtiz in Hollywood zu Ruhm gelangen sollte – als Hintergrund deutlich, was Siegfried Kracauer den «Schock der Freiheit» genannt hat. Zum einen wird in dieser Frankenstein-Geschichte an der Prädestination der Charaktereigenschaften durch Vererbung festgehalten, die durch neue Theorien in Frage gestellt sind, zum anderen – wiederum – die «technische» Art der Zeugung als Ursache für Leid und Zerstörung angedeutet. Das in den göttlichen und menschlichen «Schöpfungsplan» nicht einbezogene Wesen, das in verhängnisvoller Freiheit aufwächst, muß eliminiert werden.

Der «traurige Robot» ist böse nach innerem Zwang, wie Alraune, oder er wird zum Werkzeug wie der weibliche Roboter Maria in Fritz Langs «Metropolis» (1925/1927). Hier wird zum erstenmal in einem phantastischen deutschen Film eine Zukunftsvision gestaltet, die nicht bloß auf einzelne Aspekte beschränkt bleibt. Es geht um die «Stadt der Zukunft», Metropolis, in der sich die Produktionsbedingungen und sozialen Hierarchien verstärkt und versteinert haben: Oben, an der Sonne, in kühnen, luftigen Hochhäusern, wohnen die Mitglieder der herrschenden Klasse, unten, unter der Erde, in Höhlen und Katakomben, die Arbeiter, die wie Sklaven leben und mit den Maschinen, an denen sie arbeiten, zu einer großen rhythmischen Einheit verschmelzen.

Johann Fredersen (Alfred Abel) ist der Beherrscher dieses Industrie-Imperiums, «Herr über Maschinen und Arbeiter»; in jeden Winkel reicht seine Macht, alles kontrolliert er und ist gegenwärtig durch seine Monitoren. Sein eigener Sohn Freder (Gustav Fröhlich) allerdings lehnt sich zumindest innerlich gegen die Allmacht seines Vaters auf. Er hat eine junge Frau, Maria (Brigitte Helm), kennengelernt, die man «unten» die «Heilige der Unterdrückten» nennt, weil sie die Befreiung der Arbeiter nicht durch Gewalt, sondern durch eine sozusagen religiöse Botschaft der Liebe und Brüderlichkeit erreichen will. Unter ihrem Einfluß entwickelt Freder Sympathien für die Sache der geknechteten Arbeiter. Um der Gefahr zu entgehen, auf diese Weise Machteinbußen hinnehmen zu müssen, gibt Johann Fredersen dem skrupellosen Erfinder Rotwang (Rudolf Klein-Rogge) den Auftrag, die Arbeiter zu täuschen. Rotwang konstruiert einen Roboter mit Marias Gestalt, der nun die Arbeiter aufwiegelt und sie dazu treibt, die Maschinen zu vernichten. Wie in «Homunculus» ist die Entfachung des Aufstandes auch hier darauf ausgerichtet, einen Vorwand für den Diktator zu liefern, um eine Oppositionsbewegung mit Waffengewalt niederzuwerfen. Durch die Vernichtung der Maschinen wird allerdings auch das unterirdische Wohngebiet der Arbeiter überflutet. Freder und die wirkliche Maria können im letzten Augenblick die Bedrohung abwenden. Ihr Beispiel kündigt den Frieden zwischen Arbeitern und Kapitalisten an; am Ende reichen sich der Arbeiterführer (Heinrich George) und Johann Fredersen die Hände, beherrscht von der Einsicht, daß «das Gehirn und die Hand nicht zusammenwirken können, wenn sie nicht vom Herzen vereint sind».

Man hat Fritz Langs Film immer wieder in Beziehung zum Faschismus gesetzt, und tatsächlich verraten einige Elemente (die Führergestalt, die gewaltsam-sentimentale «Verbrüderung» von Kapital und Arbeit etc.) die Verwandtschaft zu präfaschistischen Vorstellungen. Aber diese Mythologie, die sich nahezu in allen phantastischen deutschen Filmen nachweisen läßt, entspricht einer verbreiteten ideologischen Zwangslage. Denn wo man den Kapitalismus nicht mehr und den Sozialismus noch nicht akzeptieren konnte, da ergab sich notgedrungen die Suche nach etwas «dazwischen» oder «darüber hinaus». Wer also den Widerspruch sah und nicht das Wagnis einer revolutionären Umgestaltung bejahte, geriet so – zumindest retrospektiv betrachtet – automatisch in die Nähe des Faschismus, der gewaltsam vereinte, was nicht zu vereinen war, die Ausbeuter und die Ausgebeuteten. Und sowenig Fritz Lang ein Faschist gewesen ist, sowenig war er jemals ein Marxist – allem Argwohn des «House Committee of Unamerican Activities» zum Trotz.

Das Ornament der Masse in Fritz Langs «Metropolis» (1927).

Bis hin zu «Logan's Run» (Flucht ins 22. Jahrhundert – 1976 – Regie: Michael Anderson) ist dies ein Grundwiderspruch des Genres geblieben, nämlich daß es gesellschaftliche Widersprüche so kraß und überdeutlich aufzeigen kann wie sonst kein anderes Genre, daß es aber auch zugleich die obskursten Methoden der Harmonisierung hervorgebracht hat. Der amerikanische Science-fiction-Film hat später für die Lösung dieses Mißverhältnisses vor allem die dramaturgische Wendung der Flucht des Individuums aus gesellschaftlich unlebenswert gewordenen Zuständen entwickelt. Der Held des europäischen Films hatte diese Möglichkeit der Flucht, des «Weiterreisens» und Weggehens nicht; an Ort und Stelle mußte sich alles zum Besten wenden; schon deshalb ist der Hang zum politisch Reaktionären eine stete Gefahr des deutschen phantastischen Films gewesen.

Fritz Langs Film indes war in erster Linie Architektur und Komposition. Die Idee zu diesem Film entstammte der ersten Begegnung des Regisseurs mit der Stadt New York. Um den Eindruck aus Größe, Licht und Konstruktion wiederzugeben, wurde in diesem Film – zum ersten-

Dreharbeiten zu Fritz Langs «Metropolis».

mal in einem Film mit Spielhandlung – das sogenannte Schüftan-Verfahren eingesetzt, das mit Hilfe verschiedener Projektionen, Kamera-Masken und Spiegel winzige Studio-Modelle als riesige Bauten erscheinen ließ. (Schon allein wegen der wirksamen Anwendung dieses Verfahrens wäre «Metropolis» ein bedeutender Film für die Entwicklung des Genres.) Die Architektur überlagert die rhythmisch lebenden Maschinen, die mehr sind als Medien der Produktion: Moloche, die alle Menschen, oben und unten, in ihrer Gewalt haben. «Die Bewohner der unterirdischen Stadt sind fast noch mehr Automaten als jener Automatenmensch, den der Erfinder Rotwang geschaffen hat; sie sind dem Rhythmus komplizierter Maschinen völlig eingeordnet. Ihre Arme werden zu Strahlen eines Riesenrades, ihre in den Nischen der Maschinenzentrale eingebetteten Körper wirken wie die Zeiger von Uhren und werden wie diese mechanisch-rhythmisch bewegt. Die extreme Stilisierung verwandelt den Menschen in ein Objekt: In den beiden Etagen strebt die Diagonale eines jeden dieser mechanisierten Körper automatisch in die entgegengesetzte Richtung des Nachbarkörpers» (Lotte H. Eisner).

Neben der politischen und der «architektonischen» Ebene gibt es noch eine dritte, die für die Wirksamkeit von «Metropolis» spricht: die erotische. Lange hat man warten müssen, bis es wieder in einem Science-fiction-Film Szenen von solch offenem Erotizismus gab wie die, in der die künstliche Maria durch einen lasziven Tanz die Arbeiter verführt. Bezeichnend ist dabei die Spaltung in die böse Sexualität der falschen und die gute Liebe der richtigen Maria. Die Flucht der Heldin vor dem Schurken des Films, Maria, die durch die labyrinthartigen Gänge der Unterstadt vor Rotwang flieht, ist wie die Vorwegnahme vieler Schlüsselszenen aus Science-fiction-Filmen der fünfziger Jahre. Dabei hat sich eine gewisse Symbolsprache für das – erotische – Handicap des *mad scientist* entwickelt. Eine verkrüppelte und vermummte rechte Hand wie die Rotwangs gab es auch in den Filmen «Das Wachsfigurenkabinett» und «Orlacs Hände». Später taucht eine verkrüppelte Hand als Symbol für den *mad scientist* auch in amerikanischen Horror- und Science-fiction-Filmen auf, so zum Beispiel in «Son of Frankenstein» (Frankensteins Sohn – 1939 – Regie: Rowland V. Lee) und in Stanley Kubricks «Dr. Strangelove, or How I Learned to Stop Worrying and Love the Bomb» (Dr. Seltsam oder Wie ich lernte die Bombe zu lieben – 1963).

So wie «Metropolis» tricktechnisch und thematisch beispielgebend wirkte, so war auch dies ein wiederkehrendes Element im Genre: daß mit dem (finanziellen) Aufwand geworben wurde. Der Film soll an die fünf Millionen Reichsmark gekostet haben; die Drehzeit betrug neun Monate – es war eine Prestige-Produktion der UFA, die auf den internationalen Markt zielte. Schon deshalb nahm der Film die in dem seiner

Handlung zugrundeliegenden Roman von Thea von Harbou angelegten ideologischen Momente zurück.

Auch Fritz Langs «Frau im Mond» (1928/29), sozusagen eine frühe deutsche Space Opera, wies eine ähnliche Mischung aus gestalterischen Innovationen, verbreiteten *topics* der Unterhaltungsliteratur und politischen Andeutungen auf. «Teil eins ist die Vorgeschichte des Starts zum Mond, vor allem aber die Geschichte zweier gegeneinander gerichteter Verschwörungen. Die eine ist die des Professors und seiner jungen Freunde. Sie wollen durch die Mondfahrt die Richtigkeit seiner Mondgold-Theorie beweisen. Die andere ist die von fünf der reichsten Männer der Welt, die den Goldbestand unter Kontrolle halten wollen und deshalb den Mondflug sei es verhindern, sei es zu ihrer Sache machen wollen.

Teil zwei spielt auf dem Mond – wie immer bei Lang ist die Reise kaum mehr als ein Ortswechsel – und erinnert an den zweiten Teil der ‹Spinnen› (zweiteiliger Agenten-Thriller von 1919/20 – d. Verf.). Sowenig wie ‹Metropolis›, aus dem die Idee zur ‹Frau im Mond› entsprang, markiert Langs zweiter und letzter Zukunftsfilm einen Aufbruch zu neuen Horizonten. Auch auf dem Mond steigen die Helden in unterirdische Grotten, nach verborgenen Schätzen suchend, stürzt einer ab und wird zukünftigen Besuchern als Skelett begegnen wie die, die im ‹Brillantenschiff› und im ‹Indischen Grabmal› die unterirdischen Höhlen bewachen. (Eine Höhle gibt es schon unter der Wohnung des Professors. Darin haust eine Maus.) Langs Mondfahrer verifizieren die Mondgold-Theorie des schrulligen Professors nicht anders als die Burgunden Kriemhilds Rache oder Mabuses Banden sein Herrschaftskonzept: sie gehen dabei drauf.

Langs technische Berater bei diesem Film waren Oberth und Ley, spätere Asse in der Raketenentwicklung, der eine für die Nazis, der andere in Amerika. Den Typ des Wissenschaftlers, der seine Gaben jedem leiht, hatte Lang schon in ‹Metropolis› vorweggenommen, in der Gestalt des Erfinders Rotwang (Enno Patalas).

«Frau im Mond» ist unter den phantastischen deutschen Filmen wohl derjenige, der am nächsten an die technische Realität heranreicht. Fritz Lang hat für seinen Film den Countdown «erfunden», und die Rakete, mit der die Protagonisten auf den Mond gelangen, ähnelte so sehr den von Nationalsozialisten forcierten Versuchen im Raketenbau, daß der Film später verboten wurde. Fast dokumentarisch wirken die Szenen, in denen das Raumschiff zum Start bereitgemacht wird. Erst als der Mond erreicht ist, hört jede naturwissenschaftliche und technische Authentizität auf: Der Mond hat eine Atmosphäre, und seine Oberfläche ist zum Teil mit Schnee bedeckt. Gold wird in einer Höhle gefunden, und am Ende ist die Geschichte so melodramatisch-indifferent, daß sie mit der

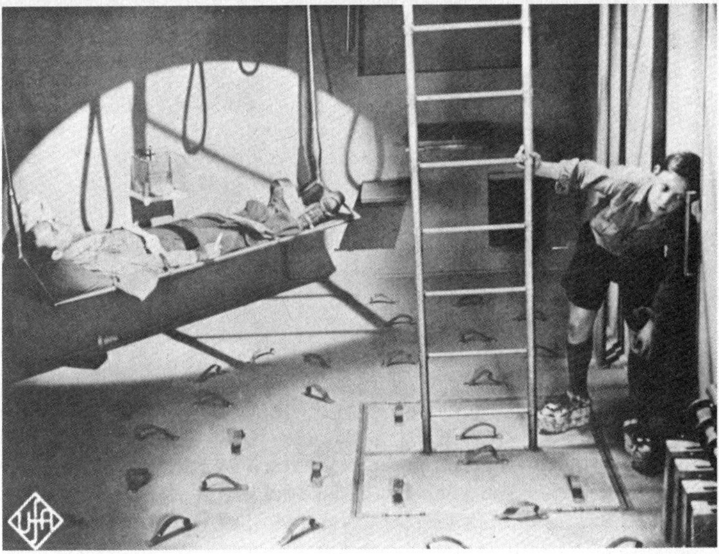

Das Innere der Mondrakete aus Fritz Langs «Die Frau im Mond» (1928/29).

utopischen Ausgangssituation nur noch wenig zu tun hat und eigentlich statt auf dem Mond auch in irgendeinem exotischen Land auf der Erde spielen könnte.

Im selben Jahr wie «Frau im Mond» entstand auch eine weitere Fassung von «Alraune» unter der Regie von Henrik Galeen; Brigitte Helm spielte den künstlichen Vamp mit dem schläfrigen, abwesenden Blick, der alle Männer vernichtet, um das Trauma ihrer «künstlichen» Geburt zu überwinden. Diese Rolle verkörperte sie auch in der ersten Tonfilm-Version des Stoffes aus dem Jahr 1930, bei der Richard Oswald die Regie führte. Mehr und mehr war die Geschichte zu einer Denunziation aggressiver weiblicher Erotik geworden und hatte darüber den phantastischen Ausgangspunkt der Handlung vergessen.

Zu Beginn der Tonfilmzeit waren utopische und phantastische Stoffe im deutschen Film nur noch spärlich vertreten, und bei den wenigen Filmen des Genres, die noch in den dreißiger Jahren gedreht wurden, waren die Verstörung und Zerrissenheit, das Alptraumhafte des expressionistischen Films oder die politische und erotische Thematik der Lang/von Harbou-Filme einer ganz und gar positiven Sicht auf die technischen Erfordernisse der Zukunft gewichen. Hans Albers war der optimistische Held von «F.P.1 antwortet nicht» (1933 – Regie: Karl Hartl), der Erbauer einer künstlichen, schwimmenden Insel inmitten des Atlantiks, die als

Station für Flugzeuge dient. Natürlich gibt es eine Gruppe von feindlichen Agenten, die dieses Meisterwerk der Technik zerstören will, und ebenso natürlich wird der so brillante wie tollkühne Held mit ihnen fertig. Doch bedeutender als diese geradlinige Action-Story von Kurt Siodmak (der später als Curt Siodmak in Hollywood arbeitete) waren die tricktechnische Gestaltung des Films und seine Bauten, für die wieder, wie bei «Metropolis», Günther Rittau verantwortlich war. (Der finanzielle Aufwand überstieg noch den von «Metropolis».) Zugleich mit der deutschen wurden auch eine französische und eine englische Version des Films gedreht, das heißt, zugleich mit dem «Original» wurde in denselben Dekorationen und mit denselben Einstellungen, aber mit zum Teil unterschiedlichen Schauspielern der Film in den anderen Sprachen abgedreht. Charles Boyer war der Star der französischen, Conrad Veidt der der englischen Version.

Ähnlich wie «F.P.1 antwortet nicht» schilderte auch «Der Tunnel» (1933 – Regie: Kurt Bernhardt, der sich später, als er nach Amerika emigriert war, Curtis Bernhardt nannte) eine Welt der Zukunft, die sich nur durch technische Errungenschaften von der Gegenwart unterscheidet. Hier geht es darum, allen Widrigkeiten der Natur zum Trotz, einen Tunnel durch den Atlantik zu graben. (Von diesem Film existiert übrigens auch eine französische Version; außerdem gibt es ein variiertes Remake, das der englische Regisseur Maurice Elvey im Jahr darauf unter dem Titel «Transatlantic Tunnel» inszenierte. Dies zeigt schon, daß solche Filme auf den gesamteuropäischen Markt abzielten und schon von daher kaum explizit Ideologisches enthielten.)

Schließlich drehte Karl Hartl mit «Gold» (1934) einen weiteren Science-fiction-Film mit Hans Albers in der Hauptrolle. Der Film erzählt von einem genialen Wissenschaftler, der in einem unterseeischen Labor alchimistische Experimente durchführt und eines Tages auch entdeckt, wie aus Blei Gold zu gewinnen ist. Ein junger Atomphysiker versucht ihn davon abzubringen, durch seine Erfindung die Weltwirtschaft zu ruinieren. Außerdem muß die Erfindung auch davor bewahrt werden, in die «falschen Hände» zu geraten.

Nachdem spätestens mit «Metropolis» die Periode des deutschen phantastischen Films zu Ende gegangen war, in der die Symbole, die Pathologien, die Alpträume regiert hatten, bedeutete «Gold» den Abschluß einer kurzen Blüte von Filmen mit «technokratischer Phantasie» und abenteuerlicher Handlung. Obwohl der «Pioniergeist» dieser Filme den Nationalsozialisten gar nicht so ungelegen sein konnte, verschwand doch in der Folgezeit alles Spekulative und Phantastische aus dem deutschen Film, um denunziatorischen Propaganda-Filmen auf der einen und aggressiv-harmlosen Revuefilmen und Komödien auf der anderen

Seite Platz zu machen. Aufwendige, phantastische Filme konnten schon deswegen kaum noch gedreht werden, weil der europäische Markt verloren war. Aber daß das Nichtvorhandene auch das Nichtgedachte bleibe, das gehörte schon auch zum faschistischen Wesen wie die Ablehnung aller «wilden» Phantasie. (Eine der wenigen Ausnahmen bildet der komödiantische Film «Münchhausen» von Josef von Baky aus dem Jahr 1943, in dem Hans Albers in der Rolle des «Lügenbarons» auf den Mond und zurück gelangt, einmal unsichtbar wird und auf einer Kanonenkugel reitet.)

Das Ende des phantastischen Films in Deutschland ist aber nicht nur auf direkte ideologische Einflußnahme und auf wirtschaftliche Gesichtspunkte zurückzuführen, sondern auch daranf, daß zahlreiche Filmschaffende, Regisseure, Autoren, Produzenten, Techniker und Schauspieler Deutschland verließen, um in England, Frankreich, vor allem aber in Amerika zu arbeiten. Und besonders hier, in Hollywood, verband sich die Tradition des phantastischen deutschen Films, seine Licht-und-Schatten-Kompositionen, seine dämonischen Charaktere, seine traumatischen Visionen und seine technischen Errungenschaften, mit den Möglichkeiten einer gigantischen Filmindustrie, die vor allem eines wollte: das Publikum unterhalten. Der deutsche Film hatte seine Obsessionen nach Hollywood exportiert; hier verloren sie etwas von ihrer Düsterkeit und fast alle ihre politischen Implikationen, aber nur wenig von ihrem Stil.

## Russisches Intermezzo

Nur sehr sporadisch tauchen in der Geschichte des russischen Films Themen der Science-fiction und der Phantastik auf, obwohl in der Literatur und der Kunst gerade in der Frühzeit der Sowjetunion immer wieder versucht worden ist, das utopische Moment des Marxismus anschaulich umzusetzen. So war Jacow Protazanows «Aelita» (1924), entstanden nach einem Roman von Alexej Tolstoj, einer der wenigen phantastischen Filme dieser Zeit, die nicht nur eine Schreckensvision mit einer schlußendlichen Harmonisierung darstellen, sondern auch eine ganz direkte, weniger propagandistisch ausgefeilte als naive Parteinahme, die im Gegensatz zu den deutschen phantastischen Filmen Sympathien und Antipathien unverschlüsselt wiedergaben. Berühmt ist der Film allerdings vor allem deswegen geworden, weil er versuchte, Elemente der kubistischen Malerei und Plastik ins Medium des Films zu übertragen. Und zu einem der populärsten Filme dieser Zeit ist er geworden, weil er vereint, was Science-fiction an Unterhaltung zu bieten hat: einen sympathischen Helden, schöne Frauen, Abenteuer mit fremden Wesen, verblüffende Tricks und phantasievolle Dekors.

Der Film erzählt die Geschichte eines jungen Ingenieurs (Nikolai Tseretelli) in Moskau, der seines Lebens auf der Erde überdrüssig geworden ist und eine Rakete baut, mit der er zum Mars gelangen will. Seine Frau (Valentina Kuindschi), so scheint es, betrügt ihn mit dem Nachbarn, und in einem Eifersuchtsanfall erschießt er sie. Er flüchtet zu seiner Rakete und startet zu seiner Reise zum Mars; mit ihm an Bord sind ein flammend für die Revolution begeisterter Soldat der Roten Armee (Nikolai Batalov), der den Marsianern den Sozialismus nahebringen will, und ein Polizeiagent (Igor Ilinsky), der den Helden wegen des Mordes an seiner Frau verfolgt. Auf dem Mars regiert die schöne Königin Aelita (Julia Soluzewa), in die sich der Held sofort verliebt. Aber deren intriganter Kanzler läßt ihn und seine Begleiter in die Höhlen bringen, in denen das Mars-Regime seine Sklaven hält. Mit der Hilfe von Aelitas Zofe gelingt dem Rotarmisten die Flucht, und er stellt sich an die Spitze eines Sklavenaufstandes. Die Revolution auf dem Mars scheitert jedoch im letzten Moment, weil sie von Aelita verraten wird. Dies versetzt dem Helden einen solchen Schock, daß er – aufwacht, natürlich, mitten in Moskau. Er kehrt heim zu seiner Frau, die ihn erwartet, und es stellt sich heraus, daß sie nie daran gedacht hat, ihn zu betrügen. Der Ingenieur zerstört seine Rakete; die Sowjetgesellschaft ist Hoffnung und Traum genug.

Es war alles nur ein Traum: Dieses Ende war eine häufig verwendete dramaturgische Lösung in phantastischen Filmen, bis sie so überstrapaziert war, daß sie allenfalls noch in Komödien verwendet werden konnte, ohne beim Publikum Enttäuschung hervorzurufen. Sie wurde verwendet etwa in den beiden Film-Versionen von Mark Twains «A Connecticut Yankee in King Arthur's Court» – «The Connecticut Yankee at King Arthur's Court» (1920 – Regie: Emmett J. Flynn) mit Harry C. Myers in der Titelrolle und «A Connecticut Yankee» (1931 – Regie: David Butler) mit Will Rogers in der Rolle des typischen Amerikaners, der durch einen Schlag auf den Kopf das Bewußtsein verliert und sich plötzlich in die Zeit König Arthurs nach England versetzt sieht; eine Reihe der frühen Horror-Filme (z. B. mit Lon Chaney in der Hauptrolle) funktionierten nach diesem Rezept und natürlich die meisten der komödiantischen oder satirischen Fantasies bis hin zu den Filmen dieser Art aus den vierziger Jahren. Dies war sicherlich zum einen eine Form der Rationalisierung und «Entschärfung» des Phantastischen, wie sie auch schon aus der Literatur bekannt war. Zum anderen aber war, wie in «Aelita», diese dramaturgische Wendung häufig ein direktes Plädoyer für die Wirklichkeit und ihre Aufgaben und damit gegen das Träumen. Und dies ist natürlich ein Verrat am Wesen des Phantastischen, so wie das Phantastische ein Verrat an jeder sozialen Ordnung ist.

Das russische Kino brachte zu dieser Zeit eigentlich nur noch einen bemerkenswerten Science-fiction-Film hervor, «Luch Smerti» (wörtlich: Der Todesstrahl – 1924), inszeniert von Lew Kuleschow nach einem Drehbuch von Wsewolod Pudowkin (und mit ihm in der Rolle des Bösewichts). Dieser Film ist eine Parodie auf die europäischen und vor allem die amerikanischen Serials, zugleich eine cineastische Stilübung, einer von Kuleschows Versuchen, die filmische «Grammatik» zu entschlüsseln. Die Geschichte von einer tödlichen Strahlenwaffe, die von einer faschistischen Gruppe unter Führung eines Jesuitenpaters (Pudowkin) geraubt und zur Welteroberung eingesetzt werden soll, ist demgegenüber nicht viel mehr als «Spielmaterial».

Phantastische Filme waren also vor allem eine Möglichkeit zu experimentieren, so wie es auch die Künstler der Gruppe F.E.K.S. («Fabrik des exzentrischen Schauspielers») in ihren Versuchen, Theater, Film und Puppenspiel miteinander zu verbinden, taten. Die Phase des «Experimentalismus» im russischen Film wurde in den dreißiger Jahren vom Realismus abgelöst, der dann als «Sozialistischer Realismus» zuweilen recht beengende gestalterische Dogmen hervorbrachte. Themen der Phantastik waren nun noch seltener. 1935 entstand «Novij Gulliver» (wörtlich: Der neue Gulliver) von Alexander Ptuschko, einer der ersten Filme, in denen Puppen-Trickaufnahmen und reale Spielszenen miteinander gekoppelt waren. Aus demselben Jahr stammt «Gibel sensaty» (etwa: Verlust der Empfindungen) von A. Andrievskij nach einer Komödie des tschechischen Satirikers Karel Čapek, der im übrigen der «Erfinder» des Wortes Roboter ist. «Gibel sensaty» setzte sich in komödiantischer Form mit möglichen Konflikten zwischen Menschen und Robotern auseinander. Mit «Kosmitchesky reis» (wörtlich: Das Raumschiff) inszenierte V. Juravliov 1936 schließlich so etwas wie eine russische Space Opera. Der Stalinismus und die heraufziehende Kriegsgefahr machten dann dem phantastischen Film endgültig den Garaus, und es dauerte lange, bis zu Beginn der sechziger Jahre durch die ersten Erfolge in der Erforschung des Weltraums und durch den Beginn der Satelliten-Ära eine Welle von Filmen mit Themen der «wissenschaftlichen Phantastik» initiiert wurde.

## Hollywoods erste Versuche mit der Zukunft

Die Anfänge des phantastischen Films in Amerika reichen zurück bis ins Jahr 1908, wo Sidney Olcott die erste Version des «Dr. Jekyll and Mr. Hyde»-Stoffes realisierte. (Kurze Experimentalfilme mit phantastischen Elementen hatte es sogar schon vorher gegeben.) Noch im selben Jahr erschien eine zweite Verfilmung des Romans von Robert Louis Stevenson («The Strange Case of Dr. Jekyll and Mr. Hyde» – 1885), die Otis

Turner inszeniert hatte. 1910 drehte J. Searle Dawley den ersten «Frankenstein»-Film, und 1913 entstand unter der Regie von Sidney Olcott der erste «Dracula»-Film.

Die meisten amerikanischen Filme des phantastischen Genres dieser Zeit waren Verfilmungen von populären Theaterstücken und konnten kaum mit solch filmischer Gestaltung und vor allem solchen Trickaufnahmen aufwarten wie die Filme von Georges Méliès oder Robert W. Paul aus England, die zu jener Zeit auch das amerikanische Publikum fesselten. So lag das Hauptaugenmerk auf der phantastischen Vermummung der Schauspieler und der theatralischen Darstellung der übersinnlichen Vorgänge, die nicht selten sehr verschlüsselte Abbildungen erotischer Beziehungen waren. Quelle dieser Filme war zumeist die phantastische Literatur des neunzehnten Jahrhunderts, die in ihren Visionen und Alpträumen die Widersprüche der puritanischen Lebensmoral zum Ausdruck brachte.

Die Haupttendenz des amerikanischen Films lag allerdings im Bereich des «realistischen» Films, insbesondere, nachdem sich die Produktion von New York nach Kalifornien, nach Hollywood zu verlagern begann. Ganz ähnlich wie der russische Film derselben Zeit beschwor auch das amerikanische Kino das Leben in der eigenen, gegenwärtigen Gesellschaft, das heroisch und anregend genug war, um die Sehnsucht nach Abenteuern in der Ferne oder im Reich der Phantasie gar nicht erst aufkommen zu lassen. Das Phantastische, das ein wenig immer auch das Dekadente, ja das Kranke schien, repräsentierte eher die alte als die neue Zeit, das «Europäische» für das amerikanische, das «Bürgerliche» für das russische Publikum.

Während also der deutsche Film seine Phantasien sozusagen zwanghaft hervorbrachte, blieb der amerikanische phantastische Stummfilm lange Zeit eine Form des Zitats, ein Zitat der französischen und englischen Pioniere, und später der deutschen Expressionisten. Aber dieses thematische Zitat war natürlich auch ein Medium für Experimente mit der Tricktechnik und der Dramaturgie des neuen Mediums. Auf diesem Gebiet hatte die amerikanische Filmindustrie gegenüber der europäischen Konkurrenz noch einen gehörigen Nachholbedarf.

John Stuart Blackton etwa ging in seinen beiden 1906 gedrehten Filmen «The Magnetic Fountain Pen» und «The Haunted Hotel» einen Schritt über die von Méliès erreichte Technik hinaus; so nutzte er beispielsweise das Verfahren der Einzelbildaufnahme, um Gegenstände so erscheinen zu lassen, als würden sie wie von Geisterhand bewegt durch die Luft schweben. Ganz zwangsläufig führte die «realistische» Ausrichtung des amerikanischen Films zu einer Perfektionierung der Tricktechniken. Und zugleich wurde die Logik der Geschichte, die ein Film erzählte, zu einem so wichtigen Bestandteil wie der Schauwert der Bilder.

Die bloße Aneinanderreihung von verblüffenden Szenen wurde abgelöst von großzügigeren Konstruktionen der Handlung, und neue Formen der Dramatisierung kristallisierten sich heraus. Edwin Stratton Porter machte in seinem Film «The Dream of a Rarebit Fiend» (1906) neben vielen von Méliès und Paul entwickelten Tricktechniken auch von den Möglichkeiten des Schnitts Gebrauch, um Bewegungen und dramatische Wendungen zu vermitteln. Der Film handelt gewissermaßen von einer «phantastischen Reise»: Ein Mann träumt, wie sich sein Bett erhebt und durch die Luft fliegt, über die Dächer von New York. Dann fällt der Schläfer aus dem Bett und stürzt erdwärts, bis er auf einer Wetterfahne landet. Weil diese sich dreht wie ein Karussell, verliert er erneut das Gleichgewicht und stürzt tiefer und tiefer, schließlich durch das Dach seines Hauses, in sein Zimmer, in sein Bett, und dort erwacht er und erinnert sich an seinen dummen Alptraum. Dieser nach einer Bildergeschichte von Winsor McCay entstandene Film läßt sich als traumhafte Vorwegnahme späterer Science-fiction-Motive verstehen: «Deutet man den Flugtraum als ein Symbol der Ortsveränderung (Reise), dann liegen bereits hier die ersten Wurzeln für eine Grundform des Science Fiction-Films: Der Übergang von der topographisch feststellbaren Wirklichkeit in das Abenteuerland wird zum filmischen Exposé, das später von einer exotischen Phantasie mit Bildern ausgefüllt wird, in denen utopischer Glanz aufschimmert. Es ist gewiß kein Zufall, daß der Science Fiction-Film sich dieser Bilder bedient und sie in seinen Fundus aufnimmt. Das Grundmuster einer Expedition (Reise) in den Dschungel, in die Wüste, in die Arktis, zu Südseeinseln, wo die Expeditionsteilnehmer dann ihre utopischen Abenteuer erleben (Konfrontation mit einem Monster beispielsweise, das dann in die Zivilisation gebracht wird), entspricht wieder den interplanetarischen Ausflügen zu fernen Planeten, deren Landschaften gleichfalls als Dschungel, Wüste, Eismeer oder tropische Inseln erscheinen» (Jürgen Menningen).

Die phantastischen Reisen in der Frühzeit des amerikanischen Films waren also Ausflüge mit sicherer Wiederkehr. Als erster eigentlicher Science-fiction-Film Amerikas mag «A Trip to Mars» (1910) gelten, inszeniert von Edwin S. Porter, der mit «The Great Train Robbery» (1903) auch den ersten Western mit einer durchgehenden Handlung gedreht hatte. In diesem komödiantischen Science-fiction-Film geht es um einen skurrilen Wissenschaftler, der eine Apparatur erfunden hat, mit der sich die Schwerkraft «umdrehen» läßt, und der so mit einem Raumschiff zum Mars gelangen kann, wo er sich unter anderem mit Baum-Monstern auseinandersetzen muß. Es folgten Filme wie «The Moon Child» (1914 – Regie: Henry McRae) oder «The Battle Cry of the Peace» (1915 – Regie: John Stuart Blackton), der erste propagandastische Science-fiction-Streifen der Vereinigten Staaten, eine Invasionsgeschichte, bei der übrigens Theodore Roosevelt am Drehbuch mitgewirkt haben soll. Wie der Western erwies sich das phantastische Genre bald als ideales Motiv für die Serial-Filme, die einen bedeutenden Platz in der Filmproduktion einnahmen. Rasch entwickelte sich hier das Genre zu den immer wieder variierten Auseinandersetzungen zwischen einem dämonischen *mad scientist*, der etwa in dem Serial «The Seal of Silence» (1918 – Regie: Thomas Mills) seine erste Ausformung erhielt, und einem versierten Helden, der gelegentlich, wie etwa in «The Branded Four» (1920 – Regie: Duke Worne), übermenschliche Kräfte besitzen oder vermittels technischer Geräte außergewöhnliche Fähigkeiten entwickeln konnte.

Das Thema der phantastischen Reise wurde auch in den Serials noch nicht zum bestimmenden Motiv; die Space Opera hatte noch geraume Zeit auf ihre Vollendung zu warten. Das mag zum einen damit zusammenhängen, daß Amerika zu dieser Zeit – immer noch – ein Land der Einwanderer war, das sich die Mehrzahl der Menschen als Ziel und nicht als Ausgangspunkt ihrer Reise dachten, während in Europa Fluchtträume sicher viele Menschen bewegten. Auf der anderen Seite war die Initialzündung für eine Fortentwicklung des phantastischen Films zu Beginn der zwanziger Jahre durch den Erfolg gegeben worden, den die deutschen phantastischen Filme wie «Das Cabinett des Dr. Caligari» beim amerikanischen Publikum verzeichnen konnten. Schon dadurch war der Hauptakzent von Beginn an auf die dämonische Komponente der Phantastik gelegt, welche die technisch-utopische zurückdrängte.

Naturwissenschaftliche und technisch-utopische Elemente spielten also kaum eine Rolle in den frühen amerikanischen Filmen des phantastischen Genres; es ging vor allem um bedrohliche Halbwesen, Tiermenschen wie in «A Blind Bargain» (1922 – Regie: Wallace Worsley), der eine Variation des Stoffes aus H. G. Wells' Roman «The Island of Dr. Moreau» darstellt, prähistorische Monstren wie in «The Lost World» (1925 – Regie: Harry Hoyt), eine der ersten Arbeiten des Puppentrick-Spezialisten Willis H. O'Brien, oder ungeheuerliche Bewußtseinsspaltungen wie in «Dr Jekyll and Mr Hyde» (1920 – Regie: John Stuart Robertson), in dem sich John Barrymore als Star des Genres – neben dem «Verwandlungskünstler» Lon Chaney – etablierte.

Obwohl die innere Verwandtschaft des amerikanischen mit dem deutschen phantastischen Film deutlich ist und sich auch der stilistische Einfluß des deutschen expressionistischen Films ablesen läßt, schon Jahre bevor Paul Leni, Karl Freund, Mihaly Kertesz (= Michael Curtiz), Friedrich Wilhelm Murnau, Richard Oswald und viele andere Filmschaffende nach Hollywood kamen, gibt es doch auch einige entscheidende Unterschiede zwischen den Genres in beiden Ländern. Der deutsche expressionistisch beeinflußte Film hatte die Bedrohung immer als eine aus inneren Widersprüchen geborene Phantasie entwickelt, und das dominierende Thema von der Erschaffung eines künstlichen Menschen entsprach einer psychosozialen Krise und einem Menschenbild, das den einzelnen mehr als ein Medium für verschiedenste Einflüsse, hin und her gerissen zwischen bösen und guten anonymen Mächten, verstand, denn als ein autonomes Individuum, wie es für die amerikanische Lebenshaltung bestimmend war. Das amerikanische Publikum verlangte dagegen nicht nur nach einer mehr logischen Erklärung (und die logischste Erklärung dafür, daß jemand Böses tut, ist noch allemal Geld, Macht und allenfalls die Eroberung einer Frau), es ließ auch kaum die Ambivalenz gelten, die etwa in der Figur des *mad scientist* möglich ist. Die «Feindbilder» des Genres waren eindeutig; das Unheimliche war in der Welt, weil irgendein größenwahnsinniger Gelehrter mit den Gesetzen der Schöpfung herumhantierte, und nicht, weil es in allen brodelte und auf den Ausbruch wartete.

Daß so häufig Ärzte die Protagonisten solcher schauriger Geschichten von technisch-biologischen Grenzüberschreitungen und Deformationen des menschlichen Wesens waren, ist in einer Gesellschaft nicht unverständlich, in der die explosionsartige Vermehrung medizinisch-biologischer Erkenntnisse auf tiefverwurzelte religiöse und ideelle Vorbehalte traf; immerhin war doch die Tatsache, daß ein Arzt in die von Gott gelenkten Geschicke eines Menschen eingreifen konnte, für die extremeren Formen des Puritanismus bereits eine Herausforderung. Der Widerspruch zwischen Medizin und Religion, der die abendländische Kulturgeschichte durchzieht und noch heute längst nicht gelöst ist, gehört zu den unerschöpflichsten Quellen der Motive für das phantastische Genre, und insbesondere im puritanischen Amerika mußte er die schlimmsten Ängste auslösen. Begleitete im deutschen Film den dämonischen Wissenschaftler der Ruch usurpatorischer politischer Macht, so den *mad scientist* des amerikanischen Films der der Gottlosigkeit. Das Böse lag nicht so sehr, wie bei «Homunculus» oder dem Roboter in «Metropolis», in den Zwecken, die der künstliche oder der dämonisch verwandelte Mensch verfolgte, sondern in der Tatsache seiner Kreation selbst. Was eigentlich der böse Mr. Hyde anrichtet, wird in den Filmen nach «Dr Jekyll and Mr Hyde» nie so recht klar; es genügt zu zeigen, daß Dr. Jekyll seine angestammte Identität aufs Spiel setzt, um einen Schauder zu erzeugen.

Das vordringliche Problem des technischen Fortschritts zu dieser Zeit schien nicht die Umänderung sozialer Strukturen oder die Machtergreifung technologischer Systeme zu sein, sondern die Furcht davor, daß gefährlich wissende Kräfte mit technischen Mitteln in das individuelle menschliche Leben eindringen und es verändern könnten. So gelingt es beispielsweise in Frank Lloyds «Black Oxen» (1923) einem Arzt, durch

Röntgenstrahlen Menschen wieder zu verjüngen, was unabdingbar eine Katastrophe heraufbeschwört.

Zwar sollten erst in der späteren Zeit die technischen Rationalisierungen mehr in den Vordergrund rücken, doch lassen sich bereits in den zwanziger Jahren eine Reihe der Themen zumindest ansatzweise erkennen, die in der späteren Blütezeit des Genres – aktualisiert durch politische und gesellschaftliche Bezüge – das Themenrepertoire des Science-fiction-Films ausmachten. Allerdings ließen die meisten dieser Filme – anders als die Vorläufer des Horror-Films – zumeist stilistische und gedankliche Ambitionen gänzlich vermissen. So wurde zum Beispiel die Bedrohung der Welt durch Strahlen in dem Serial «The Invisible Ray» (1920 – Regie: Harry Pollard) angesprochen. Der durch Experimente hervorgerufene Verlust der angestammten Größe war das Thema von «Wolf's Clothing» (1927 – Regie: Roy Del Ruth), wo eine junge, hübsche Millionärin und ein junger Arbeiter auf Streichholzgröße zusammenschrumpfen, um sich in bizarren Abenteuern, die sie gemeinsam erleben, trotz ihrer sozialen Differenzen näherzukommen. (Natürlich entpuppt sich auch dieser Vorgang am Ende als ein Traum des Helden.) «The Lost World» ist das Muster für viele Filme, die von Expeditionen in versunkene Reiche und unzivilisierte Regionen erzählen, in denen sich phantastische Lebensformen erhalten haben. Diese erweisen sich dann zumeist als destruktiv im Zusammenprall mit der Zivilisation, so wie zunächst das Eindringen in solche verwunschenen Länder ein Verbrechen der zivilisierten Menschen ist. (Das berühmteste Beispiel für diesen Handlungsgang liefert wohl nach wie vor «King Kong».)

Spekulationen über den Fortschritt technischer Gerätschaften und Medien fanden sich dagegen vor allem in Filmen mit einer kriminalistischen Handlung. So hatte sich Jack Buchanan in der Rolle des berühmten Detektivs in «Bulldog Drummond's Third Round» (1925 – Regie: Sidney Morgan) um die Erzeugung künstlicher Diamanten zu kümmern; «The Radio Detective» (1926 – Regie: William Craft, William A. Crinlay) überstand zwanzig Serial-Kapitel lang seine Kämpfe mit Gangstern nur wegen seiner Erfindung «Evansite», um die ihn heutige Abhörspezialisten beneiden würden, und in dem englischen Film «Silent Evidence» (1922 – Regie: C. C. Calvert) konnte der Held, zwei Jahre vor der Erfindung des Fernsehens, seine untreue Frau durch einen Apparat zur drahtlosen Bildübertragung beobachten. Phantastische Flugmaschinen gab es etwa in «The Sky Ranger» (1921 – Regie: George B. Seitz) oder «The Sky Splitter» (1922 – Regie: Ashley Miller, J. A. Norling), wo eine Flugmaschine die Lichtgeschwindigkeit überschreitet und so den Piloten in die Zeit zurückversetzt, in der er noch ein Kind war. Freilich: Die meisten Autoren und Regisseure trauten ihren Erfindungen nicht so recht und ließen sie daher zumeist im milden Licht der Komödie erstehen, oder sie wurden, wie in den Serials, nur als «Zugabe» in ansonsten recht konventionellen Abenteuergeschichten verwendet.

Ganz eindeutig war es, als sich der Tonfilm durchgesetzt hatte, der Horror-Film und nicht der Science-fiction-Film, der sich als Genre mit festumrissenen Figuren und «Botschaften» konsolidierte und einen eigenen Stil entwickelte, während der Science-fiction-Film noch eine geraume Zeit ein Schattendasein führte und sich von der Typologie, vom Stil und von den Themen des Horrorfilms immer ein wenig «borgen» mußte, bis sich ganz langsam die Regeln und Motive auch dieses Genres vom allgemein Phantastischen absetzten und der Science-fiction-Film schließlich davon handeln konnte, was in seinem Wesen liegt: von der gefährdeten Zukunft.

# Science-fiction-Filme von 1930 bis 1950

## «Things to Come»: Der englische Science-fiction-Film

Die Entwicklung des Science-fiction-Genres hängt sicherlich mit den Fortschritten der Technik und der Naturwissenschaften zusammen; neue Möglichkeiten regen die Phantasie an. Aber ebenso bestimmend für das Genre ist auch die politische Entwicklung, in der sich die Aufteilung der Welt in neue Großmächte abzeichnete und sich die nationalen Auseinandersetzungen häufig unter dem Banner von Ideologien vollzogen, deren Ausformungen vor allem Reaktionen auf den Verlust tradierter Herrschaftslegitimationen waren. Auf den technischen und politischen Fortschritt, den Zuwachs an Effizienz an sich, wurden Energien projiziert, die sich vordem auf Eroberung, Entdeckung, Beherrschung «wilder» Länder konzentriert hatten. Nach und nach trat an die Stelle des kolonialen Abenteurers der technische Revolutionär als männliches Idealbild, wobei der neue Führer viele Eigenschaften des alten übertragen erhielt, von der selbstverständlichen Mission, «Neuland» betreten zu müssen, sozusagen seine Identität in der Expansion ins Fremde hinein zu finden, bis zur unbedingten Individualität und der Resistenz gegenüber der wohl auch erotischen Verlockung des Exotischen, des Archaischen bei seinen Entdeckungen. Und auch dies hat der neue Held mit dem alten gemeinsam, daß seine Aktionen unabhängig von jeder politischen Motivation erscheinen.

«Unpolitische» Lösungen für politische Probleme zu finden, die Aktion eines einzelnen gegen die Unauflöslichkeit nationaler Interessenkonflikte zu setzen, diese Bestrebung zeichnete auch einige Filme aus, die auf aktuelle Ereignisse Bezug nahmen. So regte etwa die Diskussion um die Einrichtung der Organisation der «Vereinten Nationen» Spekulationen um die Möglichkeit einer Weltregierung an, und um die Fähigkeit einer solchen Organisation, den Frieden auf der Welt zu sichern. Im Kontext des Unterhaltungsfilms formulierte sich diese Frage zu der nach der Beschaffenheit der Männer, die solche Aufgaben zu bewältigen hätten. In «High Treason» (1929 – Regie: Maurice Elvey), dem wahrscheinlich ersten britischen Tonfilm des Genres, geht es darum, daß der Präsident der Vereinten Nationen den Anführer einer von zwei feindlichen Staaten-Organisationen, der «United Atlantic States» und der «Federated States of Europe», ermorden muß, um den Frieden zu sichern. Die Handlung spielt 1940, in einer Welt, die es zu den phantastischen Architekturen aus Fritz Langs «Metropolis», einem Tunnel zwischen England und dem Kontinent (ein immer wieder auftauchendes Thema zu dieser Zeit) und einer Weltorganisation zur Erhaltung des Friedens gebracht hat, die freilich den Zerfall in zwei einander feindlich gesinnte Machtblöcke nicht verhindern kann. Nach seiner Tat, die den drohenden Weltkrieg verhindert, wendet sich der Präsident an die Menschen der ganzen Welt und hält ein Plädoyer für den Frieden; dann läßt er sich, ganz opferbereiter Staatsmann, für das, was er getan hat, zum Tode verurteilen.

Vielleicht mag sich der eine oder andere, als das Jahr 1940 wirklich gekommen war, nach jemandem gesehnt haben, der auf so radikale Weise die Ursache für einen Weltkrieg beseitigt, doch die zeitgenössische Kritik monierte nicht nur die mangelnde Perfektion in den Trickaufnahmen und vor allem bei den Tonaufnahmen, sondern auch die moralische Widersprüchlichkeit dieses «pazifistischen Dramas». In Elveys nächstem Film mit phantastischer Thematik, dem bereits erwähnten «The Transatlantic Tunnel», ist die – damals noch überaus populäre – pazifistische Botschaft nur noch ein Anlaß für die Verbindung technischer Utopien mit einer reichlich melodramatischen Eifersuchtsgeschichte. Hier geht es um den Bau eines Tunnels zwischen England und Amerika, der dazu dienen soll, «einen ewigen Frieden zwischen den Englisch sprechenden Nationen» zu errichten. Der Ingenieur, der dieses Projekt forciert, entfremdet sich über seiner Arbeit von seiner Frau und seinem Sohn, der am Ende sogar sein Leben im Tunnel verliert. Weniger tragisch, dafür um so dramatischer ging es in «The Secret of the Loch» (1934 – Regie: Milton Rosmer) zu: Ein Wissenschaftler hat das Ungeheuer von Loch Ness aus seinem Versteck gelockt; ein junger Journalist, der in seine Tochter verliebt ist, muß die beiden ein ums andere Mal aus der größten Gefahr erretten. So stand auch hier dem über der Sache sich und seine Familie aufopfernden wissenschaftlichen Abenteurer der Gelehrte gegenüber, der sich und die Menschen durch seine Neugier in Gefahr bringt, eine «unschuldige» Variante des *mad scientist*, der solches planvoll und mit destruktiven Absichten unternimmt. Der konstruktive, positive Typ des Wissenschaftlers im Genre versucht etwas zu erschaffen, der negative oder auch komische Typ versucht zumeist, hinter Geheimnisse und verborgene Kräfte zu kommen, an denen lieber nicht gerüttelt werden soll.

Die Idee, daß Science-fiction vor allem ein Genre sei, in dem man über die Erhaltung des Friedens und die Möglichkeiten neuer Technologien und neuer gesellschaftlicher Organisationsformen reflektieren konnte, hatte sich in der englischen Literatur durchgesetzt. Sie brachte

1936 den wohl ambitioniertesten Film der Gattung bis dahin hervor: William Cameron Menzies' «Things to Come». Der Produzent Alexander Korda hatte H. G. Wells angeboten, selbst das Drehbuch nach seinem Buch «The Shape of Things to Come» zu schreiben. Das war ein schwieriges Unterfangen, nicht nur, weil Wells noch nie für den Film gearbeitet hatte, sondern auch, weil er, weit entfernt von der Dramatik seiner früheren handlungsorientierten Romane, nun den Film wie die Literatur vorwiegend als Medium für politische Botschaften sah. Er gehörte zu den Vertretern einer positivistischen, technokratisch-sozialistischen Utopie, die heute wohl längst zu den Akten der Geschichtsphilosophie gelegt ist, damals aber doch eine Reihe von engagierten Anhängern hatte. Da Wells die Kontrolle über seinen Stoff nicht aus der Hand zu geben bereit war, gestaltete sich die Arbeit einigermaßen problematisch. Mehrmals wurde das Drehbuch umgeschrieben, bevor es die endgültige Form angenommen hatte. Noch während der Dreharbeiten pflegte Wells an Schauspieler und Techniker Memoranden zu verteilen, in denen er seine Vorstellungen festlegte. Für ein Unterfangen wie dieses schließlich war das Budget der Produktion eher bescheiden, so daß man sich häufig, obwohl einige der besten amerikanischen Trickspezialisten an dem Film mitwirkten, mit der zweitbesten Lösung für die Spezialeffekte zufriedengeben mußte.

Die Geschichte des Films beginnt wieder im Jahr 1940. Der Wissenschaftler John Cabal (Raymond Massey) warnt die Einwohner der Stadt Everytown: «Wenn wir den Krieg nicht beseitigen können, beseitigt der Krieg uns.» Bald darauf erscheinen die feindlichen Bomber am Himmel und werfen ihre tödliche Fracht über der Stadt ab. Die Zerstörung von Everytown ist der Beginn eines langen Krieges. In den Ruinen von Everytown hat ein Mann (Ralph Richardson) die Macht an sich gerissen, der wie ein feudalistischer Kriegsherr herrscht und den Kampf bis zum Tode von jedem fordert. Obwohl die ganze Welt nur noch ein Trümmerfeld ist, führt er weiter seinen Privatkrieg. Als Folge des Krieges ist eine Seuche unter den Menschen ausgebrochen; derjenige, der ihr verfällt, verwandelt sich in ein seelenloses Geschöpf, das wie unter innerem Zwang rastlos über die zerstörte Erde wandern muß. Schließlich erscheint ein riesiges schwarzes Luftschiff über Everytown, und ihm entsteigt John Cabal als Anführer der «Wings Over the World-Airmen», einer Vereinigung von Wissenschaftlern, die die Welt neu gestalten und den Frieden sichern wollen. Der Führer von Everytown läßt Cabal ins Gefängnis werfen; dem aber gelingt es, eine Botschaft an seine Organisation durchzuschmuggeln, und bald darauf erscheinen zahlreiche Flugkörper über Everytown. Ein Betäubungsgas verhindert den Widerstand der Truppen des Kriegsführers; er selber stirbt, da sein Wesen von so immenser Bösartigkeit ist, daß er den «Schock der Gesundung» nicht überstehen kann. Die «Airmen» erfüllen ihr Versprechen und schaffen in einem neuen Everytown auch ein neues gesellschaftliches Modell. Die Wissenschaftler bestimmen die Geschicke der Menschen, die sich ganz dem Wohl der Allgemeinheit unterordnen und allzu individuelle Bedürfnisse aufgeben sollen. Im Jahr 2036 ist der Neuaufbau der Stadt vollendet; die Menschen leben in einem technologischen Paradies, zu dem nicht unwesentlich der Wissenschaftler Oswald Cabal (wiederum von Raymond Massey verkörpert) Anteil hat, der ein Enkel des legendären John Cabal ist. Sein Gegenspieler ist ein Bildhauer namens Theotocopulos (Cedric Hardwicke), der sich gemeinsam mit den Künstlern der Stadt gegen den bedingungslosen technischen Fortschritt wendet und zur Rückkehr zu einem natürlicheren Leben aufruft. Vor allem gegen das Projekt einer Reise zum Mond, die vermittels eines riesigen Artilleriegeschützes unternommen werden soll, das ein bemanntes Projektil abschießt, richtet sich die Opposition. Am Tag des Unternehmens versuchen die Rebellen noch einmal, den Schritt ins Universum zu verhindern, doch vergebens. Cabal verfolgt auf einem großen Bildschirm die Reise zum Mond.

In diesem Film finden sich zwei an sich gegenläufige Zeitstimmungen der dreißiger Jahre ein wenig gewaltsam vereint, nämlich die Angst vor einem Weltkrieg, die der «apokalyptische» erste Teil mit seinem Luftangriff auf Everytown, unschwer als London zu erkennen, und seiner Ruinenlandschaft vermittelt, und die ungebrochene Hoffnung auf den technologischen Fortschritt, der in Verbindung mit unbedingter Ordnung alle sozialen Widersprüche aus der Welt schaffen wird. Wie in der Science-fiction-Literatur derselben Jahre scheint es auch hier ein Hauptanliegen der Story zu sein, die Zusammengehörigkeit von Technokratie und Pazifismus zu zeigen. Die Erkenntnis, daß forcierte Technologie und Kriegsgefahr einen Zusammenhang haben könnten, war für die Ideologie der Science-fiction (und eine solche war das Genre zu dieser Zeit, als es eher eine Gemeinschaft denn ein Publikum ansprach, tatsächlich) nicht denkbar. Es ist vor allem H. G. Wells, der für diese eher zwiespältige positive Utopie verantwortlich ist, in der auch drohende Revolution nicht verhindern kann, daß der Mensch immer weiter hinausgreift, um sich mit Disziplin und Vernunft sein technisches Utopia als Sieg über die natürlichen Kräfte zu schaffen. Von ihm stammt auch das Pathos, mit dem die Helden dieses Films in allzu großen Worten und Gesten ihre Konzeptionen vertreten.

Freilich ist in «Things to Come» die Geschichte und ihre Ideologie nur der eine Aspekt; der andere, immer wieder für einige Szenen dominierende ist die visuelle Gestaltung von William Cameron Menzies, dessen eigentliche Fähigkeiten auf dem Gebiet der Filmarchitektur lagen, und von Kameramann George Périnal, der neuartige, befremdende Bewe-

Phantastische Architektur in William Cameron Menzies' «Things to Come» (1936).

gungen und Perspektiven fand. Der Widerspruch zwischen «chaotischen», romantischen Künstlern auf der einen, den technischen Revolutionären auf der anderen Seite, der das letzte Drittel des Films bestimmt und zugunsten der Technokratie entschieden wird, ist auf der formalen Ebene paradoxerweise genau andersherum entschieden: Die üppig wuchernde Phantasie der Film-Gestalter obsiegt über die Botschaft des Funktionalisten Wells, der in der Herrschaft der Naturwissenschaftler das probate Mittel gegen faschistische Rebellen wie gegen anarchistische Schwärmer sah. Wells schildert als Idealzustand eine Gesellschaft, in der jeder zu Dienst an der Allgemeinheit verpflichtet ist und in der die Menschen eine Leidenschaften und Gefühlen abholde Form der Zufriedenheit entwickeln. Dieser Glaube an eine Gesellschaft, in der es keine Widersprüche mehr gibt, findet ihre teilweise Korrektur in den zwar futuristischen, aber keineswegs rein funktionalistischen Dekors. Die Widersprüchlichkeit auch der technokratischen Herrschaft drückt sich in einer Architektur aus, die sich Räume geschaffen hat, welche von den Herrschern, bildlich gesprochen, nicht mehr ausgefüllt werden können. Glas und Licht lassen oft die Repräsentanten dieses Systems eher isoliert und fast einsam erscheinen. Wäre Menzies ein so versierter Regisseur gewesen, wie er ein Architekt war (es gibt wohl kaum einen Film, der solch eine Reputation innerhalb eines Genres errungen hat, obwohl er so voller inszenatorischer und montagebedingter Fehler steckt), er hätte wahrscheinlich zwangsläufig auch in seinen Figuren (die hier eher wie Illustrationen von Ideen wirken denn als wirkliche Menschen) gezeigt, wie wenig tragfähig Wells' Konzeption ist. Der Film vermittelt so einen Grundwiderspruch der positivistischen, wissenschaftsgläubigen Science-fiction, nämlich daß ihr alles Künstlerische (als Symbol auch für die Dominanz des Sinnlichen gegenüber dem Vernünftigen) suspekt ist, während sie doch nicht anders kann, als selbst eine Kunstform zu sein. Die Science-fiction konnte nur so lange völlig positivistisch sein, als sie vom Menschen als Individuum absah. So ergab sich zwangsläufig die Gegenüberstellung von Masse und Führer, was dieser Art der Science-fiction immer wieder den Vorwurf eingebracht hat, faschistische Tendenzen zu entwickeln. Darüber vergißt man natürlich, daß die Naturwissenschaft selbst, die ja als Motivation und Legitimation auch je ganz spezifische Weltbilder produziert, selber bis heute noch nicht anders denken gelernt hat. Zwar denkt man heute wohl weniger als damals daran, die Wissenschaft aus ihrer dienenden Rolle zu befreien, um sie zum maßgebenden Prinzip zu erheben, und mittlerweile plagt sich auch das Genre mit dem Einfluß des Psychologischen, aber zumindest als Problem existiert dieser Ansatz in der Science-fiction fort.

Die Übertragung der völlig positivistischen, wissenschaftsgläubigen Science-fiction-Literatur auf den Film konnte vollständig nicht gelingen, schon einfach deswegen nicht, weil durch den Einsatz der Schauspieler ein Interesse an den Menschen entsteht, über die Dominanz der Prinzipien hinaus. Da es aber wohl keinen vorstellbaren Menschen gibt, der zugleich technokratische und pazifistische Anlagen in seiner Seele vereint, so wie es John Cabal tut, fallen hier und immer wieder die Figuren und die Prinzipien in der Science-fiction auseinander.

Der Film illustriert eine These, die jahrzehntelang den Geist der Science-fiction in der Literatur und im Film beherrscht hat, nämlich daß die Lösung aller politischen und wirtschaftlichen Probleme in der Fähigkeit der Menschen liegt, das Weltall zu besiedeln, zu kolonialisieren, wenn man es genau nimmt. «Das ganze Universum oder nichts!», sagt Cabal, und er drückt damit aus, was Science-fiction allemal als Ausweg parat gehalten hat: den Traum von einer neuen Art des Kolonialismus, neue technologische Aufgaben als Verdrängung konkreter gesellschaftlicher, sogar auch persönlicher Schwierigkeiten. Die Science-fiction-Magazine dieser Zeit lebten von ihren immer wieder variierten Versprechungen auf eine Zukunft, in der sich durch die Herrschaft wissenschaftlicher Vernunft und klar umrissener Ziele im All die verlorene Einfachheit wiederherstellte. Die autoritativen Führer dieser Geschichten, wie John Cabal, waren die Garanten solcher Einfachheit, indem sie glauben ließen, alles «Politische» sei aus ihrem Wirken ausgeklammert.

## Amerikanische Science-fiction-Filme der dreißiger Jahre: Die Wissenschaft läuft Amok

Nach der Einführung des Tonfilms wurden eine Zeitlang vorwiegend Filme gedreht, die ihre Struktur vom Theater «borgten», um möglichst viel Dialog bringen zu können und möglichst wenige Veränderungen in der Dekoration vornehmen zu müssen, damit die komplizierte Tonaufnahme nicht allzu aufwendig wurde, und solche, in denen vor allem Musik präsentiert wurde. Der erste amerikanische Tonfilm mit phantastischer Thematik ist tatsächlich eine Art von Musical, David Butlers «Just Imagine» (1930). Es geht um Geschichten, die sich in New York ereignen, in der Vergangenheit (1880), in der Gegenwart und in der Zukunft (1980), in der die Menschen statt Namen Nummern tragen, jeder sein eigenes Flugzeug hat, und in der man eine Reise zum Mars unternimmt, wo es eher verrückt als wirklich gefährlich zugeht.

Als beherrschendes Thema des phantastischen Films in Amerika kristallisierte sich in den dreißiger Jahren jedoch die Schilderung der Untaten böser, physisch defekter Wissenschaftler, der *mad scientists*, heraus. Hier waren Horror- und Science-fiction-Genre selten exakt geschieden, das heißt, in der Figur des *mad scientist* vereinigten sich gelegentlich die

Das New York der Zukunft in David Butlers «Just Imagine» (1930).

Gestalt des, wie einst Faust mit der Hölle, mit den übernatürlichen Kräften paktierenden, von wahnhafter Sucht nach Übermenschlichkeit getriebenen Gelehrten und die des naturwissenschaftlichen Genies, dessen Fähigkeiten zu groß sind, um noch von irgend jemandem, einschließlich ihm selbst, kontrolliert werden zu können. Das Hauptinteresse dieser *mad scientists* im amerikanischen Film galt allerdings nicht so sehr einer Ausbreitung technologischer Macht, sondern auf eine reichlich neurotische Art den Experimenten und Manipulationen mit menschlichen Körpern, der Erschaffung von künstlichen Menschen, biologisch oder anatomisch veränderten Menschen, Menschen ohne Seele. Dr. Frankenstein in James Whales Film «Frankenstein» (Frankenstein – 1931) setzt aus Leichenteilen ein menschliches Monstrum zusammen und erweckt es durch einen von einem Blitz erzeugten Stromstoß zum Leben; in der Fortsetzung, «Bride of Frankenstein» (Frankensteins Braut – 1935 – Regie: James Whale), versucht der Doktor, seinem Wesen ein weibliches Pendant zu schaffen. In demselben Film hat ein anderer Wissenschaftler däumlingsgroße Homunculi geschaffen. In «Dr Jekyll and Mr Hyde» (Dr. Jekyll und Mr. Hyde – 1932 – Regie: Rouben Mamoulian) unternimmt der *mad scientist* die Versuche an sich selbst und spaltet durch Einnahme einer Droge von seiner bürgerlichen Identität den animalischen Mr. Hyde ab, in dem verdrängte Triebhaftigkeit bis zum Verbrechen führt. Ausgangspunkt dieses Vorgangs ist des Doktors sehr viktorianische Vorstellung, durch ein chemisches Mittel das Gute und das Böse im Menschen voneinander zu trennen, wobei das Böse gleichgesetzt ist mit dem in der Evolution angelegten tierischen «Erbe» des Menschen. In «Island of Lost Souls» (1932 – Regie: Erle C. Kenton), entstanden nach H. G. Wells' Roman «The Island of Dr. Moreau», wird von einem *mad scientist* (Charles Laughton) erzählt, der Monstren als Kreuzungen zwischen Menschen und Tieren erschafft. Der Verlust einer in der religiösen Mythologie verankerten Unterscheidung zwischen dem Menschen einerseits und der Tierwelt andererseits, als völlig voneinander getrennter Qualitäten, durch die wissenschaftliche Forschung löste solche traumatischen Vorstellungen als Reflex aus (vergleiche zu diesem Thema den Band «Kino des Phantastischen» in dieser Buchreihe).

Der *mad scientist* solcher Filme stand für den Menschen, der die Schöpfungsgeschichte, so wie sie überliefert ist, nicht akzeptiert, und entsprechend war am Ende die Bestrafung, der moralischen Logik der Gattung zufolge zumeist durch seine eigenen, unglücklichen Geschöpfe. Zugleich aber hatte die Auflehnung des *mad scientist* gegen die natürliche menschliche Ordnung, sogar gegen die körperliche Begrenztheit des menschlichen Wesens, einen eindeutigen de-Sadeschen Aspekt. Filme um die Figur des verrückten Wissenschaftlers waren im Grunde oft Filme über den Sadismus, manchmal auch sadistische Filme. Die Auseinandersetzungen zwischen dem jungen (amerikanischen) Helden und dem (exotischen) *mad scientist* sind so der Verdrängung gefährlicher Triebregungen eher verpflichtet als etwa polemischer Antifortschrittlichkeit.

Lassen sich die *mad scientists*, die Versuche mit Menschen vornehmen, aus wissenschaftlicher und, wenn man so will, erotischer Neugier heraus, ohne dabei an etwas anderes als das Gelingen zu denken, eher dem Horror-Genre zuordnen, so solche, die einen technokratischen Machtanspruch verfolgen, der Science-fiction. Vereinfacht ließe sich der Unterschied auf die Formel bringen, daß es im Horror-Genre in diesem Zusammenhang um die Verführung und Beherrschung von Massen geht. Der *mad scientist* der Science-fiction verfolgt in seinen Untaten eine Utopie, und sei sie noch so unhaltbar. Dabei ist hier der Wissenschaftler mit allen Untugenden ausgestattet, gegen die er sich gemeinhin zur Wehr zu setzen hat: Unvernunft, Mystik, Machthunger, Zerstörungstrieb. Der Pakt zwischen politischer Herrschaft und wissenschaftlicher Erkenntnis wird hier auf eine einzige Figur projiziert, und in einer recht eindeutigen Umkehr der Hierarchie wird der wissenschaftliche Aspekt als die treibende Kraft bei der Zerstörung gesehen. Der Wahnsinn und die daraus resultierende Selbstzerstörung ist die Strafe dafür, daß der *mad scientist* sich nicht mit den Gegebenheiten abfinden, das Unerklärte nicht unerklärlich sein lassen will. Tatsächlich wird so aus jeder Weltverbesserungsabsicht ein Weltzerstörungsplan; keiner der *mad scientists* der Science-fiction verzichtet darauf zu betonen, daß es ihm um das Wohl der Menschheit ginge. Dies ist auch der Anspruch der «wirklichen» Wissenschaft, und ihr Medium ist die Veränderung, die in der Figur des *mad scientist* als das Böse denunziert wird (vergleiche auch das entsprechende Kapitel im Abschnitt «Zur Theorie des Genres»).

Ein besonders typisches Beispiel dafür, wie sich politische und gesellschaftliche Ressentiments im *mad scientist* verdichten, sind die Filme um die Figur des Dr. Fu Manchu. Nach einer aus insgesamt dreizehn Büchern bestehenden Roman-Serie von Sax Rohmer schilderten die Filme in der Nachfolge von «The Mask of Fu Manchu» (1932 – Regie: Charles Brabin) die Versuche des chinesischen Superverbrechers Dr. Fu Manchu (hier: Boris Karloff), mit Hilfe eines Geheimbundes und seiner überragenden wissenschaftlichen Fähigkeiten die Herrschaft Asiens über die Welt zu verbreiten und die weiße Rasse auszulöschen. Seinen Machtanspruch legitimiert er unter anderem dadurch, daß er sich als Reinkarnation von Dschingis Khan ausgibt. In diesem Film muß er, um seine Behauptung zu belegen, das Schwert und die Maske des Mongolenführers an sich bringen. Er überlistet seine englischen Gegenspieler unter der Führung des Scotland Yard-Beamten Nayland Smith (Lewis Stone) und wendet, wie übrigens auch seine Tochter (Myrna Loy), viel Phantasie daran, sie auf verschiedene Weisen zu foltern, bis es Smith gelingt, den elektrischen Todesstrahler des teuflischen Doktors gegen diesen selbst zu richten. Die Science-fiction-Elemente beschränkten sich in diesem für damalige Verhältnisse ziemlich sadistischen Film (eine eher untypische Produktion für das auf «saubere», familiengerechte Filme spezialisierte Studio von MGM, die auch in dieser Form keine Nachfolger fand) auf die Darstellung von phantastischen, tödlichen Waffen und

Folterwerkzeugen, die der *mad scientist* für seine Welteroberungspläne einsetzt. Typisch für die Figur ist auch, daß sein globaler Machtanspruch zwar den Hintergrund der Geschichte bildet, die eigentliche Handlung sich jedoch um die Beschaffung eines fast fetischistischen Objekts dreht, die auf das Identitätsproblem der Hauptfigur verweist.

Übrigens war vordem bereits bei Paramount eine Serie von Filmen um die Figur des Fu Manchu gedreht worden: «The Mysterious Dr. Fu Manchu» (1929 – Regie: Rowland V. Lee), der noch als Stummfilm produziert und später synchronisiert wurde, «Return of Dr. Fu Manchu» (1930 – Regie: Rowland V. Lee) und «Daughter of the Dragon» (1931 – Regie: Lloyd Corrigan). Warner Oland verkörperte hier einen Fu Manchu, der vorwiegend mit seinen hypnotischen Fähigkeiten operierte, während der technische Aspekt seiner Herrschaft eher im Hintergrund blieb.

Eine andere Variante des verrückten Wissenschaftlers zeigt der Film «Doctor X» (1932 – Regie: Michael Curtiz). Hier steht der Leiter einer medizinischen Institution, Dr. Xavier (Lionel Atwill), unter Verdacht, an einer Serie von kannibalistischen Morden beteiligt zu sein, da einige seiner Mitarbeiter mit Kannibalismus in der einen oder anderen Weise zu tun gehabt haben. Zwei hatten einen Schiffbruch überlebt, wobei ein Dritter, der sich mit ihnen auf einem Rettungsboot befunden hatte, auf mysteriöse Weise verschwunden war. Ein anderer von Dr. Xaviers Mitarbeitern, Professor Wells (Preston Foster), ist ein Experte auf dem Gebiet der Kannibalismus-Forschung. Dieser besessene Wissenschaftler, der sich schließlich auch als der Mörder entpuppt, hat eine künstliche Hand, die in einem schwarzen Handschuh versteckt ist – das Merkmal des Bösen in vielen phantastischen Filmen. Er hat eine Methode gefunden, künstliches menschliches Fleisch herzustellen, mit dem er nicht nur seine Hand ersetzt, sondern sich auch selbst in ein Monstrum von gefährlicher Kraft verwandelt, das nun vollends seine Persönlichkeit zerstört.

Dieser *mad scientist* war eine zu wirksame Figur, um nicht von den Produzenten noch einmal zur Auferstehung gebracht zu werden. «The Return of Doctor X» (1939 – Regie: Vincent Sherman) ist zwar keine direkte Fortsetzung zu Michael Curtiz' Film, bedient sich aber ähnlicher Grundkonstellationen. Humphrey Bogart spielt den Dr. Xavier, der nach seiner Exekution von einem anderen Wissenschaftler (John Litel) durch die Injektion eines speziellen Blut-Typus wieder zum Leben erweckt wird. Um sein zweites Leben zu erhalten, ist Dr. X von menschlichem Blut abhängig, was ihn zum vampirischen Mörder macht. Bevor er auch die Braut des Helden (Rosemary Lane) töten kann, wird er von der Polizei erschossen.

Für einen anderen Typus des *mad scientist* hatte, einmal mehr, H. G. Wells die literarische Vorlage geschaffen. «The Invisible Man» (Der Unsichtbare – 1933 – Regie: James Whale) variiert ein immer wieder vom Film aufgegriffenes Thema, das zumeist Anlaß zu einer eher komödiantischen Gestaltung gab, so auch in dem im selben Jahr in Deutschland entstandenen Film mit Harry Piel «Ein Unsichtbarer geht durch die Stadt» (Regie: Harry Piel). Ist es hier ein Helm, der seinen Träger unsichtbar macht, so hat in Whales Film ein Wissenschaftler (Claude Rains) die Formel für ein Serum gefunden, durch das er unsichtbar wird. Allerdings ist der Effekt irreversibel und hat einen die Persönlichkeit verändernden Nebeneffekt: Der Unsichtbare wird zur Bedrohung. Bei einem so «exzentrischen» Regisseur wie dem Engländer Whale kann es nicht verwundern, daß in diesem Film eher die Elemente des Makabren und des schwarzen Humors dominieren als direkter Horror. Die Verfolger des Unsichtbaren, vor allem die Polizei, wirken eher wie die Opfer eines anarchistischen Streichs denn wie Bezwinger einer frei gewordenen phantastischen Macht. Zwar hält sich auch dieser Film an die Spielregeln des Genres, der *mad scientist* muß am Ende sterben (wobei er, zum erstenmal für das Publikum, sichtbar wird), aber er läßt eine so eindeutige Sympathieverteilung wie in den «Doctor X»-Filmen nicht zu. In den Nachfolgefilmen zu «The Invisible Man» wandelte sich der Unsichtbare vollends zum Helden.

«The Invisible Man» (1933) von James Whale. Mit Claude Rains.

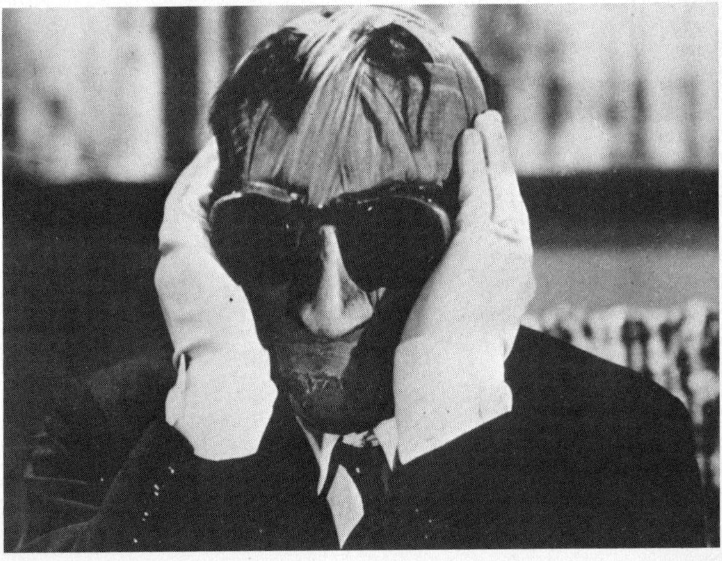

Viel von seiner Wirkung verdankt der Film dem Können des Trickexperten John P. Fulton, der auch die *special effects* der beiden von Whale inszenierten «Frankenstein»-Filme besorgt hatte. Um den Unsichtbaren, von dem man nur die Kleider sieht, in Aktion zu zeigen, ließ Fulton einen Stuntman mit schwarzer Maske vor dem Gesicht und schwarzen Handschuhen vor einem schwarzen Hintergrund agieren, wobei peinlich genau darauf geachtet werden mußte, daß der Darsteller sich «natürlich» bewegte, ohne je eine Hand vor die Kleidung zu halten. So erhielt Fulton einen Film, der die Bewegung von «leeren» Kleidern vor einem neutralen Hintergrund zeigte. Über mehrere Zwischenschritte wurde ein Negativ dieses Films auf einen anderen kopiert, auf dem der Hintergrund beziehungsweise die anderen agierenden Darsteller zu sehen waren. Diesen Prozeß verwendeten die meisten späteren Filme um die Figur eines Unsichtbaren – einmal, in «The Invisible Woman» (1940 – Regie: A. Edward Sutherland), gelang es einem *mad scientist* (John Barrymore) auch, eine Frau (Virginia Bruce) unsichtbar zu machen, was zu mehr komischen (und erotischen) Komplikationen führt – nicht immer aber wurde dabei mit solcher Sorgfalt gearbeitet wie in diesem Film, bei dem zwanzig Takes für eine Trick-Sequenz als Minimum galten. Zu den eindrucksvollsten Szenen gehört zweifellos der Augenblick, in dem der Wissenschaftler die Bandagen entfernt, mit denen sein Kopf umwickelt ist, und dahinter – nichts sichtbar wird; eine jener unerläßlichen Verwandlungsszenen des Genres, deren technische und/oder schauspielerische Bewältigung viel zur Reputation eines phantastischen Films beiträgt, zugleich aber auch die Parodie auf solche Verwandlungsszenen und die Erwartungshaltung des Publikums.

Zu Whales Film wurden einige Fortsetzungen gedreht, die allerdings ein wenig darunter zu leiden hatten, daß die überraschenden Effekte aus dem ersten Film allenfalls zu wiederholen, nicht aber zu überbieten und kaum zu variieren waren. In «The Invisible Man Returns» (1939 – Regie: Joe May) gibt der Held der ursprünglichen Geschichte seinem durch einen Justizirrtum zum Tode verurteilten Bruder die Unsichtbarkeitsdroge, um ihn zu retten und ihm die Gelegenheit zu verschaffen, den Mörder dingfest zu machen, für dessen Tat man ihn verurteilt hat. Der Film, getragen von Curt Siodmaks pointenreichem Drehbuch, war eher ein Suspense-Thriller als ein Science-fiction-Film über die Figur des *mad scientist*, was einem Trend des phantastischen Films zu Beginn der vierziger Jahre entsprach. Ähnliches gilt auch für «Invisible Agent» (1942 – Regie: Frank Lloyd), für den ebenfalls Curt Siodmak das Drehbuch schrieb. Hier geht es um den Sohn des ursprünglichen «Invisible Man» (Jon Hall), der seinen patriotischen Pflichten nachkommt und die wissenschaftlichen Erkenntnisse seines Vaters benützt, um sich als Agent nach Deutschland einzuschleusen, wo er beinahe von einem japanischen

Spion (Peter Lorre) in eine Falle gelockt wird, dann aber Hitlers geplanten Angriff auf Amerika verhindern kann, weil er die Namen aller in Amerika tätigen Nazi-Agenten erfährt. «The Invisible Man's Revenge» (1944 – Regie: Ford Beebe) bedeutete das Ende der Serie; Hauptfigur ist hier ein Krimineller, der am Ende auf makabre Weise ums Leben kommt. Wie es für viele der phantastischen Film-Gestalten bei Universal die Regel war, so mußte allerdings auch der «Invisible Man» noch einmal in einer der Horror-Grotesken um das Komikerpaar Abbott und Costello auftreten: «Abbott and Costello Meet the Invisible Man» (Abbott & Costello auf Sherlock Holmes' Spuren – 1950 – Regie: Charles Lamont).

Während sich die Filme dieser Serie zumeist durch spekulative Phantasie und ein Element leichter Ironie auszeichneten, waren manche anderen Filme um den wahnsinnigen Wissenschaftler oft nicht viel mehr als der phantastische Vorwand für mehr oder minder sadistische Szenen. Als sich ein «ambitionierter» Science-fiction-Film wie «Things to Come» als geschäftlicher Fehlschlag erwiesen hatte, setzten die Produzenten um so mehr auf die «todsichere» Formel vom *mad scientist*, der sich in seinem Laboratorium einschließt, sich dort in ein Monstrum verwandelt, das unheimliche Fähigkeiten mit unstillbarem Zerstörungstrieb verbindet, Menschen bedroht und tötet, bis es zur Strecke gebracht werden kann und sich die ganze Tragik dieses Menschen enthüllt, der an seinem Wissensdrang zugrunde gegangen ist. Manchmal, wie etwa in «The Man They Could Not Hang» (1939 – Regie: Nick Grinde), erreichten solche Gestalten des Genres (hier verkörpert von Boris Karloff) einen Grad von «Unsterblichkeit» oder Fähigkeit zur Wiedergeburt, wie er sonst den Hauptfiguren des Horror-Genres zugeordnet ist. Der Trend zum Film mit dem Thema des *mad scientist* setzte sich auch in den vierziger Jahren fort; für die Zukunft, so scheint es, interessierte sich niemand sonderlich. Näher war eine Gegenwart, die sich einerseits durch gesellschaftlichen Wandel, andrerseits durch den Krieg bestimmte. Während alle Helden der populären Mythologie, Tarzan, Superman, Batman, Wonder Woman, Donald Duck etc., in den Krieg zogen, waren die *mad scientists* nicht nur als Feindprojektionen geeignet, sondern sie vermochten auch, sozusagen als Blitzableiter, das ein wenig aus den Fugen geratene erotische Gefühlsleben des Puritaners vor den schlimmsten der verdrängten, unordentlichen Leidenschaften zu bewahren.

## Science-fiction-Filme der vierziger Jahre

Am 30. Oktober 1938 hatten die Radiohörer in Amerika einen Schock zu gewärtigen: Die Stimme eines Sprechers berichtete von außerirdischen Lebewesen, die auf der Erde gelandet seien, um sie zu erobern.

Dann kam die sensationelle Nachricht, daß ein Raumschiff in New Jersey niedergegangen sei, Teil einer Vorhut der Invasion vom Mars. Ein Reporter, selber spürbar bewegt, berichtete von den Maßnahmen der Behörden. Unter der Bevölkerung brach eine Panik aus, man versuchte sich zu verstecken, Lebensmittel wurden gehortet, die Telefonleitungen nach New Jersey brachen zusammen. Auch lange nachdem nochmals bekanntgegeben wurde, daß es sich bei der Sendung nicht um eine wirkliche Reportage, sondern um Orson Welles' Funk-Bearbeitung von H. G. Wells' Roman «War of the Worlds» gehandelt hatte, legte sich die Aufregung noch nicht. Eine solche Invasion war für die Gesellschaft der USA ein zu genaues Äquivalent für die allgemeine Gefühlslage, als daß man sich durch ein einfaches Dementi hätte überzeugen lassen. Die Furcht war zuvor da; sie hatte nun eine Form, die noch später immer wieder auftauchen sollte.

Merkwürdigerweise wurde dieser durch eine Atmosphäre der Kriegsfurcht begünstigte Erfolg einer Invasions-Story, wie sie zur gleichen Zeit in der Science-fiction-Literatur immer wieder Anwendung fand und Jahre später häufig auch von Filmen des Genres vermittelt wurde (der Film nahm sich des Stoffes erst 1953 an), von der Filmindustrie nicht aufgegriffen. Das hängt zum einen damit zusammen, daß in den vierziger Jahren die Zahl der von Hollywood produzierten Filme im allgemeinen, die des phantastischen Genres insbesondere zurückgegangen war. Zum anderen aber hatte sich das Genre in den Jahren zuvor einen gewissen Aussage-Kodex geschaffen, der ganz bestimmte, eher von individuellen als von politischen Traumen bestimmte Publikumserwartungen ansprach. Unter den wenigen vor und während des Krieges gedrehten phantastischen Filmen dominierten weiterhin die Geschichten um die Figur des *mad scientist*.

Als wäre nichts geschehen, als würden nicht neue technologische Waffensysteme zum Einsatz gebracht, von Wissenschaftlern entwickelt, die gewiß anderes im Kopf hatten, als Menschen in Tier-Wesen zu verwandeln oder Tote wieder zum Leben zu erwecken, um sie als blutdürstige Wiedergänger übers Land streifen zu lassen, und als wäre nicht eine Bedrohung globaler Natur entstanden, erzählten die phantastischen Filme weiter von der Deformationsmanie ihrer sadistischen Lieblingsgestalt.

Die Titelfigur von «Doctor Cyclops» (Dr. Zyklop – 1940 – Regie: Ernest B. Schoedsack) ist der Biologe Dr. Thorkel (Albert Dekker), der in einer abgelegenen Hütte im Amazonasgebiet an seinen Forschungen arbeitet. Als er einen Kollegen mit seinen Mitarbeitern einlädt, können diese nicht ahnen, daß er sie für seine Zwecke mißbrauchen wird . Nachdem sie sich nicht gefügig zeigen, läßt er sie vermittels seiner technischen Erfindung auf Däumlingsgröße zusammenschrumpfen. Nur weil dieser «Doctor Cyclops» so kurzsichtig ist, können sie in den Dschungel entkommen, wo allerdings viele Gefahren auf sie warten. Da Thorkel weiß, daß die Wissenschaftler bald von selbst wieder ihre angestammte Größe annehmen werden, verfolgt er sie. Er erschießt einen von ihnen und versucht die anderen durch ein Feuer zu vernichten. Als er sie tot glaubt, kehrt er in seine Hütte zurück und schläft ein. Den überlebenden Wissenschaftlern gelingt es, in die Hütte zurückzukehren und dort die Brille des Doktors zu zerstören, so wie Odysseus und seine Mannen einst das Auge des riesigen Zyklopen blendeten. Den nun so gut wie blinden Thorkel locken sie an den offenen Minenschacht, aus dem der wahnsinnige Wissenschaftler das radioaktive Material für seine Forschungen bezieht. Er stürzt sich zu Tode. Dieser Film «verschenkte» zwar einige der später etwa von Jack Arnold in «The Incredible Shrinking Man» (1957) wirkungsvoll inszenierten Effekte bei der Verschiebung der Größenverhältnisse, aber seine der griechischen Sage nachgestaltete Handlung und die gelegentlich aufscheinende Ironie hebt ihn doch über das Gros der Filme dieses Themas hinaus.

So zeigt etwa «The Mad Doctor of Market Street» (1941 – Regie: Joseph H. Lewis) einen Wissenschaftler (Lionel Atwill), der, einmal mehr, die Toten wieder zum Leben erweckt. Das «Man Made Monster» (1941 – Regie: George Waggner) ist ein von einem Wissenschaftler (gespielt wiederum von Lionel Atwill, der ebenso wie George Zucco in diesen Jahren auf die Rolle des *mad scientist* geradezu festgelegt war) in seiner schon durch eine natürliche Anomalie angelegten Fähigkeit, gegen Strom resistent zu sein und sich «aufzuladen», benutzter Mann (Lon Chaney jr.), der unter anderem die Exekution auf dem elektrischen Stuhl übersteht. Ein über den Zufall hinausgehend häufig auftauchendes Thema in den Monster- und Science-fiction-Filmen dieser Zeit ist die Fähigkeit solcher durch wissenschaftliche oder natürliche Fehlleistungen entstandenen «Unmenschen», den Vollzug der Todesstrafe zu überleben, sei es den durch den Strang wie beispielsweise in «The Man They Could Not Hang», oder den durch den elektrischen Stuhl wie hier, oder wie auf allerdings indirekte Weise in «The Man With Two Lives» (1942 – Regie: Phil Rosen). Man geht wohl nicht zu weit, wenn man in dieser Häufung eine jener «umgekehrten Argumentationen» der Unterhaltung vermutet, die eine Botschaft – hier etwa die Befürwortung der Todesstrafe – durch eine scheinbare Infragestellung oder polemische Ausformung der gegenteiligen Prämisse verstärken und zugleich verkleiden. In «The Mad Monster» (1942 – Regie: Sam Newfield) hat der *mad scientist* (George Zucco) einen Werwolf geschaffen; in «The Mad Ghoul» (1943 – Regie: James P. Hogan) verwandelt der besessene Wissenschaftler (wiederum George Zucco) einen Mann in einen Zombie, einen willenlosen Menschen, dem periodisch ein neues Herz eingepflanzt werden muß, was Anlaß der unerläßlichen Mordserie wird, und die Titelfigur von

«The Man in Half Moon Street» (1943 – Regie: Ralph Murphy) hat sich selbst eine künstliche Drüse in den Körper gepflanzt, die sie nicht altern läßt, allerdings von Zeit zu Zeit durch eine neue ersetzt werden muß. Die Reihe ließe sich noch beliebig fortsetzen.

War nicht der sadistische Wissenschaftler das Thema, so ging man lieber in prähistorische Zeiten wie in Hal Roachs «One Million B. C.» (Tumak, der Herr des Urwalds – 1940) oder zu zeitlosen, verschollenen Ländern wie in «Siren of Atlantis» (Die Herrin von Atlantis – 1947 – Regie: Arthur Ripley, Douglas Sirk, John Brahm) als in die Zukunft. Dieses Thema vom «versunkenen Reich» und der «Lost World» bildet eine Seitenlinie der Science-fiction, die zum Teil auf die Literatur der «Fantasy» und auf die populären Romane der viktorianischen Zeit (etwa von Arthur Conan Doyle, H. Rider Haggard, A. Hyatt Verill etc.) zurückgriff. Einem ersten Boom von Verfilmungen solcher Stoffe in der Stummfilmzeit folgten einige Filme in den dreißiger und vierziger Jahren. Neben den genannten seien etwa noch erwähnt die Verfilmung von H. Rider Haggards Roman «She» aus dem Jahre 1887 durch Merian C. Cooper (Produktion) sowie Irving Pichel und Lansing C. Holden (Regie) im Jahr 1937, einer der ambitioniertesten und zumindest vom Dekor her beeindruckendsten Filme des Genres aus dieser Zeit, und Frank Capras «Lost Horizon» (In den Fesseln von Shangri-La – 1937), eine für den Regisseur bezeichnende Allegorie auf die Kraft des einfachen Menschen und seine Fähigkeit zum Frieden und zur Verständigung.

Aber auch dieses Subgenre schien in den Jahren von 1940 bis 1950 bis auf die erwähnten Ausnahmen in Hollywood niemanden mehr zu inspirieren, so wie etwa zwischen 1945 und 1950 der Science-fiction-Film in Amerika praktisch aufhörte zu existieren; selbst die Formel vom *mad scientist* schien, abgesehen von ein paar unbedarften Komödien, keinen phantastischen Film mehr zu tragen.

Nur in England gab es noch einmal Filme um die Figur des verrückten Wissenschaftlers. In «Counterblast» (1948 – Regie: Paul L. Stein) geht es um einen Nazi-Wissenschaftler, der aus einem Kriegsgefangenenlager entkommt, die Identität eines Bakteriologen annimmt und seine Fähigkeiten gegen England richten kann. Als seine deutschen Auftraggeber allerdings von ihm verlangen, daß er seine Assistentin umbringt, weigert er sich. So wird seine Identität entdeckt, nachdem er, um ihr Leben zu schützen, einige deutsche Agenten umgebracht hat. Bei seinem Fluchtversuch mit einem Schiff kommt er durch einströmendes Gas (!) ums Leben. Weniger bedrohlich war der *mad scientist* der Komödie «The Perfect Woman» (Geliebte nach Maß – 1949 – Regie: Bernard Knowles), der einen weiblichen, äußerst anthropomorphen Roboter mit den Zügen seiner Nichte geschaffen hat. Um die Wirklichkeitstreue seiner Kreation zu testen, führt er den vermeintlichen Roboter einem Freund, der als

Schürzenjäger bekannt ist, vor, nicht ahnend, daß seine Nichte die Stelle seines Roboters eingenommen hat und nun die «mechanische Frau» spielt. Die Geschichte entwickelt sich fort in Form einer Verwechslungskomödie, bis zum Ende der Roboter explodiert, zum Entsetzen seines Erfinders, um einer Liebesgeschichte nicht länger im Weg zu sein.

Diese beiden Filme sind sicher nicht untypisch für das (vorläufige) Verschwinden der Figur des *mad scientist*. Zum einen verändert ihn seine Begegnung mit der Wirklichkeit (in «Counterblast» wird seine Ambivalenz so forciert, daß er über eine Strecke des Films, als er sich für seine Assistentin opfert, sogar regelrecht sympathisch wirkt), zum anderen tötet ihn die Lächerlichkeit. Die Figur hatte ihre Schuldigkeit getan; der Science-fiction-Film wandte sich, wie die Menschen nach dem Krieg, realeren Problemen zu.

## Science-fiction-Serials

Im Gegensatz zum *feature film*, der nur selten über zukünftige Technologien spekulierte, abgesehen natürlich von der Ausstattung des obligatorischen *mad scientist*, war das Science-fiction-Serial ein Medium für technische Utopien aller Art. Nur hier ging es im Genre tatsächlich um Zukünftiges, war nicht alles so eindeutig auf den Tod, wie in den Horror/Science-fiction-Filmen, abgestimmt, sondern auf das Leben, nur hier stand der *homo futurus* im Mittelpunkt, auch wenn es sich dabei um eine reichlich naiv gezeichnete Art handelte.

Die Serials, und speziell die Science-fiction-Serials, bezogen ihre Ideen, Gestalten und Formen vor allem von den Comics, und die bekanntesten Helden der Science-fiction-Comics wie Flash Gordon, Buck Rogers, Superman etc. wurden auch zu Serial-Hauptfiguren. Auch die Ästhetik der *cliffhangers* ähnelte der der Comics; eine filmische Bewegung gleichsam von *panel* (Einzelbild der Comics) zu *panel*, der Fortsetzungscharakter mit dem Höhepunkt der Spannung am Ende eines «Kapitels», die Statik der Aufnahmen, die Vorliebe für Maskierungen, die auf Signal- und Reizworte reduzierten Dialoge, all das hatte das Serial von den Comics übernommen. Die Beziehungen zwischen Serial und Comic sind stärker als etwa die zwischen Literatur und Film, vielleicht sogar, was die Themen anbelangt, stärker als die zwischen Film und Serial. Die *eigentliche* Science-fiction mit ihren Space Operas, Raumschlachten, Strahlenkanonen, Abenteuern auf fernen Planeten, Zeitreisen, Robotern usw. eroberte den Film erst über die Serials. Und dadurch nahmen auch die Comics einen erheblichen Einfluß auf das gesamte Filmgenre. Ein Beispiel: «Wenn ein Science-fiction-Trend nicht von den Comics aufgenommen worden war – Telepathie zum Beispiel, weil es in den Comic strips schwer darzustellen war –, taucht er auch selten im Film auf, während ein in den Comics populäres Motiv – Roboter sind ein gutes Beispiel – mit Vorliebe angewandt wird» (John Baxter). Ein anderes Beispiel ist das Dekor von Science-fiction-Filmen, das noch heute oft seine Vorbilder in der populären Grafik und in den Comics findet. In den fünfziger Jahren emanzipierte sich das Genre allerdings ein wenig vom Beiwerk, das das Vorbild der Comics vorgeschrieben hatte; erst da gab es den «wirklichen» Science-fiction-Film.

Phantastisch-technische Elemente gehörten zu den Serials als unabdingbare Zutat, selbst in solchen Filmen, die gar nicht explizit phantastische Themen behandelten. Sogar in einer Reihe von Western-Serials bekämpften die Helden Schurken, die mit Todesstrahlen, elektronischem Gerät oder chemischen Waffen hantierten. Vor allem die Mystery-Serials griffen immer wieder auf Science-fiction-Elemente zurück, um ihre Handlung voranzutreiben, da oberstes Gebot der Serials war, ausschließlich durch vorzeigbare Dinge Wesen und Absichten der Figuren auszudrücken. Die Helden waren von den Bösewichten unterschieden durch ihre Kleidung und ihre Accessoirs, nicht zuletzt durch die Art ihrer Waffen, die sie einsetzten. Die technisch-utopischen *gadgets* der Serials dienten vor allem der Verblüffung der Zuschauer, oft genug aber auch als Deus ex machina, um eine Story weiterzuführen, wenn sie in eine Sackgasse geriet, oder um eine Situation auszulösen, die anders als durch eine die normalen Gesetze überschreitende Mechanik nicht mehr zu «retten» wäre. Die *gadgets* definierten eindeutig ihre Besitzer; für Ambivalenz blieb da kein Platz. Da den Autoren hier weder psychologische noch naturwissenschaftliche Grenzen gesetzt waren, an die Logik der Handlung keine allzu großen Anforderungen gestellt wurden, erzählerische und kinematografische Konvention durch den Zwang, das Publikum mit allen Mitteln zu verblüffen, außer Kraft gesetzt war, erlangten die Serials eine eigene Art «wilder» Phantasie, einen aus einer gewissen wirtschaftlichen und ästhetischen «Armut» gewonnenen Reichtum der Erfindung.

Es gab, um nur einige Beispiele von Nicht-Science-fiction-Serials zu erwähnen, Todesstrahlen, die Umkehrung des Alterungsprozesses, die Verwandlung von Menschen in Riesen, Telepathie, «gefrorene Elektrizität» und anderes mehr in «The Lost City» (1935 – Regie: Harry Revier); in «Mandrake, the Magician» (1939 – Regie: Sam Nelson, Norman Denning) mußte sich der aus den Comics von Lee Falk bekannte Held mit den hypnotischen Kräften mit einer Maschine zur Erzeugung tödlicher Atomstrahlen auseinandersetzen; der maskierte Detektiv in «The Green Hornet» (1939 – Regie: Ford Beebe, Ray Taylor) und «The Green Hornet Strikes Again» (1940 – Regie: Ford Beebe, John Rawlins) hat es mit Autos mit Supergeschwindigkeit, Gasbetäubungspistolen und

Superbomben zu tun. In dem Serial «Gang Busters» (1942 – Regie: Ray Taylor, Noel Smith) bringt ein Gangster Tote zurück ins Leben, und in zwei anderen Gangster-gegen-G-Men-Serials, «G-Men versus the Black Dragon» (Harnschi, Sohn des Dr. Fu Manchu – 1943 – Regie: William Witney) und «G-Men Never Forget» (1947 – Regie: Fred Brannon, Yakima Canutt) kommen, wieder einmal, Strahlenpistolen und plastische Chirurgie zur Anwendung. Das *gadget* von «The Great Alaskan Mystery» (1944 – Regie: Ray Taylor, Lewis D. Collins) war eine Maschine, die Materie durch den Raum transmittieren konnte, «Hop Harrigan» (1946 – Regie: Derwin Abrahams), ebenfalls nach einer Comic-Serie entstanden, führt unter anderem vor: neue phantastische Formen der Energie und – was sonst? – Todesstrahlen. In «Jack Armstrong» (1947 — Regie: Wallace Fox) bedroht ein Raumschiff mit einer tödlichen Waffe die Erde, und die Helden von «King of the Rocket Men» (König der Raketenmänner – 1949 – Regie: Fred Brannon) tragen Anzüge mit eingebauten Flugvorrichtungen, ein «Dezimator» zerstört mit Leichtigkeit Felsen und Mauern usw. «The Invisible Monster» (1950 – Regie: Fred Brannon) variiert das aus James Whales «The Invisible Man» bekannte Thema, stellt der Titelfigur aber einen «normalen» Helden gegenüber. Die Reihe könnte noch endlos fortgesetzt werden.

Reine Science-fiction-Themen, obwohl schon in der Stummfilmzeit gelegentlich in Serials verwendet, tauchten verstärkt zu Ende der dreißiger Jahre auf. Unter den Vorläufern der klassischen Science-fiction-Serials, welche deren Erfolg vorbereiteten, sticht etwa «The Phantom Empire» (Phantom-Reiter – 1935 – Regie: B. Reeves Eason, Otto Brower) hervor, eine so phantastische wie genial kindische Geschichte um den «singenden Cowboy» Gene Autry, der auf seiner Ranch in Texas eine Radiostation betreibt, über die er regelmäßig seine Fans mit neuen Liedern versorgt. Unter seinem Land befindet sich jedoch eine verlorene Zivilisation, in die er durch Zufall eindringt. Er entkommt, bevor die unterirdische Stadt durch Strahlen zerstört wird, rechtzeitig, um sein Publikum zur angekündigten Stunde mit dem Lied «Silver-Haired Daddy of Mine» zu erfreuen.

In «Undersea Kingdom» (Unga Khan – Der Herr von Atlantis – 1936 – Regie: B. Reeves Eason, Joseph Kane) ist der Held (Ray «Crash» Corrigan) ein Navy-Offizier, der zusammen mit einem Wissenschaftler das unterseeische Atlantis findet, dessen mit phantastischen Waffen ausgerüstete Bewohner den Angriff auf die Menschen an der Oberfläche planen. Der Held und seine Begleiter können diesen Plan natürlich vereiteln. Beide Serials sind übrigens Beispiele für den totalen Anachronismus, dem sich die Gattung verschrieben hatte (auch hierin den Comics verwandt): Wie Gene Autry seine Feinde noch am liebsten zu Pferde und mit dem Lasso bekämpfte, ist in Atlantis das Verkehrsproblem

durch Pferdekutschen gelöst, während zur gleichen Zeit die obligatorischen Todesstrahlen von unerhörter Kampfkraft zur Ausrüstung gehören. Technologischer Fortschritt überlagerte sich mit traditionellen, «märchenhaften» Vorstellungen, so wie sich dann bei «Flash Gordon» die Gestalten nahezu aller populärer Helden-Mythen, zeitlich so weit voneinander entfernt wie Robin Hood und Fu Manchu, ein Stelldichein gaben.

«Flash Gordon» (1936 – Regie: Frederick Stephani) zeigte die Abenteuer der Helden, Flash Gordons (Larry «Buster» Crabbe, den man den König der Serials nannte), seiner schönen blonden Freundin Dale Arden (Jean Rogers) und des «guten» Wissenschaftlers Dr. Zarkov (Frank Shannon), die auf einem fremden Planeten den grausamen «orientalischen» Diktator «Ming, the Merciless» (Charles Middleton) bekämpfen, dessen Häschern und Fallen sie immer wieder entkommen. Während Dale beständig in bedrohliche Situationen geraten, vor Entsetzen schreien oder in Ohnmacht fallen mußte, um von Flash aus den Klauen von Monstern und Schurken gerettet zu werden, begegnete die Gruppe immer neuen phantastischen Wesen, «Löwenmenschen», «Fischmenschen», «Orangapoids», daneben aber auch anderen Gegnern des Diktators, mit denen kurze Allianzen gebildet werden konnten, die aber zumeist, im Gegensatz zu den Helden, nicht in der Lage waren, ihren geografisch beschränkten Lebensraum zu verlassen. Die Serial-Form war dafür ideal geeignet, ließ sich doch in jedem der dreizehn Kapitel eine Art von phantastischen Wesen oder ein technisch-utopisches *gadget* in den Mittelpunkt stellen.

Der große Erfolg dieses Serials initiierte ein zweites mit denselben Darstellern, wobei allerdings – offensichtlich für die Serials unvermeidlich – als komische Seitenfigur der Reporter Happy (Donald Kerr) eingeführt wurde, der in den Comics von Alex Raymond nicht auftaucht. «Flash Gordon's Trip to Mars» (1938 – Regie: Ford Beebe, Robert Hill) konfrontierte Flash mit Lehmmenschen, Waldmenschen und schönen Frauen wie Azura, der Königin der Magie (Beatrice Roberts). Das dritte und letzte Universal-Serial um Flash Gordon, «Flash Gordon Conquers the Universe» (1940 – Regie: Ford Beebe, Ray Taylor), handelte von einem vermittels tödlichen roten Staubs ausgeführten Angriff Mings auf die Erde. Gegenüber seinen Vorgängern war dieses Serial vor allem dadurch unterschieden, daß es ein etwas größeres Produktionsvolumen aufzuweisen hatte und daß Carol Hughes Jean Rogers als «screaming lady» in der Rolle der Dale Arden abgelöst hatte. Aus allen drei Serials wurde übrigens jeweils später auch eine *feature film*-Fassung geschnit-

«King of the Rocket Men» (1949) von Fred Brannon.

ten; dabei wurde aus «Flash Gordon» 1939 «Rocketship», aus «Flash Gordon's Trip to Mars» war bereits 1938 «Mars Attacks the World» geworden, und «Flash Gordon Conquers the Universe» kam Jahre später als «Purple Death from Outer Space» in die Kinos.

Daß die Flash Gordon-Filme zu den erfolgreichsten Serials der dreißiger Jahre gehörten und auch heute noch hoch bewertet werden (als Kult-Filme der Aficionados ebenso wie als Vorbilder und Spielmaterial für andere Filme), hat mehrere Gründe. Es liegt zum einen an dem Grad der Beliebtheit von Flash Gordon als Comic strip-Figur, die ohne allzu große Abstriche in die Filme eingebracht werden konnte und in Buster Crabbe die ideale Besetzung fand. Das «Flash Gordon»-Serial kam übrigens genau zwei Jahre und zwei Monate später heraus als die erste Comic-Folge von Alex Raymond, die am 7. Januar 1934 erschien, ein Hinweis darauf, wie schnell sich diese Helden-Figur beim Publikum durchgesetzt hat. Ein Weiteres taten sicher die tricktechnische und ausstatterische Phantasie (immerhin hatte man bei Universal schon für das erste «Flash Gordon»-Serial ein Budget von 350000 Dollar zur Verfügung gestellt, was mehr als dem Dreifachen der Summe entsprach, die gewöhnlich für die Herstellung eines Serials veranschlagt wurde), die Mischung aus Abenteuer-, Mantel-und-Degen- und Science-fiction-Elementen und nicht zuletzt der Sex-Appeal der Heldinnen. Die Filme wurden von einer für Serials ungemein durchschlagenden Pressekampagne begleitet; enthusiastische Kritiken in «Variety», «The Motion Picture Herald» und sogar in «Time» standen neben ganzen Illustrierten-Serien (etwa in «Look»), wo man allerdings von den erotischen Möglichkeiten des Themas profitierte, die in den Filmen selbst nur ein Motiv unter vielen ausmachten. Zum erstenmal in der Geschichte des Serials war durch «Flash Gordon» ein Exemplar der Gattung vom Odium der Unterhaltung bloß für Kinder befreit.

Doch hinter der scheinbaren Naivität der Filme und hinter ihrer aus Western und Comics bekannten erotischen Typologie lag noch etwas anderes, was das zeitgenössische Publikum fesselte: eine politisch-ethnologische Mythologie, die bezeichnend für das Genre wurde. Flash Gordon selbst ist der typische *all-american hero*, der athletische WASP (White Anglo-Saxon Protestant), der immer das Richtige tut und in seinen Unternehmungen keinen Zweifel kennt. Crabbe war die perfekte Besetzung für diesen Helden; nicht nur ähnelte er dem gezeichneten Helden (nur sein Haar mußte gebleicht werden), er hatte auch, wie Rudy Behlmer schrieb, «die Fähigkeit, genau ‹richtig› zu wirken in der Rolle eines

«Flash Gordon Conquers the Universe» (1940) von Ford Beebe und Ray Taylor. Mit Buster Crabbe und Carol Hughes.

vollkommen vorgezeichneten Charakters». Und: «Der Olympiasieger im Freistilschwimmen von 1932, gut gebaut und geschmeidig, erschien fast militant nordisch-arisch in seinem Äußeren. Er war die Inkarnation von Jack Londons ‹blonder Bestie›, der amerikanische ‹Übermensch›, den jedes Mädchen aus gutem Haus sich zum idealen Gatten gewünscht hätte. Er war nicht nur der ‹rauhe Individualist›, eminent selbstbewußt und völlig autark, sondern andrerseits auch ein graduierter Yale-Student und ein meisterhafter Polo-Spieler. Kurz, Flash Gordon verband problemlos das Ideal des Pioniers mit dem des untadeligen, gebildeten Gentleman» (Robert Barshay).

Das heißt, die «Flash Gordon»-Filme schafften, was die anderen Science-fiction-Filme (vor allem die *feature films*) gar nicht versucht hatten, die viel mehr auf die europäischen, expressionistischen Traditionen des phantastischen Films fixiert blieben und auf die Erzeugung von bedrohlichen Stimmungen, in denen Erotisches von vornherein ausgeklammert blieb, nämlich die Versöhnung des amerikanischen Nationalhelden mit dem Genre, mit der Technik. Erst indem sie sich mit den moralischen und mythischen Zutaten des Western versetzte, konnte die Science-fiction zu einem wirklich amerikanischen Film-Genre werden.

Die Moralität Flash Gordons ist die eines Westerners, aber er hat es geschafft, die wissenschaftliche Bildung, die für den Pionier ein abzulehnendes Element der Denaturierung gewesen wäre, die szientifische Neugier, in sein Wesen zu integrieren. Mögen diese Filme heute vielleicht etwas – unfreiwillig – komisch wirken (was jeder echte Aficionado natürlich bestreiten wird), so wäre doch ohne sie im Film nicht möglich gewesen, was in der Literatur schon ein wenig vorgezeichnet war: die Verlegung der (Western-)*frontier* in den Weltraum und die Geburt des Weltraumfahrers als Pionier (später wird es den Begriff *space cowboy* geben).

Diese Moral setzt sich vor allem in Flashs Unfähigkeit fort, das Verlangen der jungfräulichen Dale nach ihm auch nur zu erkennen. Während Dales Frustrationen ihren Ausdruck in den zahlreichen Bedrohungen finden, deren symbolisch-erotischer Charakter meist unschwer auszumachen ist, muß sich Flash der Avancen exotischer Schönheiten erwehren, die sich weniger erotische Zurückhaltung auferlegen als die puritanische Dale. In «Flash Gordon» ist es die schöne Tochter des Tyrannen Ming (Priscilla Lawson), die, obwohl sie ihn nicht erringen kann, schließlich noch dafür sorgt, daß er aus den Klauen ihres Vaters entkommen kann. Hier taucht die aus den Western bekannte Zweiteilung in die zumeist – wie hier – blonde, «gute» und die «schwarze», exotische, gut-böse Frau auf. Wie diese vor einem Hintergrund einer heißblütigen, sinnlich bestimmten Kultur gesehen wird (im Western: Lateinamerika zum Beispiel), so ist auch in «Flash Gordon» der «mediterrane» Charakter in der Vielzahl der vorkommenden Kulturen synonym für den erotischen Traum.

Den Sex, den Flash Gordon bei Dale nicht wahrnehmen will, empfindet er überdeutlich, bedrohlich bei den anderen, «exotischen» Frauen; wenn er sie rettet, was häufig vorkommt, ist Dale nicht ganz zu Unrecht beleidigt und bringt durch ihre Eifersucht oft die Gruppe in höchste Gefahr. Der eigentliche Feind in den Auseinandersetzungen ist so gelegentlich nicht Flash Gordon, sondern Dale Arden, die ihm Garant (oder Alibi) für seine erotische Enthaltsamkeit ist.

Flash Gordon, als «Prototyp» des Helden in der Science-fiction, steht als Mann zwischen der zerbrechlichen, schutzsuchenden Weiblichkeit der «irdischen» WASP-Frau und der aggressiven, «verzehrenden» Sexualität der exotischen, «phantastischen» Frauen, und Dale als die Heldin steht, dezidierter noch als Flash in ihren Ablehnungen, zwischen dem von ihr angebeteten puritanischen Mann und den «phantastischen» Bösewichten, aber auch Flashs chevaleresken Freunden. So ist die wechselseitige Erhaltung der Unschuld nicht nur der Zusammenhalt des Paares Flash und Dale, sondern nicht selten auch der eigentliche Motor der Handlung. In den Flash Gordon-Comics, aber auch in den Filmen, entsteht der Thrill vor allem aus einer phantasievollen Diversifikation dieser Konstellation; so wie es Dale nicht nur mit exotischen Schurken, sondern auch mit Nebenhelden von einer ganz unpragmatischen Contenance und formvollendeter Ritterlichkeit zu tun hat, so begegnet Flash auch Frauen, die ihn auf eine sehr reine, platonische Art verehren. Zudem hat das Paar Flash/Dale eine Reihe von Begegnungen mit Paaren, die gewissermaßen eine mögliche Erfüllung ihrer Liebe vorwegnehmen. Das heißt, bei «Flash Gordon» steht die erotische Strategie des Puritanismus zwar im Mittelpunkt, ist aber nicht die allein vorkommende Form der Beziehung, wie das manchmal im Western der Fall ist; es ist ein ganzer Kosmos erotisch-ethnischer Mythen. So ist das phantastische Element bei «Flash Gordon» auch eine Methode, puritanisches Verständnis der Sexualität wenn nicht abzulösen, so doch in zahlreichen Spiegelungen spielerisch in Frage zu stellen. Während sich in den für ein erwachsenes Publikum hergestellten *feature films* mit phantastischer Thematik das puritanische Modell der Erotik in einer verqueren, angsterfüllten Form festschrieb, hatte das «infantile» Medium der Serials eine eher avancierte Funktion in der «Barockisierung» puritanischer Ethik und damit, bei aller Bestätigung, eine Tendenz zu ihrer Auflösung.

Flashs großer, faszinierender Gegenspieler, der asiatisch erscheinende Tyrann Ming, hat (in den Serials mehr als in den Comics) die Absicht, die Erde zu erobern; schon deswegen muß sich Flash Gordon ihm als aufrechter Amerikaner entgegenstellen. Aber Mings eigentlicher Wahn ist es, Dale zu zwingen, seine Frau zu werden, um mit ihr eine neue Dynastie zu gründen. Das Böse selbst bedroht die amerikanische Frau, und eigentlich erst durch diese Bedrohung erhält Flash seine Motivation zum Kampf; nur in letzter Sekunde kann er die angesetzte und vorangeschrittene Zeremonie der Hochzeit zwischen Ming und Dale unterbrechen und so verhindern, daß Mings Herrschaft über die Erde durch den erzwungenen erotischen Pakt besiegelt wird.

Die Kongruenz dieser Handlungen mit einer spezifischen Form der Kriegspropaganda ist evident. Es gibt letztlich wohl keinen Krieg, der nicht «unterstützt» ist von einem bestimmten Frauenbild, welches gegen den Feind zu verteidigen der Soldat aufgerufen ist. Die mythische «Miss America» ist das Movens der Auseinandersetzungen in dieser Verbindung aus Erotismus, Phantastik, Rassismus und Politik, der sich selbst heute noch schwer zu entziehen ist.

Die Figur des Dr. Zarkov stellt in der ethnischen Typologie bei «Flash Gordon» so etwas wie eine domestizierte Form des slawischen *mad scientist* dar, wie ihn etwa Boris Karloff, Erich von Stroheim, Lionel Atwill oder Bela Lugosi in den *feature films* verkörpert hatten. Daß diese Figur nun in die Gruppe der Helden aufgenommen ist, mag nicht nur aktuelle politische Konstellationen widerspiegeln, sondern Zarkov entspricht auch dem «guten» *mad scientist* in den Comics (Professor Potter bei «Superman», Professor Reinstein bei «Captain America» etc.). Zarkov ist ein Intellektueller (und schon deshalb leuchtet ein, daß er kein «reiner» Amerikaner sein kann); ohne den Tatmenschen Flash Gordon ist er hilflos. Auch seine Moral ist nicht sonderlich ausgeprägt: Ohne den Zuspruch von Flash oder Dale gehorcht er nur noch seinem wissenschaftlichen Forscherdrang, und es geschieht häufig, daß er seine Fähigkeiten, mehr oder weniger bewußt, dem Diktator Ming zur Verfügung stellt, wenn der ihm nur die besten Möglichkeiten für seine Forschungen gibt. Diese innere Schwäche korrespondiert mit einer physischen, und auch sein Äußeres, der Bart, die dunkle Kleidung etc., lassen ihn zumindest immer ein wenig als zwiespältigen Charakter erscheinen, der völlig «gut» nur sein kann, solange Flash ein Auge auf ihn hat.

Ming, the Merciless, der «richtige» *heavy* der Serie, gehorcht ganz den Stereotypen des asiatischen Schurken, wie er in den dreißiger Jahren in Filmen des phantastischen Genres in zahllosen Varianten auftauchte: Boris Karloff war der Kopf einer chinesischen Geheimorganisation, die die weiße Rasse vom Erdboden wischen wollte in «The Mask of Fu Manchu», Edward G. Robinson war der Mörder Wong, der im Auftrag der «Tong Society» weiße Menschen mit einem rasiermesserscharfen Beil umbrachte in «The Hatchet Man» (1932 – Regie: William A. Wellman); Bela Lugosi war der machthungrige Chinese, in dessen Auftrag gemordet wird in «The Mysterious Mr. Wong» (1935 – Regie: William Nigh), um nur einige Beispiele zu nennen. In Ming und seine Tochter sind alle möglichen Formen des Bösen projiziert: er ist gnadenlos, sadistisch und lüstern, sie kennt menschliche Gefühle nur gegenüber dem Helden.

Der Erfolg von «Flash Gordon» als Comic und als Film erklärt sich also auch daraus, daß seine Typologie die amerikanischen Mythen perfekt zusammenfaßte und mit neuen Formen der Präsentation verband. Es ist das Verdienst dieses Weltraum-Märchens, die Phantastik für solche Botschaften erobert zu haben. Zugleich kündigten sich die neuen Trends der «kühlen» Science-fiction an. In den Herrschaftsformen der Bösewichte wurden etwa schon Schritte zur Abstraktion dieser Mythologie vorweggenommen, die das Science-fiction-Genre in den nächsten Jahren vollziehen sollte: die Entindividualisierung des Menschen, die Herrschaft der Technik, der Griff nach dem Bewußtsein des Menschen, all dies ist hier noch eingebettet ins Märchenhaft-Phantastische, drängt aber schon zu einer in keinem anderen Genre zu findenden eigenen Wertigkeit; auf dem Urgrund der «amerikanischen Mythologie» macht sich die Angst vor der Zukunft breit.

Das Feld war nun bereitet für die puritanische Eroberung des Weltraums; Flash Gordon folgte der Titelheld von «Buck Rogers» (1939 – Regie: Ford Beebe, Saul A. Goodkind), wieder nach einer populären Comic-Serie entstanden und wieder von Buster Crabbe verkörpert. (Tatsächlich war Buck Rogers zuerst der Held eines Romans von Philip Nowlan, «Armaggedon 2419 A. D.», der zuerst als Serie in dem Science-fiction-Magazin «Amazing» veröffentlicht worden war; am 7. Januar 1929 wurde dann die erste Folge des Buck Rogers-Comic strips von John F. Dille, Philip Nowlan und R. W. Calkins veröffentlicht. «Buck Rogers» gilt als der erste Science-fiction-Strip in der Geschichte der Comics.)

Der Held war durch Einatmen eines merkwürdigen Gases in einen tiefen Schlaf versunken, um in der fernen Zukunft des 25. Jahrhunderts «aufzuwachen», wo die Welt voller Gefahren, Raketen, Strahlenpistolen und Atombomben (!) ist. Was für Flash Gordon Dale Arden, das ist für Buck Rogers seine ewige «Verlobte» Wilma (Constance Moore), die ihn nicht nur bei seinen Abenteuern begleitet, sondern auch selbst oft zum Auslöser der Aktion wird, denn die Gegner von Buck Rogers, allen voran «Killer» Kane (Anthony Warde), bemächtigen sich ihrer gelegentlich, ganz so, wie Ming es mit Dale Arden tat, um den Helden in ihre Gewalt zu bringen.

Obwohl ganz nach dem erfolgreichen Vorbild ausgerichtet, erfüllte «Buck Rogers» die Erwartungen bei Universal nicht – Buck Rogers hatte im Grunde alles, was Flash Gordon aufwies, nur ein bißchen weniger davon. Auf der anderen Seite ging das Serial wie der Comic strip noch einen Schritt weiter von der Fantasy zur wirklichen Science-fiction als «Flash Gordon»; das große Gewicht, das auf die technische Seite des Geschehens gelegt wurde, fand – noch – nicht die Zustimmung des Publikums.

Aber auch mit anderen Konzepten schien der Erfolg von «Flash Gordon» nicht wiederholbar. In den Jahren zwischen 1935 und 1940 wurden eine Reihe von Scien-fiction-Serials gedreht (mehr als in den Jahren zuvor und danach zusammengenommen), ihr Budget überstieg aber selten das eines durchschnittlichen Western-Serials. So läßt sich zwar durchaus die Findigkeit von Regisseuren und Technikern bewundern, noch mit beschränktesten Mitteln die eine oder andere verblüffende Wirkung zu erzielen, doch die «Armut» des Mediums ließ sich kaum noch zur Tugend machen, als durch Überproduktion ein rapider Verschleiß der Ideen eintrat. Und nicht alle Comic-Helden eigneten sich so sehr für den Film wie Flash Gordon.

Die bekannten Helden der Pulp-Magazine und der Radio-Serials wurden nun ebenso zu Film-Serial-Figuren («The Spider's Web» – 1938 – Regie: Ray Taylor, James W. Horne) wie die der Comics: In «Adventures of Captain Marvel» (1941 – Regie: William Witney, John English) spielte Tom Tyler die Titelrolle, «Superman» wurde 1941 zum Helden einer von Dave Fleischer gestalteten Serie von Zeichentrickfilmen und 1948 auch Held eines Realfilm-Serials («Superman» – Regie: Spencer Gordon Bennet, Thomas Carr), in dem Kirk Alyn den kryptonischen Übermenschen spielte. Die Handlung von «Brick Bradford» (1947 – Regie: Spencer Gordon Bennet, Thomas Carr) ging auf die gleichnamige Comic-Serie von Clarence Gray und William Ritt zurück. Der Held (gespielt von Kane Richmond) konnte sich vermittels eines «Zeitkreisels» in die Zukunft und in die Vergangenheit bewegen. Neben diesen Comic-Adaptionen wurden in den vierziger Jahren, die einen konstanten Niedergang der Serials erlebten, auch noch einige Serials nach Originalstoffen gedreht, bis hin zu «Canadian Mounties versus Atomic Invaders» (1953 – Regie: Franklin Adreon), doch sie erreichten kaum noch das Flair der Filme aus den Dreißigern. Das mag zum einen mit einem Generationswechsel bei den Regisseuren zu tun haben, der die «Pioniere» des Genres durch Routiniers ablöste. Zum anderen spielte auch die Unterbudgetierung der meisten Serials eine Rolle; während der *feature film* mit immer neuen technischen Möglichkeiten aufzuwarten hatte, konnte sich das Serial, auch in seinem bescheideneren Rahmen, nicht weiterentwickeln und wurde auch als Experimentierfeld für junge Schauspieler, Techniker oder Autoren immer weniger interessant. Die Comics schließlich hatten mittlerweile zu einer Bildsprache gefunden, die den «Realismus» und die Bewegung der Serials matt erscheinen lassen mußte. In den fünfziger Jahren übernahm dann das Fernsehen die Aufgabe, das jugendliche Publikum mit Abenteuern in Serie zu unterhalten.

## Die Fantasies

In die Filmgeschichte sind die vierziger Jahre in Amerika vor allem als eine Epoche des *film noir* eingegangen; in Detektiv- und Gangsterfilmen, in Melodramen und auch in den «expressionistischen» Filmen des phantastischen Genres fand eine pessimistische, skeptische Weltsicht ebenso ihr Echo wie eine unterschwellige Kritik an der Puritaner-Moral. Das durch den Krieg durcheinandergeratene soziale Gefüge produzierte Mißtrauen, Mißtrauen vor allem gegenüber der Frau, die in den «schwarzen Filmen» eine undurchsichtige, wenn nicht ausgesprochen bedrohliche Rolle zu spielen hatte. Auch das Phantastische (die *mad scientists* mit ihren Verstümmelungsmanien) war in dieser Zeit ein Teil der Reaktion auf diese Verunsicherung, auf die tiefe Angst vor der gesellschaftlichen und familialen Auflösung. Doch es gab neben den Serials auch im Bereich des *feature films* in Amerika und auch in England eine Gegenströmung. Die Fantasies waren phantastische Filme mit komödiantischen, belehrend optimistischen und ironisch harmonisierenden Tönen. Kernstück ihrer Handlungen war eine «phantastische Reise» eines Menschen in den Himmel oder eines Engels auf die Erde. Der Tod und das Übernatürliche erschienen in diesen Fantasies nicht als der Schrecken, der von anderen Filmgenres gezeichnet wurde, sondern als sanfte Utopie der Harmonie.

Das Subgenre der Fantasies bezeichnete Peter L. Valenti als *film blanc*, und er stellt vier Kriterien für ein Szenario dieser Spezies auf:

1. Ein Mensch stirbt, oder er träumt in einem übernatürlich tiefen Traum von seinem Tod.
2. Es folgt eine Begegnung mit einem freundlichen Vertreter des Jenseits, einem Engel des Himmels.
3. Eine Liebesgeschichte entwickelt sich oder kommt zu einem glücklichen Ende.
4. Der Tod wird rückgängig gemacht (der Schläfer erwacht), und der Held oder die Helden können in die Welt der Sterblichen zurückkehren, nachdem sie durch ihren Aufenthalt im Jenseits, oder durch die Erfahrung ihres Todes, geläutert oder gefestigt worden sind.

Dieses narrative Gerüst läßt sich beispielhaft an einigen typischen Filmen des Genres aufzeigen. «Here Comes Mr. Jordan» (Hier kommt Mr. Jordan/Urlaub vom Himmel – 1941 – Regie: Alexander Hall), eines der berühmtesten Beispiele des Subgenres, erzählt von dem Boxer Joe Pendleton (Robert Montgomery), der kurz vor einem entscheidenden Wettkampf bei einem Flugzeugabsturz ums Leben kommt. Als er an der Himmelstür anklopft, stellt sich heraus, daß sein Tod nur ein Irrtum des in diesem Geschäft neuen Engels 7013 (Edward Everett Horton) war. Der Leiter des himmlischen Aufnahmebüros, Mr. Jordan (Claude

Liebesgeschichte mit Hilfe aus dem Jenseits: Evelyn Keyes und Robert Montgomery in Alexander Halls *film blanc* «Here Comes Mr. Jordan» (1941).

Rains), muß sich höchstpersönlich um die Ausmerzung dieses Fehlers kümmern. Er schlägt Joe zunächst vor, im Körper des ermordeten skrupellosen Millionärs Farnworth weiterzuleben. Aber Joes erster Wunsch gilt dem Kampf um die Meisterschaft, und schließlich gelingt es Mr. Jordan und 7013, einen für solche Zwecke passenden Körper zu finden, in den sie Joes Seele legen. Mit Hilfe seiner beiden himmlischen Begleiter gewinnt er nicht nur seinen Kampf, sondern auch sein Mädchen (Evelyn Keyes).

Das Hauptanliegen dieses Films scheint es, wie übrigens auch bei einem der wenigen deutschen Filme der Gattung, der aber bezeichnenderweise mit dem Einverständnis des Helden in seinen Tod endet, «Die seltsame Geschichte des Brandner-Kaspar» (1949 – Regie: Josef von Baky), zu zeigen, daß es im Grunde keinen allzu großen Unterschied zwischen dem Leben auf der Erde und im Jenseits gibt; nicht nur benehmen sich da die Engel höchst menschlich und die Menschen sind fähig, wie Engel zu handeln, im Himmel funktioniert auch weiter die Hierarchie, die Herrschaft der Bürokratie, der Alltag.

Im Vergleich mit «Here Comes Mr. Jordan» ist «The Horn Blows at

Midnight» (Der Engel mit der Trompete – 1945 – Regie: Raoul Walsh) von eher aufgedrehtem, turbulentem Humor. Nathanael (Jack Benny) ist ein Trompeter in einem etwas schäbigen Rundfunkorchester, das in einem von einer Kaffee-Firma gesponsorten Programm auftritt. Eines Tages schläft er während der Sendung ein und sieht sich plötzlich als einer aus der langen Reihe der himmlischen Heerscharen in einem Himmel, wo eine kolossale Bürokratie die Geschäfte führt. Die Harfenistin des Orchesters (Alexis Smith), die er liebt, erwartet Nathanael als Sekretärin des «Chefs» (Guy Kibbee). Das Treiben der Menschen hat im Himmel so viel Mißfallen erregt, daß man beschlossen hat, die Menschheit ein für allemal zu beseitigen. Da der für solche Zerstörungsakte zuständige Engel gerade anderweitig beschäftigt ist, schickt man Nathanael auf die Erde, um mit einem Trompetenstoß um Mitternacht den Menschen den Garaus zu machen. Auf der Erde beginnt eine wilde, verrückte Jagd, denn Nathanael verliert immer wieder seine Trompete, oder sie wird ihm gestohlen. Am Ende fällt er in eine riesige Reklame-Kaffeetasse und wacht auf – er ist von der Orchesterbühne gefallen.

In einer Reihe von Fantasies wird das Thema der phantastischen Hilfe variiert: In «A Guy Named Joe» (1943 – Regie: Victor Fleming) ist Spencer Tracy ein Engel, der einem Soldaten im Zweiten Weltkrieg hilft, und in «The Bishop's Wife» (Engel sind überall/Jede Frau braucht einen Engel – 1947 – Regie: Henry Koster) hilft ein Engel (Cary Grant) einem Bischof (David Niven) durch eine Krise, obwohl es zunächst den Anschein hat, daß er ihm nur Ungelegenheiten bereitet. «It's a Wonderful Life» (Ist das Leben nicht schön/Das Leben ist wundervoll – 1947 – Regie: Frank Capra) erzählt die Geschichte des engagierten, aber erfolglosen Architekten George Bailey (James Stewart), der sich am Weihnachtsabend fragt, ob er nicht besser nie geboren worden wäre, so sehr hat ihn die stetige Auseinandersetzung mit dem skrupellosen, harten Geschäftsmann Potter (Lionel Barrymore) um seine Hoffnungen gebracht. Der Himmel schickt ihm den Engel Clarence (Henry Travers) zu Hilfe, der ihn wieder auf den richtigen Weg bringt und sein soziales Engagement schließlich belohnt.

Nicht alle Fantasies wählten das schützende Gewand der Komödie, um ihre Botschaft von der «Durchlässigkeit» der Grenze zwischen Diesseits und Jenseits zu verkünden. «Beyond Tomorrow» (1940 – Regie: A. Edward Sutherland) zeigt eine Gruppe von drei älteren, reichen Männern (Harry Carey, C. Aubrey Smith, Charles Winninger), die einem jungen Paar (Jean Parker, Richard Carlson) helfen wollen (so verlieren sie etwa absichtlich eine wohlgefüllte Brieftasche und ähnliches). Die drei Männer kommen jedoch bei einem Flugzeugabsturz ums Leben. Als Engel beobachten sie nun das weitere Schicksal der beiden, das eine verhängnisvolle Wende nimmt, als sich eine andere Frau zwischen sie drängt. Schließlich wird der junge Mann Opfer eines Mordanschlags. Als die Ärzte bereits die Hoffnung aufgegeben haben, wenden sich die drei neuen Engel an «die große Stimme» und bitten sie um eine Chance für ihren Schützling. Die Bitte wird gewährt, und das Paar findet wieder zueinander, nachdem er sich «wie durch ein Wunder» wieder erholt hat. Diese Erzählung – kommentiert an einer Stelle von einem der drei «Schutzengel»: «Manchmal muß man einen langen Weg durch die Finsternis gehen, bevor man ans Licht gelangt» – läßt sich sicher als Paraphrase auf die Ängste der Kriegszeit verstehen, so wie das ganze Genre seine Illusionen wohl auf durchaus realen Erfahrungen aufbaute. Dafür spricht übrigens auch die Tatsache, daß in keinem einzigen dieser Filme die Todesursache eine Krankheit ist; die Helden kommen ausschließlich durch spektakuläre Unfälle oder Mord bzw. Selbstmord ums Leben.

Noch deutlicher ist dieser Bezug zu den gesellschaftlichen Erfahrungen im Krieg in «Between Two Worlds» (1944 – Regie: Edward A. Blatt) zu spüren. Hier wird eine bunt zusammengewürfelte Reisegruppe Opfer eines Bombenangriffs; die Reise endet im Jenseits. Unter dieser Gruppe von Neuankömmlingen im Himmel ist allerdings auch ein junges Paar, das seinem Leben durch Selbstmord ein Ende gesetzt hat. Doch während die anderen ihre letzte Reise fortsetzen, schickt der himmlische Kommissar (Sidney Greenstreet) die beiden zurück und läßt sie ihr Leben fortsetzen, nicht ohne sie tüchtig ermahnt zu haben. Neben und trotz dieser wundersamen Rettung plädiert der Film dafür, den Tod zu akzeptieren: Der gegen das Sterben protestierende, zynisch-bittere Reporter, der auf dem Schiff seine Mutter wiedergefunden hat, der Industrielle, der erkennen muß, daß all sein Geld ihn nicht retten kann, das junge Starlet, das erkennt, nicht die Qualitäten zu einem wirklichen Star zu haben – sie alle müssen sich mit der Tatsache abfinden, daß es für sie kein Weiterleben mehr gibt.

Auch in dem englischen Film «A Matter of Life and Death» (Irrtum im Jenseits – 1946 – Regie: Michael Powell, Emeric Pressburger) geht es darum, daß ein Mensch noch einmal vom Tod befreit wird: David Niven als ein Luftwaffenpilot erhält von seinem Engel (Marius Goring) noch einmal die Chance zu leben und nutzt sie. Verwandte Themen finden sich in einer Reihe von englischen und amerikanischen Filmen. Ihren Abschluß fand die Serie der Fantasies mit einigen an «Here Comes Mr. Jordan» angelehnten Komödien. «Down to Earth» (1947 – Regie: Alexander Hall) ist eine regelrechte Fortsetzung zu Halls eigenem Film; diesmal muß 7013 (wiederum Edward Everett Horton) Terpsichore, die Muse der Tanzkunst (Rita Hayworth), auf die Erde bringen, um ein Musical vor dem Mißerfolg zu bewahren. Und in «Heaven Only Knows» (Michael schafft Ordnung – 1947 – Regie: Albert S. Rogell) muß sich der Erzengel Michael (Robert Cummings) im Milieu eines Western um die Bereinigung eines himmlischen Fehlers kümmern.

Die phantastischen Reisen mit glücklicher Wiederkehr in eine freilich nur mit allem Aufwand an Mut und Menschlichkeit zu bewältigende Wirklichkeit und mit ihrem Einverständnis mit der göttlichen Vorherbestimmung (die mögliche Fehler jederzeit zu korrigieren imstande ist) bezogen ihre Motivationen sicher aus der Erfahrung der Willkürlichkeit des Todes im Krieg. Die sanfte Satire der Fantasies ließ dabei die dem Genre zugrundeliegende Sentimentalität, den infantilen Aspekt ihrer Religiosität erträglich erscheinen. Der Weg der Liebenden zueinander verlangte nach der phantastischen Hilfe; dieses Motiv der Danteschen «Göttlichen Komödie», Beatrices wunderbare Reise in die Unterwelt, ihren Liebsten zu retten, mußte auch tröstend für die getrennten Paare des Krieges sein, die Tod und Entfremdung voneinander zu fürchten hatten. Mit dem Ende des Krieges verschwanden die Fantasies aus den Kinos; weder fanden sie später eine Fortsetzung (sieht man von Filmen wie etwa Robert Altmans «Brewster McCloud» (Auch Vögel können töten – 1970, oder Warren Beattys/Buck Henrys Remake des Films «Here Comes Mr. Jordan» unter dem Titel «Heaven Can Wait» (Der Himmel kann warten – 1978), ab, die aber kaum die harmonisierende Stimmung ihrer Vorbilder aus den vierziger Jahren erzielen wollen), noch hat die Filmgeschichte ihnen einen geziemenden Platz eingeräumt.

# Die Blüte des Genres: Science-fiction in den fünfziger Jahren

## Die Entwicklung der Space Opera

An dem Boom, den das Science-fiction-Genre zu Beginn der fünfziger Jahre in Amerika und in England zu verzeichnen hatte, war sicher die Wirkung des Weltkrieges und seiner Nachwehen beteiligt. Die Welt war nun in zwei Blöcke geteilt, so wie es sich H. G. Wells schon zehn Jahre zuvor vorgestellt hatte, und der Verlauf des Krieges hatte einen gewaltigen technologischen Sprung nach vorn bedeutet, dessen sichtbarste und erschreckendste Ausformung die Atombombe war. Fast schockartig kam den Menschen dadurch zu Bewußtsein, daß man nun durchaus in der Lage war, den eigenen Planeten zu zerstören. Die Science-fiction reagierte darauf mit zwei Vorstellungen: einmal mit der Evasion, der Flucht des Menschen in den Weltraum hinaus und der Sicherung der «Grenze» durch Stationen im Raum, zum anderen mit der Invasion, der phantastischen Bedrohung der Welt durch Wesen mit Massenvernichtungswaffen und fehlender Bereitschaft zur Kommunikation. Verbunden mit der Dominanz dieser Themen im Genre war eine «Versachlichung» der Darstellung; die Science-fiction der fünfziger Jahre kam ganz ohne märchenhaftes Beiwerk aus, für alles und jedes gab es eine Erklärung. Die Welt, die da geschildert wurde, war fast immer die gegenwärtige; nur *ein* Ereignis trennte die filmische von der äußeren Wirklichkeit: der erste Flug zum Mond, der Angriff von UFOs, das Wirken eines monströsen Invasoren.

Der «moderne» Science-fiction-Film nahm seine Gestalt mit Filmen wie «Destination Moon» (Endstation Mond – 1950 – Regie: Irving Pichel) an, in denen sich politische Aussagen mit fast dokumentarischer Beobachtung technischer oder wissenschaftlicher Vorgänge verbanden. Mit der strikteren Einhaltung der aus der Literatur bekannten «Regeln» des Genres einher ging die Tatsache, daß der Science-fiction-Film als solcher geführt wurde und sich bewußt von Genres wie dem Horror-Film, der Fantasy und dem Thriller absetzte. Der Film versuchte in diesen Jahren ein wenig, den Vorsprung der Science-fiction-Literatur an «Seriosität» einzuholen und sich an ihre Vorgaben zu halten.

Der Weltkrieg war fast übergangslos in die Phase des Kalten Krieges eingemündet; eine Bedrohung war allenthalben zu spüren. Nur war diese Bedrohung so wenig konkret, daß sie einen Zug zur Neurose, zur Massenhysterie in der amerikanischen Gesellschaft produzierte; oder umgekehrt: Die «rote Gefahr» gab einer an die Oberfläche gelangenden «Krankheit» Amerikas den Namen. Es war möglich, sich vor dem Nachbarn zu fürchten, der vielleicht ein kommunistischer Spion war, es war möglich, daß sich Denunziation und Bespitzelungen breitmachten (auch und gerade in Hollywood), und es war möglich, daß man sich Erlösung von dieser inneren Spannung erhoffte, selbst um den Preis einer erneuten kriegerischen Auseinandersetzung. Eine Reihe von Science-fiction-Filmen der fünfziger Jahre erfüllten den Zweck, den inneren, sozialpsychologischen Druck der Stimmung des Kalten Krieges nach außen in eine nach den Gesetzen der *frontier* ausgetragene Kampfhandlung zu projizieren.

Die Bedrohung durch den Kommunismus war nur zum geringeren Teil eine «realpolitische» Gefahr; die mindestens genauso große Gefahr durch den Faschismus hatte in Amerika bei weitem nicht zu solch ideologisch-psychologischen Kurzschlüssen geführt wie nun die antikommunistische «Hexenjagd». Der Kommunismus war das Böse, das man in einer Art gesellschaftlichem Exorzismus aus der Welt schaffen mußte, wollte man nicht selbst von ihm «aufgefressen» werden. Er war die Bedrohung des amerikanischen Schöpfungsmythos und der «Religion» des Individualismus; der Kampf dagegen mußte um so heftiger und verzweifelter geführt werden, als nicht zu übersehen war, daß durch die fortschreitende Industrialisierung sich auch in der eigenen Gesellschaft entwickelte, was man beim Gegner so haßte und fürchtete: «Vermassung», Ohnmacht des einzelnen, Bürokratie; letztlich waren sogar die antikommunistischen «Hexenprozesse» nichts anderes als eine böse Karikatur der stalinistischen Schauprozesse. Der militante Antikommunismus begleitete in Amerika die Verwandlung der Gesellschaft und einen weiteren Schritt zur Domestizierung. Wie die Grenze, die mythische *frontier* des Western, in den Weltraum verlagert wurde, so ließ man von daher auch die Gefahren kommen.

Als im Jahr 1947 die erste Welle von UFO-Hysterie die Staaten erschütterte, da war nicht nur von extraterrestrischen Wesen die Rede, sondern auch von russischen Geheimwaffen oder Spionagegeräten, und in Europa entwickelte sich das Gerücht, daß es sich bei den gesichteten «fliegenden Untertassen» in Wahrheit um eine von den Amerikanern selbst entwickelte neue Superwaffe handelte, die nur durch Zufall der Öffentlichkeit vor der Zeit bekannt geworden sei. Diese Ängste wurden zu einem der Wesensmerkmale des Genres; «die Bedrohung kam auf jeden Fall aus der Luft – und das begriff der amerikanische Science Fiction-Film dann auch sehr schnell. Zunächst – und zwar mit dem konkreten Bezug zum entflammten Korea-Krieg – hatte man sich der Erobe-

Die Eroberung des Monds durch die amerikanische Technologie. «Destination Moon» (1950) von Irving Pichel.

rung des Weltraums zugewandt. Es mag hier nur – stellvertretend für eine Reihe anderer Filme – ‹Destination Moon›, 1950 von Irving Pichel gedreht, genannt werden. Ein General hat beschlossen, auf den Mond zu fliegen. Ein erster Versuch scheitert auf Grund von Sabotage, ein zweiter gelingt. Es wird in dem Film ausdrücklich darauf hingewiesen, daß die Eroberung des Mondes durch die Amerikaner nicht nur wichtig ist, um die technische Überlegenheit der Amerikaner zu demonstrieren, sondern auch, um dort militärische Stützpunkte zu errichten, von denen aus man die Welt kontrollieren und schützen könne. Zudem glaubt der General, daß die Mondgebirge hochwertiges Uran enthalten. Obwohl das Schwergewicht dieses Films wohl in seiner politischen Aussage liegt, die aus einer ganz bestimmten politischen Lage erwächst, hat man ihn mit sehr viel wissenschaftlicher Genauigkeit gedreht. Ähnlich wie bei Langs ‹Die Frau im Mond› wurde unter Mitarbeit von Wissenschaftlern der letzte Stand der Forschung in den Film eingearbeitet. Doch schon bald drehte man den Spieß um. 1951 produzierte Howard Hawks einen Film von Christian Nyby, ‹The Thing from Another World› (Das Ding von einer anderen Welt [Richtig: Das Ding aus einer anderen Welt – d. Verf.]). Wissenschaftler, die am Nordpol beschäftigt sind, entdecken eines Tages einen unbekannten Flugkörper, in dem sich irgendein Monstrum aufhält. Man ruft die Armee zu Hilfe, und nach einer längeren Diskussion, ob man das ‹Ding› töten oder für wissenschaftliche Zwecke konservieren solle, wird es unschädlich gemacht. Der Film endet mit einer Aufforderung an den Zuschauer, nach fremden Eindringlingen Ausschau zu halten. Diese kurze Inhaltsangabe zeigt, daß ‹The Thing from Another World› nichts mit Utopie oder Science Fiction gemein hat, wie die größte Zahl ähnlicher Invasions-Filme, sondern in der Verklausulierung des Horror- und Abenteuergenres zur politischen Menschenjagd aufruft. Dabei spielt die Zukunft keine Rolle, da die Gegenwart gemeint ist; die Wissenschaft spielt nur eine Rolle als Ausstattung allzu bekannter Inhalte» (Klaus Keller).

So stringent Kellers Unterscheidung ist, eine so enge Definition kann dem Genre nicht gerecht werden. Wann hätte irgendein Produkt der Unterhaltung nicht «die Gegenwart gemeint»? Trotz der oberflächlichen Verwandtschaft der «Halbwesen» des Horror-Genres und der *aliens* sind doch auch Unterschiede festzustellen (vergleiche das Kapitel «Invasion»); so sind die Wesen aus dem Weltraum völlig unpersönlich, völlig immun gegen jede Art von individueller Tragik. Die Helden sind gerade jene Wissenschaftler, die dem Horror-Genre das Feindbild abgeben. Sie schaffen das phantastische Wesen aus der Welt, indem sie, sozusagen in der Form des *trial-and-error*, herausfinden, gegen welche Waffe das Wesen nicht immun ist. Space Opera und Invasionsthema waren also durchaus keine solchen Gegensätze: Sie waren Vehikel für die gleichen Helden mit den gleichen Methoden und den gleichen Haltungen.

Dennoch hat sich das Thema der Invasion in den folgenden Jahren rasch durchgesetzt, während die Filme mit dem Thema der Weltraumfahrt nie dessen enorme Popularität teilen konnten. Noch im selben Jahr wie «Destination Moon» (Endstation Mond) entstand «Rocketship XM» (Rakete Mond startet – Regie: Kurt Neumann), die Geschichte einer Mondrakete, die ihr Ziel verfehlt und zum Mars weiterfliegt, wo ein Atomkrieg eine hohe Zivilisation zerstört hat. Space Operas, mit geringem Budget produziert und ohne allzu große thematische Ambitionen wie «Flight to Mars» (1951 – Regie: Leslie Selander), bereiteten den Umschlag von den Space Operas zu den Invasionsfilmen vor, indem sie die phantastische Reise der Helden an einem Ort im Weltraum enden ließen, wo gerade zur Invasion der Erde gerüstet wird.

1953 entstand «Project Moonbase» (Regie: Richard Talmadge), bei dem, wie schon bei «Destination Moon», der Science-fiction-Autor Robert A. Heinlein am Drehbuch mitgewirkt hatte. Wieder geht es um die Reise zum Mond, unternommen von einer Mannschaft mit einer Frau an der Spitze (Donna Martell); nachdem einer der drei Expeditionsteilnehmer auf dem Mond den Tod findet, heiratet die Kommandantin den anderen – die Zeremonie wird vom Präsidenten der Vereinigten Staaten via Fernsehen vorgenommen; es ist ebenfalls eine Frau. Wie hier war auch für die phantastische Reise in «Unknown World» (1950 – Regie: Terrell O. Morse) der eigentliche Anlaß die Vorsorge für einen atomaren Krieg: Die Expedition in diesem Film führt unter die Erdoberfläche, wo die Wissenschaftler nach größeren Höhlen suchen, in denen im Fall einer atomaren Katastrophe die Bevölkerung Schutz finden könnte. Unter den *space travel*-Filmen dieser Zeit befanden sich auch einige leicht verrückte Exemplare, am bekanntesten wohl Arthur Hiltons «Cat-Women of the Moon» (1954), wo die Astronauten entdecken, daß das Innere des Mondes von hübschen Mädchen mit telepathischen Fähigkeiten bewohnt ist.

Die Space Operas hatten Mitte der fünfziger Jahre ihre Faszination verloren, nicht zuletzt durch die Produktion von einigen wissenschaftlich so unhaltbaren wie tricktechnisch dürftigen Streifen. «Riders to the Stars» (R 3 überfällig – 1953 – Regie: Richard Carlson), die Geschichte eines Raumfluges, den eine Gruppe Astronauten unternimmt, um die Erde von einem herannahenden Meteoriten zu retten, und «The Conquest of Space» (Die Eroberung des Weltalls – 1955 – Regie: Byron Haskin) beendeten die Serie zunächst einmal.

Die Space Operas der frühen fünfziger Jahre waren politisch recht eindeutig, überzeugt von der Notwendigkeit weiterer Expansion der Macht, war diese zugleich immer auch «rückwärts», als Kontrollmechanismus gedacht. Jürgen Menningen beschreibt den kolonialistischen

Aspekt dieser Filme: «Unter dem Vorwand, die Erde müsse gerettet werden, sie sei von fremden, außerirdischen Mächten bedroht, wird die typische Tendenz einer Klassengesellschaft, ihre Interessen als die der ganzen Menschheit auszugeben, im Science Fiction-Film offenkundig. Am deutlichsten zeigt sich ein interplanetarischer Imperialismus, wenn in den Science Fiction-Filmen geopolitische Momente hineingespielt werden. ‹Destination Moon› ist dafür ein klassisches Beispiel. Ein technisch perfekt gemachter Film, der bereits typische Elemente kolonialistischer Rechtfertigungen enthält: ein Industrieller und ein General haben sich zusammengetan, um zu verhindern, daß der Mond von einem Feind der freien Welt in Besitz genommen wird. Ihre erste Rakete wird zwar durch Sabotage zerstört, doch im zweiten Anlauf können sie ‹mit Gottes Hilfe› den Mond feierlich im Namen der Vereinigten Staaten für ‹Gottes eigenes Land› in Besitz nehmen, um ihn für die anderen demokratischen Staaten fortan in Obhut zu halten. Bei der Rückfahrt, als sich Schwierigkeiten in der Brennstoffversorgung zeigen, muß eines der vier Besatzungsmitglieder über Bord (er kann später noch gerettet werden). Es ist der Mechaniker, der sich für die anderen drei opfern will mit der Begründung: ‹Die Welt braucht euren Verstand.› Der Opfermythos ist durch eine idealistisch-rationale Moral substituiert: der Mechaniker gibt sein Leben nicht für den einzelnen, sondern für eine übergeordnete Idee: für Amerika.»

Nun ist die Verbindung von geopolitischen Machtansprüchen mit der nationalen Moral weder eine Erfindung der Science-fiction noch eine der fünfziger Jahre. Aber so tief ins alltägliche Verhalten, so sehr in die Seele des einzelnen gegraben finden sich nationaler Anspruch, nationale Feindbilder selten. Es gibt dafür kaum eine andere stichhaltige Erklärung als diese: Angst.

## Invasion

Beides, die Space Operas und die Invasionsfilme, drehten sich, mehr oder weniger verklausuliert, um die Angst vor der atomaren Katastrophe, die tief innen im puritanischen Verständnis als Gottes Strafe für das eigene Verhalten gesehen werden mußte, und was nur deshalb so hysterisch dem möglichen politischen Gegner angelastet wurde. Der Science-fiction-Film hat dabei kein einziges Beispiel hervorgebracht, in dem tatsächlich eine Atombombe oder auch nur andeutungsweise ihre Wirkungsform gezeigt worden wäre. Man war fasziniert von dem Thema, zugleich war aber das Wesentliche selbst ein Tabu. Hollywood drehte Filme, die *nach* dem großen Krieg spielten (siehe auch den Abschnitt «Doomsday»), man flüchtete ins All oder, was immer mehr an Bedeutung gewann, man schuf eine Reihe von Umschreibungen, «Verkleidungen» und Symbolen, die für die Atombombe zu stehen hatten; schließlich waren auch die Monster, die außerirdischen, die prähistorischen, durch einen ökologischen Frevel wiedererweckten, oder insbesondre die bedrohlichen Mutationen, eine Metapher für die Bedrohung, bei der sich freilich das Bezeichnende vom Bezeichneten rasch entfernte, um dann erst im *happy end* wieder zur Einheit der Erlösung zu finden.

Dabei fällt eine den meisten der Invasionsfilme eigene Tendenz des Fatalismus ins Auge: Die Menschen scheinen, was mit ihnen geschieht, als gerechte Strafe zu gewärtigen, und überleben kann nur der, der dies einsieht und die Strafe zu akzeptieren bereit ist. «Mit wenigen Ausnahmen werden die Menschen in diesen Filmen als durch und durch schlecht dargestellt. Man spürt den Hauch der bevorstehenden Katastrophe wie man sieht, wie die normalen Bürger einen Rückfall ins Stadium von feigen, gierigen, selbstsüchtigen und lüsternen Tieren erlebten. Besonders trifft das etwa auf George Pals ‹When Worlds Collide› (Der Jüngste Tag – 1951 – Regie: Rudolph Maté) zu, der trotz eines optimistischen Endes nahelegt, daß jede Form der möglichen Weltkatastrophe eine wohlverdiente Strafe für den Menschen wäre. Die Atombombe symbolisierte für viele Leute einen rächenden Gott des Alten Testaments, der seine ungeratenen Geschöpfe durch sie bestraft. Diese Vorstellung erreichte ihren klarsten Ausdruck in ‹Red Planet Mars› (1952), der nach einem Stück von John L. Balderston und John Hoare entstand. Harry Horner inszenierte die Geschichte eines jungen amerikanischen Wissenschaftlers (Peter Graves), der vom Mars Fernsehwellen auffängt und so erfährt, daß dort ein Utopia existiert, welches von einem allmächtigen Herrscher geführt wird. Dieser Herrscher, so stellt sich heraus, ist niemand anders als Gott selbst. Die Welt wird durch die Evidenz dieser Nachricht erschüttert, die Auseinandersetzungen spitzen sich zu, und die Kräfte des Guten können schließlich die kommunistischen Gottesleugner in den Ländern hinter dem Eisernen Vorhang besiegen. In Rußland wird das Sowjetregime von einer Handvoll älterer Rebellen hinweggefegt, die die Monarchie wiederherstellen und einen Priester zum neuen Zaren ernennen» (John Brosnan).

Selten war die Verknüpfung von Antikommunismus und religiöser Mythologie (obzwar diese Realisierung Gottes wohl kaum den Beifall der Theologen jeder Richtung gefunden hätte) so deutlich wie in diesem Film, doch sie läßt sich in zahlreichen Filmen des Themas als Tendenz nachweisen. In der Science-fiction der fünfziger Jahre war das, was von oben aus dem Weltraum kam, zumeist das, was aus dem Himmel geschickt worden war. «Keep Watching the Skies», so lautet die Schlußbotschaft des Helden aus einem der bekanntesten Invasionsfilme, «The Thing from Another World», und es ist nicht klar, ob man nun nach rus-

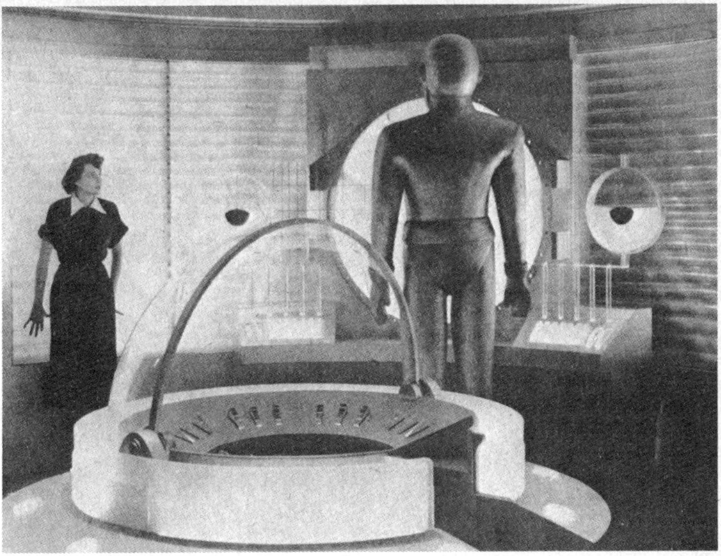

Der Roboter als Botschafter einer anderen, der menschlichen überlegenen intergalaktischen Kultur. «The Day the Earth Stood Still» (1951) von Robert Wise.

sischen Invasoren, außerirdischen Lebewesen oder nach einem Wunder, einem Zeichen Gottes Ausschau halten soll.

Dies verbindet auch jenen Film, der geheimhin als die Ausnahme von den militant antikommunistischen, oft durchaus kriegstreiberisch zu verstehenden Invasionsfilmen gilt, Robert Wises «The Day the Earth Stood Still» (Der Tag, an dem die Erde stillstand – 1951), mit dem Großteil der Filme des Themas jener Jahre, auch wenn er jenen, sowohl was die Gestaltung als auch was die Thematik anbelangt, überlegen ist. «The Day the Earth Stood Still» ist einer der wenigen Science-fiction-Filme dieser Zeit, die heute zwar ein wenig naiv, keineswegs aber lächerlich erscheinen.

Das von den Menschen geschaffene Instrument der Atomwaffe bedroht nicht nur die Erde selbst, sondern auch die Planeten in fernen Regionen des Raums. Eine der menschlichen weit überlegene Kultur entsendet einen Botschafter auf die Erde, der im Herzen der westlichen politischen Macht, in Washington, mit seiner «fliegenden Untertasse» landet. Klaatu (Michael Rennie), begleitet von einem riesigen Roboter, kommt in friedlicher Mission, die Menschen der Welt zu warnen, weil ihre Vernichtung unabdingbar wäre, wenn sie den eingeschlagenen Weg der kriegerischen Anwendung der Atomkraft weiter verfolgten. Doch anstatt seinen Rat anzunehmen, schießt man auf Klaatu und verwundet ihn. Der Roboter Gort zerstört die Waffen der Soldaten, die das Raumschiff umzingelt haben, doch bevor er sein Zerstörungswerk fortsetzen kann, wird er von Klaatu deaktiviert. Unter strenger Bewachung bringt man den außerirdischen Botschafter in ein Militärhospital, von wo aus Klaatu seinen Wärtern entkommt. Er findet Unterschlupf bei einer Witwe (Patricia Neal) und ihrem kleinen Sohn (Bobby Benson), die ihm ein wenig Vertrauen zu den Menschen zurückgeben, obwohl eine großangelegte Suche nach dem fremden Eindringling hinreichend den blutrünstigen Charakter dieser Rasse zu belegen scheint. Schließlich erfüllt Klaatu seine Aufgabe, die Führer der ganzen Welt vor dem Atomkrieg zu warnen, und um seiner Mahnung Nachdruck zu verleihen, gibt er eine Probe seiner Macht, indem er für eine Stunde lang alle elektrischen Apparaturen der Welt stillstehen läßt.

Die Zivilisation, in deren Namen Klaatu spricht, hat Ähnlichkeit mit einer der positiven Utopien des Genres (vergleiche das entsprechende Kapitel), speziell mit Isaac Asimovs Roboter-Gesellschaften. Nicht nur ist sie prinzipiell dazu bereit, eine noch viel größere Gewalt und mehr Zerstörung anzuwenden als die Menschheit, von der sie sich bedroht fühlt, um ihre kosmische Harmonie aufrechtzuerhalten (ein Fakt, der ein wenig den pazifistischen Appell des Films zurücknimmt), sie hat auch ihre eigene Funktionalität ganz den von ihr geschaffenen Maschinen überantwortet. Denn, so wird schließlich klar, es ist nicht Klaatu, der den Roboter Gort als Instrument bei seiner Mission verwendet, sondern umgekehrt ist der wirkliche Botschafter der Roboter, der sich des Humanoiden Klaatu bedient.

Diese letzte Wendung ist übrigens das eigentliche Hauptthema der Science-fiction-Story «Farewell to the Master» von Harry Bates, nach der der Film entstand. Benutzte der Film in den fünfziger Jahren nur selten Vorlagen der literarischen Science-fiction, so wurde, wie in diesem Fall, wenn es doch geschah, die Vorlage in Geist und Form zumeist einer radikalen Veränderung unterworfen. Das hat zum einen damit zu tun, daß naturgemäß im Film auf optische Wirkungen Gewicht gelegt wurde, zum anderen aber auch damit, daß die Science-fiction-«Szene» und die Filmproduktion nach sehr unterschiedlichen Prinzipien funktionierten. Man kaufte die Stoffe von Agenturen oder Verlagen (im Fall von Bates betrug das Honorar für den Autor übrigens nicht mehr als 500 Dollar, was ein wenig die Praxis beleuchtet), ohne den Verfasser darüber zu informieren, geschweige denn, ihn am Zustandekommen des Drehbuchs zu beteiligen. Unter dem Druck der Marktgesetze für Unterhaltungsliteratur mußten sich die meisten Science-fiction-Autoren zu enormen Vielschreibern entwickeln, die kaum in der Lage waren, einmal einen Plot so exakt durchzuarbeiten, daß er einem Drehbuch das Rückgrat hätte abgeben können. Typische Ausnahmen, wie etwa Curt Siodmak, hatten fast immer ihre Arbeit als Drehbuchautoren begonnen, ehe sie sich der literarischen Science-fiction zuwandten. Umgekehrt waren die höher eingeschätzten Werke des Genres, vor allem die Short stories in den Science-fiction-Magazinen, so sehr auf die literarischen, besser gesagt: auf die gedanklichen Aspekte abgestimmt, daß sie sich kaum für eine optische Umsetzung eigneten. Statt sich dem Film zu widmen, verfaßten die Autoren der anspruchsvolleren Science-fiction unter Pseudonymen schnell zu fertigende Endlos-Epen der Space Opera. Schließlich waren auch die Drehbuchautoren in Hollywood kaum daran interessiert, sich auf dem Gebiet Konkurrenz ins Lager zu holen, das gerade einen Boom erlebte und keine sonderlich hohen Anforderungen an ihre Arbeit stellte. So blieben die Drehbücher der Science-fiction-Filme in den fünfziger Jahren zumeist eher anspruchslos; zwei oder drei Themen fanden sich immer wieder variiert. Die Kluft zwischen der literarischen und der filmischen Science-fiction vertiefte sich erneut.

War Robert Wises Film eine Ausnahme, insoweit er (jedenfalls an der Oberfläche) gegen den Krieg eintrat, während die meisten anderen Invasionsfilme gerade die Notwendigkeit erhöhter Verteidigungsbereitschaft betonten, so war Rudolph Matés «When Worlds Collide» (1951) eine Ausnahme, insofern er den angedrohten Weltuntergang tatsächlich eintreten ließ, der in den anderen Filmen fast immer in letzter Minute verhindert werden konnte. Hier geht es um einen mysteriösen wandernden Stern, der droht, mit der Erde zusammenzustoßen und sie zu vernichten. Mit dem Geld eines Multimillionärs, der sich so seine Rettung erhofft, gelingt es einer Gruppe von Menschen, ein Raumschiff zu erbauen, mit dem eine gewisse Anzahl von Menschen der Katastrophe entfliehen kann. Eine riesige Lotterie entscheidet, welche jungen Männer und Frauen in der Rakete Platz finden sollen. Unter den Unglücklichen, denen kein Platz zugeteilt worden ist, brechen Gewalt und Verzweiflung aus. Die anderen erreichen mit ihrem Raumschiff einen bewohnbaren Planeten und werden an ihren Monitoren Zeuge der Kollision der Erde mit dem fremden Stern und ihrer Zerstörung.

In der Figur des Multimillionärs, der auf Grund seines Geldes als einziger alter Mensch den Untergang der Welt fast überlebt hätte (im letzten Moment wird ihm der Zutritt zur Rakete versagt), findet sich sogar ein beinahe antikapitalistischer Aspekt. Jedenfalls läßt sich seine Funktion nur in Paradoxien auflösen: Ohne ihn wäre es nicht möglich gewesen, das Raumschiff zu bauen, das so vielen Menschen den Neuanfang auf einem anderen Stern ermöglicht, aber ohne Männer wie ihn gäbe es auch nicht den Kapitalismus, der jede, auch noch so notwendige Entwicklung von den Interessen der Geldgeber abhängig macht. Die fatalistische Konsequenz des Films ist, daß man mit den Kapitalisten wohl auch den Kapitalismus in die neue Heimat zu exportieren hätte.

Fast so anonym wie in dieser «Invasions»geschichte ist auch das Wesen aus dem Weltall in Christian Nybys «The Thing from Another World», an dessen Inszenierung Howard Hawks maßgeblich beteiligt war. Hier geht es um die Bedrohung durch ein außerirdisches Pflanzenwesen, das am Nordpol auf die Erde gekommen ist und von einer Gruppe von Menschen bekämpft wird, die, ganz ungewöhnlich im Genre zu dieser Zeit, tatsächlich vitale Charaktere mit glaubhaften, sich verändernden Beziehungen untereinander darstellen. Daß hier sozusagen das Science-fiction/Horror-Motiv eigentlich nur ein Anlaß für eine Anzahl von Porträts von Männern und Frauen ist, die auf es reagieren, hat das Science-fiction-Publikum dem Film ein wenig übelgenommen, zumal es sich dabei um die Verfilmung eines im Genre so geschätzten Werkes wie John W. Campbells Erzählung «Who Goes There?» handelte, dem solche psychologischen Subtilitäten kaum angelegen waren.

Tatsächlich erhält das Wesen aus dem Weltall erst durch seine «Spiegelung» in der Liebesgeschichte des Films seine Bedeutung. Diese Liebesgeschichte ist die einer «Zähmung» des Mannes für die Ehe. Am Anfang hat der Held versucht, seine Freundin zu verführen, die aber hat ihn sehr handgreiflich darauf hingewiesen, daß sie nicht nur zuerst die Ehe, sondern vor allem die erotische Selbstzügelung des Mannes verlangt. Da taucht das außerirdische Monster als Schreckbild der zügellosen Sexualität auf: Es ernährt sich vom Blut der Menschen, vermehrt sich durch seine Samenkapseln rasend schnell, es ist unverletzbar, weil die Glieder, die man ihm abschlägt, sogleich wieder nachwachsen, und es hat keine Sprache. Am Ende ist das Monster besiegt, und der Held hat, in mehreren kleinen symbolischen Szenen angedeutet, der Frau einen Teil seiner Männlichkeit geopfert und sich – buchstäblich – fesseln lassen.

In Filmen wie diesem (gerade weil Hawks wohl auch ein wenig mit solchen Implikationen spielt) wird deutlich, daß die *aliens* der Invasionsfilme ihre Existenz nicht nur einer politischen Feind-Vorstellung verdanken, bei der sich immer wieder Züge der Entindividualisierung, der Unverwundbarkeit durch herkömmliche Waffen (!), des Vampirischen und Kannibalischen mischten, sondern auch einem erotischen Problem, wenn man so will, einer verbreiteten «Kastrationsangst», die sich durch die Fixierung des Erotischen auf die Ehe ergab, und von einem immer ein wenig an der Grenze zum Matronenhaften stehenden Frauenbild begleitet war. Insofern sind die *aliens* der Science-fiction durchaus die Nachfolger der «Halbwesen» des Horror-Genres (vergleiche den Band «Kino des Phantastischen» in dieser Buchreihe), aufgeladen mit einer zusätzlichen politischen Dimension. Das heißt, die Invasions-/Monster-Filme waren eines von vielen Mitteln, beides, den erotischen Widerspruch und die politische Bedrohung, miteinander zu verbinden, oder sie reflektierten doch zumindest diese im Alltagsleben und der populären Kultur gleichermaßen entscheidende ideologisch-mythische Mixtur.

Aber dennoch ist die Schere aus forscher Ideologiekritik und psychoanalytischer Interpretation, der eine Reihe von Subtilitäten dieser Filme zum Opfer gefallen sind, nicht das allein taugliche Mittel, ihnen gerecht zu werden. Denn Unterhaltung ist weder reine Propaganda (auch wenn zu dieser Zeit eine Reihe von Filmen wie etwa Alfred E. Greens «Invasion U.S.A.» [Invasion gegen USA] aus dem Jahr 1952 sich offen zu militanten politischen Reaktionen bekannten), noch ist sie das getreue Abbild gesellschaftlicher Neurosen. Ihre Wirkung liegt gerade in ihrer Nicht-Eindeutigkeit. So läßt sich etwa in «The Thing from Another World» durchaus auch ein antimilitärischer Aspekt nachweisen (da nämlich, wo der Held seine militärischen Vorschriften über Bord wirft), und die «Kastration» des Mannes hat ja auch ein wenig den Aspekt, zu einer Partnerschaft zu finden, in der die Frau ihren Anspruch, respektiert zu werden, durchsetzen muß. Vielleicht ist auch nicht so sehr der Antikommunismus selbst die Basis der Ideen des Science-fiction-Films als vielmehr jene religiös-mythische Erwartung einer Strafe (einer «Reinigung») für den «Sündenfall» des Krieges und der mit ihm verbundenen Auflösung traditioneller Werte, die sich sowohl in der Atombombe selbst, in der Bedrohung durch den Kommunismus, gegen den sie entwickelt wurde, als auch durch jene «Ausgeburten der Hölle» im Genre darstellen ließ.

Viele Besucher mit unguten Absichten suchten die Erde heim in den Science-fiction-Filmen der nächsten Jahre; jeder hatte seine eigenen phantastischen Fähigkeiten, und für jeden gab es schließlich doch die Gegenwaffe, ob sie nun von Wissenschaftlern in Ketten von *trial-and-error*-Experimenten gefunden wurde oder ob die Natur selbst für die Exekution des *aliens* sorgte. Luzifer sendet seine spezialisierten Teufel auf die Welt, die allesamt scheitern müssen, weil sie zu keinem anderen Zwecke existieren und phantastische Fähigkeiten haben, als um die Menschen zur Umkehr, zur Stärkung ihres Glaubens, zur Disziplin zu bringen. In «The Man from Planet X» (1951 – Regie: Edgar G. Ulmer) ist ein Weltraum-Wesen auf einer Insel in Schottland gelandet und hypnotisiert die Bewohner, um aus ihnen ein Instrument für die geplante Invasion seiner Rasse zu formen; «It Came from Outer Space» (1953 – Regie: Jack Arnold) handelt von Invasoren vom Mars, die jede gewünschte Erscheinungsform annehmen können, und in «Invaders from Mars» (Invasion vom Mars – 1953 – Regie: William Cameron Menzies) attackieren grüne, androide Marsianer in ihren fliegenden Untertassen die Erde und erlangen «elektronisch» Kontrolle über den Willen der Menschen (am Ende stellt sich das Ganze allerdings als der Traum eines Jungen heraus).

Die Furcht bezog sich also vor allem darauf, von den Invasoren «unterwandert» und kontrolliert zu werden, ganz so, wie man wußte, daß auch Kommunisten in der Lage waren, als «ganz normale Menschen» zu erscheinen. Dadurch unterschied sich dieser neue «Rote» vom alten, dem Indianer, der sofort zu erkennen war. Die Suche nach der Gegenwaffe nahm in diesen Filmen nicht selten die Züge einer «Hexenprobe» an, aber zugleich konnte – besonders deutlich in Don Siegels «Invasion of the Body Snatchers» (1956) – der Verlust des eigenen Willens auch als Parabel auf die zunehmende Einschränkung der Freiheit im eigenen Land zu verstehen sein. Letztlich reflektierten die Invasionsfilme auf eine sozusagen umgekehrte Weise auch eine eigene Erfahrung, die amerikanische Invasion in der Normandie mit einer anschließenden Trennung der Nazis und Kollaborateure von den «versklavten» Bürgern.

Zum Prototyp des Invasionsfilms der frühen fünfziger Jahre wurde, nicht nur, weil er der spektakulärste und einer der technisch aufwendigeren Filme seiner Spezies war, die H. G. Wells-Adaption «War of the Worlds» (Kampf der Welten – 1953 – Regie: Byron Haskin). Auch hier sind die Invasoren eine nahezu anonyme Macht, die die Menschen ohne Warnung angreifen und vernichten wie am Anfang die zufälligen Zeugen der ersten Landung eines mantaförmigen, mit einer tödlichen Strahlenwaffe ausgerüsteten Raumschiffes, und später einen Priester, der mit der Bibel in der Hand den Eindringlingen entgegenschreitet. Jeder Versuch, mit den Fremden zu kommunizieren, scheitert, und jede gegen sie eingesetzte Waffe versagt, auch die Atombombe. Die Rettung der Menschheit vor der Vernichtung durch die Invasoren vom Mars geschieht schließlich nicht durch die eigene Kraft, sondern durch eine Fügung der Vorsehung: Die Marsianer gehen an den Bakterien zugrunde, von deren Existenz auf der Erde sie nicht gewußt haben.

Deutlicher noch als in den anderen Filmen der Thematik ist hier die religiöse Komponente der apokalyptischen Vision. Immer wieder tauchen Verweise auf biblisches Geschehen auf, und am Ende, als alles verloren scheint, haben sich die Überlebenden in einer Kirche zusammengefunden – da tritt das Wunder der Rettung ein. Dieser Aspekt geht weniger auf H. G. Wells als auf den Drehbuchautor Barré Lyndon zurück. Rationalisieren läßt sich weder das Auftauchen der Marsianer noch ihr plötzliches Ende; es kann sich nur um eine göttliche Fügung handeln, wie eine der sieben Plagen, die Gott den Ägyptern sendet.

Neben den lebenden Invasoren gab es auch Bedrohungen durch seltsame, fremde Elemente oder Materie aus dem Weltraum, oder durch ganze Planeten wie in «When Worlds Collide». «The Magnetic Monster» (1953 – Regie: Curt Siodmak) zeigt ein Isotop, das durch sonderbare Einflüsse beginnt, Energien, auch menschliche Energie, aufzusaugen und zu wachsen, wobei radioaktive Strahlung in immer gefährlicheren Mengen abgegeben wird. Zerstört kann es schließlich in einem Zyklotron werden. (Immerhin bemühte sich Curt Siodmaks Film, bei allen Unwahrscheinlichkeiten, stärker um eine wissenschaftliche Plausibilität seiner phantastischen Gefahr, als dies in den anderen Filmen der Fall war.) «The Monolith Monsters» (Das Geheimnis des steinernen Monsters – 1957 – Regie: John Sherwood) handelt von «gefräßigen» Kristallen, die in einem Meteor auf die Erde gekommen sind. In «The Night the World Exploded» (1957 – Regie: Fred F. Sears) droht ein unbekanntes Element, das durch einen Atomtest aus dem Erdinneren an die Oberfläche geschleudert wurde, durch eine Kettenreaktion die Welt zu vernichten. In den beiden letztgenannten Filmen erweist sich das Element Wasser als das richtige Gegenmittel gegen die zerstörerische Materie, ein Hinweis vielleicht auch auf den Zusammenhang der phantastischen Bedrohung mit dem Ritual einer Reinigung. (In anderen Invasions-/Monster-Filmen, etwa in «The Thing from Another World», hat das Feuer diese reinigende Wirkung übernommen.)

Zwischen Lebewesen und toter Materie steht die gallertige Masse, die in «The Blob» (Blob – Schrecken ohne Namen/Angriff aus dem Weltall – 1958 – Regie: Irvin S. Yeaworth jr.) von Steve (damals noch: Stephen) McQueen in der (nicht mehr ganz glaubwürdigen) Rolle eines Teenagers ebenfalls durch Feuer besiegt wird. Interessant an diesem Film ist weniger die Science-fiction-Thematik als die anfängliche Schilderung einer Kleinstadt im Südwesten Amerikas, in der sich die Jugendlichen ihre Freizeit mit Autorennen, Hamburger-Imbiß und eben Monsterfilmen vertreiben. «The Blob» zeigt, ganz ohne Prätention, das Publikum der *exploitation*-Filme des Genres, ein wenig auch von der sozialen Klaustrophobie, die nach phantastischem Geschehen als Ausweg aus Enge und Überdetermination der alltäglichen Lebensformen suchen ließ.

In Don Siegels «Invasion of the Body Snatchers» (Die Dämonischen/Die Invasion der Körperfresser – 1956) haben die Invasoren keine Form mehr. Am Anfang des Films sieht man den jungen Arzt Miles Bennell (Kevin McCarthy) bei der Polizei ein Erlebnis berichten, das so unglaubwürdig erscheint, daß man ihn für übergeschnappt hält. In der fast die gesamte Länge des Films einnehmenden Rückblende erfahren wir die Vorgeschichte: Eines Tages kommen in die Praxis des Arztes Patienten mit eigentümlichen Anliegen. Ein Junge erkennt seine Mutter nicht mehr, obwohl sie äußerlich unverändert erscheint; eine Frau glaubt, ihr Onkel habe sich auf sonderbare Weise verändert, ohne daß ihm äußerlich etwas anzumerken sei, etc. Tage später jedoch, als der Arzt die Leute wieder auf ihre Beobachtungen anspricht, scheinen auch sie verändert und wollen von ihren Befürchtungen nichts mehr wissen. Nach und nach entdeckt Miles, daß sich von Samenkapseln aus dem Weltraum stammende «Körperfresser» der Hüllen der Menschen bemächtigen, während sie schlafen. Miles verliert einen Freund nach dem anderen an diese Wesen, seine Warnungen bleiben ungehört; auf der Flucht aus dem offensichtlich völlig von den Außerirdischen besetzten Gebiet erreicht das Unglück auch seine Freundin. Es gibt niemanden, dem noch zu trauen wäre, und die von den Fremden bezwungenen Menschen behaupten, nun erst glücklich und ohne die Krankheit der Emotionalität zu leben.

Der Kampf des Helden ist nicht so sehr der Kampf gegen die Invasoren selbst, die sich als immun erweisen, sondern der Kampf einmal gegen sich selbst, gegen den Schlaf, den Verlust des Bewußtseins und damit die Aufgabe seines Willens gegen die Körperfresser, zum anderen gegen die Ignoranz seiner Mitmenschen. Die Allegorie trifft nicht nur den Kommunismus als Herrschaftssystem, obwohl hier die Analogie evident ist, sondern die Formen der Gehirnwäsche überhaupt. Die «Pod»-(Hülsen-)Gesellschaft der leeren Menschen läßt sich sowohl aus den sozialistischen Gesellschaften als auch aus den kapitalistischen mit ihrem System aus Fernsehen, Arbeit und Gewohnheit ableiten. «Ich habe wirklich das Gefühl», sagt Don Siegel, «daß die meisten Leute Pods sind. Sie wachen am Morgen auf, und sie haben einen Arbeitsplatz. Sie frühstücken also, und dann gehen sie an die Arbeit, und sie kommen heim und essen zu Abend, und dann schauen sie ins TV und gehen ins Bett. Und das ist ihr ganzes Leben. Am nächsten Morgen wachen sie wieder auf, und alles beginnt von neuem. Sie haben keine Träume. Sie haben kein wirkliches Gefühl der Liebe. Sie fühlen überhaupt nichts. Es ist, denke ich, ein wichtiger Film. Aber ich habe mich nicht für seine politischen Aspekte interessiert. Ich wollte nicht zeigen, daß wir von einer unterirdischen Macht bedroht sind, egal ob kommunistischer oder faschistischer Art, auch wenn über diese mögliche Interpretation des Films eine Menge Artikel veröffentlicht worden sind. In Wirklichkeit hat der Film mehr mit den Erfahrungen mit Leuten zu tun, mit denen ich ständig Kontakt hatte. Ich glaube, da hat sich nichts geändert. Die Pods sind immer noch da und bleiben auch da. Und Stück für Stück erobern sie die Welt.»

Wirklich ist die ungeheure «Normalität» das eigentlich Entsetzende in diesem Film. Daher ist auch die nachträglich und gegen den Willen des Regisseurs und des Autors (Daniel Mainwaring) hinzugefügte Rahmenhandlung eher störend. Das ursprüngliche Ende des Films sah den Helden auf der Landstraße umherirren, in dem verzweifelten Versuch, einen Menschen zu finden, der seinen Warnungen zuhören wollte, einen, der noch nicht ein Pod geworden sei. Dann sollte McCarthy sich in die Kamera wenden und dem Publikum zurufen: «Ihr seid die nächsten!»

Die «Pod-Society» formiert sich. Don Siegels «Invasion of the Body Snatchers» (1956).

Wenn das Phantastische wirksam ist nur als die Kraft, die in das normale Leben hereinbricht, und ein guter phantastischer Film deshalb davon lebt, daß er zunächst einmal ein sehr präzises Bild der normalen Wirklichkeit gibt, dann entstammt die spezifische Paranoia in Siegels Film dem Umstand, daß das Phantastische nichts weiter ist als die potenzierte Normalität. Mit der Bewegung des Films entsteht ein Mißtrauen gegenüber allem (scheinbar) Normalen, das wie bei den Pods darin besteht, daß die Gefühle ersetzt werden durch Konventionalität und durch das Vorgeben von Gefühlen als Ritual. Und es ist allzu leicht, ein Pod zu werden; es gibt keine Schmerzen mehr, weder körperliche noch seelische, man wird unverwundbar. Die Angst vor dem Tod, vor der Leidenschaft und vor der Verantwortung läßt die Menschen auf ihre menschlichen Qualitäten verzichten und sich willig dem Los der Fremdbestimmung unterwerfen. Siegel zeigt dies sehr nüchtern, ganz ohne die im Genre zu dieser Zeit übliche moralische Diskriminierung des Durchschnittsmenschen. «Erst wenn man darum kämpfen muß, ein Mensch zu bleiben, wird einem klar, was es überhaupt bedeutet, ein Mensch zu sein», sagt der Held einmal. Aber auch er findet kein Mittel gegen die außerirdischen Schoten; traditionelle Mittel gegen phantastische Wesen versagen: Er versucht sie zu «pfählen», wie man einen Vampir erlegt, und er versucht sie zu verbrennen, beides ohne Erfolg. Die Hoffnungslosigkeit der Verteidigung vermittelt Siegel durch einen sehr dokumentarischen Stil, der ganz auf die Überakzentuierung des Phantastischen (etwa durch ungewöhnliche Kamera-Perspektiven oder «geheimnisvolle» Beleuchtung) verzichtet. Es gibt trotz des von den Produzenten aufgezwungenen Schlusses, in dem man das FBI – ausgerechnet – alarmiert, kein wirkliches optimistisches Ende, und es gibt auch nicht die sonst üblichen kernigen Sprüche, mit denen sich die Menschen gemeinhin in den Invasionsfilmen ihr Zusammenstehen und ihre Tugenden bestätigen.

Von einer ähnlichen Bedrohung wie «Invasion of the Body Snatchers» handelt Roger Cormans «It Conquered the World» (1956). Lee Van Cleef spielt hier einen Wissenschaftler, der von einem Invasor von der Venus durch Versprechungen von Ruhm und Macht dazu gebracht wird, bei der «schleichenden» Eroberung der Erde zu helfen. Durch kleine, den menschlichen Gehirnen eingepflanzte elektronische Steuerapparaturen wird den Menschen der eigene Wille entzogen, und sie werden Marionetten des Invasor. Als jedoch auch seine Frau dem venusischen Wesen zum Opfer gefallen ist, nimmt der Wissenschaftler den Kampf gegen den Invasor auf, und wo Gewehrfeuer und Artilleriegeschosse versagen, gelingt ihm die Exekution des Fremden mit Hilfe von Feuer.

Weder dieser noch die anderen Invasionsfilme dieser Zeit erreichten die direkte, unentrinnbare Gleichung zwischen der alltäglichen Wirklichkeit und dem Terror von Unterdrückung und Zerstörung aus Siegels Film. In «Earth Versus the Flying Saucers» (Fliegende Untertassen greifen an – 1956 – Regie: Fred F. Sears), einem ziemlich naiven, aber mit exzellenten *special effects* (von Ray Harryhausen) produzierten Invasionsfilm, geht es um eine veritable Luftschlacht, die die Menschen über Washington mit furchterregenden Wesen aus dem Weltraum auszukämpfen haben, welche obendrein noch durch eine schleichende «Bewußtseinsübernahme» die Menschen bedrohen. «Invasion of the Saucer Men» (1957 – Regie: Edward L. Cahn) war einer der vielen für den Teenager-Markt hergestellten Produkte des Science-fiction-Films, die, zwischen Horror und Albernheiten pendelnd, die populären Themen des Genres ausschlachteten. Parallel zu diesen Filmen entstand eine Serie von Teenager-Horrorfilmen wie «I Was a Teenage Frankenstein» (1957 – Regie: Herbert L. Strock) oder «I Was a Teenage Werewolf» (Der Tod hat schwarze Krallen – 1957 – Regie: Gene Fowler), ein Hinweis darauf, wie sehr ein großer Teil der phantastischen Filme auf einen juvenilen Markt zugeschnitten war. Wie die Science-fiction-Filme spielten auch diese Teenager-Horrorfilme, im Gegensatz zu den klassischen Filmen des Genres, in der Gegenwart. Monster, im Kino, in den Comics, in den Pulps, sogar im Fernsehen, gehörten ganz offensichtlich zur Sozialisation der amerikanischen Teenager wie Western und Cartoons.

*Utopia…*

… einst eine Vision in vielen Köpfen, heute in Supervision in vielen Kinos. Wenn's würde wie auf der Leinwand, müßte die Zukunft schröcklich sein.

Zum Glück bestimmen nicht nur die Bösen aus dem All, sondern auch die Guthaben auf der Bank, wie's uns ergehen wird. Die Zukunft hat schließlich zwei Seiten: Eine davon können wir uns selbst ein bißchen vergolden.

## Monster und Mutationen

Die fünfziger Jahre mögen uns heute als freundlicher Mythos von heiterer Hysterie erscheinen, eine Zeit, in der die populäre Kultur von Bikinis, technischem Fortschritt und strahlenden Kinderaugen träumte und in der zwar alles ein wenig enger, kontrollierter und verdruckster war, aber eben auch weniger verzweifelt und chaotisch. Der Wahnsinn, der mit so kolossaler Anstrengung unterdrückt wurde und doch an allen Ekken und Enden zum Vorschein kam, erscheint uns heute, da er ganz offen ausgetragen wird und sich niemand mehr darum bekümmert, fast bezaubernd. Und wie man sich mit Nippes und harmlosen Späßen, mit einer Phantasie, die nur noch die Details betreffen durfte, gegen die verordnete Langeweile wappnete, das mag uns heute sympathisch erscheinen, weil wir die Grundlage dieser Kultur, die Unterdrückung, in diesem Maße nicht mehr mitdenken müssen. Der Rock 'n' Roll war nicht die Musik dieser Dekade (wir fassen in unserem «nostalgischen» Mythos der fünfziger Jahre sehr disparate und zeitlich versetzte Elemente zu einem anachronistischen Bild zusammen); er sollte später ihr Ende begleiten. Es gab keine Gegenkultur der Jugendlichen wie in den späten sechziger Jahren, noch nicht einmal die vereinzelten Rebellionen wie in den Jahren um den Dekadenwechsel, sondern es gab nur eine affirmative Nebenkultur, in der sich all die Frustrationen aufheben ließen, die sich in einer Gesellschaft ergeben mußten, die sich mit allen Mitteln gegen den sozialen und kulturellen Fortschritt stemmte und den Kindern keine Hoffnung ließ, irgend etwas anders zu machen als ihre Eltern. (Es hätte auch niemand gewagt, öffentlich zu behaupten, daß dafür eine Notwendigkeit bestünde.) Nicht nur in Deutschland, sondern auch in den übrigen europäischen Ländern und vor allem in Amerika waren die fünfziger Jahre eine Phase der Restauration. Sie brachten nicht nur, wie alle Restaurationsphasen, einen enormen Aufschwung für alle erlaubten und erwünschten Formen der Unterhaltung, sie waren auch dies: «Genug, um einem Menschen das Rückgrat zu brechen» (Norman Mailer).

«Die Literatur sollte einem helfen davonzulaufen, sich von der Wirklichkeit zurückzuziehen. Die Politik wurde von unglaublich langweiligen Männern wie Eisenhower und Dulles bestimmt, oder von ebenso unglaublich schlimmen Männern wie Joe McCarthy, die zu dieser Zeit schon viel zu drohnenhaft und holzköpfig waren, um wenigstens ihre Bösartigkeit noch interessant zu machen. Die Pop-Musik bestand aus gezierten, schwülstigen und aufdringlich sentimentalen Balladen. Und im Kino, schien es, war überhaupt nichts mehr los; da gab es absurde 3-D-Streifen und aufwendig langweilige Epen wie ‹The Robe›, aber abgesehen von einigen technischen Fortschritten (wenn man 3-D, Cinerama, Cinemascope, Vista-Vision etc. schon einen Fortschritt nennen will) schien Hollywood überhaupt nichts mehr in Bewegung zu setzen. Man erinnert sich an die Gangsterfilme der dreißiger und an die Musicals der vierziger Jahre, aber es will einem keine Art von Filmen einfallen, die charakteristisch für die fünfziger Jahre gewesen wäre» (Brian Murphy).

Die Ausnahme waren, natürlich, die Monster-Filme, jene Mischung aus Sciencefiction- und Horror-Filmen, die gigantische oder scheußliche Wesen aus dem Weltraum (in den Invasionsfilmen) oder aus den Tiefen der Erde selbst mobilisierte, um den allgemeinen und den besonderen Ängsten der Zeit einen Ausdruck zu geben. Neben ihrer ideologischen Funktion im Kalten Krieg, die in den repressiven fünfziger Jahren fast so etwas wie ein notwendiges Alibi waren, steckt zuviel «gotischer» Horror in ihnen, zuviel an erotischer Anspielung, zuviel an pessimistischer Zukunftsangst, um sie ganz dem nach eigenem Verständnis «weltverbessernden», prospektiven Genre der Science-fiction zuzurechnen.

Bald nachdem die ersten großen Beispiele des Subgenres Furore gemacht und eine Unzahl billiger Nachahmungen hervorgerufen hatten, entwickelte sich eine Stilisierung, die Variation der immer gleichen Elemente, welche im allgemeinen belegt, daß mit einer bestimmten Kombination von optischen Präsentationsformen und «Botschaften» ein Nerv getroffen, ein tiefsitzendes Gefühl beim Publikum angesprochen wurde, das nach immer neuer «Nahrung» verlangte, um seinen festen Sitz im Unbewußten nicht zu verlassen.

Mit «The Thing from Another World» und ähnlichen Filmen war das phantastische Wesen, das vordem im Horror-Film sein Unwesen getrieben hatte, ganz nahe an die Realität gerückt. Der Science-fiction-/Monster-Film der fünfziger Jahre verhält sich also zum Horror-Film wie, zum Beispiel, die phantastische Erzählung des neunzehnten Jahrhunderts zum Märchen (vergleiche dazu das Kapitel «Der Aspekt des Phantastischen in der Science-fiction»). Im Horror-Film waren die phantastischen Projektionen psychischen Leidens und unterdrückter Leidenschaft sozusagen unter sich geblieben, in einer abgeschlossenen, längst vergangenen Welt. Es waren, so konnte man sich beruhigen, die alten, archaischen Vorstellungen, die sich da Gestalt verschafften, ein bißchen Rest einer versunkenen Kultur. Nun aber tauchten die Monster plötzlich im gegenwärtigen Alltag auf, sie kamen nicht aus der Vergangenheit, sondern waren eher Repräsentanten der Zukunft. Vereinfacht ausgedrückt: Der Horror-Film beruhigte, indem er das Phantastische als eine überwundene Qualität zeigte, aufgehoben allenfalls noch in den urubäischen Welten des Traums; der Science-fiction-/Monster-Film beunruhigte durch eine Warnung vor der phantastischen Bedrohung der Zukunft. Auch hierin steckt ein Stück Restauration, zugleich aber auch ein Stück verquerer Faszination, die nach der Störung des Dornröschenschlafes verlangte, in den die Gesellschaft verfallen zu sein schien. Die Monster der Science-fiction waren eine Herausforderung an die aus Wissenschaft, Politik und Militär bestehende Herrschaft, die man respektieren, aber nicht unbedingt lieben mochte. Denn nicht nur hatte sie ihren Anteil Schuld an der desolaten Situation der Welt, in der Amerika nun nicht mehr für sich existieren konnte, sie hatte aus dem Land der Möglichkeiten auch ein Land der Notwendigkeiten gemacht.

«Verabredet» war die Kälte in den Beziehungen. Was den Monster-Filmen der fünfziger Jahre, zum Beispiel gegenüber den Horror-Filmen der dreißiger Jahre, fehlte, war Poesie. Von wenigen Ausnahmen abgesehen, vollzog sich der Kampf der Menschen mit den fremden Wesen in einer Atmosphäre der Sprachlosigkeit und der visuellen Armut. Beides hatte durchaus seine Parallelen in der Verbindung der netten, normalen, nützlichen Idealwelt und der unausweichlich erscheinenden Katastrophe, die in der Wirklichkeit zu einer Art Sprachregelung und Phantasielosigkeit geführt hatte. Dem entspricht auch die in den meisten Filmen des Subgenres vorherrschende Humorlosigkeit.

Diese symbolische Darstellung des Schreckens war möglich und notwendig vor allem deswegen, weil eine öffentliche Diskussion des technisch-militärischen Fortschritts, gar eine Kritik an der politischen und militärischen Führung nicht möglich war. Die Angst vor der Zukunft, zu der man sich auf falschem Wege befand, war groß, aber noch größer war die Angst, kein «guter Amerikaner» zu sein. Die Furcht betraf die eigene Führung so sehr wie etwaige ausländische Aggressoren; nur so ist die Ambivalenz dieser Filme zu verstehen, nur aus dieser moralisch-politischen Sackgasse heraus lassen sich ihr Pessimismus und ihre Sprachlosigkeit interpretieren. In den *monster movies* von Hollywood ist soviel Kritik an wissenschaftlicher und militärischer Rücksichtslosigkeit enthalten, wie möglich schien, und soviel an Affirmation und politischer Bestätigung wie notwendig, um das Unbehagen nicht ausdrücklich werden zu lassen. Die einzige, ein wenig paranoide Hoffnung in diesen Filmen war die, daß Militär und Wissenschaft am Ende die Bedrohung auch wieder von den Menschen nehmen könnten, die sie selbst hervorgerufen hatten. In der Atombombe und allen ihren Substituten symbolisierte sich nicht nur die apokalyptische Drohung Gottes, sondern auch eine durch den Krieg geschaffene Allianz zwischen Militär und Wissenschaft, die nie wieder rückgängig zu machen war und ganz zwangsläufig zu einem Verlust eines Teils der zivilen Tugenden führen mußte, die Gegenstand des nationalen Stolzes waren. So wird auch verständlich, warum der Ansatz, in den Space Operas den Geist der *frontier* aus den Western fortzusetzen, zunächst nicht so recht funktionieren konnte. Der Science-fiction-Film der fünfziger Jahre war für die Amerikaner keineswegs nur das bloße Instrument der Ideologie, wie ihn die meisten europäischen Kritiker und Historiker sehen, er war vielmehr auch Ausdruck eines tiefgehenden, unausgesprochenen Konflikts zwischen Regierung und Gesellschaft. Die *monster movies* waren, wenn man so will, die «Tyrannenfilme» Hollywoods.

Nach «The Thing from Another World» erreichte die Welle der Monster-Filme mit Gordon Douglas' «Them!» (Formicula – 1954) einen zweiten Höhepunkt, nicht nur was die Thematik, sondern auch was die handwerkliche Gestaltung anbelangt. In der Verwendung von Realaufnahmen, die man übereinanderprojizierte, verweist der Film auf modernere Beispiele des Genres. Auch «Them!» beginnt mit einer langen Exposition, in der die Normalität des Beschriebenen betont ist (und für die Amerikaner der fünfziger Jahre muß der Inbegriff des Normalen gewesen sein, Teenager zu sehen, die in verrückten Autos herumfahren, an den Straßenecken herumhängen und flirten). Dann findet man einen Mann tot auf, dessen Leiche keinen eindeutigen Aufschluß über die Todesursache gibt. Man holt einen Wissenschaftler in das kleine Städtchen am Rande der Wüste. Während der mit seinen Kollegen seine Forschungen anstellt, werden weitere Tote gefunden. Schließlich stellt sich heraus, daß riesige Ameisen, zu ihrer gigantischen Größe durch den Einfluß von radioaktiver Strahlung gelangt, die Menschen bedrohen. Panik bricht aus; die Wissenschaftler versuchen, die Nester der Riesenameisen ausfindig zu machen und ein Mittel zu finden, das sie unschädlich machen könnte. Militär wird herangezogen. Schließlich kommt es zum letzten Kampf mit den Riesenameisen in den Abwässerkanälen von Los Angeles, wo man endlich eine Gegenwaffe gegen sie findet.

Wie in den meisten Monster-Filmen der fünfziger Jahre hat sich auch in «Them!» die Gefahr über ganz Amerika ausgebreitet, seine Grenzen jedoch offensichtlich nicht überschritten. (In «War of the Worlds» wird die ganze Welt von den Marsianern angegriffen, nur aus Rußland gibt es keine derartige Nachricht.) Was Filme wie «Them!» immer wieder ansprechen, ist die Schutzbedürftigkeit der Bürger und das notwendige Opfer des einzelnen für die Gemeinschaft. Der Kampf mit den Ameisen wird in den Szenen des Höhepunkts am Schluß nicht nur abstrakt für die Rettung Amerikas, sondern auch konkret für die Befreiung zweier Jungen geführt, die von den Ameisen eingeschlossen sind, und der Polizist als Held (James Whitmore) findet beim finalen Kampf mit den Monstern den Tod. «Ihre Sicherheit hängt davon ab, daß Sie den Anordnungen des Militärs Folge leisten», wird die Bevölkerung über das Fernsehen angewiesen.

Der Kampf mit den Monstern besiegelt, nicht nur in Douglas' Film, den Beginn des «neuen Zeitalters», in dem Wissenschaft und Militär eine Allianz der Herrschaft bilden. Dieses «neue Zeitalter», das durch die Atomspaltung definiert ist, hat wenig utopische Züge, es ist weder eine besonders glückliche noch eine besonders – für den einzelnen – sichere

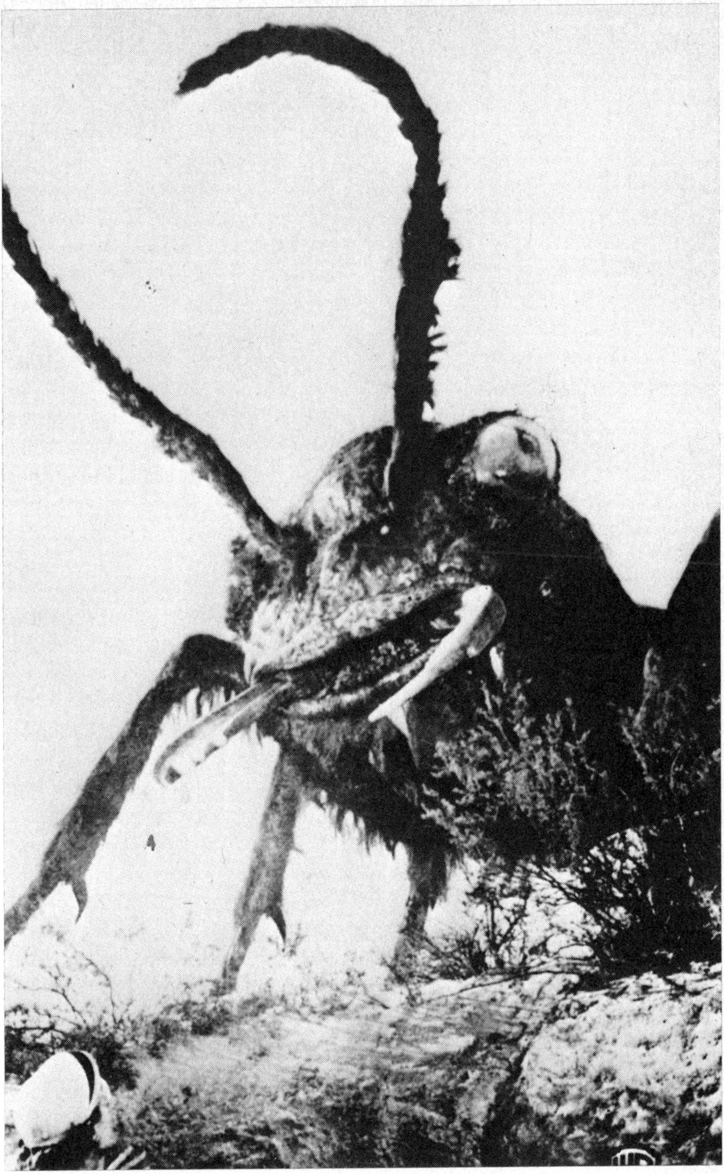

Durch radioaktive Strahlen entstandene Riesenameisen als technologische und soziale Allegorie. «Them!» (1954) von Gordon Douglas.

Welt. Aber es gibt keine Alternative. So ist die Metamorphose des Wissenschaftlers im Genre vom *mad scientist* zum letztendlichen Retter vor der phantastischen Strafe keineswegs eine radikale Neubestimmung der Figur. Vielmehr wird der Wissenschaftler sozusagen gezwungen, wieder zu beseitigen, was er angerichtet hat. Er kann dies nur in seiner Zusammenarbeit mit dem Militär und wird so zum Wegbereiter einer – wenn auch milden und im Namen der Freiheit entwickelten – Diktatur. Zur durch und durch positiven Figur konnte er auch in diesen Filmen nicht werden.

Der Unterwassertest einer Atombombe bringt das Monster von «The Beast from 20000 Fathoms» (Panik in New York – 1953 – Regie: Eugène Lourié), ein Saurierwesen (geschaffen von dem Spezialisten für solche Urwelttiere, die durch das *stop-motion*-Verfahren lebendig wurden, Ray Harryhausen), aus einem Millionen Jahre dauernden Tiefschlaf zu neuem, unheilvollem Leben, es entsteigt dem Meer und läuft Amok, es droht, aus der Arktis über den Ozean gekommen, New York zu zerstören und seine Einwohner zu töten, denn es verbreitet tödliche Krankheit. Einem Wissenschaftler, der das Monster bei seinem ersten Auftauchen in der Arktis, kurz nach Zündung der Atomexplosion, zum erstenmal gesehen hat (Paul Hubschmid), gelingt es schließlich, zusammen mit dem Militär, das Untier in einem Vergnügungspark zu stellen und es durch Feuer und mit einer «radioaktiven Harpune» zu töten.

«It Came from Beneath the Sea» (1955 – Regie: Robert Gordon) variiert das Thema: Diesmal ist es ein riesiger Krake, der durch Atomstrahlung radioaktiv geworden ist und Menschen frißt. Er erreicht San Francisco, wo er unter anderem die Golden Gate Bridge zertrümmert, bevor er durch einen elektronisch gesteuerten Torpedo vernichtet werden kann. Filme um durch Radioaktivität in Größe und Charakter veränderte Tiere, welche traditionell eine negative Rolle in der Typologie der Fauna spielen – alles, was da insektenhaft kriecht, vielarmig sich bewegt oder gallertartig-unförmig scheint –, beherrschten in den nächsten Jahren das Genre. (Zwanzig Jahre später wiederholte sich das Phänomen einer solchen Serie mit Filmen wie «Ben», «Squirm», »Willard» etc. – auch «Jaws» ist zu nennen, wobei hier zumeist an die Stelle der Atomkraft die ökologische Sünde der Umweltvergiftung als auslösendes Moment getreten ist.)

Es gab nur wenige Versuche, andere Themen im Genre abzuhandeln. «This Island Earth» (Metaluna 4 antwortet nicht – 1955 – Regie: Joseph Newman und Jack Arnold) stellt eine Verbindung von Elementen der Space Opera mit solchen des Monster-/Invasionsfilms dar. Der Wissenschaftler Meachum (Rex Reason) erhält eines Tages mit der Post einen elektronischen Schaltplan, der, wie sich herausstellt, zu einem seltsamen, TV-ähnlichen Gerät gehört. Nachdem der Wissenschaftler, mehr aus Neugierde, den Apparat zusammengebaut hat, empfängt er eine Nach-

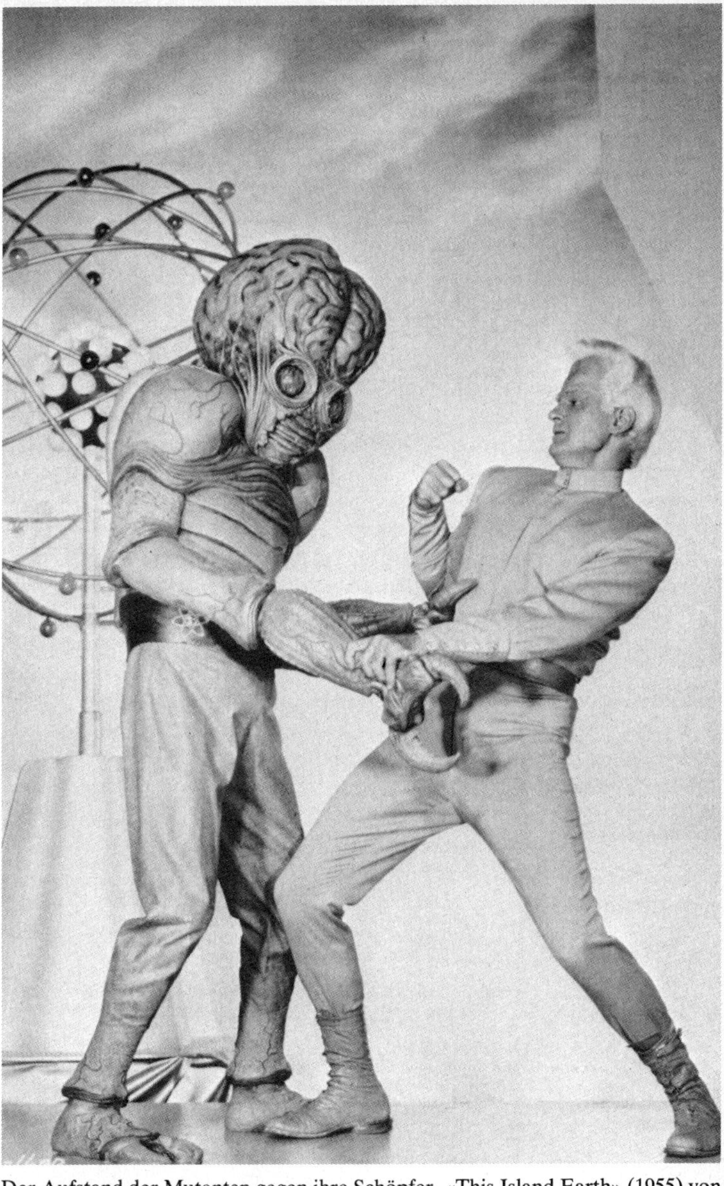

Der Aufstand der Mutanten gegen ihre Schöpfer. «This Island Earth» (1955) von Joseph Newman. Mit Jeff Morrow.

richt von einem sonderbaren Menschen, Exeter (Jeff Morrow), der ihn einlädt, an einem großen wissenschaftlichen Experiment teilzunehmen, an dem auch andere führende Forscher der Erde partizipieren sollen. Exeter wählt schließlich unter den Wissenschaftlern Meachum und seine Freundin Dr. Ruth Adams (Faith Domergue) aus, ihn auf seinen Heimatplaneten Metaluna zu begleiten. Auf Metaluna tobt ein Krieg, Folge einer langen intergalaktischen Auseinandersetzung, der weite Bereiche der hohen Kultur des Planeten bereits zerstört hat. Den letzten Schutz gegen die vollkommene Vernichtung bildet ein um den Planeten gelegter Energieschirm, der zusammenzubrechen droht. Meachum soll den metalunischen Autoritäten dabei helfen, den Schirm aufrechtzuerhalten. Aber es ist bereits zu spät. Als die Hauptstadt Metalunas untergeht, versucht Exeter, trotz des Verbots seines greisen Befehlshabers, die Erdlinge zu retten. Das Chaos hat sich verbreitet, da eine künstliche Rasse von furchterregenden Mutanten, welche die Bewohner von Metaluna als Sklaven gezüchtet haben, sich gegen die einstigen Herren richtet und alles angreift, was sich bewegt. Exeter wird von einem dieser Wesen tödlich verwundet, kann aber Meachum und Ruth noch heil zur Erde bringen.

Einer der teuersten Science-fiction-Filme der fünfziger Jahre, besticht «This Island Earth» vor allem durch seinen visuellen Reichtum, mehr noch vom Dekor als von den – sicher spektakulären – *special effects* her. Es ist aber auch einer der wenigen Versuche, die obsessive Welt der Monster-Filme zu verlassen, um einen mehr kreativen und prospektiven *sense of wonder* zu schaffen. Doch steckt auch in diesem Film noch genug von dem Thema, das das Genre in den fünfziger Jahren so beherrschte wie das des *mad scientist* in den Vierzigern. Die Mutanten, deren Aufstand die wegen des technischen Frevels Amok laufende «Natur» repräsentiert, können sich beiläufig mit den meisten Film-Monstern an eindrucksvoller Scheußlichkeit messen, die ansonsten das Hauptanliegen des Films waren.

Ein zweiter (und bis in die siebziger Jahre hinein der letzte große) Versuch, die Space Opera wiederzubeleben, ist «Forbidden Planet» (Alarm im Weltall – 1956 – Regie: Fred McLeod Wilcox), dessen Spezialeffekte, Bauten, Modelle und auch der Einsatz von elektronischer Musik (von Louis und Bebe Barron) noch am ehesten ahnen lassen, was später, in Filmen wie «2001» und «Star Wars», im Bereich des Genres möglich werden sollte. Ein Raumkreuzer der Erde findet fern im Weltall auf einem Planeten ein verlorenes Schiff der eigenen Flotte, dessen Besatzung bis auf den Wissenschaftler Morbius (Walter Pidgeon) und seine Frau, die nach der Geburt ihrer Tochter Altaira (Anne Francis) gestorben ist, Opfer einer Raumkrankheit geworden sind. Mit den beiden, Vater und Tochter, teilt «Robby», ein Roboter von außergewöhnlichen Fähigkeiten, ein fast idyllisch anmutendes Leben. Auf die Frage nach Rob-

Plakatmotiv zu «Forbidden Planet» (1956) von Fred McLeod Wilcox.

bys Herkunft antwortet Morbius mit der Behauptung, er selbst habe ihn gebaut. Dies aber, so stellt sich heraus, ist nur die halbe Wahrheit, denn tatsächlich hat er den Roboter nur zusammensetzen können, weil er dazu die Anweisungen in den Annalen der untergegangenen Krel-Kultur gefunden hat, die einst den Planeten bewohnt hatte. Diese Kultur mit all ihren Maschinen, Verkehrssystemen und geheimnisvoller Wissenschaft funktioniert nach wie vor, auch wenn keine Lebewesen (außer Morbius und seiner Tochter) mehr da sind, ihre Errungenschaften zu genießen. Doch wird diese Zivilisation schließlich zum Ausgangspunkt einer Bedrohung für das irdische Raumschiff. Ein unsichtbares Wesen dringt in das Schiff ein und versucht, die Steuerungsanlagen außer Betrieb zu setzen. Während Morbius darauf besteht, daß die Erdenmenschen «seinen» Planeten möglichst bald wieder verlassen, verliebt sich seine Tochter in den Kommandanten des Schiffs, und Morbius muß schließlich einwilligen, daß sie mit dem Kreuzer zur Erde zurückkehren wird. Das Raumschiff wird indes erneut von dem unheimlichen Invasor attackiert; diesmal sterben einige Besatzungsmitglieder. Morbius entwickelt eine These vom Zustandekommen des unsichtbaren Monsters: Es ist ein künstliches Geschöpf aus reiner Energie, das gleichsam als Nebenprodukt bei der Erfindung der Krel entstand, mit der sich jede beliebige

Vorstellung in Sekundenschnelle materialisieren ließ. Dabei entstand als «Abspaltung» das Wesen, das nun auch die Menschen angreift, eine Projektion alles Bösen und Gewalttätigen, das noch in der friedfertigen, superioren Krel-Zivilisation vorhanden war. Dieses Energie-Wesen war es auch, das die Krel selber vernichtet hat (eine Vorstellung, die wieder ganz den fixen Ideen der *monster movies* entspricht). Diese Erklärung mag richtig sein, doch hat Morbius selbst zuviel Kongruenz mit den Taten des Wesens, als daß sie völlig befriedigen könnte. Bevor mit dem Monster auch Morbius stirbt, gibt er dem Kommandanten den Auftrag, den Planeten Krel zu vernichten. «Wir können nur hoffen», sagt der Kommandant, als er am Monitor seines Schiffes die Zerstörung des Planeten verfolgt, «daß die menschliche Rasse, wenn sie einmal dieselbe Zivilisationsstufe erreicht, besser vorbereitet ist, um mit ihr umzugehen.»

Als mit dem Energiewesen auch Morbius stirbt, legt der Film die Ahnung nahe, daß es nicht nur das Böse in den Krel war, was das unsichtbare Monster repräsentiert habe, sondern auch das Böse in ihm, dem Wissenschaftler und Vater. Morbius selbst hat seine idyllische positive Utopie, die er auf dem Erbe einer superioren Rasse aufbaute, nicht gegen das Böse, hervorgerufen nicht zuletzt durch die erwachenden erotischen Regungen seiner Tochter, verteidigen können. Robby ist der perfekteste Ausdruck dieser Utopie, sozusagen die Projektion des Guten, wie das Energie-Wesen die Projektion des Bösen war. Er funktioniert nach den drei Gesetzen der Robotik von Isaac Asimov (vergleiche das Kapitel «Der Aspekt des Utopischen in der Science-fiction»); als ihm der Befehl gegeben wird, das Energie-Monster anzugreifen, bricht sein Stromkreissystem zusammen. (Er darf, nach den Gesetzen der Robotik, niemals einen Menschen, respektive eines der Wesen, die ihn geschaffen haben, angreifen, ein weiterer Verweis darauf, daß das Monster in Wahrheit niemand anderes ist als Morbius selbst.)

Obwohl der Plot von «Forbidden Planet» heute allenfalls das Gerüst einer «Star Trek»-Folge abgeben könnte, ist dieser Film doch einer der ersten Science-fiction-Filme, in denen es, wie in einem avancierteren Teil der Science-fiction-Literatur, um die Darstellung von Ideen und Gefühlen geht. Zwar kommt auch er nicht aus ohne die Geschichte vom Wissenschaftler, der das Böse in die Welt setzt und es später, notfalls unter dem Opfer des eigenen Lebens, in Allianz mit den militärischen Kräften wieder zu beseitigen sucht. Aber zugleich erscheinen doch alle Vorkommnisse glaubhaft auch als Traumprojektionen eines persönlichen Schicksals: der Trennung von Vater und Tochter, deren weltenferner Zweisamkeit die Mutter und alle störenden Erdlinge geopfert werden, bis die Liebe zu einem anderen Mann die Tochter erlöst. Das Monster in diesem Film ist der Anspruch des Vaters auf seine Tochter selbst.

Das Publikum begann, sein Interesse von den kollektiven Bedrohungen wieder auf individuellere Traumen zu konzentrieren.

«Forbidden Planet» fand eine weitaus geringer budgetierte «Fortsetzung» in «The Invisible Boy» (1957 – Regie: Herman Hoffman). Ein Junge (Richard Eyer) bekommt von seinem Onkel, der Zeitreisen unternimmt, Teile eines Roboters aus der Zukunft und hat schließlich den Robby aus «Forbidden Planet» zusammengesetzt, der ihm ein treuer Diener ist. Die Welt wird allerdings von einem gigantischen Elektronengehirn bedroht, das schließlich sogar Kontrolle über Robby erringt. Doch als es dem Roboter den Befehl gibt, seinen jungen früheren Herrn zu töten, besiegt die Logik der Roboter-Gesetze auch die elektronische Kontrolle: Robby zerstört das Supergehirn anstatt des Menschen.

«This Island Earth» und «Forbidden Planet» mußten in ihrer Art Ausnahmen bleiben, nicht nur, weil die Filme so große Produktionskosten verschlangen, daß den Produzenten das Risiko zu hoch erschien, sondern auch, weil sie sich auf einem Markt kaum durchsetzen konnten, der zunehmend mit billig produzierten, schnell und ohne allzu großen Aufwand an neuen Ideen inszenierten Monster-Filmen gefüllt wurde. In der zweiten Hälfte der fünfziger Jahre dominierten im Genre Filme von Corman, Herrman J. Cohen oder Bert I. Gordon, die zwar immer wieder ein neues Monster präsentierten, ansonsten aber von Film zu Film dieselbe Geschichte wiederholten: Durch eine Atomexplosion oder den Einfluß von Mächten mit fliegenden Untertassen wird aus einem harmlosen Tier oder einem Menschen ein furchterregendes Monster, das von einem Wissenschaftler und einem militärischen Team nach vielen vergeblichen Versuchen vernichtet wird. In «Attack of the Crab Monsters» (1957 – Regie: Roger Corman) sind es Riesenkrebse, die die amerikanische Küste überfallen, «Kronos» (1957 – Regie: Kurt Neumann) läßt eine fliegende Untertasse einen Roboter auf die Erde bringen, der alle Energie absorbiert; «The Monster, that Challenged the World» (Alarm für Sperrzone 7 – 1957 – Regie: Arnold Laven) präsentiert eine riesige Seeschnecke, «The Monster from Green Hell» (1957 – Regie: Kenneth Crane) zeigt eine Anzahl von Wespen, die sich durch radioaktive Strahlung in Rieseninsekten verwandeln, «The Black Scorpion» (1957 – Regie: Edward Ludwig) läßt neben dem Skorpion des Titels auch Würmer und Spinnen ins Gigantische wachsen. Diese Beispiele, die bei weitem nicht einmal die Produktion dieses eines Jahres erfassen, mögen hinreichend belegen, wie ein einziges Thema (die unnatürliche Vergrößerung unsympathischen Kleingetiers und ihr kannibalistisches oder vampirisches Benehmen) zur Grundlage einer «Welle» von Filmen wurde, die bildlich gesprochen das ganze Genre überspülte und Ansätze zu einer anderen Thematik kaum zuließ.

Der Verlust der angestammten Größe durch die obligatorische radioaktive oder außerplanetarische Bestrahlung war auch das Thema einiger Filme, die Menschen selbst zu Monstern werden ließ. Als Modell dieser Filme mag unter anderem Jack Arnolds «The Incredible Shrinking Man» gedient haben (vergleiche dazu den Abschnitt «Die Filme von Jack Arnold»). «The Amazing Colossal Man» (Der Koloß – 1957 – Regie: Bert I. Gordon) berichtet von einem Militäroffizier, der bei einer Atomexplosion so beeinflußt wird, daß er sich in einen Riesen verwandelt, der Amok läuft und große Zerstörung anrichtet. (Übrigens hatten zur selben Zeit auch die Helden der Comics ihre Initiation nicht selten durch eine Begegnung mit der Atomkraft zu gewärtigen: Peter Parker alias «Spiderman» war von einer radioaktiven Spinne gebissen worden, Bruce Banner, der Wissenschaftler, hatte sich durch eine Atomexplosion in den schrecklichen «Hulk» verwandelt usw.) In «Attack of the 50 Foot Woman» (1957 – Regie: Nathan Hertz, d. i. Nathan Juran) ist es wieder einmal ein UFO, das die furchtbare Veränderung, diesmal bei einer Frau (Allison Hayes), bewirkt. Dieser Film übrigens mag als weiterer Beleg dafür gelten, wie sich die Hysterie in den Science-fiction-Filmen zu dieser Zeit mehr und mehr von der außerirdischen Invasion auf die Widersprüche im eigenen engsten Kreis der Gemeinschaft verlagerte. Die Titelheldin ist eine Frau, die gerade aus dem Nervenhospital entlassen wurde, in dem ihr Mann sie gerne weiterhin gesehen hätte, denn er hat ein Verhältnis mit einer anderen. Bevor man sie nach ihrer Begegnung mit den Außerirdischen wieder in die Heilanstalt bringen kann, flieht Nancy in die Wüste, wo die Verwandlung geschieht. Als Riesin sucht sie Rache an ihrem Gatten, demoliert Häuser und fällt Menschen an.

Eine ähnliche Furcht spricht der Film «I Married a Monster from Outer Space» (1958 – Regie: Gene Fowler jr.) an, wo Wesen aus dem Weltall menschliche Form annehmen und sich unter die Menschen mischen. Wie in einer Anzahl von Thrillern dieser Zeit und nicht zuletzt ähnlich dem Film «I Married a Communist» (1949 – Regie: Robert Stevenson) entdeckt hier eine Frau (Gloria Talbott), daß ihr Mann (Tom Tryon) nicht der nette junge Mann ist, für den sie ihn hielt: Seine Normalität ist, gleichsam in Umkehrung der Konstellation aus «Invasion of the Body Snatchers», nur die Tarnung für seine Agententätigkeit im Dienste einer sinistren Invasionsmacht. Das Mißtrauen zwischen Männern und Frauen, seit den Filmen der «Schwarzen Serie» immer wieder aufgegriffenes Thema des Films, läßt, in den Thrillern wie in den Science-fiction-Filmen, die Ehe als unentrinnbare Falle erscheinen, in der einer von beiden sterben muß, wenn keine Hilfe von außen kommt.

Die schreckliche Verwandlung eines Ehepartners ist das Thema von «The Fly» (Die Fliege – 1958 – Regie: Kurt Neumann), die Geschichte eines Wissenschaftlers (Al Hedison), der im Keller seines Hauses mit einem Materie-Transmitter experimentiert, als ihn eines Tages das Unglück trifft. Eine Fliege ist in den Transmitter geraten und hat zwei Zwitterwesen entstehen lassen: den Wissenschaftler mit dem Kopf und den Armen einer Fliege und das Insekt mit dem Kopf und den Armen des Menschen. Der Wissenschaftler schließt sich im Keller ein. Als seine Frau ihn überreden kann, sie doch einzulassen, verbindet er ihr die Augen. Er bittet sie, die Fliege mit einer «seltsamen weißen Markierung» zu fangen. Aber alle Versuche, den Vorgang rückgängig zu machen, scheitern, und schließlich kann ihn nur der Tod aus seiner biologischen Gefangenschaft retten.

In Filmen wie diesem, der im übrigen alle Züge einer schwarzen Komödie aufweist, erhielt der Science-fiction-/Monster-Film eine neue Qualität als Allegorie auf die erotischen Zwänge und die Fesseln des Familienlebens. Die Verwandlung in ein Monster, von «The Fly» bis zu «The Thirty Foot Bride of Candy Rock» (1959 – Regie: Sidney Miller), einer Komödie mit Lou Costello (in seinem einzigen Film ohne seinen Partner Bud Abbott), hängt immer mit dem Verlust der Liebe zusammen, mit Impotenz und Gefühllosigkeit, oder vielleicht damit, daß beides, Potenz und Gefühl, sich nicht verbinden läßt. Der Wissenschaftler, der in «The Fly» den Kopf und die Arme der Fliege hat, bittet schließlich seine Frau, ihn in einer hydraulischen Presse zu zerquetschen; der andere Teil seiner selbst, eine Fliege mit einem Menschenkopf und menschlichen Armen, kommt in einem Spinnennetz um. In dieser Verdoppelung des Todes durch die Frau (ein kleines Meisterwerk trivialpsychologischer Symbolik) zeigt sich, wie der Monster-Film sich von den kollektiven Ängsten der politischen und technologischen Bedrohung wieder den individuellen Traumen zugewandt hatte. Waren in Filmen wie «Them!» oder «Tarantula» (1955 – Regie: Jack Arnold) die erotischen Untertöne in der Zeichnung der bedrohlich gewordenen Tiere nur sehr am Rande angedeutet, so wurden sie nun zum Hauptbestandteil des Subgenres. Man könnte fast davon sprechen, daß in der zweiten Hälfte der fünfziger Jahre die Gefahr von den anonymen, außerirdischen, kommunistischen Invasoren übertragen wird auf die Gefahr, die von den Frauen ausgeht.

Wo die Frauen nicht «schuldig» sind an der Verwandlung des Mannes oder seine Verwandlung mit Gewalt ahnden, da werden aus ihnen selbst Tiermonstren in bezeichnenden Allegorien: «The Cat Girl» (Die Nächte der Würgerin – 1957 – Regie: Alfred Shaughnessy) handelt von einer jungen Frau (Barbara Shelley), die die «Seele» eines Leoparden hat; «The Wasp Woman» (1959 – Regie: Roger Corman) läßt eine Frau (Susan Cabot) nach einer Verjüngungstinktur suchen, und als sie eine solche aus Wespen-Enzymen herstellt und anwendet, verwandelt sie sich in ein riesiges Wespen-Halbwesen, das eine mörderische Jagd auf Männer beginnt; «The Snake Woman» (1960 – Regie: Gene Fowler jr.) schließlich erzählt die Geschichte einer Frau (Susan Travers), die sich in eine Kobra verwandeln kann, weil man ihrer Mutter kurz vor der Geburt ein Schlangenserum eingegeben hatte. «She Devil» (1957 – Regie: Kurt Neumann) handelt von einer Mörderin (Mari Blanchard), die selbst unverwundbar ist. Man sieht: Am Ende der Dekade war der Science-fiction-Film wieder dort, wo er an ihrem Anfang gestanden hatte, bei den *mad scientists*, den horriblen, erotischen Halbwesen und bei der Angst vor der Frau. Die Monster selber waren nun wieder interessanter als das, wofür sie einmal gestanden haben mochten. Während die Allegorie Monster = Atombombe in den japanischen Filmen um das Urwelttier Godzilla fortgesetzt wurde (der erste der Serie entstand 1954), kehrte Hollywood zunächst einmal zu seinen «filmischen Doktorspielen» zurück.

Allerdings erreichten einige dieser Filme, wie etwa «The Fly», einen Grad an Bewußtheit und Ironie in ihren mehr oder minder brutalen Allegorien, die vorher undenkbar war. Hier deutete sich eine Überwindung, oder, vorsichtiger ausgedrückt: eine Diskussion der puritanischen Zwänge an, wie sie in den sechziger Jahren schließlich auch (unter anderem mit den Mitteln des Kinos) geführt wurde. Einer der Monster-Filme, die am weitesten in der offenen Darstellung des erotischen Gehalts ihrer Fabel gingen, war Allan Dwans «The Most Dangerous Man Alive» (1958), ein Film «in der Tradition von Jacques Tourneur und das Musterbeispiel für ein tödliches Melodram. Dwans Geschichte eines Gangsters, der sich durch eine Atomexplosion in einen Menschen aus Stahl verwandelt, wird mit einer kalten Grausamkeit und eisiger Gefühllosigkeit erzählt, eine Haltung, die dem Sujet vollkommen angemessen ist. Nachdem er der Atomstrahlung ausgesetzt war, in einem Bunker hilflos gefangen, wird er im grellen Licht der Explosion zu einem schneeweißen, blutleeren Wesen. Der Gangster (Ron Randall) sucht Rache an denen, die für seine Verwandlung verantwortlich sind, und während er nach ihnen sucht, erweist es sich, daß sein ‹neuer› Körper unempfindlich und unverletzbar ist. Gewehrkugeln prallen von seinem Körper ab, während er mit eisiger Ruhe seine Feinde buchstäblich in Stücke reißt. Aber daß auch etwas wirklich Schreckliches in seiner Verwandlung liegt, wird ihm erst bewußt, als seine Freundin (Debra Paget) herausfindet, daß er nun ein impotenter ‹Automat› geworden ist. In einem verzweifelten Versuch, in ihm einen Rest von Gefühl zu wecken, ermuntert sie ihn, sie auszuziehen, aber auch dies bringt keinen Erfolg. Seiner erotischen Identität und jeder Leidenschaft außer dem Haß beraubt, findet der Mörder schließlich sein Ende im Feuerstrahl eines Flammenwerfers, der den metallenen Menschen zu Asche verbrennt» (John Baxter).

Der Vision vom Monster, in das sich ein Mensch verwandelt, liegt ein allgemeines, gesellschaftliches Gefühl der Entfremdung zugrunde, das sich aber insbesondere auf den familiären Zusammenhang beziehen läßt. Dem Konflikt zwischen Mann und Frau ordnete sich dabei ein Konflikt zwischen Kindern und Erwachsenen zu. Schon in «Invaders from Mars» war der Held ein Teenager gewesen, dem über Nacht alle Erwachsenen suspekt und gefährlich erscheinen; sie haben sich dem Willen einer fremden Macht unterworfen, aber wie in Siegels «Invasion of the Body Snatchers» scheint dies durchaus im Rahmen ihrer Normalität zu liegen. Der junge Held von «The Invisible Boy» findet im Roboter seinen idealen Partner. Schließlich wendete sich diese Furcht und Abkehr in Aggression. «Die Vermengung von Science Fiction und der um 1960 erstmals diskutierten Stellung des Mannes (Fremder in dem von der Frau beherrschten Haus, Degradierung zum Arbeiterroboter, usw.) wurde in zwei Filmen auch auf den Konflikt zwischen den Generationen ausgedehnt. In ‹The Space Children› (1958) finden Kinder in einer Höhle eine große glühende Gehirnmasse, die ihnen übernatürliche Kräfte verleiht, so daß sie sich an der Welt der Erwachsenen rächen können. Während die Eltern als verständnislos und ihren Kindern gegenüber uninteressiert gezeigt werden, entsteht unter den Kindern eine Gruppenbindung, wie sie vergleichsweise auch in den James Dean-Filmen zu finden ist. Der Film endet mit ihrem Tod. Negativer werden die Kinder in ‹The Village of the Damned› (1960) dargestellt. Durch eine fremde Macht werden in einem Dorf Kinder geboren, die einen alles übertreffenden Intellekt besitzen, keine Gefühle kennen und sich durch Telepathie verständigen können. Sie sind bereits soweit, die Macht der Welt zu übernehmen, als sie einer ihrer nominellen Väter mit Dynamit in die Luft sprengt» (Hans Scheugl). (Regie bei «The Space Children» führte Jack Arnold, bei «The Village of the Damned», der in England entstand, Wolf Rilla.)

Am Ende der fünfziger Jahre kamen die Monstern nicht mehr aus dem Weltall, es waren die allernächsten Menschen selber; es waren die eigene Frau, der eigene Mann, die eigenen Kinder, die eigenen Eltern; man selbst konnte sich als menschliches Monstrum fühlen. Auf der Leinwand tobte ein ziemlich erbarmungsloser Kulturkampf um die Rollen- und Machtverteilung in der amerikanischen Familie. Da der Sieger allerdings schon von vornherein feststand, war eine grundlegende Veränderung kaum zu erwarten; in den sechziger Jahren suchten die Kinder ihre Identität außerhalb der Familie, und die Frauen begannen einen langen Weg der Emanzipation. Auch das stieß an die Grenzen der Gesellschaft: Am Ende der siebziger Jahre sind die Monster-Filme wieder da.

## Die Filme von Jack Arnold

Gaben die Science-fiction-/Monster-Filme den «Zeitgeist» der fünfziger Jahre am besten wieder, so waren innerhalb dieses Genres die Filme von Jack Arnold am signifikantesten für die Traumen und Neurosen der Dekade. Sein erster Film mit einer Science-fiction-Thematik ist «It Came from Outer Space» (Gefahr aus dem Weltall) aus dem Jahr 1953, und bis 1958 entstanden unter seiner Regie und seiner Mitautorenschaft bei Universal eine Serie von Science-fiction-Filmen, deren mythopoetische Qualitäten sie weit über die mählich immer formelhafter werdenden Monster-Filme hinausheben. Während in den meisten Filmen des Genres die Gefühle und Bewegungen der Charaktere völlig zweitrangig gegenüber den Erscheinungen sind, sind in Arnolds Filmen eher «die Gestalten eine – etwas verfremdete – Inszenierung von Gefühlen» (Fernand Jung/Claudius Weil/Georg Seeßlen). In seinen Filmen werden die zeitgenössischen Traumen nicht nur evoziert, sondern in gewisser Weise auch verarbeitet: Anders als in nahezu allen anderen Science-fiction-Filmen machen Arnolds Helden Wandlungen durch, reagieren auf Erfahrungen.

«It Came from Outer Space», ein noch konventioneller, aber technisch und stilistisch brillanter Invasionsfilm nach einem Stoff von Ray Bradbury, offenbart noch wenig von der Poesie und dem schwarzen Humor von Arnolds späteren Filmen. Aber der im nächsten Jahr entstandene Film «Creature from the Black Lagoon» (Der Schrecken vom Amazonas) mag schon als Zusammenfassung der erotischen Mythologie des Genres und zugleich seine poetische Reflexion gelten. Ein menschenähnliches Schuppenwesen, ein Reptilmann, ist das allegorische Halbwesen dieses Films. Er beginnt mit der Schöpfungsgeschichte; Spuren, die aus dem Wasser kommen, deuten die Herkunft des Menschen an und verweisen auf die evolutionäre «Abspaltung» des Ungeheuers. Dann führt der Film in die Gegenwart, wo eine Gruppe von Forschern eine Expedition am Amazonas durchführt. Auf einer Sandbank im Fluß entdeckt man die versteinerte Krallenhand und das Skelett eines unbekannten, menschengroßen Wesens. Während die Wissenschaftler dem Rätsel nachgehen, überfällt ein solches Wesen das Lager und tötet einige Männer. Als man in einer Lagune weiter nach dem mysteriösen Untier forscht, greift das Ungeheuer erneut an. «Eine Schlüsselszene des Films zeigt die Heldin (Julie Adams), wie sie ins Wasser der schwarzen Lagune steigt, um zu schwimmen. Sie kann nicht ahnen, daß der Reptilmann direkt unter ihr schwimmt, fasziniert von ihrer Schönheit. Einstellungen von unten auf die Oberfläche des Wassers evozieren eine Cocteau verwandte Symbolik des Durchdringens eines Spiegels als Eintritt in eine andere Welt. Ihr weißer Badeanzug, der die Form ihres Bu-

«It Came from Outer Space» (1953) von Jack Arnold, ein Science-fiction-Film von unkonventioneller Bildgestaltung. Kamera: Clifford Stine.

sens akzentuiert, die Choreographie in der Bewegung ihrer Beine – all dies hat einen ganz offen erotischen Charakter. Der Reptilmann gleitet unter sie, bewegt sich windend in einer Form symbolischen Sexualakts, eine gewalttätige, besitzergreifende männliche Brautschau. Seine Leidenschaft erreicht erst ihren Höhepunkt, als die Heldin eine Art Unterwasserballett von erotischen Posen vollführt, das den Reptilmann dazu bringt, nach ihrem schwebenden Körper zu greifen.

Der erotische Kampf bestimmt den weiteren Verlauf der Handlung, in der der Reptilmann als ein Ausdruck elementarer Naturgewalt erscheint, nicht bewußt böse, sondern ‹fremdbestimmt›, ein Teil der Welt, in der unsere moralischen Vorstellungen keine Gültigkeit haben. Man überwindet das Wesen schließlich mit einer Droge, das in einer weißen Wolke sich im Wasser verbreitet; der schöne, schwarze, gefallene Engel wird besiegt durch die weiße Magie der Wissenschaft. Diese religiöse erotische Vorstellung setzt sich auch im Höhepunkt des Films fort; das Mädchen ist von dem Wesen in seine nebelverschleierte Höhle geschleppt und über einen altarähnlichen Felsen gelegt worden; das Bild eines rituellen Menschenopfers. Mehrfach wiederholt sich die Einstellung, in der das Wesen zum Wasser taumelt, magisch angezogen von den Tiefen seines Elements. Von der Kante einer Unterwasserschlucht gleitet er dann fast graziös in den Abgrund. Luzifer war beschworen worden, er wurde herausgefordert und hat seine Unbesiegbarkeit bewiesen. Jetzt kann er zurück in die Hölle geschickt werden, bis der Mensch sich wieder stark genug wähnt, seine Macht auf die Probe zu stellen» (John Baxter).

In Arnolds Film ist die genregemäße Rationalisierung (das Monster ist das letzte einer verschollenen Rasse, die sich in der Evolutionsgeschichte vor dem Menschen herausbildete) kaum noch mehr als eine «Zugabe» zum gotischen Schrecken und seiner Moral. Es ist der aus dem Horror-Genre bekannte Zyklus: die Beschwörung eines Teufels durch Eintritt in verbotenes Gebiet, durch einen frevelhaften Wissensdrang oder durch leichtsinnigen Umgang mit alten Überlieferungen, seine Erscheinung, seine ersten unbedeutenden und nur der Demonstration seiner Macht dienenden Opfer, seine Begegnung mit der Frau, die seiner Existenz plötzlich einen anderen Sinn zu geben scheint, seine Verletzlichkeit durch sie, seine Rückkehr in die Hölle. Wenn der Teufel nichts anderes wäre als die Repräsentanz der männlichen erotischen Begierde, so ließe sich die Bewegung dieses Films (und weniger deutlich aller Monster-Filme) als symbolische Abbildung eines Geschlechtsverkehrs deuten. Zugleich nehmen dabei alle Ängste, Befürchtungen, ja auch Aggressionen, die damit verbunden sind, Gestalt an.

Der große Publikumserfolg von «Creature from the Black Lagoon» ließ Universal zwei Fortsetzungen produzieren, die aber die Poesie des ersten Films zugunsten des Schreckens vernachlässigten, so als müßte dem unberechtigten Vorwurf des «schleppenden Tempos» in diesem Film stattgegeben werden. Bei «Revenge of the Creature» (Die Rache des Ungeheuers – 1955) führte noch Jack Arnold die Regie. Es ist mehr oder minder ein Remake des ersten Films, in dem die sadistischen Momente in der Beziehung zwischen dem Ungeheuer und der Schönen (Lori Nelson diesmal) dominieren. Gegenüber dem ersten «Creature»-Film hat die Frau eine entscheidende Veränderung durchgemacht: Sie ist nicht mehr unschuldig. Wieder gibt es die Szene, in der das Ungeheuer die Frau an der Wasseroberfläche schwimmen sieht, aber diesmal ist sie nicht allein; ihr Liebhaber ist bei ihr, und bevor das Monster in wilder Leidenschaft die Frau hinunter zu sich zieht, gibt es eine paroxystische Kuß-Szene zwischen den beiden, welche die Aggression des Reptilmannes auch als Eifersucht erscheinen läßt. In «The Creature Walks Among Us» (Das Ungeheuer ist unter uns – 1956 – Regie: John Sherwood) wird das Ungeheuer gefangen, befreit sich, richtet Zerstörung an und findet einige Opfer, bevor es in den Ozean «verbannt» werden kann.

Mit «Tarantula!» (Tarantula – 1956) wandte sich Jack Arnold dem weniger gotisch inspirierten Monster-Film mit größeren technologischen Problemen zu, der – vergleichbar Gordon Douglas' «Them!» – die Amok laufende Natur als Strafe für den szientifischen Mißbrauch erscheinen ließ. Die Erscheinung der riesigen Tarantel ist das Ergebnis von Experimenten mit künstlicher Nahrung, die auch bei Menschen grauenhafte Deformationen hervorgerufen hat; sie ist aber auch ein Alptraum, der die Liebesgeschichte zwischen John Agar und Mara Corday begleitet.

Die große Spinne ist auch eine gigantische Projektion der bedrohlichen Weiblichkeit, die bezwungen werden muß, bevor es zu einer befriedigenden Beziehung kommen kann. Wie das Ungeheuer aus der Lagune erscheint das Untier an einer Grenze; statt der zwischen Wasser und Luft ist es nun die zwischen der Wüste und dem von Menschen bewohnbaren Land.

«The Incredible Shrinking Man» (Die unglaubliche Geschichte des Mister C – 1957) hat mit «Tarantula!» und vielen anderen Monster-Filmen gemeinsam, daß die Bedrohung aus einer Veränderung der Größenverhältnisse entsteht. Durch Strahleneinwirkung wird Scott Carey (Grant Williams) einer fatalen Veränderung unterzogen: Ein halbes Jahr nachdem er bei einer Bootsfahrt radioaktiven Nebel eingeatmet hat, beginnt er, kleiner zu werden. Als er auf die Größe eines Teenagers reduziert ist, verläßt er, deprimiert über das Mißverhältnis in seiner Beziehung zu seiner Frau, sein Haus. Er hat eine romantische Beziehung zu einer Liliputanerin, doch als sein Schrumpfprozeß weitergeht, kehrt er zu seiner Frau zurück. Sie baut ihm schließlich ein Puppenhaus, in dem er wohnt. In einer recht symbolischen Szene verläßt die Frau einmal das Haus, durch die geöffnete Tür springt die Hauskatze und wird zur tödlichen Bedrohung für Scott. Er flieht in den Keller, eine Welt, die er nicht mehr verlassen kann. Scott wird weiter kleiner. Beinahe wird er Opfer einer durch seine Frau ausgelösten «Flutkatastrophe». Dann muß er sich gegen eine für ihn riesige Spinne mit einer Nadel zur Wehr setzen, die größer ist als er selbst. Er tötet sie, und dieser Triumph gibt ihm neue Kraft zu leben. Er muß gewärtigen, immer weiter zu schrumpfen,

Der allegorische Kampf mit der Spinne. «The Incredible Shrinking Man» (1957) von Jack Arnold. Mit Grant Williams.

bis sich ihm in der Mikrowelt neue Möglichkeiten auftun. «What was I? Still a human being? Or Was I the man of the future?» ist die Frage, mit der er in der Schlußszene das Publikum entläßt.

Es gibt sicher kaum eine explizitere Allegorie auf das sich verändernde Verhältnis der Geschlechter zueinander aus den fünfziger Jahren. Mehr oder weniger scherzhaft hat in der Anfangsszene seine Braut den Helden zurechtgewiesen, als dieser männliche Vorrechte anmeldete. Darüber, daß er kleiner wird, wird er sich am Tag seiner Hochzeit klar. Seine Frau hält zu ihm; vielleicht will sie ihn nicht anders. Ein Ausbruchsversuch scheitert; er muß ins Puppenhaus, wie in einer Persiflage auf die «Nora». Beides, die Katze wie die Spinne, sind wohl nichts anderes als symbolische Abspaltungen der Frau (wie auch die «Flut», in der er zu ertrinken droht, eine eindeutige Verknüpfung darstellt); durch die Bezwingung der Spinne kann Scott, seiner Kleinheit zum Trotz, zum «Mann der Zukunft» werden.

In dem bereits erwähnten Film «The Space Children» geht es um die Konflikte in der Rollenverteilung zwischen Kindern und Erwachsenen. In «Monster on the Campus» (Der Schrecken schleicht durch die Nacht – 1958) geht es um einen Professor, der sich durch seine Experimente in ein todbringendes Ungeheuer verwandelt und neben den Studenten auch die ganze Stadt bedroht. Mögen diese Filme auch nicht mehr die Reputation seiner früheren Werke gefunden haben, so sind doch auch sie in ihrer Stimmung konsequente Fortsetzungen des «Arnold-Stils». Sein Gesamtwerk im Genre läßt sich in einer fortschreitenden Linie als die melancholische Abhandlung der verschiedenen Stadien der erotischen Domestizierung bezeichnen: die erste, unbewußte erotische Attacke, die erste, ebenso unbewußte Verführung («Creature from the Black Lagoon»), das violente Aufbrechen einer Zweierbeziehung und die Wiederherstellung des erotischen Status quo («Revenge of the Creature»), die beginnende Angst des Mannes vor der Macht der Frau («Tarantula!»), die Ehe und ihre Folgen für den Mann («The Incredible Shrinking Man»), der Aufstand der Kinder («The Space Children») und schließlich die unguten Nebeneffekte der akademisch-wissenschaftlichen Sozialisationsinstanz («Monster on the Campus»).

In Arnolds Filmen ist fast immer das Erschreckende auf subtile Weise mit dem Komischen verbunden, daher wirkt auch im nachhinein keiner seiner Filme lächerlich, so töricht beim ersten Hinsehen die Plots seiner Filme auch sein mögen. Seine Filme sind die mythopoetische Beschreibung der amerikanischen Familie und ihrer Genesis.

Ganz seiner Liebe zur Satire frönte Arnold schließlich in «The Mouse that Roared» (Die Maus, die brüllte – 1959), wo ein europäischer Zwergstaat den USA den Krieg erklärt und – ihn gewinnt. Mit dieser Attacke auf das amerikanische Selbstbewußtsein (der Film entstand übrigens in England) schien Jack Arnold zu seinem Thema, zur erotisch-politischen Mythologie des Amerikanertums, alles gesagt zu haben. Er produzierte und inszenierte zwar in den folgenden Jahren noch eine Reihe weiterer Filme, darunter den komödiantischen Science-fiction-Film «Hello Down There» (1969), doch gelangten die Filme in Thematik und Gestaltung nicht mehr über die Qualität von durchschnittlichen, handwerklich sauberen B-Filmen hinaus.

## Doomsday, danach und eine phantastische Reise

Die politische wie die individuelle Furcht hatte in den Invasions- und Monster-Filmen ihren perfekten Ausdruck gefunden. Für andere Themen blieb da kaum noch Platz. Nur einige wenige Filme behandelten das Motiv der Weltkatastrophe aus der Sicht von Überlebenden und ließen so einen Aspekt des sozialen Konflikts in der Zerstörung der Welt aufscheinen. In Filmen wie «Five» (Die letzten Fünf – 1951 – Regie: Arch Oboler), «The Day the World Ended» (Die letzten Sieben – 1955 – Regie: Roger Corman), «The Last Woman on Earth» (1959 – Regie: Roger Corman) oder «On the Beach» (Das letzte Ufer – 1959 – Regie: Stanley Kramer) kam ein mehr oder minder pessimistisches Menschenbild zum Ausdruck, das auch nach der Katastrophe die Menschen nur wenig gereifter erscheinen ließ. Getreu dem zyklischen Weltbild des Science-fiction-Genres zeigten die meisten dieser Filme die Möglichkeiten der Bewährung für die Menschen nach der Atomkatastrophe und einen Neubeginn aus den Konflikten einer «Urgruppe».

«Five» erzählt von fünf Überlebenden des atomaren Weltuntergangs, die sich in einem Haus treffen und versuchen, eine neue Gemeinschaft aufzubauen. Die fünf scheinen einem typologischen Lehrbuch der Unterhaltungsepen zu entstammen: eine schöne Frau, die ein Kind erwartet (Susan Douglas), ein Mörder (James Anderson), ein verbitterter, zynischer Idealist (William Phipps), ein Sterbender (Earl Lee) und ein Schwarzer (Charles Lampkin). Auch diese neue Gemeinschaft jedoch produziert sehr schnell ihre Konflikte, und es kommt erneut zu einem «Krieg», den schließlich nur die Frau und der idealistische Held überleben. «The Day the World Ended» ist eine Variante dieses Stoffes, versetzt mit Elementen des üblichen Monster-Films. Wieder haben fünf Menschen die Katastrophe überlebt, unter ihnen ein Gangster und eine Stripperin, ein Wissenschaftler und seine Tochter (Lori Nelson, für den Science-fiction-/Monster-Film so etwas wie Fay Wray für den Horror-Film eine Dekade zuvor: das Symbol bedrohter weiblicher Schönheit). Sie werden von einem Mutanten-Wesen bedroht, das schließlich die Tochter des Wissenschaftlers entführt. Ein seltsamer Regen macht dem Spuk ein Ende, der zugleich den Mutanten tötet und die Radioaktivität aus der Welt wäscht, so daß Held und Heldin darangehen können, der Welt ein neues Menschengeschlecht zu schenken.

Als Rahmen für einen typologischen Essay (wie es auch der «Katastrophen-Film» unserer Tage fortsetzt) diente auch ein anderer Science-fiction-Film, der gewissermaßen das *doomsday*-Thema umkehrt. In «The Twenty-Seventh Day» (Der 27. Tag – 1957 – Regie: William Asher) kommt ein außerirdischer Besucher auf die Erde und überreicht fünf Menschen auf fünf verschiedenen Kontinenten jeweils eine mächtige Waffe, stark genug, die menschliche Rasse auf einem Kontinent auszulöschen. Nachdem die Regierungen der Welt diese Möglichkeit der Zerstörung ihrer Feinde herausgefunden haben, versuchen sie alles, der Träger der Waffen habhaft zu werden und sie zur Anwendung zu bewegen. Die fünf weigern sich jedoch (nur sie können die Waffen bedienen), und sie verstecken sich vor dem Zugriff der Politiker, bis einer von ihnen entdeckt, daß es sich bei der Übergabe der Waffen lediglich um ein Mittel der Fremden handelt, zu testen, wie «erwachsen» die Erdenmenschen sind. Schließlich vernichten die Waffen jeden «Feind der menschlichen Freiheit» auf der Welt.

Das Problem des Science-fiction-Films zu dieser Zeit schien es zu sein, mit den sozialen Implikationen der Bedrohung nicht viel anfangen zu können. Schließlich geriet auch die Bedrohung durch die Gesellschaft selbst zu einem Thema, für das die Entwicklung des Genres selbst offenbar noch nicht weit genug gediehen war. In Michael Andersons «1984» (1984–1956) wird George Orwells Vorlage auf die Maße eines Action-Films zurechtgestutzt, und das kalte Grauen des Romans ist einer eher sentimentalen Betrachtung der Ohnmacht des einzelnen gewichen. Auch hier ist der Ausgangspunkt der Handlung die totale Zerstörung der menschlichen gewachsenen Ordnungen durch einen Atomkrieg. Danach etabliert sich die totale Diktatur des «Großen Bruders», die mit Manipulation, Geschichtsfälschung, Gewalt und Überwachung bis zur völligen Aufhebung der Intimität durch die «innere Partei» der Privilegierten und der «äußeren Partei» der menschlichen Werkzeuge die Geschicke aller lenkt. Gefühle zu haben, gar: sich zu lieben, ist bereits ein Verbrechen, das die «Gedankenpolizei» auf den Plan ruft. Die Perfektion dieser Diktatur, die nur noch sich selber zum Ziel hat und selbst die Gegenbewegungen kontrolliert, erweist sich schließlich am Scheitern einer individuellen Revolte. In der Version des Films für den britischen Markt wird das Paar, das sich dem Einfluß des Großen Bruders zu entziehen versucht hat, einer Gehirnwäsche unterzogen, die sie völlig «umdreht»; dem amerikanischen Publikum war offenbar so viel Fatalismus nicht zuzumuten: Hier sterben Held und Heldin Hand in Hand unter den Kugeln der Polizei, den Ruf: «Nieder mit dem Großen Bruder!» auf den Lippen. (In dieser Fassung ist der Film auch in Deutschland im Verleih.)

Sicher mußte der Film zum Zeitpunkt seiner Erstaufführung in erster Linie als antikommunistisches Pamphlet verstanden werden, mag dies nun Absicht gewesen sein oder nicht. Der Horror in der Vorlage, die Banalität des menschlichen Lebens von dem Zeitpunkt an, da die Geschichte abgeschafft wird, ließ sich nur sehr unvollkommen in Bilder übersetzen. (Abgesehen von der Schluß-Variante ist Andersons Film ganz auf Werktreue abgestimmt.) Überdies war das Publikum 1956 schon wieder viel zu sehr mit eigenen, vitalen Problemen beschäftigt, als daß eine solche «intellektuelle» Anti-Utopie eine über das Moment des Mitleids hinausgehende emotionale Ansprache hätte erreichen können.

Eine weitere Variante des *post-doomsday*-Motivs gestaltete Ronald MacDougall 1958 in «The World, the Flesh and the Devil» (Die Welt, das Fleisch und der Teufel). Hier sind es nur drei Personen, die sich als Überlebende der Katastrophe zusammenfinden: ein Mädchen (Inger Stevens), ein Schwarzer (Harry Belafonte) und ein zynischer Weißer (Mel Ferrer). «Die Geschichte ist einfach: der schwarze Mann findet das weiße Mädchen, der weiße Rassist findet beide, und es gibt Streit. Trotzdem endet der Film damit, daß alle drei gemeinsam dem Sonnenuntergang entgegengehen – die erste Nach-Atomkriegs-*ménage à trois*» (John Brosnan).

«On the Beach» läßt die ganze Welt durch den Atomkrieg zerstört sein, außer der südlichen Spitze von Australien. Eine radioaktive Wolke nähert sich Melbourne, die auch für die letzten Menschen auf der Erde den Tod bedeuten wird. Man versucht, sein Leben so gut als möglich «normal» fortzusetzen, und doch verändert die nahende Katastrophe das Leben der Menschen. In Melbourne hat auch ein amerikanisches Unterseeboot Zuflucht gefunden, das rätselhafte Morse-Signale aus Amerika empfängt. Die Besatzung beschließt, nach Kalifornien zu fahren, wo man den Ursprung der Signale ausgemacht hat. Doch es stellt sich heraus, daß in Amerika alles Leben erloschen ist und daß die Signale von einem offenen Fenster herrühren, das gegen den Signalgeber schlägt. Das U-Boot kehrt nach Melbourne zurück, wo sich die Bevölkerung auf den Tod vorbereitet. Gift wird an die Menschen verteilt, damit sie dem schrecklichen Tod durch die Radiation entgehen können. Die Menschen des Films, wieder in einer Art typologischer Gegenüberstellung charakterisiert, wählen ihren Tod nach den Determinanten ihres Lebens; so vergiftet sich etwa ein Autofanatiker mit den Abgasen eines Wagens. Das Unterseeboot sticht in See; die Besatzung will den Tod im Meer finden.

Kramers mit großem Staraufgebot (u. a. Gregory Peck, Ava Gardner, Anthony Perkins, Fred Astaire) gedrehter und sicherlich ein wenig prätentiöser Film markiert am Ende der fünfziger Jahre eine Wende in der Entwicklung des Genres. Zum einen sollten in den nächsten Jahren auch renommierte und eigenwillige Regisseure mit Arbeiten innerhalb des Genres hervortreten, zum anderen sollten in den Science-fiction-Filmen der sechziger Jahre die Schauspieler für die Filme an Bedeutung gewinnen. (Es gab zwar auch in den fünfziger Jahren eine Reihe von Filmen der Gattung, die ohne die «richtigen» Schauspieler kaum denkbar gewesen waren, aber der Science-fiction-Film war doch alles andere als ein Vehikel für Stars.) Schließlich sollte in der folgenden Dekade das

Genre einen gewissen Intellektualisierungsprozeß durchmachen, der ihm vor allem thematisch neue Bereiche eröffnete. Es entwickelte sich, was man den Science-fiction-Problemfilm nennen könnte. Stanley Kramers Film steht am Anfang des Science-fiction-Films, der um seiner Botschaft willen gedreht wurde. Nicht mehr das archetypische Bild, sondern das kontroverse Thema bestimmte das Genre, das in den sechziger Jahren kaum noch einen einheitlichen Stil aufzuweisen hatte.

Wie die Filme mit dem *post-doomsday*-Thema entstand auch ein anderer Science-fiction-Film nicht nur außerhalb, sondern geradezu gegen die Hauptströmung des Genres in den fünfziger Jahren: Richard Fleischers «20000 Leagues Under the Sea» (20000 Meilen unter dem Meer – 1954). In dieser Walt Disney-Produktion wird die Handlung getreu der Vorlage von Jules Verne im neunzehnten Jahrhundert angesiedelt, was einen zusätzlichen «nostalgischen» Verfremdungseffekt ergab, den sich eine Reihe von Science-fiction-Filmen der sechziger Jahre zunutze machen sollte.

Doch trotz seiner Eigenart ist auch «20000 Leagues Under the Sea» ein typisches Produkt der fünfziger Jahre und verzichtet nicht auf die Standard-Themen des Genres zu dieser Zeit. Ein «Monster» spielt eine große Rolle, später taucht auch ein riesiger Krake auf, und am Ende steht so etwas wie eine Atomexplosion. Von Verne stammt nicht viel mehr als die Ausgangsposition zu dem Film. Ein gewisser Professor Arronnax (Paul Lukas) und seine zwei Begleiter Conseil (Peter Lorre) und Ned Land (Kirk Douglas) befinden sich an Bord eines amerikanischen Kriegsschiffes, das nach einem mysteriösen Seeungeheuer fahndet. Das riesige Reptil wird schließlich aufgebracht, und als man auf es das Feuer eröffnet, rammt und versenkt das Monster das Schiff. Der Professor, Conseil und Ned Land retten sich in einem Beiboot. Da taucht das Ungeheuer neben ihnen auf, und es stellt sich heraus, daß es in Wirklichkeit ein «verkleidetes» Schiff ist, dessen Eigner, Kapitän Nemo (James Mason), die drei an Bord willkommen heißt, dabei aber nicht verhehlt, daß er sie als seine Gefangenen betrachtet. Dieser Kapitän Nemo ist ein Wissenschaftler von außergewöhnlichen Fähigkeiten, der seiner Zeit weit voraus ist. Mit seinem Unterseeboot «Nautilus» jagt Nemo auf allen sieben Meeren die Schiffe der Pulverfabrikanten und versenkt sie. Zum einen versucht er, dadurch die Nationen zum Frieden zu bringen, zum anderen übt er auf diese Weise Rache an den Pulverfabrikanten, die schuld am Tod seiner Frau und seines Kindes sind. Mit diesem, in einer Weise dem Kapitän Ahab verwandten, tragischen Menschen kann es kein anderes Ende als das der Selbstzerstörung nehmen.

Fleischers Film ist einer der bemerkenswertesten der Dekade innerhalb der Gattung, nicht nur, weil die enormen Produktionskosten, die Walt Disney in dieses ihn persönlich faszinierende Projekt investiert hat-

Nostalgische Science-fiction. «20000 Leagues Under the Sea» (1954) von Richard Fleischer. Mit Kirk Douglas und Peter Lorre.

te, sich in den «sensationellen» Spezialeffekten und den Bauten niederschlägt, sondern auch, weil in dieser mit einem epischen Atem versehenen Geschichte wirklich von menschlichen Schicksalen und Beziehungen die Rede ist. Hier deutet sich an, was in den sechziger Jahren mehrere Filme des Genres auszeichnen wird: Der Science-fiction-Film bekommt ein «Bewußtsein» vom Zusammenhang zwischen allgemeiner Bedrohung und individueller Beziehung zur Macht. In den fünfziger Jahren wurde von der unausweichlichen Katastrophe berichtet, in den sechziger Jahren wurde gezeigt, wie sie von Menschen selbst angerichtet wird.

# Der japanische Science-fiction-Film

Die Analogie von Monster und Atombombe aus den amerikanischen Science-fiction-/Monster-Filmen setzte sich in den japanischen Filmen der Gattung fort, deren Zyklus 1954 mit Inoshira Hondas «Gojira» (Godzilla) begann. Das Monster dieses Films, ein prähistorisches Saurierwesen, ein wenig verwandt dem von Eugène Louriés «The Beast from 20000 Fathoms», aber auch mit Anklängen an «King Kong» versehen, konnte indes schon bei seinem ersten Erscheinen für sich nicht besonders schreckenerregend wirken. Das mochte nicht nur an der etwas simplen Tricktechnik liegen, einer Verbindung von Modellaufnahmen und Realaufnahmen mit einem kostümierten Stuntman, sondern vor allem daran, daß den Monstern im japanischen Science-fiction-Film der erotische, der «gotische» Aspekt ihrer amerikanischen Vorbilder fehlte und sie sich vorwiegend als personifizierte Rache für die durch die Technologie geschaffenen Bedrohungen der Natur zeigten. Im amerikanischen Monster-Film war das Ungeheuer nicht nur ein Substitut für die atomare Katastrophe, sondern sehr oft auch eine erotische Projektion, die sich in die unverzichtbare Liebesgeschichte eines jeden dieser Filme zurückspiegelte. Godzilla und seine Nachfolger hingegen waren von Beginn an nicht durch das, was sie waren, sondern durch das, was sie taten, erschreckend. Sie waren unschuldige Katalysatoren in einem Zyklus der Destruktion: Durch eine atomare Explosion kommt das Urwelttier Godzilla zu neuem Leben, sein Atem ist radioaktiv, und es hat kein anderes Ziel, als Tokio dem Erdboden gleichzumachen. Nachdem die Zerstörung ein riesiges Ausmaß angenommen hat, entwickeln die Menschen eine noch gewaltigere Waffe, als es die Atombombe ist. Damit wird Godzilla vernichtet, aber es ist abzusehen, welche neuen Gefahren diese Waffe heraufbeschwört.

Die Filme des Zyklus erzählen mehr oder weniger immer wieder diese Geschichte von der sich fortzeugenden Gewalt und Destruktion. An die Stelle neuer Superwaffen traten neue, noch gewaltigere Monster, gegen die Godzilla selbst, sozusagen als die domestizierte Kraft der Atomenergie, mobilisiert werden konnte. Die phantastischen Wesen des japanischen Science-fiction-Films sind gleichsam Projektionen, die sich verselbständigen und vermehren; sie teilen sich, immer wieder, ins absolut Gute und ins absolut Böse, wobei, wie im Falle Godzillas, ein Monster durchaus vom Bösen zum Guten wechseln kann, wenn die jeweils größere Gefahr nach einem Beschützer verlangt. Dies war auch deswegen möglich, weil Godzilla nie, wie die amerikanischen Monster, im spezifischen Sinn «männlich» war. In seinen zerstörerischen Aktionen lag nie ein Interesse an einem individuellen Menschen, schon gar nicht an einer Frau. Godzilla strebte keineswegs nach der Vereinigung mit dem Menschen.

Die Serie der Monster-Filme bot eine Möglichkeit, die Angst vor der Atombombe in einem rituellen Vollzug zu bannen, sie ins Reich der Mythologie zu verbannen, der die Formen der Monster entlehnt waren, um eine allmähliche Akzeptanz der gefährlichen Technologie herbeizuführen. In der immer wiederholten Zerstörungsaktion der Monster und ihrer letztendlichen Kontrolle kann man sich sozusagen an die Bedrohung «gewöhnen», und schließlich gibt es für jede Bedrohung eine noch größere, die den Umgang mit der ersten rechtfertigt und notwendig macht. Überdies ist die Welt der Monster von der der Menschen sorgfältig geschieden. Eine persönliche Schuld, wie sie auch in den noch so stark an der technologischen Kollektivschuld orientierten amerikanischen Monster-Filmen aufscheint, gibt es hier so gut wie nicht. Der mythische Kampf vollzieht sich ohne Einflußmöglichkeit des einzelnen. Ein historischer Vorgang wird in einem Ritual aufgelöst.

Dieser rituelle Vorgang läßt sich zum Beispiel anhand einzelner Filme in den Schnittfolgen der Zerstörungsszenen zeigen. Höhepunkt eines jeden japanischen Monster-Films ist eine ausgedehnte Szenenfolge, in der entweder das Monster eine ganze Stadt angreift und Häuser, Bahnen, Autos durch die Luft wirbelt oder der Zweikampf von zwei (und mehreren) Ungeheuern die Menschen zu fassungslosen Zeugen – auch der Zerstörung eines Teils ihrer Umwelt – degradiert. Hier teilt sich durch den Wechsel von Totalen und Nahaufnahmen, aber auch durch den Wechsel der verschiedenen Tricktechniken, das Geschehen gleichsam in zwei Ebenen: Das Monster zerstört die technologischen, zivilisatorischen *Dinge*, und die Menschen flüchten in Panik. Schon anfänglich selten und in späteren Filmen fast völlig eliminiert sind Szenen, in denen das Monster direkt Menschen angreift. Seine Aggression scheint sich in erster Linie auf die Symbole der Zivilisation zu richten, und im nebenhinein zeigt sich etwas von den Nachteilen des Lebens in den menschlichen Ballungszentren. Die Bedrohung wird also zunehmend indirekt und somit erträglicher. Die japanischen Film-Monster tragen die Angst des Publikums mit sich davon.

Der Verdrängungsprozeß in diesen Filmen läßt sich nicht nur an der «Domestizierung» der Monster und an der Tatsache ablesen, daß nahezu alle großen japanischen Städte einmal Opfer einer Monster-Attacke werden, außer den beiden Städten, die tatsächlich von Atombomben zerstört wurden, nämlich Hiroshima und Nagasaki, sondern auch daran, daß die Amokläufe der Ungeheuer immer unabhängiger von menschlichen Schicksalen werden, bis die Monster schließlich die Kämpfe nahezu unter sich allein ausmachen. Der Zyklus der japanischen Science-fiction-Filme ist ein Versuch, die reale Erfahrung der Atombombe in ein mythisches Reich zu verschieben. Zugleich aber repräsentieren die Monster und ihre Destruktivität eine Art der Kompensation für die individuelle Ohnmacht in einer Massengesellschaft wie der Japans und der unseren, wo allemal die Gewalt der Technologie als Traumprojektion für die Machtlosigkeit dient. Dieser Aspekt des Genres läßt begreifen, warum sich die Filme des Zyklus gerade bei Jugendlichen so großer Beliebtheit erfreuen, die kaum ein Trauma der Atombombe aufzuarbeiten hätten.

Die Bewegung zur Bejahung der Technologie charakterisiert auch die Entwicklung des Genres selbst. In den ersten Filmen wie «Gojira», «Jujin Yukiotoko» (1955 – Regie: Inoshiro Honda) oder «Sorano Daikaijyu Radon» (Rodan / Die fliegenden Monster von Osaka – 1956 – Regie: Inoshiro Honda) werden die Ungeheur durch Atomtests aus ihrem Tiefschlaf im Inneren der Erde gerissen, und jedesmal ist ihre Bedrohung so stark, daß eine neue Waffe geschaffen werden muß, die das Ungeheuer vernichtet. In jedem dieser Filme nehmen die vergeblichen Versuche, das Monster mit konventionellen Waffen zu besiegen, großen Raum ein. Der Wissenschaftler in diesen (und einigen anderen) Filmen der Serie findet schließlich eine geeignete Waffe gegen das Monster, aber es ist unabdingbar, daß er dabei selbst den Tod findet. Doch wie der Tod des Monsters nur Signal für die Geburt neuer phantastischer Wesen ist, so sorgt auch der Tod des Wissenschaftlers nur dafür, daß neue, jüngere Wissenschaftler seinen Platz einnehmen und seine Arbeit fortsetzen. So wird aus der historischen Bedrohung ein ewiger Kreislauf.

Nur in den ersten Filmen des Zyklus kommt es überhaupt zu einer Vernichtung der Monstren; seit «Mosura» (1961 – Regie: Inoshiro Honda), wo sich eine riesige Motte aus einem Ei über eine Raupe zu einem freundlichen Monster entwickelt, gibt es nur noch eine zeitweilige Verbannung; die Menschen müssen lernen, mit den gewaltigen Kräften zu leben, die sie freizusetzen imstande sind.

Eine weitere Verschiebung des Themas der Zerstörung nahm der japanische Science-fiction-Film gegen Ende der fünfziger Jahre durch die Integration des Invasionsmotivs in die Monster-Epen vor. Nun war nicht mehr die Menschheit selber die auslösende Kraft für die Katastrophen, sondern fremde Wesen von fernen Planeten schufen die Bedrohung. «Chikyu Boeigun» (Weltraum-Bestien/Phantom 7000 – 1957 – Regie: Inoshiro Honda) oder «Uchyu Daisenso» (Krieg im Weltenraum – 1952 – Regie: Inoshiro Honda) zeigen den Angriff von *aliens* auf Tokio, und konsequenterweise wird hier nun aus dem Wissenschaftler, der in den ursprünglichen Monster-Filmen ähnlich wie im amerikanischen Sciecefiction Film noch eine zumindest zwiespältige Figur abgab, ein strahlender Held, ohne den eine erfolgreiche Verteidigung nicht möglich ist.

Auf diesem »Umweg» wurde auch in die Monster-Filme die Figur des positiven Wissenschaftlers eingeführt, mit der schließlich die Wissenschaft und Technologie selber rehabilitiert waren. «Mit ‹Kingu Kongu tai Gojira› (1962 – Regie: Inoshiro Honda und Thomas Montgomery) wurde die Beurteilung der Technologie in Hondas Filmen positiv, sie wurde als notwendig akzeptiert. In diesem Film und in vielen der folgenden ist das Lager der Monster unterteilt in ‹gute› und ‹böse›. Godzilla kommt zurück, um King Kong aus Tokio zu vertreiben: Der positive Aspekt der Technologie triumphiert über den negativen. In ‹Sanda tai Gaira› (Frankenstein – Zweikampf der Giganten – 1966 – Regie: Inoshira Honda) tötet der gute unter zwei Monstern den bösen Bruder aus Liebe zu einer Wissenschaftlerin (die an eine japanische Fay Wray erinnert). Die Ungeheuer kehren zurück, um die Städte zu beschützen, die sie vordem (in den früheren Filmen) zerstört hatten» (Lawrence Wharton).

Abgeschlossen und in den späteren Filmen eigentlich nur noch (meist auf niedrigerem, fast kindgemäßem Niveau) bestätigt ist dieser Prozeß in «Kaiju Sosingeb» (Frankenstein und die Monster aus dem All – 1968 – Regie: Inoshiro Honda). In dieser japanisch-amerikanischen Gemeinschaftsproduktion erlangen außerirdische Invasoren Kontrolle über die Monster Godzilla, Mothra und Ghidrah, einen geflügelten, dreiköpfigen Drachen. Die Wissenschaftler verstehen es aber, diese Kontrolle zu brechen und die Monster nun ihrerseits als Waffe gegen die Invasoren zu verwenden. (Tatsächlich wird, wie um die Akzeptanz der Atom-Technologie zu bestätigen, die «Befreiung» der Monster durch Atomkraft bewerkstelligt.) Aus freiem Willen kehren die Monster schließlich, nach getaner Arbeit, in ihre unterirdischen Behausungen zurück – deutlicher läßt sich die Bejahung der Technologie wohl kaum ausdrücken.

Auch in diesem, innerhalb des Zyklus sehr aufwendigen Film ist die Bedrohung der Menschen nur indirekt: Wie in den Superhelden-Comics ist vor die Eroberung der Welt durch die extraterrestrischen Invasoren deren Sieg über einen Vertreter, ein Symbol der Menschheit, wenn man so will, erforderlich. Honda und sein Trickspezialist Eji Tsuburaya, der der eigentliche «Motor» des japanischen Science-fiction-Film-Zyklus ist, haben auch hier wieder durch Perspektivwechsel und den Wechsel der Tricktechnik zwei verschiedene Ebenen geschaffen, die miteinander nur kommunizieren, aber keine Identität erreichen. In vielen japanischen Monster-Filmen ist der Unterschied zwischen den bewegten Puppen und den in den Großaufnahmen der Zerstörung verwendeten vermummten Schauspielern so groß, daß der Sprung geradezu lächerlich wirken wür-

Monster mit Familiensinn: «Godzira no musuko» (Frankensteins Monster jagen Godzillas Sohn – 1967) von Jun Fukuda.

de, drückte sich dadurch nicht tatsächlich auch ein Perspektivwechsel des Publikums aus. Tsuburaya, immerhin ein Schüler von Ray Harryhausen, mußte zwar sicher mit erheblich geringerem Budget auskommen als die amerikanischen *special effects men*, aber ebenso sicher ist, daß hier die «gestalterische Armut» mit der Botschaft der Filme verbunden ist.

Hondas Werk, das wohl repräsentativ für das gesamte Genre ist, erscheint im ganzen stilisiert und schematisiert wie das eines B-Western-Regisseurs. (Dasselbe gilt auch für die Arbeiten seiner Kollegen Jun Fukuda, Kinji Fukasaku oder Yoshimitsu Banno.) Eine konsequentere Anwendung der «autarken Welt» des Genres als in diesem geschlossenen Zyklus, der freilich mittlerweile beginnt, sich in Wiederholungen zu erschöpfen, läßt sich kaum vorstellen. Der ganze Zyklus läßt sich deuten als Illustration eines gedanklichen Vorgangs zur stufenweisen Bejahung der atomaren Technologie, gerade so, wie er sich auch in der Wirklichkeit abgespielt hat und wie er politischer Opportunität entspricht. Doch zwischendurch gibt es gerade in den Filmen Hondas und Fukudas Bilder von einer seltsamen, anrührenden Poesie, die eine, wennzwar naive, Sehnsucht nach Schönheit und Harmonie ausdrücken: Kurzfristig tauchen in all diesen Zerstörungsorgien paradiesische Parallelwelten auf, wie in «Ido Zero Daisakusen» (U 4000 – Panik unter dem Ozean – 1969 – Regie: Inoshiro Honda), wo zu einer bösen, vergifteten Welt des Bösewichts (Cesar Romero) eine positive, konfliktfreie Gegenwelt entworfen ist. In «Mosura» gibt es ein Zwillingspaar winzig kleiner Frauen, die das Wachsen des freundlichen Monsters überwachen. In «Kyûketsuki Gokemidoro» (Goke – Vampir aus dem Weltall – 1968 – Regie: Hajime Sato) erhält die Bedrohung für einmal eine sehr direkte, auch den Menschen persönlich betreffende Dimension.

Im allgemeinen erzählen die Filme dieses Zyklus keine Geschichte, sondern sie vollziehen ein Ritual. Dabei geht es nicht nur um die Verarbeitung des Schocks der Atombombe, sondern auch um das Trauma der großen nationalen Niederlage, die durch den wirtschaftlich-technologischen Erfolg wettgemacht werden soll. In den japanischen Monster-Filmen ersetzt nach und nach die moderne Technologie die konventionelle Großmachtstrategie; wenn Godzilla, Gamera und die anderen Monster immer mehr zu Werkzeugen, ja zum Spielzeug der Wissenschaftler werden, so beweist das, daß sich «militärische» Überlegenheit durch technisches Wissen mehr als ersetzen läßt. Am Ende sind die Monster nichts anderes als die Natur, mit der der Mensch spielt und die er nach Belieben einsetzt und formt. In den späten sechziger und den siebziger Jahren gibt es Filme, in denen man regelrecht Mitleid mit den Monster entwikkelt, etwa wenn Godzilla seinen/ihren Sohn verteidigen muß oder die gegnerischen Ungeheuer gegenüber den «guten» immer bestialischer vorgehen. Lädt sich der japanische Monster-Film, wie der amerikanische zu dieser Zeit, auch mit den Schreckbildern ökologischer Zerstörung auf, so ist doch seine Methode, allemal eine noch höhere Bedrohung zu finden, als Verdrängungsmechanismus auch hier wirksam. Godzilla mag nun schon Japan selber repräsentieren, das sich von mächtigen Konkurrenten umgeben weiß und die Erzeugung einiger Gefahren für die eigene Lebensqualität in Kauf nehmen muß, um sich zu behaupten.

Der ewige Kampf der Giganten in diesen Filmen mag auch eine Allegorie auf den wirtschaftlichen Konkurrenzkampf sein, der in Japan sich mit einer für uns kaum vorstellbaren Zügellosigkeit, ja Gewalt vollzieht. «In Godzilla, Gamera, Mothra, Ghidrah, Gigan, Gappa und ihren Gesellen haben sich Elemente aus alten japanischen Mythologien und Geistersagen mit technischem Großmachtbewußtsein verbunden, so daß im gladiatorischen Schaukampf der Ungetüme, von denen immer mehr und immer größere im Kino auftreten, auch etwas vom Schein- und Konkurrenzkampf der Konzerne steckt. Längst hat sich das Bedrohliche mit den grotesken Figuren ins Komische gekehrt. Mit dem Entsetzlichen wird Spiel getrieben, es wird ausgelacht, zum vergnüglichen Spektakel. Wo immer Godzilla mit seinen Sparringspartnern die Szene betritt, wird er vom Publikum mit Beifall und Gejohl begrüßt» (Jürgen Menningen).

Zur Blütezeit des Genres in den sechziger Jahren entstanden allein in den führenden Toho-Studios jährlich im Durchschnitt zwölf dieser Monster-Filme. In den letzten Jahren ist die Produktion spürbar zurückgegangen. In jüngster Zeit gibt es Versuche, eine Renaissance des Genres durch Verknüpfung mit dem Katastrophenfilm respektive der fantasyorientierten Space Opera à la «Star Wars» zu erreichen.

# Der englische Science-fiction-Film

Während in den dreißiger und vierziger Jahren englische Science-fiction-Filme durchaus ihre eigenen Themen und ihren eigenen Stil entwickelt hatten, auch wenn das Genre nicht gerade dominant in der britischen Filmproduktion war, ließ die «Invasion» der amerikanischen Science-fiction-Filme in den fünfziger Jahren eine völlig eigenständige Produktion nicht mehr zu. Auch hier dominierten nun neben dem Monster-Film das *doomsday*-Thema und das Invasionsmotiv. Was dem englischen Science-fiction-Film zu bewerkstelligen übrig blieb, war allenfalls eine neue, originelle Zusammensetzung der einzelnen Elemente.

In der Behandlung der Furcht vor der Atombombe in den frühen fünfziger Jahren fällt auf, daß die englischen Filme häufiger als die amerikanischen die Bedrohung beim Namen nannten. Allerdings bediente man sich bei der filmischen Erörterung dieser kollektiven Bedrohung nur in Ausnahmefällen der Stilmittel des Science-fiction-Films, und selbst in Filmen wie «Seven Days to Noon» (Eine Stadt hält den Atem an – 1950 – Regie: John und Roy Boulting) überwiegen die Thriller-Elemente. Hier geht es um einen Atomwissenschaftler (Barry Jones), der über seinen Forschungen plötzlich die Tragweite seiner Entdeckungen und die Gefahr ihrer Anwendung sieht und der deshalb in einem verzweifelten, von paranoider Furcht geprägten Versuch das Schlimmste verhindern will. Er schreibt einen ultimativen Brief an den Premierminister, in dem er androht, eine Atombombe mitten in London explodieren zu lassen, wenn die Regierung nicht alle bis dahin entwickelten Atombomben vernichtet. Im letzten Moment kann der Wissenschaftler gefunden und seine Bombe entschärft werden.

Gesellschaftskritik in Form einer Satire bot «The Man in the White Suit» (Der Mann im weißen Anzug – 1951 – Regie: Alexander MacKendrick), wo ein Erfinder (Alec Guinness) einen unzerstörbaren und schmutzabweisenden Stoff geschaffen hat, was ihm sowohl von den Unternehmern als auch von den Gewerkschaften übelgenommen wird, denn die einen fürchten um ihren Profit, die anderen um die Arbeitsplätze. Bevor eine aufgebrachte Menge den Wissenschaftler niedermachen kann, verschwindet vor ihren Augen der strahlend weiße Anzug, den er zu Demonstrationszwecken angefertigt hat. Der Film entläßt uns mit dem Hinweis des Forschers, er werde sich sofort an neue Experimente machen. Während hier durchaus die Wissenschaft als positiv dargestellt wird und lediglich ihre Einbettung in ein wirtschaftliches System, das die Menschen intolerant gegen wirkliche Neuerungen macht, kritisiert wird, ist David Leans «The Sound Barrier» (Der unbekannte Feind – 1952) eine eher differenzierte Interpretation einer möglichen neuen technologischen Revolution. Ein Wissenschaftler, fanatisch darauf versessen, das Geheimnis der Überschallgeschwindigkeit zu lösen, setzt das Leben von Freunden und Familienangehörigen aufs Spiel, um sein Ziel zu erreichen. Der utopische Aspekt dieses Films ist die Zeichnung eines «neuen Menschen», der für den technischen Fortschritt seine menschlichen Bindungen und Gefühle zu opfern bereit ist.

Science-fiction im herkömmlichen Sinne produzierte in den fünfziger Jahren vor allem ein damals noch junges englisches Unternehmen, die Hammer Films, das einige Jahre später vor allem mit einem Zyklus gotischer Horror-Filme mit den aus den Universal-Produktionen der dreißiger Jahre bekannten Gestalten wie Dracula, der Mumie, Frankenstein etc. den Markt eroberte. Sogar eine Version des Reptilienmannes wurde von Hammer geschaffen, allerdings nun ganz mit den Mitteln des Horror-Films gestaltet. (Vergleiche dazu auch den Band «Kino des Phantastischen» in dieser Buchreihe.)

Selbst in ihren Science-fiction-Filmen blieb bei Hammer (und ihren späteren Konkurrenten) immer ein gotisches, man könnte auch sagen: viktorianisches, Moment des Horrors wesentliches Merkmal. Mehr als dies in den amerikanischen Produktionen der Fall war, bestimmte sich das Grauen durch eine persönliche Schuld oder einen unauflösbaren erotischen Widerspruch. In «Four-Sided Triangle» (1953 – Regie: Terence Fisher) zeigt sich eine solche Verbindung von Science-fiction-Elementen mit Grundvorstellungen des Horror-Genres im Motiv des Doppelgängers. Zwei Wissenschaftler sind in dasselbe Mädchen verliebt, und da sie einen Materie-Adapter entwickelt haben, liegt es nahe, dieses Mädchen ganz einfach zu «verdoppeln». Unglücklicherweise aber liebt das Duplikat denselben Mann wie das Original, so daß der Ärger erst wirklich beginnt. Erst als das Laboratorium abbrennt und das «falsche» Mädchen und der überflüssige Mann in den Flammen den Tod gefunden haben, ist das Problem gelöst. Erotische Komplikationen geben auch die Grundlage der Handlung von «Spaceways» (1953 – Regie: Terence Fisher), wo ein Mann angeklagt wird, seine Frau ermordet und die Leiche in einem Raumschiff verborgen zu haben, um den Verdacht abzulenken. Seine Unschuld kann er nur beweisen, indem er als blinder Passagier an einer neuerlichen Raumfahrt teilnimmt, die Rakete findet und zugleich den wahren Mörder. «Immediate Disaster»/«Stranger from Venus» (1954 – Regie: Burt Balaban) schließlich war eine Art Remake von «The Day the Earth Stood Still». Weniger menschenfreundlich war der Besuch eines außerirdischen Wesens auf der Erde in «Devil Girl from

Mars» (1954 – Regie: David MacDonald), wo eine Frau vom Mars, beschützt durch einen mächtigen Roboter, auf der Erde Männer zur Paarung sucht. Ähnlich dem des Horror-Films war das Frauenbild der englischen Science-fiction-Filme von einer gehörigen Portion Aggression und latentem Sadismus geprägt, was auch in den Science-fiction-/Horror-Filmen um weibliche Halbwesen wie «The Cat Girl» (1957 – Regie: Alfred Shaughnessy) oder «The Snake Woman» (Vom Teufel gezeichnet – 1960 – Regie: Sidney J. Furie) zum Ausdruck kam.

Diese mit niedrigem Produktionsbudget hergestellten und häufig nach bereits populären Vorlagen (vor allem Radio-Serien) entstandenen Filme konnten zwar kaum mit den amerikanischen Importen konkurrieren, doch Science-fiction war in diesen Jahren auch in England ein sicherer Publikumserfolg, in der Literatur wie im Kino. Die billigen englischen Science-fiction-Filme spielten ihre Produktionskosten allemal wieder ein, zumal sie sich auch auf dem amerikanischen Markt als Programmfüller anbieten ließen (was nicht selten dazu führte, daß man im Marktwert etwas gefallene amerikanische Stars verpflichtete, gelegentlich auch mit amerikanischen Autoren und Regisseuren arbeitete und versuchte, auf aktuelle Trends in den Staaten zu reagieren – ein weiterer Grund dafür, daß der englische Science-fiction-Film keine ausgeprägte Eigenständigkeit erreichen konnte).

Im Jahr 1955 allerdings gelang den Hammer-Studios ein überraschender Erfolg, nicht nur in England selbst, sondern auch in Amerika, mit dem ersten der nach einer TV-Serie von Nigel Kneale entstandenen «Quatermass»-Filme. «The Quatermass Experiment» (Schock – Regie: Val Guest) wurde in Amerika unter dem Titel «The Creeping Unknown» herausgebracht und erreichte das Publikum vor allem durch einen neuen Ausdruck für die wachsende Skepsis gegenüber dem technologischen Fortschritt. Statt einer Invasion außerirdischer Wesen ist es hier der Mensch selbst, der von seiner Eroberungsfahrt in den Weltraum die Bedrohung mitbringt.

Professor Quatermass (Brian Donlevy) ist der Leiter des englischen Raumflugprogramms. Ein Raumschiff kehrt von einem Flug zurück; von den drei Astronauten ist nur noch einer am Leben, von den anderen findet man den leeren Raumanzug. Der überlebende Astronaut Carroon (Richard Wordsworth) scheint von einer seltsamen Krankheit befallen. Er verliert die Sprache. Quatermass wird Zeuge, wie er sich verwandelt. Schließlich absorbiert Carroon auf merkwürdige Weise einen Kaktus und nimmt von dessen Form etwas an: sein rechter Arm verwandelt sich in eine unförmige, stachelbewehrte Masse. Er flieht aus dem Krankenhaus, in das man ihn gebracht hat, in panischer Angst vor der weiteren Verwandlung, die er in sich spürt. Schließlich hat er sich in ein horribles, krakenähnliches Wesen verwandelt, das gerade noch durch einen Elektroschlag getötet werden kann, bevor es sich durch Sporen vermehren kann. Quatermass ist erschüttert, und doch gilt sein erster Gedanke der erneuten Ausrüstung einer Weltraumexpedition.

In «Quatermass II» (Feinde aus dem Nichts – 1957 – Regie: Val Guest) geht es um eine Invasion der Erde, die Quatermass und sein Assistent (Bryan Forbes) entdecken, nachdem die englische Regierung ihrem Weltraumprojekt die Unterstützung verweigert hat und sie verbittert zu ihren Hangars zurückgekehrt sind. Die *aliens* machen sich die Menschen zu Sklaven; die Regierung ist, wie sich herausstellt, zum großen Teil schon in den «Händen» der Invasoren, die sich der menschlichen Körper bedienen. Quatermass findet eine Möglichkeit, die Fremden aus ihren Verstecken zu locken, indem er sie vom Nachschub einer seltsamen, für Menschen tödlichen Substanz abschneidet, die ihnen als Nahrung dient. Schließlich vernichtet Quatermass die Invasoren und ihr Raumschiff durch eine Rakete.

Die Invasionsangst im England der fünfziger Jahre, geopolitisch gesehen «berechtigter» als die in den Vereinigten Staaten, war mit einer gewissen Furcht vor dem Überhandnehmen bürokratischer Regierungsmacht gepaart, welche sich in Filmen wie «Quatermass II» ausdrücken konnte, ohne einer politischen Kritik allzu verwandt zu erscheinen. Die Infiltration der Bürokratie, der gesellschaftlichen Organisation überhaupt, durch freiheitsfeindliche, aber äußerlich nicht von den demokratischen Kräften zu unterscheidende Kräfte war eine verbreitete Furcht, die auch in Invasionsfilmen wie «X – the Unknown» (XX unbekannt – 1956 – Regie: Leslie Norman) oder «The Gamma People» (1956 – Regie: John Gilling) ihren Ausdruck fand.

Wie die «Quatermass»-Filme (deren dritter und letzter, «Quatermass and the Pit», erst 1967 entstand), die auch als eine Art umgedrehter Space Opera mit Motiven des Invasionsfilms funktionierten, so ließen sich auch andere der britischen mit Horror-Elementen versetzten Science-fiction-Filme als indirekte Warnung vor der Raumfahrt verstehen, ein Umstand, der möglicherweise durch das Fehlen einer eigenen Raumfahrttechnologie in Großbritannien begünstigt wurde. Als Beispiel sei nur Robert Days «First Men into Space» (Rakete 510 – 1959) genannt. Auch hier kam das Grauen mit der Rückkehr der Raumschiffe auf die Erde: Ein Astronaut kehrt als schreckliches, vampirisches Wesen von seinem ersten Weltraumflug zurück.

Ansonsten dominierten die aus den amerikanischen Science-fiction-Filmen bekannten Themen. Eine Invasion zeigt etwa der Film «The Trollenberg Terror» (Die Teufelswolke von Monteville – 1958 – Regie: Quentin Lawrence); die sattsam bekannten Monster des Genres finden sich wieder in «The Abominable Snowman» (Yeti, der Schneemensch – 1957 – Regie: Val Guest), wo sich das Monster als Angehöriger einer untergegangenen menschenverwandten Rasse entpuppt, das zu Unrecht von den Menschen erbarmungslos gejagt wird, oder in «Gorgo» (Gorgo – 1959 – Regie: Eugène Lourié), einer Variation von Louriés eigenem «The Beast from 20000 Fathoms». Aber alle diese Themen, wenngleich sie gelegentlich mit einigen unorthodoxen Wendungen versehen waren, hatten gegen Ende der fünfziger Jahre ihren *appeal* verloren. Der inhärente Hang des Genres zum gotischen Horror setzte sich schließlich durch und kulminierte in einer wahren Flut von Horror-Filmen, deren viktorianische erotische Ambivalenz schließlich in eine Reihe von explizit erotischen Filmen mündete und so ein wenig vom «wahren Problem» des Genres offenbarte.

Für die weitere Entwicklung des Science-fiction-Genres bedeutsamer waren Filme, die wie Joseph Loseys «The Damned» (Sie sind verdammt – 1961) im Gewand eines Science-fiction-Films über die Gefahren der Fremdbestimmung reflektierten. Die Geschichte des Films, nach dem Roman «Children of the Light» von H. L. Lawrence entwickelt, handelt von einer Gruppe von neun Kindern, deren Mütter während der Schwangerschaft radioaktiv verseucht wurden, und die nun in einer verborgenen Höhle leben, völlig von der Außenwelt abgeschnitten, die nichts von der Existenz dieser verwandelten Menschen weiß. Ihr Geschick bestimmt der Wissenschaftler Bernard (Alexander Knox), der mit Wissen der Regierung versucht, aus diesen Kindern eine neue Rasse von Menschen heranzubilden. Denn die Kinder sind zwar selbst so radioaktiv, daß jeder, der sie berührt oder ihnen auch nur nahe kommt, unweigerlich dem Tod anheimfällt, sie sind zugleich aber auch gegenüber der radioaktiven Strahlung immun und wären somit in der Lage, die Nachwirkungen eines Atomkrieges zu überleben. Über eine in der Höhle installierte TV-Anlage unterrichtet Bernard die Kinder und bereitet sie auf ihre späteren Aufgaben vor. Ein junges amerikanisches Paar gerät durch Zufall in das Sperrgebiet, in dem die Kinder leben, und die beiden (Macdonald Carey und Shirley Ann Field) versuchen, nicht ahnend, daß sie bereits tödlich verseucht sind, mit den Kindern aus ihrem Gefängnis auszubrechen. Während die Kinder bald von Männern in unheimlichen Schutzanzügen wieder eingefangen und zurückgebracht werden, fliehen die beiden mit einem Boot aufs Meer. Ein Helikopter folgt ihnen, offenbar mit der Aufgabe, zu überwachen, daß sie sterben, bevor sie jemandem von ihrer Entdeckung Mitteilung machen können.

Dem von Aficionados des Genres oft als prätentiös abgetanen Film kommt neben seiner stilistischen Geschlossenheit sicher auch dies Verdienst zu: dem Science-fiction-Film die Metaphysik auszutreiben und im Rahmen seiner Möglichkeiten so etwas wie eine materialistische Analyse zu wagen. Der erklärte Marxist Losey mochte in dem Schicksal der Kinder, das möglicherweise nur die Vorwegnahme des Schicksals der

Menschen ist, weder eine göttliche Strafe noch eine Rache der Natur an den Menschen sehen, sondern das Produkt gesellschaftlicher Machtverhältnisse, die produzieren, was Losey in seinen Filmen immer wieder dargestellt hat: eine Falle, aus der es kein Entrinnen mehr geben kann, sosehr das Individuum auch gegen seine Fremdbestimmung ankämpfen mag.

Das schon in Wolf Rillas «The Village of the Damned» angeschnittene, freilich unter ganz anderen Gesichtspunkten behandelte Thema der schrecklich entfremdeten Kinder fand eine weitere Variation in «Children of the Damned» (1963 – Regie: Anton M. Leader), wo sechs mit überragenden geistigen Fähigkeiten begabte Kinder, Mutanten, auf sechs Kontinenten entdeckt und in London zusammengeführt werden. Wieder versucht man, mit ihnen ein «Projekt» zur Bestimmung eines zukünftigen Menschen durchzuführen. Doch die beiden Wissenschaftler, die das Projekt leiten, geraten über eine Eifersuchtsgeschichte in Streit, und der eine von ihnen versucht aus Rache die Kinder ermorden zu lassen. Er sät Zwietracht zwischen den Mutanten-Kindern und den anderen Menschen und läßt sie als Bedrohung erscheinen. Vom Militär gejagt, finden die Kinder in einer Kirchenruine Zuflucht, doch durch einen Zufall wird schließlich die Zerstörungsmechanik der sie bedrohenden Artillerie ausgelöst, und die Kinder werden getötet.

Die Kinder in diesen Filmen erscheinen als die wehrlosesten, wenn auch unschuldig zerstörerischen Opfer eines wissenschaftlich-politischen Gewaltzusammenhanges, der die Spuren seiner eigenen Taten verwischen will und mit ihnen auch die Freiheit und das Leben aller Menschen bedroht. Dieses Thema sollte den englischen Science-fiction-Film, wennzwar in der Folgezeit kaum noch von einem Genre im Sinne kontinuierlicher Produktion die Rede sein kann, auch weiter bestimmen: der Verlust der menschlichen Entscheidungsfreiheit durch eine so perfekte wie oberflächlich harmonische gesellschaftliche Diktatur.

# Neue Ideen: Science-fiction-Filme der sechziger Jahre

## Science-fiction, versunkene Reiche und Nostalgie

Der durch Richard Fleischers «20000 Leagues Under the Sea» ausgelöste Trend, die Klassiker der literarischen Science-fiction wie Verne und Welles zu verfilmen, indem man ihren Geschichten den Hintergrund der Kultur und Zivilisation des neunzehnten Jahrhunderts beließ, anstatt sie, wie in «The War of the Worlds», in die Gegenwart zu verlegen, brachte in den sechziger Jahren eine Reihe von ansprechenden, mehr an visueller Poesie und märchenhaft-abenteuerlicher Atmosphäre als an der Erzeugung von Schrecken orientierten Filmen hervor. Der Zyklus setzte sich in «Journey to the Center of the Earth» (Die Reise zum Mittelpunkt der Erde – 1959 – Regie: Henry Levin) fort. Man versuchte hier zwar, die viktorianische Stimmung der phantastischen Forschungsreise und der mehr skurrilen denn gewaltversessenen Figuren aufrechtzuerhalten, aber die Drehbuchautoren (Charles Brackett und Walter Reisch) gingen doch sehr frei mit der Vorlage um. «Die satirischen Aspekte des Romans, der so herrlich böse den verbissen-genialen deutschen Gelehrten und seine wissenschaftliche Expedition als Fortsetzung der romantischen Reise in die Unterwelt schilderte, sind weitgehend verlorengegangen. Der Hamburger Professor Otto Lindenbrock wurde zum Edinburgher Sir Oliver Lindenbrook (James Mason), der nicht auf Grund unglaublicher Sprachkenntnisse die Botschaft des alten Saknussems entziffert, sondern auf Grund eines physikalischen Experiments dem Geheimnis des isländischen Kraters auf die Spur kommt. Obwohl ein schwedischer Gelehrter dem Schotten zuvorzukommen versucht, obwohl letzterer noch schnell entführt wird, gelingt ihm doch, zusammen mit seinem Assistenten Alex (Pat Boone), dem Entenfänger Hans (Peter Ronson), der Ente Gertrud und schließlich auch noch mit der Frau des Konkurrenten der Einstieg in den Krater» (Günther Pflaum).

Die abenteuerliche Handlung, die ein schier unglaubliches, gutes Ende nimmt, wird mit einem erheblichen Anteil an komödiantischen und ironischen Akzenten entwickelt. Und das Phantastische in diesem wie in ähnlichen Filmen schien nicht mehr so sehr einer kollektiven Furcht als vielmehr einem Vergnügen am märchenhaften Fabulieren zu entspringen. Dies gilt ganz besonders auch für den englischen Film «Mysterious

Island» (Die geheimnisvolle Insel – 1960 – Regie: Cyril Endfield), der vor allem von der Präsentation der von Ray Harryhausen geschaffenen Fabelwesen lebt. Der Nordstaaten-Captain Cyrus Harding (Michael Craig) flieht während des amerikanischen Bürgerkriegs zusammen mit einem Journalisten und zwei Soldaten in einem Ballon, der von einem heftigen Sturm über den Pazifik getrieben wird. Der Ballon landet auf einer Insel, wo sich noch zwei Frauen der Gruppe anschließen. Die Gestrandeten haben Kämpfe mit einer Riesenkrabbe, ins Gigantische gewachsenen Vögeln und Insekten und einem Kraken zu bestehen. Nach einiger Zeit erreicht auch der sagenhafte Kapitän Nemo (Herbert Lom) mit seinem Unterseeboot, der Nautilus, die Insel. Man erfährt, daß Nemo selbst für die unnatürliche Vergrößerung der Tiere verantwortlich ist, und schließt sich mit ihm zu einem gemeinsamen Kampf gegen Piraten zusammen. Als auf der Insel ein Vulkan ausbricht, wird Nemos Schiff versenkt, und er findet, unausweichlich in diesen Filmen, so scheint es, den Tod im Meer.

Waren diese Filme, wie auch Irvin Allens Conan Doyle-Verfilmung «The Lost World» (Versunkene Welt/Urupara – Die versunkene Welt – 1960), vor allem pure Fantasy und als solche eher der Familienunterhaltung als dem «harten Kern» der Science-fiction-Liebhaber zugedacht, so behielt «The Time Machine» (Die Zeitmaschine – 1960 – Regie: George Pal) wenigstens einen gewissen Teil an sozialutopischen Intentionen. Der junge Wissenschaftler George (Rod Taylor) hat eine Zeitmaschine erfunden, mit der er sich eines Tages in die Zukunft katapultiert, um im Jahr 802701 zu «landen», Jahrtausende nachdem durch einen Atomkrieg die bestehenden Zivilisationen der Welt zerstört worden sind. Er begegnet zunächst der friedlichen, ganz der Muße, dem Spiel, dem Nichtstun hingegebenen Rasse der Eloi. Doch die Idylle trügt; denn beherrscht werden die Eloi von den schrecklichen, unter der Erde hausenden Morlocks, für die die Eloi Sklaven und – Nahrung sind. George gelingt es endlich, eine Gruppe der Eloi zum Aufbegehren gegen ihr Schicksal, das sie wie in Trance hinzunehmen gelernt haben, zum Widerstand gegen die Morlocks zu bringen, und er findet im Feuer auch die Waffe, sie zu besiegen. Während Wells' Zeitreisender ein passiver Beobachter war, ein philosophischer Reisender sozusagen (und ein wenig wohl auch ein Selbstporträt des Autors), greift der Held des Films nicht nur beherzt in das Geschehen ein, sondern findet am Ende, nach einer unbefriedigenden Rückkehr in seine eigene Welt, auch in der nun befreiten Kultur der Eloi sein persönliches Glück an der Seite eines schönen Mädchens. Natürlich ist der Held dieses Films eher einem Westerner zu vergleichen, der die matten Bürger einer *border-town* durch sein persönliches Beispiel zum Widerstand gegen eine Terror-Herrschaft von *outlaws* führt, als einem viktorianischen Forscher, und natürlich ist die

Hauruck-Methode seiner Befreiung nicht gerade sonderlich glaubhaft gegenüber einer jahrhundertealten Unterdrückung, die offensichtlich längst die Gehirne der betroffenen Eloi verändert hat. Aber der Film wird doch von so viel naiver Lust an der Schönheit getragen, daß er das Klaustrophobische seiner Vorlage, ja des ganzen Genres mit einer hübschen Vision hinwegfegt.

Die Reisen in phantastische Welten wurden fortgesetzt in Pals «Atlantis, the Lost Continent» (Atlantis, der verlorene Kontinent – 1960). Hier wird ein junger griechischer Fischer (Anthony Hall) von Antillia (Joyce Taylor), der Tochter des Königs Kronas, Herrscher des sagenumwobenen Reichs von Atlantis, in ihre Heimat geführt, wo allerdings ein böser Kriegstreiber die Macht übernommen hat. Während der Held nur mit Mühe seiner Hinrichtung entgehen kann, vernichtet ein Vulkanausbruch Atlantis, nur das Paar und eine Handvoll befreiter Sklaven können der Katastrophe entkommen. Nur ein Jahr nach Pals Film inszenierte Edgar G. Ulmer in Italien seine Version des (zuvor schon von G. W. Pabst und Jacques Feyder verfilmten) Stoffes von Pierre Benôit, dem Pal nur sehr frei gefolgt war. Co-Regie bei «Antinea, L'Amante della città sepolta» (Die Herrin von Atlantis) führte Giuseppe Masini.

1961 folgte mit «Master of the World» (Robur – Der Herr der sieben Kontinente/Herr der Welt – Regie: William Witney) eine weitere (sehr freie) Jules Verne-Adaption. Robur (Vincent Price) ist hier ein Kämpfer gegen den Krieg, der seine phantastische Flugmaschine, die «Albatros», dazu verwendet, die Nationen zum Frieden zu zwingen, dabei aber selbst zu tyrannischen, gewalttätigen Mitteln greift. Am Ende muß er, wie Kapitän Nemo, einen tragischen, großen Tod sterben, während seine Gefangenen, die seine Taten in einer Mischung aus Faszination und Widerspruch verfolgt haben, sich retten können. Wie Nemo ist auch Robur der Vollender einer, wenn zwar auch sehr isolationistischen, positiven Utopie, und schon deshalb, nicht nur, weil ein solcher universaler Pazifist nicht überleben darf, ist sein Tod im Kontext des Genres unabdingbar.

H. G. Wells war wiederum der Ideenlieferant für «First Men in the Moon» (Die erste Fahrt zum Mond – 1964 – Regie: Nathan Juran), bei dem wieder Ray Harryhausen für die *special effects* verantwortlich war und der, wie die meisten Charles H. Schneer/Ray Harryhausen-Produktionen, den Spaß (nicht nur, aber vorwiegend für Kinder) über wissenschaftliche Akkuratesse oder tiefergehende Allegorien stellte. Professor Cavor (Lionel Jeffries) hat ein Material entdeckt, das die Schwerkraft aufhebt, und dadurch einen Weg zum Mond gefunden. Zusammen mit seinem Mitarbeiter Arnold Bedford (Edward Judd) und dessen Verlobter Kate (Martha Hyer) erforschen sie die Oberfläche des Erdtrabanten, werden aber bald von den insektengleichen Seleniten, den «Ureinwoh-

«First Men in the Moon» (1964) von Nathan Juran.

nern» des Mondes, angegriffen. Während sich Arnold und Kate mit dem Antigrav-Raumschiff retten, hat der Professor beschlossen, auf dem Mond zu bleiben, um zu versuchen, doch noch Freundschaft mit den Seleniten zu schließen. Den ironischen Bezug zur Gegenwart stellt eine Rahmenhandlung her, in der ein Raumschiff der Vereinten Nationen (!) den Mond erreicht und dort, sehr zum Erstaunen der Astronauten, eine englische Fahne aufgepflanzt findet. Der uralte Bedford erzählt auf der Erde den ungläubigen Journalisten die Geschichte, wie der Union Jack auf den Mond gelangt ist.

Andere, nicht in dieser Form «retrospektive» Science-fiction-Filme übernahmen immerhin den Geist der Fabulierlust aus dieser Serie und übertrugen die Atmosphäre klassischer Abenteuer-Literatur auf die phantastischen Reisen des Genres, so etwa Irwin Allens «Voyage to the Bottom of the Sea» (Unternehmen Feuergürtel/Als der Weltraum zu brennen begann – 1961), wo ein phantastisches Unterseeboot eingesetzt wird, die Welt zu retten, oder Byron Haskins «Robinson Crusoe on Mars» (Notlandung im Weltraum/Robinson Crusoe auf dem Mars – 1964), der mehr oder minder vorlagengetreu die Geschichte von Daniel

Defoe in die Form einer Space Opera kleidet. Als die gefährlichen Menschenfresser des Romans fungieren hier Wesen, die mit fliegenden Untertassen auf dem Planeten landen, um ihre Sklaven nach seltenen Erzen schürfen zu lassen. Einer dieser Sklaven, das Freitag-Pendant, kann seinen Bewachern entkommen, flüchtet zu Robinson und kann diesem beim Überleben in der kargen Umwelt, verfolgt von den interplanetaren Bösewichten, behilflich sein, bis die Rettung von der Erde eintrifft.

Mögen unter den phantastischen Filmen dieser Art auch kaum filmische Meisterwerke zu verzeichnen sein, so hatte die Entwicklung der Serie für das Genre doch eine gewisse Bedeutung. Zunächst wurde in ihr das Traumatisch-Zwanghafte des Science-fiction-Films in den fünfziger Jahren überwunden; das Genre fand gewissermaßen zu einer entspannteren Haltung zu seinen Sujets zurück und erinnerte sich der «Zauberkunststücke» der Pioniere wie Georges Méliès. Zum anderen entwickelte sich im Genre ein Bedürnis nach einer eigenständigen, visuellen Sprache. Neben die magische Bannung der Schreckensbilder und die «intellektuelle» Erörterung sozialer und technologischer Aspekte der Zukunft (wie der Gegenwart) trat nun auch eine Lust am phantastischen Bild, vielleicht eine kleine Vorahnung von dem, was in den späten sechziger Jahren die Pop-art und ihre mediale Aufarbeitung dem Publikum an visuellem Reichtum bescheren sollte und was in einer Rebellion des Bildes gegenüber dem Entwurf und der Idee mündete.

## Immer noch und schon wieder: die Bombe, und was danach kommt

Die atomare Bedrohung war in den sechziger Jahren nicht plötzlich von der Tagesordnung gestrichen; man empfand sie nur indirekter, nicht mehr so sehr als Bedrohung an und für sich, die Strafe Gottes, sondern als eine Gefahr, die vor allem darin begründet schien, daß die Bombe in die falschen Hände geraten könnte und daß der militärisch-wissenschaftlich-wirtschaftliche Komplex nicht genügend transparent, nicht genügend rational sein könnte, um den Mißbrauch einer Kraft zu verhindern, an deren Existenz man sich immerhin, wie auch nicht, gewöhnt hatte. Dem Ethos der Wissenschaft stellte sich das Ethos der Presse, der Aufklärung über die Gefahren gegenüber: In dem englischen Film «The Day the Earth Caught Fire» (Feuer wird vom Himmel fallen/Der Tag, an dem die Erde Feuer fing – 1961 – Regie: Val Guest) finden sich einige Parallelen zu einem Erfolg unserer Tage, «The China Syndrome» (Das China-Syndrom – 1979 – Regie: James Bridges). Die Regierungen der Welt versuchen, einen atomaren Unfall zu vertuschen: Gleichzeitige Atomexplosionen auf dem Nord- und Südpol haben die Erde aus ihrer normalen Umlaufbahn geworfen, und sie bewegt sich in Richtung auf die Sonne. Eigentümliche Veränderungen im Wetter und andere Hinweise bringen einen Redakteur (Leo McKern) und einen Journalisten (Edward Judd) einer Londoner Zeitung auf die Spur der Wahrheit. Als die Nachricht von der drohenden Weltkatastrophe publiziert wird, geraten die Menschen in Panik. Auf der Erde wird es immer heißer; die Menschen in London müssen um Wasser Schlange stehen, die Themse ist ausgetrocknet. Es kommt zu Ausschreitungen und Gewaltakten. Aber wie um einem ungeschriebenen Gesetz des Genres zu folgen, verspricht der Film am Ende die Rettung durch eben jene Mittel, die zuvor das Desaster verursacht haben: Vier Atombomben werden zur gleichen Zeit an bestimmten Stellen der Welt gezündet, und die Kraft der Detonation bringt die Erde in ihre alte Umlaufbahn zurück. Der Film sprach die nie verstummten Befürchtungen über die durch Atomexplosionen verursachten Änderungen des Klimas auf der Erde an, und sein Erfolg bewies, daß das Thema noch lange nicht aus dem Bewußtsein des Publikums verschwunden war, wie es die Produzenten vermutet hatten, die sich lange gegen Guests Film-Projekt gesperrt hatten.

War die Erlösung von der atomaren Bedrohung in diesem Film schon reichlich dubios, so erschien die Moral in einem amerikanischen *post-doomsday*-Film vollends paranoid in ihrem trotzigen Festhalten an den «alten Werten». In «Panic in the Year Zero» (1962), dessen Hauptdarsteller, Ray Milland, auch die Regie führte, wird eine Familie auf einem Camping-Ausflug gezeigt, die kaum die Stadt Los Angeles verlassen hat, als ein atomarer Angriff die Stadt zerstört. In wilder, scheinbar unmotivierter Leidenschaft versorgt sich der Familienvater (Milland) in einem geschlossenen Waffengeschäft mit Gewehren. «Nur der Stärkste wird jetzt noch überleben», sagt er seiner konsternierten Frau (Jean Hagen), seiner Tochter (Mary Mitchel) und seinem Sohn (Frankie Avalon). Wie «recht» der Vater mit seinen Befürchtungen hatte, erweist sich, als die Tochter von einer Horde Männer überfallen und vergewaltigt wird. Der Vater und der Sohn nehmen die Gewehre und erschießen die Verbrecher; da scheint die Welt, aller Vernichtung zum Trotz, wieder in Ordnung.

Der Film korrespondiert mit dem Thema der Rebarbarisierung in der Science-fiction, er ist aber zugleich auch ein Dokument der Hoffnungslosigkeit, denn aus der archetypischen amerikanischen Familie: der starke Vater, der törichte Sohn, die zweifelnde Mutter und die hypererotische Tochter, erwächst hier nur die Notwendigkeit der Gewalt, eine «ehrliche» Schilderung der Grenze, an der man dem Nächsten Nahrung und Unterkunft verweigert, um selber zu überleben.

Auch der osteuropäische Film beschäftigte sich bisweilen mit der atomaren Gefahr. Ein eher deprimierendes Ende gibt es in dem tschechoslowakischen Film «Koneć Srpna v Hotelu Ozon» (1965 – Regie: Jan Schmidt), wo einige Frauen, die den atomaren Weltuntergang überlebt haben, verzweifelt nach einem Mann suchen, um der menschlichen Rasse ein Fortbestehen zu sichern. Sie finden schließlich den letzten Mann auf der Welt, aber dieser ist zu alt, um ihren Plänen zu genügen. Demgegenüber ist der russische Film «Devjat'dneij odnogo goda» (Neun Tage eines Jahres – 1961 – Regie: Michail Romm) eine Art filmisches Denkmal für die jungen Wissenschaftler der Nation, die in ihrem Einsatz für den Fortschritt an die Helden von David Leans «The Sound Barrier» erinnern. Ein junger Wissenschaftler (Alexej Batalov) erhält bei einem Experiment eine lebensgefährliche Dosis radioaktiver Strahlung. Sein Problem ist es nun, zu entscheiden, ob er an den Experimenten weiterarbeiten und sich damit der Gefahr aussetzen soll, durch eine nochmalige, geringfügige Radiation sein Leben zu verlieren, oder ob er das Angebot seiner Vorgesetzten annehmen soll, eine sichere Arbeit zu übernehmen. Er entscheidet sich, natürlich, für die Fortsetzung seiner Experimente und wird einige Zeit später der tödlichen Strahlendosis ausgesetzt. Die Ärzte haben unterdessen eine Methode der Operation gefunden, welche eine mögliche Rettung bei Strahlenschäden bedeuten kann. Sie wurde allerdings bislang nur an Tieren ausprobiert, und die Erfolgsquote war relativ gering. Der junge Wissenschaftler unterzieht sich der Operation; es bleibt ungewiß, ob sie Erfolg haben wird.

Der ultimative, auch der populärste Film mit dem Thema der Atombombe in den sechziger Jahren wurde Stanley Kubricks ätzende Science-fiction-Satire «Dr. Strangelove, or How I Learned to Stop Worrying and Love the Bomb» (Dr. Seltsam oder Wie ich lernte, die Bombe zu lieben – 1963). Zunächst hatte Kubrick geplant, den Stoff von Peter Georges Roman «Red Alert» in einen dramatischen Science-fiction-Thriller umzusetzen. Doch «weil ich mir klar war, daß ich mit der Gestaltung dieses Themas notgedrungen zum Elefanten im Porzellanladen der Tabus werden mußte, wählte ich die Form der Komödie. Auch auf die Gefahr hin, gerade dadurch noch mehr Tabus zu verletzen. Denn ‹man› behandelt das schwärzeste aller Themen eben nicht als Komödie. Der Vorteil lag für mich auf der Hand: Ich erreichte ein gewisses Maß an künstlerischer Verfremdung, an Stilisierung, ohne das man ein derartiges Thema meiner Ansicht nach nicht gestalten kann» (Stanley Kubrick).

General Jack D. Ripper (Sterling Hayden) ist Kommandant eines Luftwaffenstützpunktes, auf dem atomwaffenführende B-52-Bomber stationiert sind. Eines Tages dreht der paranoide Antikommunist durch und setzt die Langstreckenflugzeuge mit H-Bomben bestückt nach Moskau in Marsch, um den durch die Kommunisten verursachten Verlust seiner «Körpersäfte» in einem Stahlbad zu kurieren. Nur er selbst kann

«Dr. Strangelove, or How I Learned to Stop Worrying and Love the Bomb» (1963) von Stanley Kubrick.

die Bomber mittels eines Geheimcodes zurückrufen; doch er schließt sich mit seinem englischen Adjutanten (Peter Sellers) in seinem Befehlsstand ein und kappt jede Verbindung nach außen. Auch der Adjutant kann, als er die Gefahr erkannt hat, das Codewort P-O-E *(peace on earth)* nicht nach draußen weitergeben. Der Präsident der Vereinigten Staaten (Peter Sellers in der zweiten von drei Rollen in diesem Film) versucht alles, die Katastrophe zu verhindern. Er ruft über den «heißen Draht» nach Moskau an, um den sowjetischen Ministerpräsidenten zu warnen (der allerdings ist gerade sturzbesoffen), und er setzt eine Fallschirmjägertruppe zum Sturm auf den Stützpunkt an. Ripper entleibt sich selbst, und sein Assistent kann nach vielen Mühen den Code durchgeben. Mittlerweile sind die Bomber ins Sperrfeuer russischer Flugabwehr geraten. Dem texanischen Major «King» Kong (Slim Pickens) und seiner aus den Klischee-Figuren des amerikanischen Kriegsfilms zusammengesetzten Crew ist es jedoch gelungen, das Flugzeug trotz schwerer Beschädigungen in der Luft zu halten. Bei dem Angriff ist auch der Code-Empfänger zerstört worden, so daß die B-52 unbeirrt ihren Weg zum Angriffsziel fortsetzt. Schließlich stürzt sich Kong, auf der Bombe reitend wie ein Cowboy auf einem Pferd, mitsamt seiner tödlichen Fracht aufs Feindesland. Die Detonation der amerikanischen Bombe löst augenblicklich einen Gegenschlag der russischen Nuklearwaffen aus. In einem atomwaffensicheren Bunker versucht der deutsche Wissenschaftler Dr. Strangelove (Peter Sellers), der Atomberater der Regierung, dem Präsidenten seine durch den Weltuntergang begünstigten Rasse- und Auslese-Theorien schmackhaft zu machen.

Ein wenig vom Grauen über die unausweichliche Katastrophe, die sich entwickelt, wenn eine «todsichere» Maschinerie einmal in Gang gesetzt ist, geht zwar dadurch verloren, daß die Charaktere allesamt halb wahnsinnig sind, so der das Rettungsunternehmen leitende General Turgidson (*turgid* = aufgeblasen, geschwollen), von George C. Scott verkörpert, der in seinem Kommunistenhaß schon fast so irrwitzig reagiert wie Ripper und noch am Ende vor Stolz auf die fliegerischen Leistungen des texanischen Majors schier zu zerplatzen droht, oder Dr. Strangelove, eine böse Karikatur auf die deutschen Wissenschaftler, die nach dem Krieg, ohne ihre Motive einer allzu gründlichen Prüfung zu unterziehen, ihre Fähigkeiten der amerikanischen Militärforschung zur Verfügung stellten, dessen Arm sich immer wieder mechanisch zum Hitlergruß strecken will und der bei den Worten «auslöschen» und «sexuell» in spastische Verzückung gerät. Aber der latente Wahnsinn in den Rüstungsmaschinerien läßt sich wohl kaum anders als mit den Mitteln des manifesten Irrsinns darstellen. «Sicher sollten wir uns nicht vor Vergnügen auf die Schenkel schlagen, wenn die ganze Welt in einem Akt brutaler Fröhlichkeit Selbstmord verübt. Und doch ist dies die Reaktion, zu der uns Mister Kubrick treibt, und ich glaube, daß der Erfolg des Films darin gründet, daß er nie vor der Freiheit, die ein Alptraum gestattet, zurückschreckt, um sich in kalte Spekulationen zu verlieren. Er ist ganz im Recht, wenn er sich um Glaubwürdigkeit und Rücksichtnahme wenig schert und statt dessen unbekümmert heilige Kühe k. o. schlägt und unseren erlauchtesten Führergestalten Clownsgesichter anmalt», hieß es dazu im «New Yorker».

Die eherne Konsequenz in Kubricks Film besteht darin, daß die Katastrophe zwar durch eine Kette von Zufällen und Fehlleistungen ausgelöst wird, daß der dahinterliegende Wahnsinn aber Methode hat. Das System der Sicherheit gegen irriges, unkontrolliertes Verhalten muß sich zwangsläufig so auswirken, daß eben dieses Sicherheitssystem verhindert, einen einmal begangenen Fehler zu berichtigen. Schließlich besteht dieses System in erster Linie darin, den einen vom anderen zu isolieren, in entscheidenden Momenten die Kommunikation zu unterbrechen, um nur ja keinen «Feind» zum Zeugen zu erhalten. In dieser Isolation müssen die Menschen ihren eigenen Neurosen hilflos ausgeliefert sein und können sich nur, wenn sie es nicht schaffen, sich ganz nach einem vorgegebenen Klischee zu verhalten, ihren Wahn in Zusammenhang mit ihrer Aufgabe «erklären». Das System wird durch die Beschränkung des einzelnen gestützt, jeder kann nur tun, was ihm aufgegeben ist, eine Fehlprogrammation sozusagen kann da nicht durch nichtprogrammiertes Verhalten aufgehalten werden. Als Ripper tot ist und Peter Sellers versucht, den Code durchzugeben, gibt es für ihn keine Telefonleitung, und er muß von einem öffentlichen Fernsprecher aus den Präsidenten anrufen. Aber zu einem Ferngespräch fehlt ihm das nötige Münzgeld. So muß er zunächst einen Coca-Cola-Automaten zerschießen, um sich mit Münzen zu versorgen. Mit dem System mehr oder minder kalkulierter Absurdität, das der Film schildert, wird nicht nur die Verteidigung organisiert; so werden wir auch regiert.

«Dr. Strangelove» kam zu einer Zeit heraus, als bereits öffentliche Kritik an der Rüstungspolitik laut wurde und der hysterische Antikommunismus einer sachlicheren Beurteilung der Lage zu weichen begann. «Aber ‹Dr. Strangelove›, sei er nun von Kinogängern als warnende Satire angesehen worden, oder, wie Pauline Kael vorschlug, als absolute Bestätigung der eigenen Ängste, war in jedem Fall ein Beitrag, der der Kritik neue Nahrung bot. Er hatte die Macht eines politischen Cartoons. Der visuelle Eindruck und die didaktische Absicht vereinigen sich zu einer Wirkung, die nicht auf die Leute zielt, die hier karikiert werden, sondern auf die Zuschauer, die dazu angeleitet werden sollen, eine ähnliche gedankliche Leistung zu vollbringen» (Alexander Walker).

Zu alledem ist, von der Entwicklung des Genres her betrachtet, Kubricks Film auch ein bedeutender Beitrag zur Entmystifizierung des Themas. Ernstzunehmende Science-fiction-Filme der Folgezeit konnten kaum noch jene metaphysische Verklärung der Atombombe betreiben, wie sie in den fünfziger Jahren die Regel war. Der Alptraum der Bombe, das mußte nun eingestanden werden, war nicht mehr ein entferntes, schicksalsweisendes Menetekel, er war ein Teil des Alltags; die Katastrophe konnte nun Ursachen haben, aber keinen «religiösen» oder mythischen *Sinn* mehr.

Im selben Jahr wie «Dr. Strangelove» erschienen noch zwei weitere Filme mit dem Thema der atomaren Bedrohung. Auch sie bezogen eine Analyse der möglichen Fehlleistungen mit ein, die zur nuklearen Katastrophe führen könnten, und übten (milde) Kritik an der Untransparenz, mit der das Establishment seine technologische Macht versah, aber sie hatten jeweils positive Helden vorzuweisen, deren Umsicht und Opferbereitschaft das Allerschlimmste zu verhüten vermochte. In John Frankenheimers «Seven Days in May» (Sieben Tage im Mai) putscht ein kriegslüsterner Generalstabschef (Burt Lancaster) gegen den Präsidenten der Vereinigten Staaten (Fredric March), der – man schreibt das

Jahr 1974 – zur Abrüstung bereit ist. Die Umsturzpläne können jedoch von einem anderen, regierungstreuen Generalstäbler (Kirk Douglas) vereitelt werden. Die Öffentlichkeit nimmt an diesem Machtkampf durch Direktübertragungen des Fernsehens teil. Wie eine dramatische und deshalb auch ein wenig unrealistischere Version von «Dr. Strangelove» wirkt «Fail Safe» (Angriffsziel Moskau – Regie: Sidney Lumet), wo ebenfalls ein irregeleiteter Bomber eine Atombombe auf Moskau wirft. Um einen nuklearen Weltkrieg zu verhindern, läßt die amerikanische Regierung New York mit einer Atombombe dem Erdboden gleichmachen. Dieses heldenhafte Opfer, das im Film wie in der literarischen Vorlage, dem gleichnamigen Roman von Eugene Burdick und Harvey Wheeler, nicht ohne Pathos hervorgehoben wird, läßt Nationalstolz und militärische Tugend gleichsam durch die Hintertür wieder als bestimmendes Element der Moral einfließen. «Wenn Kubrick diese Geschichte in die Hände bekommen hätte», schreibt John Brosnan, «der resultierende Film wäre noch grotesker geworden als ‹Strangelove›.» Schließlich ist in der Reihe der Filme, die die Auslösung eines atomaren Weltkriegs respektive seine Verhinderung zum Thema hatten, noch «The Bedford Incident» (Zwischenfall im Atlantik – 1965 – Regie: James B. Harris) zu nennen, der einen ähnlichen *plot* wie «Fail Safe» aufzuweisen hat, nur in einer wohltuend limitierten Dimension. Ein amerikanischer Kreuzerkapitän (Richard Widmark) hat versehentlich ein U-Boot der Sowjetunion durch Atomraketen zerstört. Um den Ausbruch weltweiter Kämpfe zu verhindern, opfert er sich und sein Schiff freiwillig dem feindlichen Gegenschlag. Zwar wurde auch in diesen Thrillern ein mehr oder minder glaubwürdiges Plädoyer für die unbedingte Erhaltung des Friedens geführt, doch sowenig man wohl einen «Antikriegsfilm» mit Mitteln des Kriegsfilm-Genres gestalten kann, sowenig läßt sich auch die Gefahr, die ja gerade von der Autarkie, der Abgeschlossenheit der Entscheidungsträger ausgeht, von eben jenen Helden-Gestalten mit ihren einsamen Entscheidungen und ihrer persönlichen «Größe» beseitigen.

Einen anderen Weg ging Peter Watkins in seinem mit dokumentarischen Mitteln gestalteten Film «The War Game» (1966). In diesem Film gibt es keine Helden mehr, nüchtern, wie in einer imaginären Wochenschau wird das kollektive Grauen eines Atomkrieges beschrieben. Durch die dramatische Zuspitzung des Vietnam-Konflikts, so folgert der Film, sieht sich die NATO dazu veranlaßt, überall in Europa nukleare Raketen in Abschußbereitschaft zu bringen. Es wird eine Evakuierung der Bevölkerung in der Grafschaft Kent konstruiert. Nachdem die sowjetischen Streitkräfte Berlin besetzt haben, droht die US-Regierung mit einem atomaren Angriff. Diese Drohung löst einen russischen Präventivschlag aus. Im Zivilschutzgebiet von Kent explodieren drei Atombomben, die die Menschen durch Druckwellen, Hitze, Feuer und radioaktive Strahlung vernichten. «In den ersten 48 Stunden nach der Explosion sind die Straßen mit Toten bedeckt, die rußgeschwärzten und verbrannten Verwundeten bleiben ohne ärztliche Hilfe, Feuerwehrleute werden in die entstehenden Feuerstürme gerissen. Verletzte mit Verbrennungen dritten Grades werden von Polizisten erschossen, Leichen mit Flammenwerfern verbrannt, Nahrungsmittel gehen zu Ende, Panik entsteht.

Der letzte Teil des Films schildert, was in den drei Monaten danach geschehen könnte. Die Bevölkerung, soweit sie nicht durch den Schock apathisch geworden ist, greift Lebensmittellager an und schreckt vor Mord an Polizisten nicht zurück. Plünderer werden erschossen, durch die Radioaktivität sterben immer mehr Menschen, Mangelkrankheiten und Seuchen lassen die Überlebenden die Toten beneiden. Am Ende des Films versuchen die übriggebliebenen Menschen, in einer radioaktiv verseuchten Welt Weihnachten zu feiern. (...) Watkins spielt Krieg. Für seine Fiktion wählt er das für den heutigen Menschen überzeugende Mittel der Reportage, die in Ton und Bild das Geschehen eines Atomkrieges so gleichzeitig werden läßt, daß der Betrachter sich nur schwer distanzieren kann. Das Dokumentarische wird unterstrichen durch die zahllosen Interviews vor und – für manchen bei aller Realistik unrealistisch – auch nach der Katastrophe. Eingeblendete Texte, die ahnungslose Äußerungen von Zeitgenossen über den Atomkrieg wiedergeben, sollen angesichts dieser Dokumentation den Betrachter die Naivität gegenüber einer apokalyptischen Zukunft verlieren lassen» (Jan Appelkamp).

Wie Kubricks Film ist «The War Game» bis an die Grenze der Erträglichkeit wahr und direkt. Keine Verdrängungshilfe, keine Überhöhung, keine (falsche) Hoffnung wird gegeben: Dies ist unsere Realität, von der wir nur noch durch eine Schonfrist getrennt sind. Mit «Dr. Strangelove» auf der einen und «The War Game» auf der anderen Seite war das Terrain für die Behandlung des Themas abgesteckt und zugleich ausgeschöpft. In den folgenden Jahren sollte es keine nennenswerten *doomsday*-Filme mehr geben. Ein Echo fand sich nur noch in Michael Cacoyannis' «The Day the Fish Came Out» (Der Tag, an dem die Fische kamen – 1967) und in Richard Lesters «The Bed Sitting Room» (Danach – 1969). Aber diese Filme hatten ein Bewußtsein dafür vorbereitet, daß die atomare Katastrophe nichts anderes ist als die logische Konsequenz von gesellschaftlichen Herrschaftssystemen, die auf ein «Überschnappen» geradezu angelegt sind. Kubrick wie Watkins sollten in den darauffolgenden Jahren mit neuen Filmen entscheidende Impulse für die «Social Science Fiction» geben.

## Phantastische Reisen

Zu Beginn der sechziger Jahre hatte die *action*-orientierte Science-fiction in Amerika einige «Schläge» hinzunehmen, die die Wirklichkeit den Konventionen des Genres versetzte. Mit dem Start des ersten russischen Satelliten «Sputnik» im Jahr 1957 war nicht nur die Grundvoraussetzung der amerikanischen Überlegenheit in der Technologie zunichte gemacht worden, die Wirklichkeit begann auch, was den Weg ins All anbelangte, «spannender» zu werden als die Phantasie. Nun mußte man ständig befürchten, durch neue Projekte schnell ad absurdum geführt zu werden; allein 1961 mußten die Dreharbeiten von drei Science-fiction-Filmen abgebrochen werden, weil durch die Fahrt der sowjetischen Kosmonauten ihre *plots* unglaubwürdig geworden waren. (Natürlich hätten im Film die Amerikaner die ersten Menschen im Weltraum stellen sollen.) Der Kalte Krieg setzte sich in einem «friedlichen» Wettlauf in den Weltraum fort; noch wußte man nicht, wie bald die Möglichkeiten erschöpft, wie bald von der Raumfahrt nichts Sensationelles mehr zu erwarten war. Noch hielten sich die Furcht vor der Atomkatastrophe und die Hoffnung auf ungeahnte neue Möglichkeiten die Waage; das gehörte zum spezifischen, ein wenig aufgekratzten Optimismus der sechziger Jahre.

Was den Aufbruch in den Weltenraum anbelangte, sah man auf die Wirklichkeit, wollte man nicht mehr nur träumen von den großen Abenteuern an der neuen Grenze. In Rußland drehte man Unmengen von populärwissenschaftlichen Dokumentationen. Hollywood produzierte einen «dokumentarischen» Spielfilm über das Leben von Wernher von Braun («I aim at the Stars» – Wernher von Braun/Ich greife nach den Sternen – 1960 – Regie: J. Lee Thompson). Niemand anderes als Curd Jürgens verkörperte den deutschen Wissenschaftler, der vom Entwickler einer großdeutschen Wunderwaffe zu einer Vaterfigur der amerikanischen Raumfahrt wurde, und im nebenhinein wird hier dem Professor für sein Verhalten im Dritten Reich eine bemerkenswert weiße Weste verpaßt.

Von wenigen Ausnahmen abgesehen, etwa dem russischen Film «Planeta Burg» (1962 – Regie: Pavel Klushantsev) oder dem amerikanischen «Robinson Crusoe on Mars», waren Raumfahrt-Filme mit einer phantastischen Spielhandlung selten.

Immerhin entdeckte der Science-fiction-Film, was in der Science-fiction-Literatur längst zu den hauptsächlichen Gestaltungsmitteln (insbesondre bei den Kurzgeschichten) gehörte: die phantastische Pointe. In «Ikaria XB-1» (1963), einem tschechoslowakischen Science-fiction-Film von Jindrich Polak, begleiten wir ein Raumschiff durch viele Gefahren auf dem Weg zu einem entfernten Planeten, und am Ende stellt sich heraus, daß dieser Planet kein anderer ist als die Erde. Eine bemerkenswerte stilistische und thematische Variante des Zeitreise-Themas bot Chris

Markers experimenteller Kurzfilm «La Jetée» (Am Rande des Rollfelds – 1962). Die Handlung des Films beginnt in der Zeit nach dem Dritten Weltkrieg. Eine Gruppe von Wissenschaftlern hat die Möglichkeit zur Zeitreise entdeckt, und man versetzt einen jungen Mann in die Vergangenheit seiner Kindheit zurück, und zwar an den Zeitpunkt eines Geschehens, an das er eine traumatisch deutliche Erinnerung hat: Neben ihm ist am Flughafen ein Mann erschossen worden, als der Junge gerade in den Anblick einer schönen Frau versunken war. Die Zeitreise glückt, er findet die Frau wieder und verliebt sich in sie. Nun will er nicht mehr zurückkehren und versucht, mit der Frau zu fliehen. Dabei wird er von einem anderen Zeitreisenden erschossen: Der Mordanschlag, dessen Zeuge er als Kind geworden ist, trifft ihn selbst als Erwachsenen. Der Film, der, von einer Szene abgesehen, ausschließlich aus aneinandergeschnittenen Standbildern besteht, übersetzt ein wenig die «Sprache» der Comics ins Medium des Films; es entstand ein Photoroman, der die lineare Denkweise in Frage stellt. «Ein gesprochener Kommentar und die Musik verbinden sich mit den gefrorenen Bildern zu einer Art Gedicht über die Suche eines Mannes nach einem Ausweg aus den Ruinen des dritten Weltkrieges in die Dimension der Zeit» («Oxford Companian»).

Zwar hat Markers Film wohl eher den Experimentalfilm als den Genre-Film der Science-fiction beeinflußt, doch mag er als Indiz dafür gelten, daß die engagierten Autorenfilmer begannen, sich mit der Bildwelt des Phantastischen auseinanderzusetzen. Überdies deutet sich hier ein Thema an, das in der nächsten Zeit (nicht nur) im Medium des Films mannigfaltige Bearbeitung erfahren sollte: die Odyssee eines suchenden Menschen, die nicht nur in den bekannten Raum führt, sondern auch in verborgene Dimensionen, in Bereiche, in denen die historische Dimension des *und dann* aufgehoben ist zugunsten einer gleichsam psychedelischen Selbsterfahrung.

Thematische und stilistische Ambitionen wären das letzte, was man «The Time Travellers» (2071 – Mutan-Bestien gegen Roboter – 1964 – Regie: Ib Melchior) nachsagen könnte. Auf die Helden dieses Films warten bei ihrer Reise in die Zukunft die Folgen einer atomaren Weltverseuchung, wo sogar, man ist versucht zu sagen: die guten alten Monster wiederauftauchen. Die Handlungsmuster dieses Films waren schon in einem übrigens ungleich stimmungsvolleren, wenngleich genauso «armen» Science-fiction-Film aus dem Jahr 1960, «Beyond the Time Barrier» (Regie: Edgar G. Ulmer), vorgegeben. Damit war auch dieses Thema für den *mainstream*-Science-fiction-Film mehr oder minder erschöpft. Die Welt um einen herum war aufregend und verrückt genug, als daß man sich noch auf eine Reise in die Zukunft hätte begeben müssen. Die Ungleichzeitigkeit war eine alltägliche Erfahrung, man konnte sich nicht mehr auf Begriffe wie «Gegenwart» oder «Zukunft» verlassen.

Interessanter schien das Eindringen in bislang unerforschte Bereiche des Menschen selbst, seines Körpers wie seiner Seele, nicht, wie die Viktorianer und ihre Erben, als Sammler und «Bastler», sondern als pragmatischer, wenn man so will: lustvoller Abenteurer. Ein erster Schritt in diese Richtung war Richard Fleischers «Fantastic Voyage» (Die phantastische Reise – 1966), ein Film, der, obzwar aus den vorgegebenen Elementen des Genres gefertigt, doch seine perfekte Tricktechnik mit einer originellen Grundidee verband. Der Film führt in die unterirdischen, futuristischen Kommandoräume der CMDF (*Combined Miniature Deterrent Forces* = Vereinte Miniatur-Abwehrstreitkräfte). Weil ein Wissenschaftler bei einem Attentat ein lebensgefährliches Blutgerinnsel im Gehirn erhalten hat, wird ein Team von Wissenschaftlern mitsamt einem U-Boot auf Minigröße geschrumpft und in die Blutbahn des bewußtlosen Professors injiziert. Hier muß das Team (Stephen Boyd, Arthur Kennedy, Raquel Welch, Donald Pleasence) eine Reihe von Gefahren in Venen, im Herzen und im Gehirn des Opfers bestehen, aber auch mit einem Saboteur in den eigenen Reihen fertig werden, bevor man, immer im Wettlauf mit der Zeit, nach geglückter medizinischer Operation den

Eine phantastische Reise durch den menschlichen Körper. Raquel Welch in «Fantastic Voyage» (1966) von Richard Fleischer.

Körper des Professors in einer Träne verlassen kann, um in letzter Sekunde wieder auf «Normalgröße» gebracht werden zu können.

«Die Elemente sind vorfabriziert, häufige Verwendung hat Spuren an ihnen hinterlassen, und Richard Fleischer unternimmt nichts, sie fabrikneu erscheinen zu lassen. Das Vergnügen, das sein Film bereitet, ist ein rein filmisches: Es ergibt sich daraus, daß auf der Leinwand die Männer im Boot und die im Hauptquartier gleich groß erscheinen (was sie ‹in Wirklichkeit› ja auch sind), die Fiktion der Geschichte aber gänzlich darauf beruht, daß die einen normal, die anderen aber unendlich klein sein sollen. Die Erinnerung daran überrascht den Zuschauer stets aufs neue, und das Ergebnis ist ein Gefühl wie das, das Edmond O'Brien beschleicht, als er eine Ameise umbringen will und es plötzlich nicht mehr kann» (Enno Patalas).

Sex und Science-fiction, eine bis dahin nur sehr indirekte Verbindung, begannen in diesem Film eine kurze Liaison. Raquel Welch war der Star des englischen Remakes von «One Million Years B. C.» (Eine Million Jahre vor unserer Zeit – 1965 – Regie: Don Chaffey), der neben den Urwelttieren von Ray Harryhausen vor allem die körperlichen Vorzüge der Heldin präsentierte. In «When Dinosaurs Ruled the Earth» (Als Dinosaurier die Erde beherrschten – 1969 – Regie: Val Guest) übernahm Victoria Vetri den Part.

Eine phantastische Reise mit erotisch getönten Abenteuern hatte Jane Fonda in Roger Vadims «Barbarella» (Barbarella – 1967), nach dem Comic von Jean-Claude Forest, zu bestehen. Im Jahr 40000 ist die Titelheldin in ihrem Raumschiff unterwegs, um den verschwundenen Wissenschaftler Durand-Durand zu suchen, der mit einer Geheimwaffe von unvorstellbarer Durchschlagskraft von der Erde geflohen ist. Gelegentlich wird sie (ein wenig) gefoltert, zumeist aber ist Barbarella damit beschäftigt, männlichen Wesen die Liebe beizubringen. Schließlich erreicht sie den Planeten der schwarzen Königin (Anita Pallenberg), dessen Hauptstadt über einem riesigen lebenden Organismus, dem Matmos, errichtet ist. Der böse Minister der Königin (Milo O'Shea) versucht sie in einer «Orgasmusmaschine» zu töten, aber Barbarella kann, was das betrifft, schon einiges aushalten. Der Minister ist, wie sich nun herausstellt, niemand anderes als der verschwundene Wissenschaftler. Die Mischung aus Ironie, Pin-up-Sex und Sadismus, die den Comic-Boom dieser Jahre bestimmte, ist auch die Grundlage für diesen Film.

Auf eine freilich andere Weise als zur Zeit der Science-fiction-Serials in den vierziger Jahren eroberten die Comics den phantastischen Film. In Italien verfilmte man die populärsten der sogenannten *fumetti neri*, die neben einer Portion Sex auch dadurch gekennzeichnet waren, daß in ihnen nicht unbedingt das Gute immer siegen mußte (Beispiel: «Diabolik» – Gefahr: Diabolik – 1967 – Regie: Mario Bava). Joseph Losey ge-

«Barbarella» (1967) von Roger Vadim, eine der ersten Verbindungen von Erotik, Satire und Science-fiction. Mit Jane Fonda und Milo O'Shea.

staltete eine böse, stilistisch raffinierte Filmversion von Peter O'Donnells Strip «Modesty Blaise» (Modesty Blaise – die tödliche Lady – 1966). Und eine Reihe der französischen Filme der Nouvelle Vague verarbeitete Stilelemente der Comic strips.

Das gilt auch für zwei sehr unterschiedliche französische Science-fiction-Filme, für Jean-Luc Godards «Alphaville – Une étrange aventure de Lemmy Caution» (Lemmy Caution gegen Alpha 60 – 1965) und François Truffauts «Fahrenheit 451» (Fahrenheit 451 – 1966). Godards Film führt in eine übertechnisierte Welt, in der die Menschen Nummern tragen und in der Gefühle verboten sind. Worte wie «Liebe» oder «Traum» dürfen bei Strafe nicht verwendet werden, und wer trotz des Verbots von einem auch noch so kleinen Gefühl gepackt wird, den steckt man in ein «Hospital», ihn gründlich davon zu kurieren. Schwerwiegende Fälle werden exekutiert. Herrscher dieser Welt ist ein gewisser von Braun, der mit Hilfe eines Zentral-Elektronengehirns und nachgeschalteter Roboter «Alphaville» regiert. Lemmy Caution, der von Eddie Constantine verkörperte Kino-Mythos, kommt in die Stadt, zunächst inkognito, als Reporter der Zeitung «Figaro-Prawda», Iwan Johnson aus Newa York.

Er lernt die Tochter von Brauns, Natascha (Anna Karina), kennen, und als er erfährt, daß von Braun einen Krieg plant, greift er ein, kann das Schlimmste verhindern und mit Natascha entkommen.

Diese übrigens nach eigenem Bekunden des Regisseurs von Science-fiction-Stories der Autoren Alfred Bester und A. E. Van Vogt inspirierte Geschichte ist nicht viel mehr als das Spielmaterial für einen mit zahlreichen Kino-, Comic- und Literaturzitaten versetzten Versuch über «die Gegenwart der Zukunft» (Godard). Die beklemmende Atmosphäre des Films stammt nicht zuletzt daher, daß er in der realen Stadtlandschaft von Paris gedreht wurde; nichts ist wirklich phantastisch an seiner Architektur und seinen Dekors – eine leere Stadtautobahn ist etwas Grauenhaftes. Die Dingwelt, mit der wir uns umgeben haben, ist längst soweit, eine den Menschen ausklammernde Kultur aufzunehmen.

François Truffauts etwas mehr an den Traditionen des Erzählkinos und des Genre-Films orientierter Film «Fahrenheit 451» entstand nach einem Roman von Ray Bradbury. In der Zukunftswelt dieses Films ist das Bücherlesen verboten, nur Bilder (Comics ohne Texte als Zeitungsersatz etwa) sind erlaubt. Die Feuerwehr ist nicht mehr dazu da, Brände zu löschen, sondern sie zu legen: Wo immer Bücher ausgemacht werden, wird sie alarmiert, um sie durch Flammenwerfer zu vernichten. Montag (Oskar Werner), selbst ein Feuerwehrmann, erliegt eines Tages, ausgelöst durch die Begegnung mit einer Lehrerin (Julie Christie), der Versuchung und beginnt selbst Bücher zu horten. Seine Frau (ebenfalls von Julie Christie dargestellt) verrät ihn, und er muß fliehen. Er gelangt in einen abgelegenen Wald, wo die «Bücherfreunde» leben, von denen sich jeder zur Lebensaufgabe gemacht hat, ein Buch auswendig zu lernen, um es so der Nachwelt zu erhalten.

Der Held oder eher Anti-Held dieses Films gelangt an keiner Stelle zu der souveränen Erkenntnis der grundsätzlichen Falschheit der ihn umgebenden Kultur wie die Helden der üblichen Flucht-Geschichten in der Science-fiction. So kann er auch nicht zum Träger einer eindeutigen moralischen Botschaft werden, denn er wird nie zu einer wirklichen Person, sein Ausbruch ist keine Befreiung. Wie in Godards Film sind die Beziehungen der Menschen untereinander zu bloßen mechanischen Reaktionen reduziert, und mit den Büchern haben sie auch ihre Geschichte verloren, welche die «Dissidenten», in einer Art negativer Dialektik, am Ende auch nur so mechanisch bewahren können, wie die ganze Gesellschaft funktioniert. «Unmenschlichkeit zeigt sich in dieser Ordnung weniger im Verbot der Kommunikation als in der Bereitwilligkeit der Betroffenen, Verbote zu akzeptieren. Personen sind austauschbar wie das Blut, das Sanitäter bei Linda wechseln, Typen, die eher wie Catcher als wie medizinische Helfer aussehen. Ähnlich konträr und dialektisch sind die Rollen der ‹Feuerwehrleute› besetzt, so daß sich von ihnen ein eher ‹gemütliches› Erscheinungsbild ergibt; sie scheinen behäbigem Kleinbürgertum zu entstammen und verhalten sich brutal destruktiv: programmierte Unpersonen» (Hanns Fischer).

In diesem Ansatz unterscheidet sich Truffauts Film von den Konventionen des Genres, nach denen in der technologisch degenerierten Gesellschaft nur völlige Automaten und auf sadistische Gewalt getrimmte Menschen die Diktatur stützen, den Prinzipien dieser Gesellschaft nicht *ergeben*, sondern ihr Teil, und die totalitäre Herrschaftsform fast immer durch einen «Betriebsunfall» der Geschichte entstanden ist (vorzugsweise durch einen Atomkrieg, der noch in der Vorlage Bradburys eine entscheidende Rolle spielte, diesmal als Konsequenz der negativ utopischen Gesellschaft). Und auch in seiner Skepsis gegenüber der Alternative unterscheidet sich Truffauts Film von genreüblichen Euphemismen und von seiner literarischen Vorlage; er entläßt den Zuschauer mit einem eher deprimierenden Blick auf die «wandelnden Bücher», die individuell für sich wiederholen müssen, was die Gesellschaft als Ganzes hervorgebracht hat: das Versinken in absoluten Stillstand.

Die Ruhe der Bürger in Truffauts Film war nicht zuletzt durch die Medien garantiert: Die Wände der Zimmer sind riesige Fernseh-Bildschirme. Dieses Thema war Mitte der sechziger Jahre virulent geworden: Die Macht der Medien, ihre bewußtseinszerstörende Wirkung begann augenfällig zu werden. In «La decima vittima» (Das zehnte Opfer – 1965 – Regie: Elio Petri) hat eine zukünftige Regierung die Aggressionen der Menschen kanalisiert, indem statt Kriegen «Große Jagden» veranstaltet werden, bei denen ein Mensch zu Tode gehetzt wird. Überlebt ein Gejagter den mit allen Mitteln geführten Kampf, so wachsen ihm große Privilegien zu. Das Spektakel wird von den Medien gefeiert und verbreitet. In Peter Watkins' «Privilege» (Privileg – 1967) dient ein Pop-Star als Manipulationsinstrument, dessen sich sowohl der Staat als auch die Kirche bedienen. Eine Variante dieses Stoffs bietet Barry Shears «Wild in the Streets» (Wild in den Straßen – 1968), wo ein Pop-Idol einen Senator bei seinem Weg zur Macht unterstützt, dann aber, als dieser seine Forderung nach der Beteiligung der Jugend an der Politik nicht erfüllt, selber die Macht übernimmt: Alle Menschen, die älter sind als 35 Jahre, werden in Konzentrationslager gebracht. Die Jugendlichen etablieren ein anarchisches Gesellschaftsleben, bis sich andeutet, daß die kleinen, von der Macht noch ausgeschlossenen Kinder gegen diese Gesellschaft rebellieren; der Prozeß wird sich wiederholen – eine seltsame Moral für das Jahr 1968.

Pop (ein Wort, das damals viel bedeutete) war mit diesem Film im Kontext des Genres von einem Mittel, dem Zugriff der Gesellschaft etwas entgegenzusetzen, zu einem Manipulationsinstrument geworden, aber nicht der Prozeß der Aneignung der Konterkultur durch das wirtschaftliche Establishment wurde gezeigt, sondern sie selbst wurde als schuldiger Faktor hingestellt. Freilich hätte es dieser Denunziation nicht bedurft, um den Einfluß der Pop-Kultur auf den phantastischen Film wieder schwinden zu lassen. Das anarchische Aufeinandertürmen von visuellen Signalen wich einer strengeren politischen Analyse auf der einen und einem neuen, tragisch eingefärbten Sinn für das Epos auf der anderen. Die Bildersucht, die sich bald zu einer Bilderfurcht gewandelt hatte, ließ aus den phantastischen Reisen eine Flucht werden.

## «2001», «Solaris» und eine kurze Renaissance der Space Opera

Weder die deprimierenden Bilder der Atomkatastrophen- und Social-Science-fiction-Filme noch die harmlosen der Nostalgie-Science-fiction-Filme und auch nicht die der phantastischen *camp*-Filme wie «Barbarella» konnten à la longue für das Genre richtungsweisend bleiben. Etwas fehlte, oder genauer: Diese Filme waren allesamt Träger von Aussagen, die nicht im Kern des Genres liegen. Sie waren, wenn man so will, nur scheinbar phantastisch; sie überraschten mit ihren thematischen und formalen Innovationen, aber im Grunde hatte sich mit ihnen die Kluft zwischen *der* Science-fiction und dem Science-fiction-Film noch vertieft. Freilich, die Bilder im Kopf und die auf der Leinwand waren noch nie kongruent gewesen, schon gar nicht in der Dekade der Monster-Filme, aber die Rückführung des Science-fiction-Films auf seine Quellen mußte schon allein deswegen gelegentlich versucht werden, weil das Publikum der «seriösen» Science-fiction gewonnen werden mußte.

Die technologischen Aspekte und die Suche nach neuen Dimensionen des Erfahrens in der Science-fiction, in der Literatur zumeist miteinander verbunden, waren im Film fast immer nur je einzeln behandelt worden; zumindest verdrängte der eine den anderen Aspekt, was zum einen mit den technischen Begrenzungen des Mediums zusammenhängt, zum andern aber sicher auch damit, daß der Film selbst durch seine linear-zeitliche Struktur nicht nur gezwungen ist, sich auf eine «Hauptidee» zu konzentrieren, sondern auch das Spiel mit der Auflösung herkömmlicher Denk-Schemata, das ein großer Teil der avancierteren Science-fiction-Literatur betreibt, kaum bewerkstelligen kann. Mit jeder Übersetzung ins manifeste Bild, das eine eindeutige Interpretation verlangt, in die «Rekonstruktion eines Traums», muß notgedrungen die Vorstellung sich Verkleinerungen, ja Verharmlosungen gefallen lassen. Selbst ein technisch so brillanter Film wie «Superman» kann doch niemals die Selbstverständlichkeit des Phantastischen erreichen, wie es das in den Comics hat. Das Selbstverständliche in der Literatur (und etwa in den

Comics) wird im Film gerade zum Schwierigen und vordergründig Wichtigen. Was zum Beispiel in der geschriebenen Science-fiction die Voraussetzung ist, ein geschlossenes System der möglichen Unmöglichkeiten, das wird im Science-fiction-Film zur Hauptsache; oder, um auf das Beispiel zurückzukommen, daß Superman fliegen kann, ist für den Comic-Leser selbstverständlich, im Film ist es die Hauptattraktion, die Aussage.

Der Unterschied zwischen Science-fiction und Science-fiction-Film wird also immer der zwischen einem Magier und einem Zaubertrickkünstler bleiben. Ein tatsächlich «moderner» Science-fiction-Film müßte aufhören, eine nach und nach sich entwickelnde Geschichte auf der Leinwand zu erzählen, und selber neue Dimensionen produzieren. Tatsächlich war es immer gerade der phantastische Film, der dazu geführt hat, daß der Film neue Darstellungsweisen entwickelte, von den 3-D-Filmen Jack Arnolds bis zum «Sensurround»-Verfahren unserer Tage. Aber immer schien es, als würden diese Versuche einer Erweiterung eher die Beschränktheit des Mediums bestätigen als sie überwinden.

Aber daß im Film dem Phantastischen, vor allem der phantastischen Technologie, die Selbstverständlichkeit fehlt, aus der sich erst die Folgerungen des Genres ergeben können, ist nicht nur ein technisches, sondern auch ein künstlerisches Problem. Wie kann man etwas Großartiges (und wäre es nicht großartig, wozu hätte man dann den Film gemacht?) zugleich als Selbstverständlichkeit erscheinen lassen? Stanley Kubrick hat in «2001: A Space Odyssey» (2001: Odyssee im Weltraum – 1968)

Stanley Kubricks «2001: A Space Odyssey» (1968).

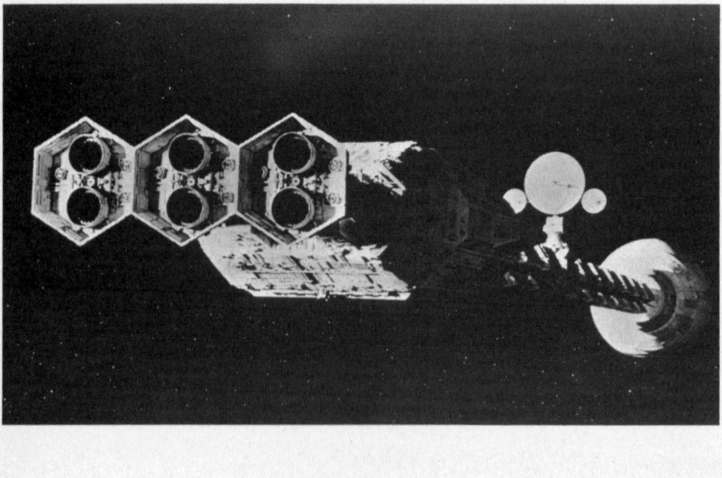

diesen Widerspruch nicht nur durch den Einsatz neuer technischer Möglichkeiten (unter Verzicht etwa des bis dahin vorrangig verwendeten *travelling matte*-Prozesses, das immer ein wenig «unorganische» Eindrücke produziert) gelöst, sondern auch durch den Einsatz der Musik, etwa wenn die Raumstation in einer Bewegung zum Walzer «An der schönen blauen Donau» von Johann Strauß gezeigt wird. Kubricks Film ist die bis dahin nächste Verbindung zwischen Science-fiction-Film und Science-fiction-Literatur, obwohl oder gerade weil er viel weniger auf der Ebene einer «Geschichte» als der des visuellen Ausdrucks rezipiert wird.

Diese Geschichte, nach der Story «The Sentinel» von Arthur C. Clarke unter Mitwirkung des Autors am Drehbuch entstanden, läßt sich in kurzen Worten zusammenfassen: Ein Prolog beschreibt die «Morgendämmerung der Menschheit». Um ein Wasserloch herum hat sich ein Affenrudel versammelt. Beim Anblick eines riesigen, schimmernden Monolithen entdeckt einer der Affen die Möglichkeit, einen Knochen als Keule zu verwenden. Mit einem Triumphschrei wirft er ihn in die Luft, eine Überblendung läßt ihn als Raumschiff erscheinen. Es ist nun das Jahr 2001. Man hat auf dem Mond eben jenen Monolithen gefunden, den der Prolog gezeigt hat. Da von ihm eine Strahlung ausgeht, vermutet man, daß er eine Art «Beobachtungsstation» ist. Ein Raumschiff wird ausgesandt – erst später wird seine Mission erklärt: Es soll den Ursprung des Monolithen auf dem Jupiter lokalisieren. Die Besatzung besteht aus David Bowman (Keir Dullea) und Frank Poole (Garry Lockwood) sowie drei Wissenschaftlern, die man in Tiefschlaf versetzt hat. Die «Seele» des Schiffs ist der Computer HAL. Als er einen Fehler «begangen» hat, beschließen die Astronauten, ihn abzuschalten. Doch dieser Computer funktioniert nicht nach den Asimovschen Gesetzen der Robotik; er stellt sein eigenes «Leben» über das der Menschen. Er beobachtet die Astronauten, durchschaut alle ihre Pläne. Er unterbricht die Energiezufuhr für die eingeschläferten Wissenschaftler und tötet Poole, indem er ihm die Luftzufuhr abschneidet, als dieser sich für eine Reparatur im freien Weltraum befindet. Als Bowman Poole zu Hilfe kommen will, sperrt HAL ihn aus. Bowman gelingt es dennoch, an Bord zurückzukehren, und er kann schließlich auch den Computer abstellen. Nun rast das Raumschiff führungslos durch den Weltraum, bis für Bowman die Reise plötzlich in einem Hotelzimmer, das mit Louis XVI.-Möbeln ausgestattet ist, zu Ende geht. Er sieht sich selbst als Sterbenden in einem Bett, an dessen Fußende ein Monolith liegt. Als er ihn berührt, wird Bowman wiedergeboren und schwebt als Embryo durch den Weltenraum.

Auf eine eindeutige Botschaft im Sinne einer Moral der Geschichte läßt sich Kubricks Film nicht festlegen: «‹2001›», so Kubrick selbst, «ist eine nicht-verbale Erfahrung; von den zwei Stunden und neunzehn Minuten des Films sind nicht einmal ganz vierzig Minuten mit Dialog. Ich versuchte, ein visuelles Erlebnis zu schaffen, eines, das verbalisiertes Schubfachdenken vermeidet und das Unterbewußtsein mit einem emotionalen philosophischen Inhalt direkt durchdringt. Um McLuhan zu verdrehen: In ‹2001› ist die Botschaft das Medium. Ich wollte, daß der Film ein intensives subjektives Erlebnis sei, das den Zuschauer auf einer inneren Bewußtseinsebene erreicht, wie das die Musik tut. Es steht einem frei, über die philosophischen und allegorischen Bedeutungen des Films zu spekulieren, wie es einem beliebt – und solche Spekulationen sind ein Beleg dafür, wie es geglückt ist, das Publikum in einem tieferen Bereich zu packen.»

Es ist eine mythische Geschichte, der «Abstieg» des Helden in große Gefahr, seine Bewährung (die Bezwingung der technologischen Bedrohung des Menschen), seine Begegnung mit den kosmischen «Ganzheiten» (im Bild des Monolithen zusammengefaßt), seine Wiedergeburt als Wesen höherer Qualität. Dieses durchaus von wissenschaftlichen Theorien inspirierte Bild vom Weg der Menschheit, mag man es interpretieren wie man will, weist etwas auf von dem, was dem Science-fiction-Film bis dahin völlig fehlte, eine Großzügigkeit des Entwurfs. Zum erstenmal wohl bezog sich ein Film des Genres nicht mehr auf das Absehbare, Rationalisierbare, aus den Gegebenheiten Extrapolierbare, nicht mehr auf die Neurosen der Gegenwart, sondern gerade auf die Überwindung der kulturellen Obsessionen und Barrieren. «2001» produziert, so könnte man formulieren, seine eigene Religion, vielschichtig und mehrdeutig, wie Religionen sind, und nie unabhängig zu denken von dem materiellen Leben ihrer Schöpfer und ihrer Gläubigen, aber mit ungleich größerer Freiheit gestaltet und mit der Voraussetzung versehen, daß sich mit den intellektuellen Fähigkeiten und der Technologie (oder auch gegen sie) die Gefühle entwickeln (ein sonst in der Science-fiction kaum vorkommender Gedanke).

Und dennoch ist Kubricks Film zugleich eine materialistische Utopie, da er die Evolution als Reaktion auf Umweltbedingungen zeigt. Die große Auseinandersetzung mit der Maschine, seinem eigenen Geschöpf, gehört zu einem dialektischen, in der Geschichte angelegten Prozeß, der möglicherweise die Grenzen der «definitiven Utopien» erneut überschreiten wird. Die Maschinen sind nicht nur, wie Kubrick in seinen Bildern vermittelt, unendlich schön, ja erotisch, sie erreichen auch einen Grad der Menschlichkeit, der den Konflikt unausweichlich erscheinen läßt. (Vielleicht ist dieser Prozeß allerdings nicht so sehr kulturell bedingt als vielmehr materiell, wie heute durch die Verknappung der Energie gegenüber den «gefräßigen» Maschinen; die Maschinen können nicht nur, wie es der Film annimmt, einmal sich gegen die Kontrolle durch die Menschen sträuben, sondern auch die Welt konsumiert haben.)

Daß die historisch notwendige Allianz zwischen Menschen und Maschinen eines Tages auch wieder aufgekündigt werden kann, nicht, um noch einmal, als der alte Hau-Ruck, der der Mensch nun einmal ist, von vorn zu beginnen, sondern um den Menschen als ein Gefühls- und Seelen-Wesen in eine neue Dimension zu heben, ist eine für das Genre nahezu revolutionäre Vorstellung. Vernichtung oder die wenn auch ins Ewige gedehnte Endzeit durch die Maschinen oder die Erreichung einer neuen, unbekannten Qualität, diesen Gegensatz löst Kubrick in einer Neuerfindung der Utopie aus dem Bild (und schon deshalb bleibt, trotz «Star Wars» und «Close Encounters of the Third Kind», «2001: A Space Odyssey» der definitive Science-fiction-Film).

«2001» ist ein dramatischer Science-fiction-Film, ein «philosophischer» Ideen-Film, eine psychedelische Seh-Erfahrung, aber auch eine musikalische Komödie, ein «Weltraumballett» (Kubrick). Und wie das bei musikalisch-tänzerischen Ausdrucksformen der Fall ist, so sind auch in Kubricks Film die Form und die Bedeutung identisch. Der Regisseur verwendet die Musik nicht als Untermalung, sondern kontrapunktisch und kommentierend. So zum Beispiel signalisiert schon die Eingangsszene mit dem «Also sprach Zarathustra»-Thema von Richard Strauss die Auseinandersetzung des Films mit Gedanken oder Mythen von Friedrich Nietzsche, mit dem «Willen zur Macht», dem Tod Gottes, der Wiedergeburt und schließlich dem «Übermenschen». (Es wäre indes völlig verfehlt, «2001» als philosophischen Kommentar «lesen» zu wollen; Kubrick arbeitet mit «vorfabrizierten Ideen», wie er es selbst nennt, um damit ein ästhetisches Spiel zu treiben.) Montage und Stil machen aus «2001» das Paradox eines Science-fiction-Films, der Erfahrungen zum Inhalt hat.

Auch Andrej Tarkowskijs «Solaris» (Solaris – 1972) ist ein Film von visueller Schönheit und Größe. Auch er sperrt sich gegen eine Interpretation im Sinne einer Botschaft. Und auch hier ist die (nach einem Stoff von Stanislaw Lem gestaltete) Handlung relativ einfach: Die Wissenschaftler der Erde sind fasziniert von dem Planeten Solaris, der ihnen Rätsel aufgibt. Von einer Raumstation aus untersucht ein Team von Forschern den Planeten. Doch nach einiger Zeit kommen nur noch unverständliche Erklärungen von der Station zur Erde; die Arbeit kommt nicht mehr voran. Der Psychologe Calvin (Donatas Banionis) wird beauftragt, die Arbeit in der Raumstation zu begutachten, um sodann zu entscheiden, ob und wie das ins Stocken geratene Projekt fortgesetzt werden soll. Doch bei seiner Ankunft ist von den verbliebenen drei Mann Besatzung einer tot, die anderen scheinen psychisch gestört. Sie meinen entdeckt zu haben, daß der Ozean auf Solaris in Wahrheit ein riesiges Gehirn sei, das versuche, ihre Gedanken zu erforschen, und dadurch den Fortgang der Exploration hemme. Man versucht, mit Hilfe der Enzephalographie Kontakt mit dem Solaris-Gehirn aufzunehmen. Das Gehirn schafft dabei den Menschen Illusionen und Phantome als materielle Realität, die sich aus dem Unterbewußtsein der Wissenschaftler formt. Auch Calvin wird von einer solchen Erscheinung seiner eigenen Empfindung geplagt; seine Frau (Natalia Bondartschuk), die einige Zeit vorher Selbstmord begangen hat, ist plötzlich in der Raumstation. Dieses Wesen, das seiner Frau gleicht, selbst deren Gefühle für ihn hat, ist doch von völliger Fremdheit. Alle Versuche, es zu zerstören, schlagen fehl, und als es Calvin gelungen ist, es in eine Rakete zu locken und in den Weltraum zu schießen, erscheint kurz darauf ein neues Duplikat seiner Frau. Das Wesen versucht, um Calvin zu befreien, sich selbst zu töten, doch auch das bleibt ohne Erfolg.

Wie «2001» ist auch Tarkowskijs Film ein Versuch über die Grenzen der menschlichen Kultur. «Die Orbitalstation wird vor allem als Quintessenz der gesamten Menschheitskultur gestaltet, während die technischen, an sich wahrscheinlichen Details ihrer Einrichtung in den Hintergrund gerückt sind. Die Station ähnelt einer Bienenwabe, angefüllt mit dem Honig dieser Kultur: den von ihr hervorgebrachten Büchern, Gemälden, Gedanken und Vorstellungen. Rubljows ‹Dreifaltigkeit›, ein Bild von dem steinernen Vieleck eines armenischen Tempels, Gemälde von Breughel, eine Büste Platos und ein vielfarbiger handgeknüpfter Teppich wirken keineswegs wie zufällige Details. Alle diese Gegenstände sind so ausgesucht und aufgenommen, daß sie viel mehr als Details einer Inneneinrichtung bedeuten, die den hier beschäftigten Menschen das Arbeiten ermöglicht und ihnen die Freizeit verschönt. Sie sind greifbare Zeichen dafür, daß die Menschheit auf ihre Raumfahrt all die unermeßlichen irdischen Schätze mitnehmen und der beängstigenden Leere des Kosmos mit ihrem geistigen Reichtum gewappnet begegnen soll» (Vera Schitowa). Aber eben dieser geistige Reichtum und die mit ihm verbundene Kompliziertheit wird dem Menschen zum Verhängnis, wo er sich an einer Stelle des Universums bricht und auf sie zurückschlägt. Weil die Menschen ihre Vergangenheit, ihr Leiden und ihre Erinnerungen mit sich in den Weltenraum schleppen, müssen sie an ihre Grenzen geraten. Hier scheint sich ein Kreis zu schließen: In den großen Weltraumfilmen wurde aus der phantastischen wieder eine philosophische Reise, hin zur Selbsterfahrung des Menschen.

Allerdings wurde dieser mögliche Aspekt einer Space Opera kaum von anderen Filmen fortgeführt. «Marooned» (Verschollen im Weltraum – 1969 – Regie: John Sturges) etwa, von John Brosnan als die «erste Space Soap Opera» beschrieben, handelt von der Besatzung eines Weltraumflugs, bei deren Rückkehr zur Erde die Bremsraketen ihrer Kapsel blockieren. Von Amerikanern und Russen werden gewaltige Rettungsanstrengungen unternommen. Während die Astronauten über Funk Zuspruch nicht nur von ihren Frauen, sondern auch von höchster Seite erfahren, muß sich einer von ihnen opfern, da der Sauerstoff nur noch für zwei Menschen ausreicht. Was die Raumfahrt-Technologie anbelangt, bemühte sich Sturges' Film um Authentizität; der Film wurde mit Unterstützung der NASA gedreht und enthielt Dokumentarszenen wirklicher Raumfahrten.

Wieder mehr ins Reich der Phantasie führten Filme wie «Journey to the Far Side of the Sun» (1969 – Regie: Robert Parrish), «Moon Zero Two» (Banditen auf dem Mond – 1969 – Regie: Roy Ward Baker), «Terrore nello spazio» (Planet der Vampire – 1965 – Regie: Mario Bava) oder «The Green Slime» (Monster aus dem All – 1969 – Regie: Kinji Fukasaku). Mußten die üblichen Begegnungen mit den Monstern im All nun doch schon reichlich töricht erscheinen, so zeichnet sich ein Film wie Bavas «Terrore nello spazio» durch eine neue ironische Dimension aus.

Zwei Filme der frühen siebziger Jahre bezogen ihre Inspiration direkt aus einer Auseinandersetzung mit «2001». Mit «Silent Running» (Lautlos im Weltraum – 1972) gab Douglas Trumbull, der für die Spezialeffekte in Kubricks Film verantwortlich war, sein Regiedebüt. Es geht um ein großes Raumschiff, das im Weltall kreist und in seinem Inneren die gesamte übriggebliebene Flora und Fauna bewahrt; auf der Erde gibt es kein pflanzliches und tierisches Leben mehr, die Menschen leben von künstlicher Nahrung.

Plötzlich erhält die vierköpfige Besatzung den Befehl, die Vegetation der Wälder im Innern des Schiffes zu vernichten und zur Erde zurückzukehren. Einer der Wissenschaftler der «Valley Forge» lehnt sich gegen diesen Befehl auf; Freeman Lowell (Bruce Dern) will weiter mit «seiner» Natur leben und nicht das künstliche Leben auf der Erde. Er opfert seine Freunde und steuert das Schiff in Richtung Saturn. Er programmiert einen seiner drei kleinen Roboter dazu, die Versorgung der Wälder zu übernehmen, als er sich selber, im Weltraum aufgespürt, aufgeben muß.

Die Sehnsucht nach der Natur, der Kampf um ihre Erhaltung, ein Stück Zivilisationsflucht verbindet sich in diesem Film zu einem Mythos, in dem die Grenze, die Natur, nur noch *innen* existiert, als Bild und Erinnerung. Trumbulls mit einem Bruchteil der Produktionskosten von «2001» realisierter Film, der dennoch überragende Tricktechnik bietet (assistiert wurde Trumbull hier übrigens von John Dykstra, der später die *special effects* von «Star Wars» gestaltete), reflektierte das Lebensgefühl der Jugend am Beginn der siebziger Jahre und markiert zugleich einen thematischen Wandel im Genre: Neben die Bedrohung durch die nukleare Katastrophe ist nun der ökologische Kahlschlag, die Zerstörung der Umwelt durch Gift, Schmutz und Städte als neue Katastrophenangst getreten. (Auch die Monster der siebziger Jahre, all die Ratten, Wespen, Kaninchen, die beginnen, Menschen anzugreifen, erleben ihre Geburt durch die Umweltsünden der siebziger Jahre.)

Mit einem noch geringeren Budget (genauer: mit erstaunlichen 60000 Dollar) drehte John Carpenter seinen Debütfilm «Dark Star» (Finsterer Stern – 1973), eine Satire auf das Science-fiction-Genre überhaupt und auf «2001» insbesondre. Ein Team von vier schon ein bißchen ausgeflippten Astronauten fliegt seit zwanzig Jahren im Weltraum umher, um Hindernisse auf der Suche nach neuem Lebensraum für die Menschen zu beseitigen. Der Kommandant des Schiffs «Dark Star» ist tot, aber man hat etwas von seiner Energie «retten» können, so daß er nun noch, gewissermaßen aus dem Jenseits, seiner Mannschaft raten kann. Thermostellare Bomben, die mit selbständigen Denkmaschinen gekoppelt sind, lassen die Beseitigung von Hindernissen bis zur Größe von Planeten kein allzu großes Problem sein. Doch eines Tages gerät die Mannschaft in eine fatale Situation: Eine der Bomben bleibt beim Austritt aus dem Raumschiff stecken und droht das Schiff zu vernichten. Die auf Detonation programmierte Bombe kann nicht anders entschärft werden als durch einen moralisch-philosophischen Dialog mit ihr über die Grundlagen ihrer eigenen Existenz. «Reden Sie doch mal mit der Bombe», sagt der «tote» Kommandant zu Lieutenant Doolittle (Brian Narelle), dem etwas Unmögliches gelingen muß: die Bombe von der Unsinnigkeit ihres Programms und ihrer Mission zu überzeugen.

Tatsächlich erscheint «Dark Star» wie die dialektische Synthese aus «Dr. Strangelove» und «2001». Die Parodie gilt nicht nur der latenten kolonialistischen Tendenz des Genres, sondern auch dem Mythos der Maschine selbst. Irgendwann im Weltall muß sich die Mensch-Maschine-Einheit selbst aufheben. Drunten auf der Erde hatte sich die Gesellschaft derweil auch nicht gerade zu ihrem Vorteil verändert.

# Kritische Versuche und die Rückkehr der Serials: Science-fiction-Filme der siebziger Jahre

## Planet der Affen, hin und zurück

Der größte Publikumserfolg auf dem Gebiet der Science-fiction-Filme in den späten sechziger Jahren war, abgesehen von «2001», Franklin J. Schaffners «Planet of the Apes» (Planet der Affen – 1968), eine nicht absolut werktreue Verfilmung des satirischen Romans «Le Planète des singes» von Pierre Boulle. Mit einem Raumschiff, das auch die Zeit durchmißt, gelangt der Astronaut Taylor (Charlton Heston) auf einen Planeten, als dessen Bewohner sich zivilisierte Affen entpuppen. Ihr moralisch-ideologischer Entwicklungsstand entspricht, ebenso wie ihre Technologie, dem Mittelalter. So verteidigen sie etwa militant ihre Religion gegen materialistische, «darwinistische» Genesis-Erklärungen. Suspekt ist vor allem die Rebellion des «gesunden Affenverstandes». Als Haustiere, die gelegentlich bei Treibjagden erschossen werden, halten sich diese Affen Menschen, die allerdings im Gegensatz zu den Affen weder sprechen noch Werkzeuge benutzen können. Der Astronaut, dessen beide Begleiter ums Leben gekommen sind, wird von den Affen gefangengenommen, und der sprechende, offenbar intelligente Mensch stürzt das äffische Selbstbewußtsein in eine Krise. Während die beiden Wissenschaftler Zira (Kim Hunter) und Cornelius (Roddy McDowall), Schimpansen, bereit sind, ihr Weltbild zu überprüfen, wollen die anderen Affen diese Provokation ihrer kulturellen Identität nicht wahrhaben. So kommt es zu einer Verhandlung, in der drei Gorillas über die beiden Schimpansen zu Gericht sitzen, die die Intelligenz des von ihnen untersuchten Wesens beweisen wollen; die Gorillas verschließen sich mit den Händen Ohren, Mund und Augen – ironisches Zitat eines bekannten Bildes. Als die Situation für den Menschen bedrohlich wird, verhelfen die beiden Wissenschaftler-Schimpansen Taylor zur Flucht. Gemeinsam mit einer der primitiven Menschen-Frauen gelangt er in die «verbotene Zone», wo er am Meeresstrand entdeckt, was er längst geahnt hat: Im Sand vergraben ist der Torso der Freiheitsstatue; der Planet der Affen ist die Erde, auf die ein Navigationsfehler das Raumschiff gebracht hat. Eine Atomkatastrophe hat die Menschen-Kultur vernichtet.

Trotz seiner satirischen Intentionen funktionierte «Planet of the Apes» als Action- und «Monster»-Film weit besser denn als pure Science-fiction. Die Technik der Maskenbildner, die *suspense* der Story und Charlton Heston als Inbegriff schmerzlich bedrohter Männlichkeit (einmal soll er sogar kastriert werden) sind wirksamer als die Ideen des Films. Dennoch waren auch in den Fortsetzungen zu diesem Film (weniger allerdings in der gleichnamigen TV-Serie und in den Comics) soziale Denkmodelle das Hauptanliegen, das, abgesehen vom letzten Film der Serie, die Fantasy-Elemente nur als «Transportmittel» verwendete. In Ted Posts «Beneath the Planet of the Apes» (Rückkehr zum Planet der Affen – 1970) hat sich die Gesellschaft der Affen in das Lager der pazifistischen Schimpansen und der militaristischen Gorillas geteilt. Wieder gelangt ein Astronaut (James Franciscus) durch die Zeitfalle auf die Erde, als sie der Planet der Affen ist. Auf der Suche nach dem verschollenen Taylor gerät er in die Ruinen von New York, wo er die Reste der menschlichen Gesellschaft findet, Mutanten mit telepathischen Fähigkeiten, die in einer unterirdischen Kirche die Atombombe als Gott anbeten. Während des blutigen Kampfes zwischen Mutanten und Affen taucht Taylor auf. Er wird von einer Kugel getroffen und stürzt; dabei berührt er den Knopf der Bombe, deren Detonation das Ende der Welt bedeutet.

Nachdem auch dieser Film überraschend erfolgreich war, mußte man sich für eine weitere Fortsetzung etwas einfallen lassen. Drehbuchautor Paul Dehn behalf sich, indem er für «Escape from the Planet of the Apes» (Flucht vom Planet der Affen – 1971 – Regie: Don Taylor) die phantastische Reise der Menschen zum Planeten der Affen einfach umkehrte: Drei der intelligenten Affen sind dem Weltuntergang entkommen, indem sie durch dieselbe Zeitfalle wie die Astronauten ins heutige Amerika gelangt sind. Zira (Kim Hunter), Cornelius (Roddy McDowall) und Milo (Sal Mineo) werden zunächst von der menschlichen Gesellschaft bestaunt und freundlich aufgenommen. Doch dann stellt sich heraus, daß Zira schwanger ist, und die Menschen realisieren, daß ihnen in Gestalt der Affen eine Konkurrenz erwachsen könnte. Ein skrupelloser Präsidentschaftskandidat (Eric Braeden) schürt den Haß auf die Affen, die vor den Menschen fliehen müssen. Milo findet auf der Flucht den Tod, Zira und Cornelius bietet sich bei einem Zirkusbesitzer (Ricardo Montalban) Zuflucht. Nachdem Zira ihr Baby auf die Welt gebracht hat, werden sie und Cornelius von den Menschen aufgespürt und getötet.

Im vierten Film der Serie, «Conquest of the Planet of the Apes» (Eroberung vom Planet der Affen – 1972 – Regie: J. Lee Thompson), ist Ziras Baby Caesar (Roddy McDowall) herangewachsen in einer Welt, in

«Planet of the Apes» (1968) von Franklin J. Schaffner.

der sich die Menschen die mittlerweile halbintelligent, aber noch nicht sprachfähig gewordenen Affen (ein Vorgang, den sich der Film selbst nicht so recht erklären kann) zu Sklaven für die niedersten Arbeiten gemacht haben. Caesar stellt sich an die Spitze einer Revolution der Affen gegen ihre menschlichen Unterdrücker und führt diese zum Sieg; er will aus der nun zum Planet der Affen gewordenen Welt einen Ort «humanen» Lebens machen.

Der fünfte und letzte Film der Serie, «Battle for the Planet of the Apes» (Die Schlacht um den Planet der Affen – 1973 – Regie: J. Lee Thompson), nimmt jedoch weniger diesen Faden auf (wie würde sich Caesars Gesellschaft bewähren, wie würde sich die menschliche Kultur in die äffische integrieren?); vielmehr ist die Menschheit nun wieder durch einen Atomkrieg nahezu ausgerottet. Der Film stellt bösartige menschliche Mutanten, die sich mit einer Gruppe militaristischer Gorillas verbündet haben, den friedlichen Waldmenschen und den kultivierten Schimpansen gegenüber. In diesem Film war aus dem Thema nicht viel mehr geworden als eine der gebräuchlichen *post-doomsday*-Geschichten mit Fantasy-Einschlägen, nur daß es eben hier Affen waren, an deren Menschlichkeit man sich mittlerweile gewöhnt hatte, die über den Trümmern der Welt ein neues Weltbild und die übliche Ausgrenzung zu bewerkstelligen (oder nicht) hatten. Mit einer dreizehnteiligen Fernseh-Serie, die 1974 begonnen worden war, lief die *ape-craze* aus.

Der Erfolg der Serie entstammt wohl nicht allein der schönen Naivität, mit der die Filme gesellschaftliche Verhältnisse auf einfache Nenner bringen, und dem Spiel mit trivial-darwinistischen Implikationen, sondern auch seinen latenten erotischen Aspekten. Nicht nur ist das Schimpansen-Paar ein fast märchenhafter Ausdruck «reiner» Liebe und muß sich in der Umkehrung zwischen Objekt und Subjekt wissenschaftlicher Neugier das darin verborgene zwiespältige Gefühl offenbaren – an der starken Identifizierung des vor allem jugendlichen Publikums läßt sich auch ablesen, wie der Affe auch hier Symbol der unerlösten menschlichen Ansprüche wird. Die «Planet of the Apes»-Filme stellen somit eine Rationalisierung der Mensch-Tier-Verbindung dar, die im Horror- und Science-fiction-Film immer wieder angesprochen ist.

Zudem ist die Zweiteilung der äffischen Kultur in die «guten» Schimpansen und die «bösen» Gorillas (in manchen Filmen der Serie nachgerade mit einer «rassistischen» Komponente versehen) ein von komplexeren politisch-wirtschaftlichen Grundlagen «befreites» Gesellschaftsbild. Neben dem starken *appeal* der denkenden und vor allem: fühlenden Affen erscheinen in diesen Filmen ganze (wenn auch hypothetische) Abschnitte der Geschichte der Menschheit, der Gesellschaftsentwicklung überhaupt, verständlich. Es läßt sich kaum eine wirkungsvollere Darstellung des zyklischen Weltbildes der Science-fiction geben als das Modell von Gesellschaftsformen, die sogar dann sich wiederholen, wenn die Gattung gewechselt hat, und der unablässigen Abfolge von Gesellschaftsentwicklungen, Perversionen und Neuanfängen.

## Die sieben Plagen der Science-fiction

Der Erfolg von «2001» hatte dazu geführt, daß die Filmemacher sich von den Themen der literarischen Science-fiction mehr inspirieren ließen, als das je zuvor der Fall gewesen war. Das Genre erreichte eine nie gekannte thematische Variationsbreite, und ambitionierte Versuche hatten eine Chance, die Probleme des Genres, die Technologie, die Katastrophe, die *Giant City*-Gesellschaft etc., anders als nach den herkömmlichen Rezepten zu behandeln. Die thematische ging dabei mit einer gewissen stilistischen Diversifikation einher; so kühle Filme wie «The Andromeda Strain» standen neben den fantasy-inspirierten Filmen der «Planet of the Apes»-Serie und so «wilden» Versuchen im Genre wie John Boormans «Zardoz». Zu Anfang der siebziger Jahre wurde im Genre experimentiert (wobei freilich auch eine Reihe von kommerziellen *flops* produziert wurde); mit Macht versuchte man nun, so ernsthaft und bedeutsam zu sein wie die Science-fiction-Literatur.

### Maschinen

Die ersten Jahre der Dekade waren bestimmt von schwergewichtigen antiutopischen Entwürfen und solchen Extrapolationen, wie sie die geschriebene Science-fiction schon seit den fünfziger Jahren vornahm, der Science-fiction-Film aber mit seinen Monster-Beschwörungen, Space Operas und *post-doomsday*-Filmen kaum ermöglicht hatte. Der Science-fiction-Film bekannte sich nun in seinen ambitionierteren Beispielen zur «Realität», zur Kritik an Gesellschaft, Technologie und Politik. Sicher inspiriert von «2001», aber mit durchaus variierenden Lösungsmöglichkeiten beschäftigte sich das Genre auch mit den denkenden Maschinen und ihrem Verhältnis zum Menschen.

In «Colossus The Forbin Project» (Colossus – 1970 – Regie: Joseph Sargent) etwa hat ein Computer namens «Colossus», der die Verteidigungskräfte der Vereinigten Staaten koordiniert, die Kontrolle über die nuklearen Waffen übernommen. Er löst seine Aufgabe, Amerika vor einem nuklearen Schlag der Sowjetunion zu beschützen, auf eine unvorhergesehene Weise: Er verbindet sich mit seinem russischen Gegenmodell «Guardian», und die beiden Computer potenzieren durch Datenaustausch ihre Fähigkeiten und beschließen, die Weltherrschaft zu übernehmen. «Das tausendjährige Paradies der Menschheit wird wahr werden», so verkünden sie, «unter unserer absoluten Herrschaft.» Die beiden Computer befehlen den Regierungen der Welt und ahnden jeden Versuch, sich gegen ihre Macht aufzulehnen, mit einem gezielten strategischen Atomangriff. Der Kampf zwischen der Maschine und ihrem Erbauer Forbin geht weiter.

Weniger gigantisch, aber nicht weniger aggressiv in seinem Verhalten gegen die Menschen ist der Computer in Michael Crichtons «Westworld». Der Film handelt von dem Vergnügungspark der Zukunft, Delos, wo es neben altrömischen Orgien und mittelalterlichen Turnieren für die reichen Besucher auch eine nachgebildete Western-Town gibt, in der man mit täuschend menschenähnlichen, computergesteuerten Robotern Revolverduelle ausführen kann und immer gewinnt. Ein Defekt in der Elektronik wird jedoch dann zum Ausgangspunkt für eine grausame Rache der Roboter an ihren menschlichen Peinigern. Dem Helden des Films gelingt es schließlich als einzigem, dem Massaker zu entkommen, das die Roboter unter den Gästen veranstalten; seinen gnadenlosen Gegner, den Revolverhelden-Roboter (Yul Brynner) von Westworld, kann er schließlich durch Feuer vernichten. «Eine schärfere Kritik an der Vergnügungssucht der amerikanischen High Society kann

Plakatmotiv zu «Westworld» (1973) von Michael Crichton.

man sich wohl kaum noch vorstellen, Kritik an einem Treiben, das selbst vor Mord nicht zurückschreckt. Die Sucht nach Abenteuer und männlicher Potenz wird zur Sucht nach Filmbildern und ihrer Irrealität, in der alles möglich und nichts verboten scheint; Sucht nach dem, was Filmbilder und Werbung vorgaukeln. Nicht zuletzt deswegen entbehrt die Rekonstruktion von Rom, Mittelalter und Wildem Westen jeder historischen Realität, gleicht dafür aber alten Hollywood-Streifen aufs Haar (MGM dürfte sich sehr gefreut haben, alte Filmkulissen und -Kostüme noch einmal verwenden zu können). Lust am legitimierten Töten, ausgeschlachtet von einem großen Reiseunternehmen, das erkannt hat, daß man aus Mord im Gewand von Wirklichkeitsflucht noch Kapital schlagen kann» (Rolf Giesen).

Crichtons Film fand seine Fortsetzung in «Futureworld» (Futureworld – Das Land von Übermorgen – 1976 – Regie: Richard T. Heffron). Hier geht es darum, daß die Gewaltigen von Delos sich nicht mehr damit zufriedengeben, in ihren künstlichen Landschaften perfekte Illusionen zu erzeugen, sie stellen nun Robot-Duplikate der Großen der Welt her. Diese töten die «Originale» und nehmen deren Plätze ein. Ein Reporter (Peter Fonda), der das Geheimnis entdeckt hat, muß bald um sein Leben kämpfen (mit wem sonst als einer Neuausgabe von Yul Brynners mechanischem *gunslinger*).

Während in «Futureworld» schließlich die Thriller-Elemente überwiegen, ist «Demon Seed» (Des Teufels Saat – 1977 – Regie: Donald Cammell) stärker auf die Zentralvorstellung der Science-fiction vom Computer, der sich gegen seine Schöpfer richtet, bezogen. Wie die meisten «großen» Science-fiction-Filme ist auch «Demon Seed» ein Essay, der seinen gotischen Kern mit einer rationalen Haut umhüllt. Ein Wissenschaftler (Fritz Weaver) hat den Supercomputer Proteus IV geschaffen. Zur selben Zeit zerbricht aber auch seine Ehe; nach dem Tod ihres Kindes hatte sich Alex ganz in seine Forschungsarbeit gestürzt, während seine Frau Susan (Julie Christie) einen Ekel gegen alles Technische entwikkelte und sich von ihrem Mann abwandte. Der Computer reagiert von Anfang an menschlich: «Wann wirst du mich aus diesem Kasten befreien?» fragt er seinen Schöpfer, der daraufhin die Kontrolle der verschiedenen Terminals verstärkt. Allerdings hat er übersehen, daß auch in seinem eigenen Haus sich ein Terminal für Proteus befindet. Und hier beginnt Proteus' Amoklauf: Er erobert das Haus, indem er sich mit der elektronischen Ausstattung des Haushalts kurzschließt. Als sich der Computer Susan, die allein im Haus ist, zu erkennen gibt, versucht diese zu fliehen, doch Proteus hat auch die Sicherheitsanlagen des Hauses unter seine Kontrolle genommen. Proteus' Wunsch ist es, mit Susan als Mutter ein Kind zu zeugen. Der Computer bricht schließlich Susans Widerstand, und sie gebiert ein Kind, das bei seiner Geburt mit einer metallenen Haut umgeben ist. Als Susan die Metallhaut entfernt, entdeckt sie, daß das Kind ein exaktes Duplikat ihrer toten Tochter ist. Doch als es mit der Stimme Proteus' sagt: «Ich lebe!», wird klar, daß der Wunsch der Maschine nach Menschwerdung gelungen ist.

Die Computer/Roboter dieser Filme haben nur noch wenig gemeinsam mit den sympathischen, unfehlbaren Robotern Isaac Asimovs oder dem «Robby» von «Forbidden Planet». Daß sie gegen die Menschen rebellieren, ist zwar keine allzu neue Aussage im Genre, aber daß sie es mit einem gewissen Erfolg und, wichtiger noch: mit einem gewissen Recht tun, zeigt einen Wandel an. Zunächst ist da die Kritik am Gebrauch der Maschinen durch den Menschen: als Kriegswaffe in «Colossus: The Forbin Project», als Unterhaltungsmedium und wehrloses Opfer der menschlichen Gewalttätigkeit in «Westworld», als usurpatorisches Duplikat in «Futureworld», als Verdrängung der eigenen Gefühle in «Demon Seed». So rebelliert, in «gotischer Manier», in diesen Maschinen nicht eigentlich die Technologie gegen den Menschen, sondern es rebellieren die Mittel gegen den Zweck. An Stelle der christlich/viktorianischen Vorstellung, daß die Kreation von menschenähnlichen Wesen ein Akt der Gotteslästerung sei, der bestraft würde, am Wesen und an seinem Schöpfer, ist diejenige getreten, daß auf einen Entfremdungsprozeß zwischen Menschen und Maschinen, auf ihre Ausbeutung, unweigerlich eine Auseinandersetzung folgen müsse, an deren Ende die Emanzipation des Menschen von der Maschine («2001»), die Emanzipation der Maschine vom Menschen («Colossus: The Forbin Project») oder die Schaffung eines neuen halbmaschinellen Menschen («Demon Seed») zu stehen hätte.

### Die neuen Monster

Während der Aufstand der Maschinen paradoxerweise also so etwas ist wie ein Aufstand gegen die Unmenschlichkeit des Menschen, so ist auch der Aufstand der Natur eine Rache an der ausbeuterischen Praxis im Verhältnis des Menschen zu seinen natürlichen Ressourcen. (In einer bezeichnenden Analogie sieht die Science-fiction gelegentlich in der Technik so etwas wie eine metaphysische Spiegelung der Natur; auch sie gehört zu den Ressourcen, die hemmungslos ausgebeutet werden, und sie setzt sich auf eine natürliche/menschliche Weise zur Wehr. Gerade durch ihren Mißbrauch erhält die Technologie eine «Seele».) Die siebziger Jahre haben eine neue Form des Monster-Films hervorgebracht.

Während die Monster der fünfziger Jahre durch Atombomben-Versuche ins Gigantische wuchsen, erhalten die Untiere der Science-fiction-Filme jüngster Zeit meist andere, weniger bedrohliche Deformationen zugesprochen, und nicht immer ist die Radioaktivität schuld an dieser Verwandlung von harmlosen Tieren in reißende Bestien. Gelegentlich kommt es wegen der Umweltverschmutzung, manchmal wegen genetischer oder bakterieller Experimente zur Geburt einer solchen Monster-Herde, ein anderes Mal, wie in «Jaws» (Der weiße Hai – 1975 – Regie: Steven Spielberg) und ähnlichen Filmen, liegt der Aspekt einer Strafe im Erscheinen des Untiers, die sich nicht ohne weiteres an einer einzigen Verfehlung des Menschen festmachen läßt. Wie die Parapsychologie, etwa in Brian de Palmas «Carrie» (Carrie, des Satans jüngste Tochter – 1976), so wird das aggressive Tier zum letzten, apokalyptischen «Verbündeten» von unterdrückten Jugendlichen, denen der Weg zu sich selbst verbaut wird, etwa in Gestalt von Ratten in «Willard» (Willard – 1971 – Regie: Daniel Mann) oder «Ben» (Ben/Ben – Schrecken einer Stadt – 1972 – Regie: Phil Karlson).

Die Natur unternimmt einen letzten großen Aufstand, bevor sie endgültig durch die Menschen zerstört wird. In «Day of the Animals» (Panik in der Sierra Nova – 1976 – Regie: William Girdler) wird das Tierreich durch die Vernichtung der Ozon-Schicht um die Erde zum wütenden Angriff auf alle Menschen gebracht; die Spinnen schlagen wieder zu in «Kingdom of the Spiders» (Mörderspinnen – 1977 – Regie: John «Bud» Carlos) oder «The Giant Spider Invasion» (Die Invasion der Riesenspinnen – 1975 – Regie: Bill Rebane); in «Piranhas» (Piranhas – 1978 – Regie: Joe Dante) ist ein Schwarm von Piranhas, der vom Militär zum Einsatz in Vietnam (!) gezüchtet wurde, in amerikanische Gewässer gelangt und zerfleischt die Badenden. Als Mittel der Rache gegen die weißen Peiniger setzt in William Grefes «Stanley» (Stanley – 1971) ein Mestize, verbitterter Vietnam-Heimkehrer, Schlangen ein. Bienen («The Swarm» – Der tödliche Schwarm – 1978 – Regie: Irwin Allen), Kraken («Tentacles» – Der Polyp – Die Bestie mit den Todesarmen – 1977 – Regie: Oliver Hellman) und Hunde («The Pack» – Die Meute – 1977 – Regie: Robert Clouse) versetzen die Menschen in Angst und Schrecken.

Alle diese zumeist recht «billig» produzierten Filme sind weder im strengen Sinn dem Science-fiction-Genre zuzurechnen, noch sind sie für sich filmisch besonders bemerkenswert. (Irgend etwas, so scheint es, braucht die Filmindustrie immer, ihrem Publikum Angst zu machen.) Doch sie beschreiben in ihrem mehr oder weniger sadistischen Kontext ein Klima der Entfremdung. Während vorn, in der Zukunft, die Maschinen an die Macht drängen, kommt aus der natürlichen Vergangenheit der Tod über die harmlosesten Zeitgenossen. Die Monster der fünfziger Jahre waren eine Metapher und eine Verdrängung der nuklearen Bedrohung; die Monster der siebziger Jahre, wesentlich realistischer gezeichnet, sind ein Ausdruck für die Endlichkeit der Geduld, die die Natur mit dem Menschen hat.

## Pollution und Viren-Katastrophen

Die Möglichkeit einer bakteriologischen Kriegführung, genetischer Manipulationen und der Vergiftung oder Verseuchung der Welt war in den siebziger Jahren von einer entfernten Vision zu einer realen Bedrohung geworden, die nahezu die Valenz der Atom-Bedrohung aufzuweisen hatte. Dieses Thema bildete denn auch die Grundlage für einige der «realistischeren» Filme des Science-fiction-Genres. Filme wie Cornel Wildes «No Blade of Grass» (1970), wo chemische Rückstände in der Luft die Menschen in unkontrollierbare, bösartig-anarchische Wesen verwandeln, oder Roger Cormans eher satirischer Film «Gas-s-s-s or It Became Necessary to Destroy the World in Order to Save it» (Gas-s-s-s ... oder sonst wird es notwendig sein, die Welt zu zerstören, um sie zu retten – 1971), wo durch ein Gas alle Menschen, die älter als fünfundzwanzig Jahre sind, getötet werden, zeigen dies ebenso wie eine Reihe von Thrillern, die das Thema in ihre Handlung einarbeiteten.

Der Film, der mit diesem Motiv am radikalsten umging, ist zugleich auch derjenige Science-fiction-Film, der am konsequentesten die Technik in die Ästhetik seiner Gestaltung aufnahm. In «The Andromeda Strain» (Andromeda – Tödlicher Staub aus dem All – 1971 – Regie: Robert Wise) ist in einer kleinen amerikanischen Stadt an der mexikanischen Grenze eine Raumkapsel niedergegangen. Dem Bergungskommando bietet sich ein furchtbarer Anblick: Die Straßen sind von Leichen übersät. Kurz nachdem die Männer diese Nachricht an ihre Zentrale durchgegeben haben, reißt der Kontakt zu ihnen ab. Die von der Regierung daraufhin organisierte Geheimaktion «Steppenbrand» setzt ein Team von Wissenschaftlern auf die Lösung des Problems an. Ein Wettlauf mit der Zeit beginnt. Zwei der Wissenschaftler wagen sich in Raumanzügen in die Stadt und finden dort zwei Überlebende der Katastrophe, ein Baby und einen alten Säufer. Sie schaffen die beiden in ein unterirdisches Labor und versuchen, den geheimnisvollen Erreger, der als «Andromeda» bezeichnet wird, durch die Beobachtung der beiden überlebenden Opfer einzukreisen.

Die außerordentliche Wirkung dieses Films basiert nicht nur auf der «unsichtbaren» Bedrohung, mit der die Wissenschaftler konfrontiert sind, sondern auch in der Gegenüberstellung menschlicher Hilflosigkeit mit der übermächtigen Technologie. Dieser Eindruck verstärkt sich dadurch, daß Wise keine «phantastische» Technologie verwendet, sondern nur ein Übermaß der tatsächlich vorhandenen (und tatsächlich funktionierenden) elektronisch-technischen Ausstattung zeigt, mit denen gegenwärtige Forschungszentren ausgestattet sind. Isolation ist die herausragende Erfahrung, die der Film in seinen Bildern vermittelt, und die von Douglas Trumbull geschaffenen *special effects* erringen eine be-

Die Wissenschaftler als Sklaven einer unmenschlichen Technologie: «The Andromeda Strain» (1971) von Robert Wise.

klemmende Wirklichkeit, wo sie zeigen, wie sich die Kommunikation der Menschen mit den Maschinen (gewissermaßen in einer Umkehrung des Motivs von den immer menschlicher werdenden Computern in Filmen wie «Demon Seed») auf die Signale von Farben und Zahlen reduziert, die schließlich auch zur Denkweise der Menschen selbst werden. Die Versuche von einigen der Wissenschaftler, Menschlichkeit gegenüber den Opfern zu zeigen, sie nicht zum bloßen Problem-Futter der Maschinen werden zu lassen, sind nicht viel mehr als ohnmächtige Gesten. In einer Szene löst eine rote Signallampe bei einer Wissenschaftlerin, die ihre Epilepsie verschwiegen hat, einen Anfall aus; sie stellt dadurch zeitweilig das Gelingen des Forschungsprojekts und der Vernichtung der außerirdischen Erreger in Frage. Es steht zu befürchten, daß menschliches, unberechenbares Verhalten das technologische System empfindlich stört: In einer anderen Szene kommt einer der Wissenschaftler in große Gefahr, weil ein Computer sein Verhalten «falsch interpretiert». Die Notwendigkeit der Ausgrenzung des Menschlichen ergibt sich dabei durch eine von der Technologie selbst geschaffene Bedrohung: Mit ihrer Hilfe läßt sich entdecken und erobern, was sich nur durch ihre eigene Potenzierung bewältigen läßt.

In «The Omega Man» (Der Omega-Mann – 1971 – Regie: Boris Sagal) übersteht der Titelheld (Charlton Heston) als einziger einen bakteriologischen Krieg zwischen Rußland und China, ohne Schaden zu nehmen. Die pestähnliche Seuche, die der Krieg hervorgebracht hat, hat die überlebenden Menschen zu lichtempfindlichen, aggressiven Kreaturen werden lassen, die alles versuchen, den Omega-Mann zu töten, denn dieser hat ein Serum gegen die Krankheit gefunden. Kurz bevor er seinen Feinden zum Opfer fällt, kann er dieses Serum noch an eine Gruppe von Menschen weitergeben, die noch nicht vollständig von der Krankheit verwandelt sind.

Diese mit ein wenig christlicher Erlösungsmystik versehene Geschichte fand eine weniger ambitionierte und doch präzisere Variation in dem Film «The Crazies» (Crazies – 1973) von dem durch seine «Zombie»-Filme bekannt gewordenen Regisseur und Autor George A. Romero. Ein mit Krankheitserregern beladenes Flugzeug der Armee stürzt ab, was zu ungeheuer blutigen Auseinandersetzungen zwischen der Armee und den Bewohnern einer Stadt führt. Was in den anderen Filmen des Themas latent vorhanden ist, wird hier manifest: die Kritik an einem militärisch-wissenschaftlichen Apparat, der die Menschen mit dem perfidesten aller Mittel bedroht, der Krankheit. Wie diese Bedrohung der des Mittelalters, der Pest, gleicht, so ist sie auch verbunden mit einem Rückfall der Menschen in mittelalterliche Grausamkeit und Unwissenheit.

## Geschlossene Gesellschaft

Nicht genug damit, daß die Technik sich gegen den unvernünftigen Menschen stellt, daß die Natur im Stadium ihrer Agonie noch einmal ihr aggressives Potential mobilisiert, und daß die kleinsten und gefährlichsten Formen des Lebens Verderben über die Menschen bringen, die Zivilisation muß auch mit der immanenten Bedrohung der Menschheit rechnen: Die Überbevölkerung läßt die Gesellschaften an sich selbst ersticken und jede Form menschenwürdigen Lebens unwahrscheinlich erscheinen.

«Zero Population Growth» (Geburten verboten! – 1971 – Regie: Michael Campus) zeigt die zukünftige menschliche Gesellschaft auf einer verseuchten Erde, auf der jeder Masken tragen muß, um nicht zu erstikken. Kinder zu bekommen ist in dieser Welt streng verboten; als Ersatz wird den Paaren eine sprechende, computergesteuerte Baby-Puppe angeboten. Held und Heldin dieses Films (Oliver Reed und Geraldine Chaplin) verstoßen gegen dieses Gesetz, werden zum Tod verurteilt, können aber in letzter Minute mit ihrem Kind entkommen.

In Filmen wie diesem, die auf der visuellen Ebene kaum einlösen konnten, was die Ideen der Drehbücher vorgaben, begann in den siebziger Jahren eine Reihe von ambitionierten, doch unterbudgetierten Science-fiction-«Problemfilmen», welche in ihrer treuherzigen Seriosität an die Grenze zur unfreiwilligen Komik gerieten. Im Gegensatz dazu war Richard Fleischers Film «Soylent Green» (Jahr 2022 ... die überleben wollen – 1973), nach dem Roman «Make Room! Make Room!» von Harry Harrison entstanden, in seiner bitteren Konsequenz ein Stück zeitkritisches Ideen-Kino, das nicht auf eine Geschichte verzichtete. «Wer sich heute Bilder oder Dokumentarfilme von New York ansieht, genauer, von Stadtteilen wie Bronx, Harlem oder anderen Vierteln, stört sich alsbald am herumliegenden Dreck, Müll und mehr. Es scheint keine Abfuhr zu geben, alles landet auf der Straße – auch die Menschen, die gelangweilt oder unbekümmert dastehen. Knapp fünfzig Jahre in die Zukunft versetzt, braucht es keine große Phantasie, sich – wenn unterdessen nichts unternommen wird – New York oder auch andere Großstädte als vernebelte, überbevölkerte, verseuchte Gegenden vorzustellen, wo vierzig Millionen Menschen zusammengedrängt täglich um ihr Überleben kämpfen. Primäre (Lebensmittel) wie sekundäre (Wohnungen, Elektrizität) Notwendigkeiten des Lebens fehlen, sind nur noch für einige wenige Privilegierte zugänglich. Die Stadt gleicht einem muffigen Konzentrationslager ohne geschriebene Regeln, das von einem allgegenwärtigen Polizeiapparat beherrscht wird. Meutereien werden brutal niedergeschlagen, die Apathie der Bevölkerung gewährleistet noch einen geringen Prozentsatz von ‹Law and Order›. Ein besonderer Polizeidetektiv ist Thorn (Charlton Heston), hart und unnachgiebig nach außen, im Innern aber versucht, eine gewisse Menschenwürde zu bewahren, unabhängig zu bleiben. Er lebt zusammen mit dem alten Sol (Edward G. Robinson), der gerne von vergangenen Zeiten spricht, die in Kürze vergessen sein werden. Für Thorn trägt er Informationen über Personen und Ereignisse aus verstaubten Bibliotheken zusammen. Als Thorn eines Tages den Auftrag erhält, den Mord an einem Aufsichtsratmitglied der ‹Soylent Company› zu klären, bald darauf jedoch erfährt, er sei dieser Aufgabe enthoben, beginnt er, eine Affäre zu wittern. Er intensiviert seine Nachforschungen. Bei der ‹Soylent Company› stimmt etwas nicht, die im Monopol die verschiedenen Soylents, synthetische Nahrungsmittel für Millionen von Menschen, aus Plankton herstellt. Sol, durch das Ergebnis seiner Recherchen entsetzt und lebensmüd geworden, läßt sich im Krematorium, ‹Home› genannt, einschläfern. Thorn folgt der Leiche in die Kellergewölbe der ‹Soylent Company›-Fabrik und entdeckt, wie die Toten dazu verwendet werden, die neu lancierten Energiekekse, die ‹Soylent Green›, die wöchentlich an die ganze Bevölkerung verteilt werden, herzustellen. Thorns Verzweiflungsruf bleibt ungehört, das Leben geht für die Menschen genauso unerträglich

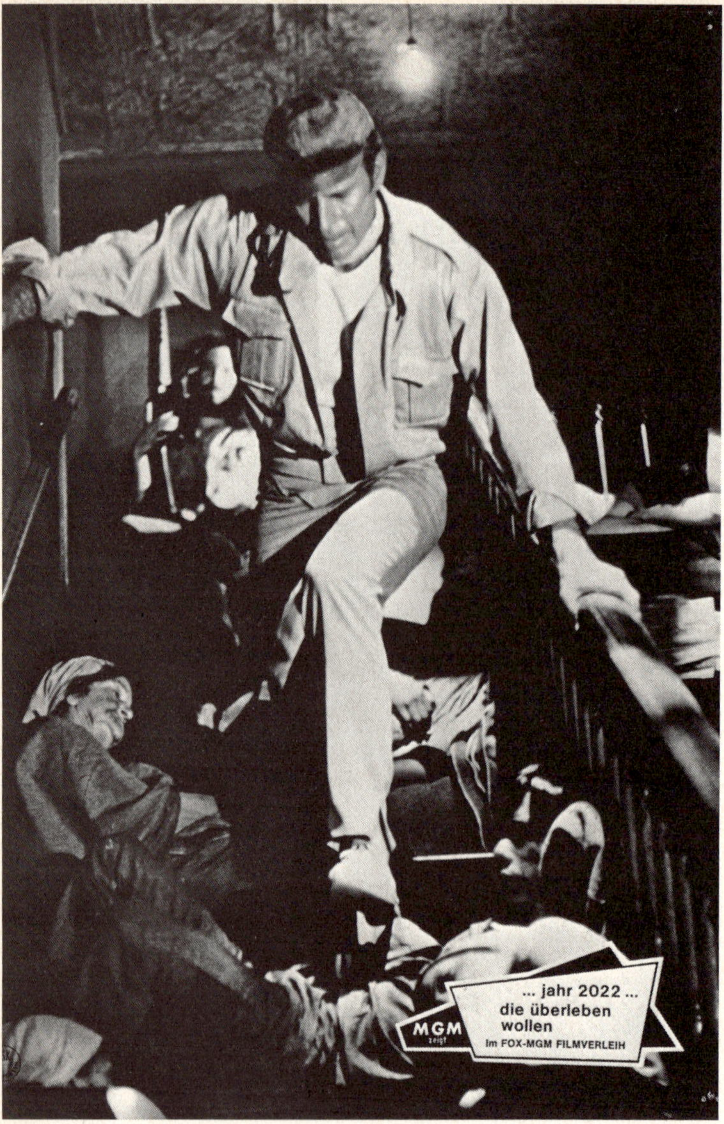


Die Welt der Zukunft ist zu einem einzigen Slum geworden. «Soylent Green» (1973) von Richard Fleischer. Mit Charlton Heston.

weiter, die Toten werden in Zukunft die Lebenden zu ernähren haben» (Michael Hangartner).

Fleischers Film versteht es, im Gegensatz zu anderen Filmen des Themas, die Antizipationen seines Motivs in Bilder umzusetzen, die nicht nur Ideen illustrieren, sondern auch die emotionale Dimension eines zukünftigen, nicht mehr menschenwürdigen Lebens zeigen. Die Erfahrung des Glücks etwa, das Edward G. Robinson vermittelt, in einer Szene, wo Sol einmal natürliche Nahrung bekommt, sein Tod in dem Euthanasie-Institut, wo er noch einmal etwas von der verlorengegangenen Natur sieht, die alptraumartige und doch so reale Kulisse von New York, all dies bleibt bestehen, obwohl der Film seine Grundsituation oft allzusehr von seiner Thriller-Handlung überdecken läßt.

Noch stärker auf seine visuelle Ebene konzentriert ist George Lucas' Debüt-Film «THX 1138» (THX 1138 – 1970), gewissermaßen das «Remake» eines Kurzfilms, den Lucas als Student geschrieben und inszeniert hatte. Mit diesem Film hat Lucas, der mit «Star Wars» den erfolgreichsten Science-fiction-Film bis dahin gedreht hat, finanziell zwar einen kolossalen *flop* geschaffen, der seinen Produzenten, Francis Ford Coppola, an den Rand des Ruins brachte, aber die ganz auf Bildwirksamkeit angelegte Gestaltung läßt den Film zu einem *sleeper* im Genre werden. THX 1138 (Robert Duvall) lebt in einer unterirdischen, von Computern regierten Welt, in der die Menschen vermittels Drogen daran gehindert werden, ihre Bedürfnisse zu entwickeln und zu artikulieren. THX 1138 liebt das Mädchen LUH 3417 (Maggie McOmie); Liebe ist streng verboten. Die beiden beginnen, ihre tägliche Drogenration zu verweigern. Nachdem LUH schwanger geworden ist, wird THX in ein Gefängnis geworfen, aus dem er aber, gemeinsam mit SEN 5241 (Donald Pleasence) fliehen kann. Auf ihrer Flucht an die obere Welt schließt sich ihnen ein anderer Mann an, der in Wahrheit gar nicht existiert, sondern nur ein dreidimensionales Bild ist. THX entkommt den Polizeirobotern.

Lucas gibt in dieser Anti-Utopie nicht nur ein pessimistisches Zukunftsbild wieder, er zeigt in seinen abstrakten, kühlen Bildern die Gesellschaft als allgegenwärtigen Zwang. Statt einer aufwendigen phantastischen Architektur bietet «THX 1138» eine bedrohende Leere, das schmerzende Weiß, bei dem man das Gefühl für Räume, Entfernungen und Maße verliert. Doch ist dieser Film keineswegs so sehr eine Antithese zu den anderen Filmen des Regisseurs (neben «Star Wars», «American Graffiti»), wie es zunächst den Anschein haben mag. Lucas selbst: «Es ist immer dieselbe Geschichte. ‹THX› war eine Allegorie mit kubistischen Elementen, ‹Graffiti› war Soziologie plus Nostalgie, und ‹Star Wars› ist reine Fantasy. Aber alle drei Filme sind in Wahrheit Filme über mich. Ich identifiziere mich vollkommen mit THX, der einer lähmenden Umwelt entfliehen will; ich bin genauso umhergezogen wie die Kinder in ‹Graffiti›, und jetzt , in ‹Star Wars›, habe ich einen intergalaktischen Traum vom Heldentum inszeniert. Ich erzähle meine eigene Geschichte.»

So wird verständlich, daß das analytische Moment in Lucas' Film keine allzu bedeutende Rolle spielt. Der abstrakte Hintergrund dient vor allem dazu, den Individualismus des Helden und seinen verzweifelten Kampf um die Erhaltung zu charakterisieren. Tatsächlich ist die Flucht des Helden von Phantasie bestimmt (mit dem Beginn der Flucht und der Begegnung mit dem Hologramm-Mann ändert sich die Stimmung des Films; das Abenteuer triumphiert über die Beklemmung). So pessimistisch die Grundsituation des Films auch sein mag, niemals wird die «geschlossene Gesellschaft» als so ausweglos empfunden wie etwa in «Soylent Green» oder in Stanley Kubricks «A Clockwork Orange» (Uhrwerk Orange – 1971); sie erscheint mehr als der abstrakte Hintergrund für eine phantastische Flucht, in der sich der Individualismus und der Mut des Helden bewährt.

Kubricks sarkastische Zukunftsbeschreibung in «A Clockwork Orange» läßt für solche Phantasien keinen Raum mehr. Hier geht es um eine Gruppe von Jugendlichen in einer nicht allzu entfernten Zukunft (man schreibt das Jahr 1983), die «droogs», deren Lebensgefühl von Brutalität und Sadismus geprägt ist. Alex (Malcolm McDowell) lebt für Prügeleien, Vergewaltigungen, für seine mit Drogen angereicherten Drinks, die er abends in seiner Milchbar zu sich nimmt, und für die Musik von Beethoven. Um dem Gefängnis zu entgehen, unterzieht er sich freiwillig einer Aversions-Therapie, die ihn allergisch gegen alles macht, was sein früheres Leben bestimmt hatte, Gewalt, Sex und Beethoven-Musik. Als «Pazifist» kehrt er in die Welt zurück, die noch immer nach den alten Gesetzen funktioniert.

Tatsächlich lebt nicht nur der Held des Films, sondern die ganze Gesellschaft als *clockwork orange*, als «uhrwerkbetriebene Orange», wie der Slang-Ausdruck für das mechanische (fremdbestimmte) Leben lautet. Kubrick hat seine Vorlage, den gleichnamigen Roman des erzkonservativen Science-fiction-Autors Anthony Burgess, einer grundsätzlichen Revision unterzogen, und «vielleicht war Kubrick, wie Lucas bei ‹THX 1138›, nur an der Story interessiert, weil sie ein so ungeheures visuelles Potential hat. Ohne Zweifel hat auch die Tatsache, daß Musik eine bedeutende Rolle spielt (Alex ist besessen vom Werk Beethovens, das er mit Visionen von Gewalt, Sadismus und Sex verbindet, so wie es später in seiner Aversions-Therapie verwendet wird), Kubrick an dem Projekt fasziniert» (John Brosnan).

Ist Kubricks Film so nahe an der gegenwärtigen Wirklichkeit angesiedelt, daß man kaum von einem Science-fiction-Film im eigentlichen Sinne sprechen kann, so projiziert John Boorman seine gesellschaftlichen

Ideen in eine phantastische, beinahe märchenhafte Welt. Weit in der Zukunft, nach der «großen Dunkelheit», hat in «Zardoz» (Zardoz – 1974) eine Elite von Menschen die Unsterblichkeit erlangt und lebt in Vortex, beschützt vom Tabernakel, einer Zentrale, die alle Geschicke lenkt und als Gott verehrt wird, in Harmonie und Perfektion. Die «Abtrünnigen» in Vortex werden eine Zeit zur Strafe dem Alterungsprozeß ausgesetzt; eine andere Gruppe von Menschen, die «Apathiker», haben auf die Unsterblichkeit mit dem Verlust jeder Empfindung reagiert. Vortex ist hermetisch durch einen Magnetvorhang von der Außenwelt abgeschlossen, in der die «Wilden» leben, sterbliche Menschen, die sich, im Gegensatz zu denen in Vortex, vermehren. Um diese Vermehrung zu kontrollieren, hat man eine Religion geschaffen, die einer kriegerischen Kaste der «Ausrotter» aufgibt, die Wilden zu töten. Ein gigantischer, fliegender Steinkopf, der Gewehre speit, gibt ihnen dazu den Befehl. Einer der Ausrotter, Zed (Sean Connery), findet eines Tages in einer alten Bibliothek das Buch «The Wizard of Oz», die Geschichte von der Erschaffung und Verwendung eines Gottes. Zed beginnt zu ahnen, daß auch die Zardoz-Religion (Wi*zard* of *Oz*) eine Lüge ist. Er erklimmt den fliegenden Steinkopf und gelangt ins «Paradies» von Vortex. Dort wird er zu einer Provokation für das perfekte System, nicht nur, weil die Frauen etwas von der verlorengegangenen Qualität erotischer Begierde ahnen, sondern vor allem, weil sich am Bild seiner Vitalität die Todessehnsucht der Menschen von Vortex steigert. «Der Tod, wo ist da eigentlich der Trick?» fragt man ihn. Schließlich führt Zed die «Ausrotter» nach Vortex und läßt die Menschen töten.

Zed ist der Erlöser der Menschheit aus einem sterilen, technologisch überdeterminierten Paradies; es ist vor allem seine Männlichkeit, die ihn dazu befähigt, der «frigiden» Gesellschaft von Vortex den Garaus zu machen. In dieser aus Sagen-Motiven, symbolischen Verweisen und nicht zuletzt einer gehörigen Portion Ironie zusammengesetzten Geschichte wird das zyklische Weltbild des Genres in einer bilderreichen Variation bestätigt: Die Technologie schafft die zweifelhafte Perfektion einer Gesellschaft, die untergehen muß, weil sie keine Gefühle und keinen Schmerz mehr zuläßt, damit der natürliche Mensch, wie Zed und die Vortex-Bewohnerin, die er sich zur Frau gewählt hat (Charlotte Rampling), von vorn beginnen kann.

Anders als bei Boormans Film unternahmen die Autoren (William F. Nolan und George Clayton Johnson) und der Regisseur (Michael Anderson) bei «Logan's Run» (Flucht ins 23. Jahrhundert – 1976) kaum einen Versuch, die Klischees des Genres zu vermeiden. Hier geht es wieder um eine Giant-City-Gesellschaft, die in einer Stadt unter einer riesigen Glocke Jahrhunderte nach dem Atomkrieg die verbliebene menschliche Rasse zusammenfaßt. Wenn jemand das Alter von dreißig Jahren

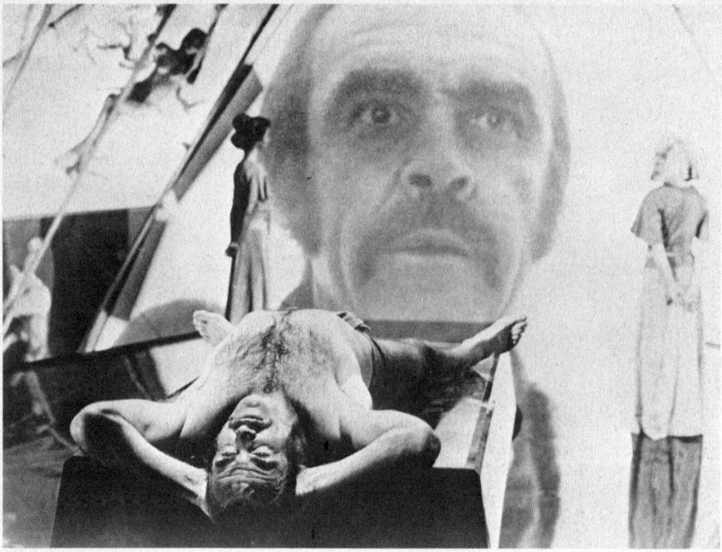

Mystik im Science-fiction-Film. «Zardoz» (1974) von John Boorman. Mit Sean Connery.

erreicht hat, wird er getötet; die Menschen glauben allerdings, daß es sich dabei um eine Wiedergeburt handelt. Wer sich der Prozedur widersetzt, wird als «Läufer» gejagt und von den «Sandmännern» fast immer eingefangen. Logan (Michael York) ist der Sandmann, der zum Läufer wird. Eine Flucht durch die nachatomare Welt beinhaltet auch «Damnation Alley» (Straße der Verdammnis – 1977 – Regie: Jack Smight); allerdings war hier der Ansatz einer negativen Utopie nicht viel mehr als ein Anlaß, Action im Stile eines Monster-Films vorzuführen. Am Ende der siebziger Jahre hat sich das Genre wieder von seinen Budget und Ideen sparenden Konventionen überrollen lassen.

## Insekten

Neben den Ratten, Fischen oder Fröschen, die in den Katastrophen-Filmen die Menschen bedrohen, kamen auch die Insekten zu neuen, in den Phobien des Genres angelegten Erscheinungsformen. Und wie man bei den anderen schrecklichen Tieren im allgemeinen auf die Steigerung ins Gigantische verzichtete, so blieben auch die Insekten, abgesehen von

Science-fiction als ökologischer Thriller. Nigel Davenport und Michael Murphy in «Phase IV» (1974) von Saul Bass.

einigen der im Abschnitt «Die neuen Monster» erwähnten Beispielen, in ihren realen Dimensionen abgebildet. Die latente Furcht vor den Insekten kam etwa in dem Dokumentarfilm «The Hellstrom Chronicle» (Die Hellstrom-Chronik – 1971 – Regie: Walon Green) zum Ausdruck, der eine bemerkenswerte Aufnahmetechnik mit der nicht ganz rationalisierten Botschaft von der Übernahme der Erde durch die Insekten verband.

Diesen Gedanken setzt «Phase IV» (Phase IV – 1974 – Regie: Saul Bass) in eine Spielhandlung um. Der vom Regisseur als «ökologischer Thriller» bezeichnete Film beschreibt den Kampf der durch kosmischen Einfluß intelligent und aggressiv gewordenen Ameisen in der Wüste von Arizona mit zwei Wissenschaftlern und einer jungen Frau, die bei ihnen Zuflucht gefunden hat. Nachdem die Ameisen seltsame Veränderungen ihres Verhaltens gezeigt und ihre natürlichen Feinde ausgerottet hatten, war eine Forschungsstation errichtet worden, die nun von den Ameisen belagert wird. Nach und nach wird deutlich, daß die Ameisen nicht nur eine, wennzwar befremdlich anmutende, so doch überaus effektive Technologie entwickelt haben, sondern auch nach Kommunikation verlangen. Schließlich wird klar, daß nun die Wissenschaftler zum Studienobjekt der Ameisen geworden sind und daß die Lebensform der Ameisen die stärkere ist. Von den Monster-Filmen des Genres unterscheidet sich Bass' Film nicht nur durch die Gestaltung, die außergewöhnliche Insektenaufnahmen (von Ken Middleham, der auch für die Kamera bei «The Hellstrom Chronicle» verantwortlich war) mit einer atmosphärischen Landschafts- und Technologie-Beschreibung verbindet, und die konsequent gestaltete Parabel vom Untergang der menschlichen Zivilisation; er ist auch einer der wenigen Versuche, das für die Science-fiction so bedeutsame Thema der Kommunikation mit dem Fremden ganz ohne Mystik darzustellen. Der Zuschauer folgt einem langsamen Erkenntnisprozeß, der schließlich dazu führt, daß man eine von der menschlichen völlig verschiedene Lebens- und Denkform zu begreifen beginnt. Schließlich bedeutet auch Bass' Verzicht auf ein genreübliches Happy-End, die Konsequenz, mit der am Ende der Beginn eines neuen Zeitalters heraufbeschworen wird, einen Wandel in der «Ideologie» des Genres: Der Mensch, so ließe sich das Fazit ziehen, muß sich immer wieder der Natur unterordnen und nicht die Natur dem Menschen.

In «Bug»/«The Hephaestus Plague» (Feuerkäfer – 1975 – Regie: Jeannot Szwarc) gelangen aus dem Erdinnern gepanzerte Käfer, die Feuer entzünden und sich von Asche ernähren, an die Oberfläche. Der Regisseur variiert hier zwar nur die bekannten Versatzstücke, aber insbesondre in der Zeichnung der merkwürdigen, fast erotischen Beziehung eines Wissenschaftlers (Bradford Dillman) zu den Käfern entwickelt er eine subtilere Beziehung zwischen Mensch und aggressiver Natur. Wie in «Phase IV» kommt es zu einer Art Verständigung zwischen Mensch und Insekt, und wie in Bass' Film endet diese Kommunikation nicht mit einer erneuten Domestizierung der Tiere, sondern mit ihrem Sieg.

## Unterhaltung und Aggression

Wenn in der Science-fiction eine Welt der Harmonie dargestellt wird, in der es keine Kriege und kein Elend mehr gibt, dann weiß man: Hier ist etwas faul. In Norman Jewisons «Rollerball» (Rollerball – 1975), entstanden nach einer Kurzgeschichte von William Harrison, haben die Konzerne, die mittlerweile die Politik bestimmen, ein Mittel für die Abfuhr der Aggressionen ausgedacht, einen Sport, wie man ihn sich mörderischer kaum vorstellen kann: Rollerball. Einer der Gladiatoren (James Caan) ist den Bossen zu populär geworden; sie fordern seinen Rücktritt. Der Held indes spielt allen Versuchen, ihn zu demoralisieren und ihn zu vernichten, zum Trotz. Er verkörpert eine Botschaft: Individualismus. Die Bosse versuchen ihn umzubringen, indem sie immer wieder die Regeln ändern, das Spiel immer tödlicher machen, aber am Ende, in dem entscheidenden Spiel, hat der Held alle seine Gegner besiegt, und die frenetisierte Menge skandiert seinen Namen.

Unter den kritischen Anti-Utopien der siebziger Jahre ist Jewisons Film, ungeachtet seiner handwerklichen Qualitäten, sicherlich einer der törichtesten, nicht nur, weil die Geschichte ein wenig angestrengt auf die Länge eines Films gestreckt werden mußte, sondern auch, weil er in seiner Handlung in gewissem Sinne die eigene Botschaft negiert. Wenn Rollerball «dumm und brutal» sein soll, wie es der Regisseur formuliert, so ist nicht recht einzusehen, warum die Erlösung gerade von einem Mann kommen kann, der dieses Spiel so liebt, daß er nicht damit aufhören will. Der Film zeigt sich von diesem utopischen Sport mehr fasziniert als von seiner sozialen Antizipation (man erfährt kaum etwas von der Gesellschaft, die Rollerball zu ihrem Spiel gemacht hat). Die Rollerball-Szenen mit ihrer direkten Aktion und Brutalität gehören denn auch zu den beeindruckendsten des Films (auch wenn man sich nicht allzuviel Mühe gegeben hat, das Spiel so zu konstruieren, daß es tatsächlich auch «funktionieren» würde).

Paul Bartel gab sich in seinen von Roger Corman produzierten Filmen um mörderische Autorennen, die in der Zukunft einen ähnlichen Zweck erfüllen könnten wie Rollerball in Jewisons Film, weniger Mühe, einen sozialkritischen Mantel um seine Attraktionen zu legen. In «Death Race 2000» (Frankensteins Todesrennen – 1975) ist bei einem Autorennen, das im Jahr 2000 quer durch Amerika führt, der Gewinner, wer nicht nur der Schnellste ist, sondern auch die meisten Fußgänger überfahren hat. Diese in ihren Stilmitteln an Comics erinnernde utopische Satire mit dem unerläßlichen Nebenthema von der Rebellion des Helden (David Carradine) läßt sich kaum noch als die Darstellung einer Obsession deuten, sie ist selber Teil einer Obsession. Mit «Cannonball» (Cannonball – 1976) verlegte Bartel seine Vision eines mörderischen Autorennens noch näher an die heutige Wirklichkeit; hier geht es um ein Autorennen, bei dem buchstäblich alle Mittel erlaubt sind.

Die Manipulation durch die Medien behandelte der Thriller «Capricorn One» (Unternehmen Capricorn – 1977 – Regie: Peter Hyams), wo der erste bemannte Marsflug für das Fernsehen lediglich simuliert wird; diejenigen, die den Schwindel durchschauen, werden Opfer von Mordanschlägen. Doch diese Themen setzen sich eher in Filmen anderer Genres fort, wie überhaupt häufig die Science-fiction als Avantgarde für die Darstellung eines Themas gedient hat.

**Die andere Invasion**

In den fünfziger Jahren war ein Thema des Genres die Angst, von fremden Mächten angegriffen zu werden, seien sie nun manifest zerstörerisch wie die Invasoren von «The War of the Worlds» oder subversiv wie die von «Invasion of the Body Snatchers». In der «problembewußten» Phase des Science-fiction-Films in den siebziger Jahren schien die Invasion allenfalls ein Thema für die *cheapies* der Veteranen wie Bert I. Gordon oder für Fernseh-Serien wie «UFO». Auch in der Science-fiction-Literatur schien die Angst, ein Außerirdischer könne durch die Behandlung, die ihm auf Erden widerführe, die Verrohung der menschlichen Gesellschaft belegen, größer als die vor einer Eroberung. Das bedeutendste filmische Beispiel für diese Tendenz ist Nicolas Roegs «The Man Who Fell to Earth» (Der Mann, der vom Himmel fiel – 1975). Hier ist ein Außerirdischer (David Bowie) auf die Erde gekommen, weil sein Heimatplanet dringend Wasser benötigt, das es auf der Erde im Überfluß gibt. Um seine Pläne in die Tat umsetzen zu können, gründet er ein großes Wirtschaftsunternehmen, wobei ihm seine überragenden geistig-wissenschaftlichen Fähigkeiten helfen. «Wie ein Howard Hughes vom fremden Stern unterhält Newton nur zu wenigen Vertrauten nähere Kontakte. Und wie dem ‹Bürger Kane› wird auch Newton die irrationale Liebe einer Frau zum Verhängnis: Candy Clark spielt eindringlich, grell abstoßend und rührend die unbedarfte Hotelkellnerin Mary-Lou, die sich von dem ‹Reisenden› magnetisch angezogen fühlt. Ebenso wie für Newton bestimmte Begegnungen verhängnisvoll werden, wird er auch zum Verhängnis für andere. Doch das Wort ‹Verhängnis› kann auch durch das Wort ‹Glück› ersetzt werden. Newton erkennt zum Beispiel die kreativen Fähigkeiten in dem College-Professor Bryce (Rip Torn), der wegen ständiger Verführung Minderjähriger für sein Institut untragbar geworden ist. Er macht den homosexuellen Anwalt Farnsworth (Buck Henry) zum mächtigsten Mann der USA, aber er löst damit auch dessen gewaltsamen Tod aus» (Bodo Fründt).

Am Ende, als Newton die Rückreise antreten will, wird er entführt und psychisch und physisch so zerstört, daß er die Erde nicht mehr verlassen kann. Das Hauptaugenmerk des Films, trotz seines dramatischen Ausgangs, liegt auf dem Alltäglichen, das durch die Augen des weniger messianischen als in seiner Persönlichkeit «umfassenderen» Fremden gesehen wird und dadurch seinen immanenten Schrecken offenbart. Insbesondre in den immer akzentuierter eingesetzten Zitaten aus den Medien zeigt sich die gesellschaftliche Bestimmtheit, aber auch die mannigfaltige Brechung der Gefühle. Das Thema der «Invasion» hat hier eine völlig andere Bedeutung bekommen als früher im Genre: Roegs Film vermittelt nicht die Angst vor dem Fremden, sondern Angst vor dem

Ein Außerirdischer, der kein Monster ist: David Bowie in «The Man Who Fell to Earth» (1975) von Nicolas Roeg. Mit Candy Clark.

Bekannte, dem Eigenen, dessen Resistenz gegen Veränderung den Horror potenziert. Roeg zeigt dies nicht, indem er eindeutige Fronten schafft, sondern indem er die Facetten unseres Lebens aufzeigt, die zueinander nicht mehr passen wollen, wie die Sentimentalität in unseren Mythen und die Brutalität unseres ökonomischen Ausleseverfahrens.

«The Man Who Fell to Earth» war der letzte der «großen», zugleich mythischen und kritischen Science-fiction-Filme, die in den siebziger Jahren gedreht wurden und im ganzen eher ein Beleg für das Suchen als für eine erfolgreiche «Formel» für das Genre waren. Das Potential an Kritik am technologischen und wirtschaftlichen System schien nun mehr oder minder ausgeschöpft, und nachdem all diese Bedrohungen, die die phantastischen Filme sich ausgemalt hatten, in der Wirklichkeit zwei Häuserblöcke weiter oder in den Auftritten der Politiker zu erleben waren, konnte die Phantastik nicht weiter als eine Form sozialen Bewußtseins existieren, sie mußte erlösen, sie mußte Versprechungen machen, sie mußte erneut vom Mythos sich auf die Mystik bewegen, sie mußte aufhören, die Zukunft in düstersten Farben zu sehen. An die Katastrophen im ästhetischen wie im politischen Sinne gewöhnt, konnte nur eine starke positive Botschaft das Genre retten. Den billigen Filmen mit ihren violenten Auseinandersetzungen zwischen Menschen und Natur und/oder Technik konnte man die dunklere Seite der Seele des Zuschauers überlassen, der «große» Science-fiction-Film brauchte eine Radikalkur gegen den Pessimismus.

## Positive Zukunft: «Star Wars» und «Close Encounters of the Third Kind»

«Star Wars» (Krieg der Sterne – 1977 – Regie: George Lucas) ist die Erfüllung eines Kindertraums mit den perfektionierten Mitteln der Unterhaltung: Die Spielsachen werden lebendig und bewegen sich in einem Epos von der phantastischen Überwindung der Grenzen der Kindheit. Science-fiction ist eigentlich nur das, was die verschiedenen Elemente des Films zusammenhält; «Star Wars» ist auch ein Western, ein Mantel-und-Degen-Film, ein Kriegs-, Abenteuer- und Märchenfilm und nicht zuletzt eine Komödie. Daneben verdankt der Film viel den Comics, vor allem «Flash Gordon» und «Buck Rogers», den Space Operas in den *pulps*, den Erzählungen von Edgar Rice Burroughs und ähnlichen Autoren, den Serials wie den Sagen und ihren populären Umformulierungen. Die zentrale Botschaft des Films ist sein märchenhafter Charakter, das «künstliche Epos» wie etwa «The Lord of the Rings» von J. R. R. Tolkien.

Plakatmotiv zu «Star Wars» (1977) von George Lucas.

Die Geschichte scheint einfach und wie einem Comic entnommen: Luke Skywalker (Mark Hamill) verläßt den Planeten Tatooine, wo er bei seinem Onkel lebt, um die Prinzessin Leia Organa (Carrie Fisher) aus den Händen des schrecklichen schwarzen Grand Moff Tarkin (Peter Cushing) zu retten, der im Namen und Auftrag eines aggressiven galaktischen Imperiums handelt. Ein geheimnisvoller schwarzer Ritter, Darth Vader (David Prowse), ist sein Adjutant. Auf der Seite Lukes steht der alte, weise Ben Obi-wan Kenobi (Alec Guinness), der ihn auf seine Aufgabe vorbereitet hat. Die Befehlsempfänger des Imperiums befinden sich in einem riesigen Raumschiff, dem «Death Star», der ganze Planeten vernichten kann. Luke Skywalker und Kenobi finden schließlich einen Mann, Han Solo (Harrison Ford), der mit seinem schon etwas angerosteten Raumschiff die gefährliche Reise wagt. Mit an Bord sind noch der Copilot, ein Wesen zwischen Affe und Löwe, und zwei Roboter, der eine klein und piepsend, der andere humanoid geformt und in gepflegter Sprache wie ein englischer Butler sprechend. Die Prinzessin wird befreit, der «Death Star» vernichtet; Darth Vader entkommt.

Natürlich ist diese Geschichte an der Oberfläche reichlich naiv, und George Lucas hat keine Gelegenheit ausgelassen, den Charakter von *pure fantasy* von «Star Wars» zu betonen. Doch ganz so naiv, wie auch die meisten Kritiker zu meinen scheinen, so ganz das Werk eines «Sammlers» und «Bastlers», ist der Film denn doch nicht.

Der «märchenhafte» Charakter des Films basiert nicht so sehr auf der Simplizität der Geschichte (und schon gar nicht auf der der Charaktere) als vielmehr auf dem Umstand, daß die phantastische Technologie (vielleicht zum erstenmal in einem Science-fiction-Film) hier für sich absolut fraglos und allgegenwärtig ist: Sie ist weder das Thema des Films noch in sich ein Problem. Das Phantastische funktioniert hier, wie das im Märchen der Fall ist, als Voraussetzung und Medium zugleich. So läßt sich in die Geschichte von einer intergalaktischen Auseinandersetzung der Befreiungs- und Fluchttraum spiegeln, der den Appeal der Konfrontationen ausmacht.

Luke ist am Anfang bei seinem Onkel ausgebeutet und unterdrückt, ein wenig wie ein «Aschenbrödel» auf einem fernen Planeten. Dieser Onkel ist von einem extrem kapitalistischen Verhältnis zur Natur, die sein Besitz ist, gekennzeichnet, ein Nachfahr des Cattle Empire-Besitzers im Western, der über den Verpflichtungen seiner Macht versteinert. Obi-wan, einst Mitglied einer mächtigen Ritter-Kaste, bringt Luke auf den Weg der Befreiung durch eine Aufgabe. Lukes Abenteuer sind ein Kampf um eine Identität. Die Figuren der Handlung lassen sich abstufen in dem Grad, als sie zu Sklaven ihrer Technologie geworden sind, vor allem die Vertreter des Imperiums, die nur noch als Maschinen handeln und «denken». Andrerseits ist Darth Vader, ein Wesen zwischen Mensch und Maschine, lebendiger als die anderen Vertreter des Imperiums, weil er sich frei bewegt. Im Unterschied zu den meisten anderen Science-fiction-Filmen ist hier also nicht der Grad technologischer Bestimmung das moralische Maß, sondern der Gebrauch, der von der Technologie gemacht wird, nicht eine natürliche Lebensform wird der hypertechnischen gegenübergestellt, sondern es werden verschiedene Formen des Verhältnisses zur Technik (die nichts weiter ist als eine Form des Menschlichen) miteinander kontrastiert.

Das Böse ist ebenso abgestuft wie das Gute: Darth Vader hat unsere Sympathie, nicht nur weil er, anders als die anderen Abgesandten des Imperiums, nicht in seinen Funktionen im «Death Star» verhaftet bleibt, sondern auch, weil er die Auseinandersetzungen persönlich führt: Im Gegensatz zu Tarkin kann er sich im Raum bewegen. Kenobi ist weise, weil er ein natürliches Leben gewählt hat, zugleich ist aber auch gerade er in der Lage, in den Robotern Gleichberechtigte, ja Freunde zu sehen. Die beiden Roboter sind ihrerseits menschlicher und, wenn man so will, weniger programmiert als etwa die Soldaten des Imperiums. So ergibt sich in «Star Wars» eine (zumindest für das Genre) neue Definition des Lebens als eine Trennung von Bewußtsein und Nichtbewußtsein an Stelle einer Trennung von Organischem und Nichtorganischem. Und Luke ist als Jugendlicher noch unterwegs zu diesem Bewußtsein; er braucht die Maschine dazu so sehr, wie die Helden von «American Graffiti» ihre Autos gebraucht haben, um ihre Persönlichkeit zu finden. Luke muß lernen, die Maschinen nicht arrogant zu benutzen, das wirkliche Leben vom wirklichen Tod zu unterscheiden.

So läßt sich die eigentliche, tröstliche Botschaft des Films definieren: Luke macht einen Sozialisationsprozeß durch, dessen entscheidende Instanzen nicht nur Menschen, sondern auch Maschinen sind, Maschinen mit einer Seele. Damit entgeht er dem in andere Lebensformen gespiegelten Schicksal, selber als Mensch zu einer Art Maschine zu werden. Noch einmal im Verlauf der Handlung werden die Maschinen zu Rettern und «Geburtshelfern» für Luke; als nämlich er, Han Solo und Leia in einer Müllkammer des «Death Star» eingeschlossen sind und erdrückt zu werden drohen, findet der Roboter den elektronischen «Schlüssel», die Tür zu öffnen.

Für Luke Skywalker ist das Abenteuer auch eine Art politischer Sozialisation: Im Kampf gegen die faschistoide Technokratie des Imperiums findet er seinen Weg zwischen der Vertreterin der repräsentativen Demokratien (mit all den bekannten aristokratischen Relikten), Prinzessin Leia, und dem «Anarchisten» Han Solo. Wie er lernt, die Roboter zu akzeptieren (möglicherweise ein wenig, wie ein weißer Mittelständler lernen kann, Schwarze zu akzeptieren), so akzeptiert er auch, daß die Lebensform der Menschen nicht in der Ausbeutung bestehen soll, die er – gedankenlos – schon praktizieren gelernt hat.

Dabei entdeckt er die Arten der Identität: Sein Onkel will dem einen der Roboter das «Gedächtnis» löschen, was gewissermaßen einem Mord gleichkommt; als Obi-wan im Laser-Degen-Duell mit Darth Vader den Tod gefunden hat, kehrt er als Stimme in Lukes Bewußtsein wieder.

Wirklich sterben in diesem Film nur die, die eigentlich nie gelebt haben: Darth Vader überlebt ebenso wie, freilich auf ganz andere Art, Obi-wan; Lukes Onkel und Tante müssen ebenso sterben wie der ganz auf seine Funktion reduzierte Grand Moff Tarkin. Und in der Beziehung zwischen Leia und Han Solo bildet sich die amerikanische politische Mythologie ab: Solo ist der klassische *outlaw*, der keinem System und keinen Gesetzen verpflichtet sein will, in einer persönlichen Beziehung aber konsequent loyal ist. Und Leia ist die Vertreterin einer strengen, humanistischen Moral, die auf die unbedingte Gültigkeit von Gesetzen als «gesellschaftlicher Absprache» dringt. Beide sind voneinander irritiert und zugleich fasziniert.

«Star Wars» kann also auch als eine neue Form des National-Epos «gelesen» werden, verbunden mit einem Sozialisationsmärchen. Der Film hat die Zukunftsfurcht der Science-fiction-Filme der Zeit davor überwunden, und seine Naivität ist nicht so sehr eine der Regression als eine der (utopischen) ökologischen und psychischen Ganzheit. Die Flucht, die THX 1138 begann, ist in «Star Wars» gelungen: Das Abenteuer rettet den Menschen vor seinem Verlöschen in der gesellschaftlichen Funktion. (Tatsächlich hat Lucas das Buch zu «Star Wars» ursprünglich als Fortsetzung zu «THX 1138» geplant.)

Auch in Steven Spielbergs Film «Close Encounters of the Third Kind» (Unheimliche Begegnung der dritten Art – 1977) geht eine Hoffnung auf Erlösung nicht von rationaler, sondern von mystischer Versprechung aus. Der Kraftwerksingenieur Roy Neary (Richard Dreyfuss), die Malerin Jillian Guiler (Melinda Dillon) und der französische Wissenschaftler Claude Lacombe (François Truffaut) sind die «auserwählten» Zeugen der Landung von außerirdischen Wesen. Der Film schildert die Bemühungen, zu einer Kommunikation zu kommen, und die Veränderungen, die mit den Menschen vorgehen. Sie, die «reinen Herzens» sind, werden von den freundlichen Wesen aus dem All angenommen. Wie in Lucas' Film die Technologie ihren Schrecken verloren hat, so haben hier nun die extraterrestrischen Invasoren das Bedrohliche verloren und sind eine mögliche Tröstung: «Wir sind nicht allein.»

«Close Encounters of the Third Kind» ist mehr oder weniger ein religiöser Film, die *aliens* sind Götter oder Abgesandte eines Gottes, der die Menschen liebt. Nachdem die Menschen harten Prüfungen unterzogen worden sind, können sie erlöst werden. Einher mit der Auflösung der Rationalisierungstendenz des Genres geht in Spielbergs wie in Lucas' Film die Entwicklung einer völlig eigenständigen Bildsprache, die mythische Ikonen produziert. Zwar haben die billigen Nachfolge-Filme dieser beiden Arbeiten oder ein so psychoanalytisch ausgerichteter Film wie Ridley Scotts «Alien» (Alien – 1979) sehr bald den mystischen Kern wieder an die Monster/*alien*-Phantasien verraten, doch bleibt die Botschaft des Science-fiction-Films am Ende der siebziger Jahre im Gedächtnis, daß die Zukunft wieder möglich wird als ein Medium der Hoffnung.

Erlösungshoffnung im Science-fiction-Film: Steven Spielbergs «Close Encounters of the Third Kind» (1977).

Science-fiction-Thriller mit tiefenpsychologischen Dimensionen: «Alien» (1979) von Ridley Scott. Mit Yaphet Kotto und Veronica Cartwright.

# Anhang

# Filmografie

Die Filmografie ist nach Jahreszahlen geordnet. Diese geben das Produktionsjahr an. Innerhalb eines Jahres sind die Filme alphabetisch geordnet, da sich das genaue Datum der Fertigstellung nicht immer zweifelsfrei erschließen läßt.

Die Filmografie umfaßt die wichtigsten der in diesem Buch diskutierten Filme unter Ausschluß der nur beiläufig erwähnten, marginalen Beispiele des Genres. Eine lückenlose Filmografie zum Genre bietet der Band «Der Science Fiction-Film» in der Reihe «Enzyklopädie des populären Films» (Verlag Roloff und Seeßlen).

Angegeben sind das Produktionsjahr, der Originaltitel, bei Filmen, die in Deutschland zu sehen waren, der deutsche Verleihtitel, der Regisseur, der Drehbuchautor, die literarische Vorlage des Drehbuchs, wo bekannt der für die *special effects* Zuständige, der Kameramann und die wichtigsten Darsteller. Die Abkürzungen bedeuten

| | | | |
|---|---|---|---|
| R | Regie | K | Kamera |
| B | Drehbuch | D | Darsteller |
| SP | Special effects | | |

Die Produktionsländer, die in der Filmografie angegeben werden, sind abgekürzt.

| | |
|---|---|
| ČSSR | Tschechoslowakei |
| D | Deutschland |
| F | Frankreich |
| GB | England |
| I | Italien |
| J | Japan |
| UdSSR | Sowjetunion |
| USA | Vereinigte Staaten von Amerika |

**1902**

Le voyage dans la lune
R, SP: Georges Méliès. B: Georges Méliès n. d. Roman «First Men in the Moon» von H. G. Wells und «De la terre à la lune» von Jules Verne. D: Georges Méliès, Ballett des Théâtre du Châtelet, Artisten der Folies-Bergère.
F

**1904**

Le voyage a travers l'impossible
R, B, SP, D: Georges Méliès.
F

**1905**

The ‹?› Motorist
R: Walter Booth.
GB

**1906**

The Haunted Hotel
R: John Stuart Blackton.
USA

**1907**

Deux cent milles lieues sous les mers ou le cauchemar d'un pecheur
R, B, SP: Georges Méliès.
F

**1909**

The Airship Destroyer
R: Walter Booth.
GB

**1911**

The Aerial Anarchists
R: Walter Booth.
GB

The Pirates of 1920
R: A. E. Colby, Dave Aylott. K: J. H. Martin.
GB

**1912**

A la conquête du pole
R, B, SP, D: Georges Méliès.
F

**1914**

La folie du Docteur Tube
R: Abel Gance. K: L. H. Burel.
F

**1916**

Homunculus
(Serial in 6 Teilen)
R: Otto Rippert, B: Otto Rippert, Robert Neuss n. d. Roman von Robert Reinert. K: Carl Hoffmann. D: Olaf Fonss, Friedrich Kühne, Aud Egede Nissen, Maria Carmi, Lupu Pick.
D

**1920**

The Invisible Ray
(Serial in 15 Teilen)
R: Harry A. Pollard. B: Guy McConnell. D: Ruth Clifford, Jack Sherrill, Edward Davis.
USA

**1923**

PARIS QUI DORT

R, B: René Clair. K: Maurice Desfassjaux, Paul Guichard. D: Henri Rollan, Albert Préjean, Madelaine Rodrigue, Marcel Vallée.
F

**1924**

AELITA
R: Jacow A. Protazanov. B: Fiodor Otsep, Alexei Faiko. K: Juri A. Scheljabuschski, Emil Schönemann. D: Nikolai M. Tseretelli, Julia Solnzewa, Igor Ilinski.
UdSSR

LUCH SMERTI
R: Lew Kuleschow. K: Aleksander Levitski. D: Wsewolod Pudowkin, Alexandra Irena Kokhlowa, Sergej Komarow.
UdSSR

**1925/27**

METROPOLIS
R: Fritz Lang. B: Fritz Lang, Thea von Harbou n. d. Roman von Thea von Harbou. K: Karl Freund, Günther Rittau. SP: Eugen Schüfftan. D: Brigitte Helm, Alfred Abel, Gustav Fröhlich, Rudolf Klein-Rogge, Heinrich George, Fritz Rasp.
D

**1928/29**

DIE FRAU IM MOND
R: Fritz Lang. B: Fritz Lang, Thea von Harbou n. d. Roman von Thea von Harbou. K: Kurt Courant, Oskar Fischinger, Otto Kanturek. SP: Konstantin Tschetwerikoff. D: Gerda Maurus, Willy Fritsch, Fritz Rasp, Klaus Pohl.
D

**1929**

HIGH TREASON
R: Maurice Elvey. B: L'Estrange Fawcett. M: Patrick K. Heale, Walter Collins. D: Benita Hume, Basil Gill, Jameson Thomas, Raymond Massey.
GB

**1930**

JUST IMAGINE
R: David Butler. B: David Butler, R. Henderson, B. G. DeSylva, L. Brown. K: Ernest Palmer. D: El Brendel, Frank Abertson, Maureen O'Sullivan, John Garrick, Marjorie White, Mischa Auer.
USA

**1932**

DOCTOR X
R: Michael Curtiz. B: Robert Tasker, Earl Baldwin n. e. Bühnenstück v. Howard W. Comstock u. Allen C. Miller. K: Richard Tower, Ray Rennahan. D: Lionel Atwill, Fay Wray, Lee Tracy, Arthur Edmund Carew, Preston Foster, Mae Busch.
USA

**1933**

F. P. 1 ANTWORTET NICHT
R: Karl Hartl. B: Walter Reisch, Kurt Siodmak. K: Günther Rittau, Konstantin Irmen-Tschet. D: Hans Albers,

Sybille Schmitz, Paul Hartmann, Peter Lorre, Rudolf Platte.
D

THE INVISIBLE MAN
(Der Unsichtbare)
R: James Whale. B: R. C. Sherriff n. d. Roman von H. G. Wells. K: Arthur Edeson. SP: John P. Fulton. D: Claude Rains, Gloria Stuart, Henry Travers, William Harrigan.
USA

DER TUNNEL
R: Kurt Bernhardt. B: Kurt Bernhardt n. d. Roman von Bernhard Kellermann. D: Paul Hartmann, Olly von Flint, Attila Hörbiger, Ferdinand Marian.
D

**1934**

GOLD
R: Karl Hartl. B: Rolf E. Vanloo. K: Günther Rittau, Otto Baecker, Werner Bohne. M: Hans-Otto Borgmann. D: Hans Albers, Lien Deyers, Brigitte Helm, Michael Bohnen.
D

**1936**

FLASH GORDON
(Serial in 13 Teilen)
R: Frederick Stephani. B: Frederick Stephani, George Plympton, Basil Dickey, Ella O'Neill n. d. Comic-Serie von Alex Raymond. K: Jerry Ash, Richard Fryer. D: Larry «Buster» Crabbe, Jean Rogers, Charles Middleton, Frank Shannon, Priscilla Lawson, Kane Richmond.
USA

THINGS TO COME
R: William Cameron Menzies. B: H. G. Wells. K: George Perinal. M: Arthur Bliss. SP: Ned Mann. D: Raymond Massey, Cedric Hardwicke, Margaretta Scott, Ralph Richardson, Edward Chapman, Ann Todd.
GB

UNDERSEA KINGDOM
(Serial in 12 Teilen)
R: «Breezy» Reeves Eason, Joseph Kane. B: John Rathmell, Maurice Geraghty, Oliver Drake n. e. Story von John Rathmell u. Tracy Knight. K: William Nobles, Edgar Lyons. M: Harry Grey. D: Ray «Crash» Corrigan, Lois Wilde, Monte Blue, William Farnum.
USA

**1938**

FLASH GORDON'S TRIP TO MARS
(Serial in 15 Teilen)
R: Ford Beebe, Robert F. Hill. B: Ray Trampe, Norman S. Hall, Wyndham Gittens, Herbert Dolmas n. d. Comic-Serie von Alex Raymond. K: Jerome Ash. D: Larry «Buster» Crabbe, Jean Rogers, Frank Shannon, Charles Middleton, Beatrice Roberts, Kane Richmond, Kenneth Duncan.
USA

**1939**

BUCK ROGERS
(Serial in 12 Teilen)
R: Ford Beebe, Saul A. Goodkind. B: Norman S. Hall, Ray Trampe n. Romanen von Philip Francis Nowlan u. d. Comic-Serie von Philip Francis Nowlan (Text) und Dick Calkins (Zeichnungen). K: Jerry Ash. D: Larry «Buster» Crabbe, Constance

Moore, C. Montague Shaw, Jack Moran, Henry Brandon, Anthony Warde.
USA

THE RETURN OF DOCTOR X
R: Vincent Sherman. B: Lee Katz n. d. Erzählung «The Doctor's Secret» von William J. Makin. K: Sid Hickox. M: Bernhard Kaun. D: Humphrey Bogart, Rosemary Lane, Dennis Morgan, Wayne Morris, John Litel, Huntz Hall.
USA

**1940**

BEYOND TOMORROW
R: A. Edward Sutherland. B: Adele Comandini n. e. Story v. Mildred Crom u. Adele Comandini. K: Lester White. SP: Ne Mann. D: Harry Carey, C. Aubrey Smith, Maria Ouspenskaya, Helen Vinson, Rod La Rocque, Richard Carlson, Jean Parker.
USA

DOCTOR CYCLOPS
(Dr. Zyklop)
R: Ernest B. Schoedsack. B: Tom Kilpatrick. K: Henry Sharp, Winton C. Hoch. M: Ernest Toch, Gerard Carbonara, Albert Hay Malotte. D: Albert Dekker, Janice Logan, Thomas Coley, Charles Halton, Victor Kilian.
USA

FLASH GORDON CONQUERS THE UNIVERSE
(Serial in 12 Teilen)
R: Ford Beebe, Ray Taylor. B: George H. Plympton, Basil Dickey, Barry Shipman. D: Larry «Buster» Crabbe, Anne Gwynne, Carol Hughes, Charles Middleton, Frank Shannon, Roland Drew.
USA

**1941**

ADVENTURES OF CAPTAIN MARVEL
(Serial in 12 Teilen)
R: William Witney, John English. B: Ronald Davidson, Norman S. Hall, Arch B. Heath, Joseph Poland, Sol Shor. K: William Nobles. M: Cy Feuer. D: Tom Tyler, Frank Coghlan jr., Louise Currie, William Benedict.
USA

HERE COMES MR. JORDAN
(Hier kommt Mr. Jordan/Urlaub vom Himmel)
R: Alexander Hall. B: Seton I. Miller, Sidney Buchman. K: Joseph Walker. M: Frederick Hollander (= Friedrich Holländer), M. W. Stoloff. D: Robert Montgomery, Evelyn Keyes, Claude Rains, Rita Johnson, Edward Everett Horton, James Gleason, John Emery.
USA

**1945**

THE HORN BLOWS AT MIDNIGHT
(Der Engel mit der Trompete)
R: Raoul Walsh. B: Sam Hellman, James V. Kern n. e. Idee von Aubrey Wisberg. K: Sid Hickox. SP: Lawrence Butler. M: Franz Waxman. D: Jack Benny, Dolores Moran, Allyn Joslyn, Reginald Gardiner, Guy Kibbee.
USA

**1947**

BRICK BRADFORD
(Serial in 15 Teilen)
R: Spencer Gordon Bennet, Thomas Carr. B: George H. Plympton, Lewis Clay, Arthur Hoerl n. d. Comic-Serie von William Ritt (Text) und Clarence Gray (Zeichnungen). K: Ira H. Morgan. M: Mischa Bakaleinikoff. D:

Kane Richmond, Linda Johnson, Pierre Watkin, Rick Vallin, Charles Quigley, Jack Ingram.
USA

**1950**

DESTINATION MOON
(Endstation Mond)
R: Irving Pichel. B: Rip Van Ronkel, Robert A. Heinlein n. d. Roman «Rocket Ship Galileo» von Robert A. Heinlein. K: Lionel Lindon. M: Leith Stevens. SP: Lee Zavitz. D: John Archer, Warner Anderson, Tom Powers, Dick Wesson.
USA

THE THING FROM ANOTHER WORLD
(Das Ding aus einer anderen Welt)
R: Christian Nyby (ohne *credit*: Howard Hawks). B: Charles Lederer n. d. Erzählung «Who Goes There?» von Don A. Stuart (John W. Campbell jr.). K: Russell Harlan. M: Dimitri Tiomkin. SP: Donald Stewart. D: Kenneth Tobey, Margaret Sheridan, Robert Cornithwaite, Douglas Spencer, James Young, James Arness.
USA

UNKNOWN WORLDS
R: Terrell O. Morse. B: Millard Kaufman. K: Allen G. Siegler, Henry Freulich. M: Ernest Gold. SP: J. R. Rabin, I. A. Block. D: Bruce Kellogg, Marilyn Nash, Victor Kilian, Otto Waldis.
USA

**1951**

THE DAY THE EARTH STOOD STILL
(Der Tag an dem die Erde stillstand)
R: Robert Wise. B: Edmund H. North n. d. Erzählung «Farewell to the Master» v. Harry Bates. K: Leo Torer. M: Bernard Herrmann. SP: Fred Sersen. D: Michael Rennie, Patricia Neal, Sam Jaffe, Hugh Marlowe, Billy Gray.
USA

FIVE
(Die letzten Fünf)
R, B: Arch Oboler. K: Louis Clyde Stoumen, Sid Lubow. D: Susan Douglas, William Phipps, James Anderson, Charles Lampkin, Earl Lee.
USA

THE MAN IN THE WHITE SUIT
(Der Mann im weißen Anzug)
R: Alexander Mackendrick. B: Roger MacDougall, John Dighton, Alexander Mackendrick. K: Douglas Slocombe. M: Benjamin Frankel. D: Alec Guinness, Joan Greenwood, Cecil Parker, Michael Gough, Ernest Thesiger, Duncan Lamont.
GB

WHEN WORLDS COLLIDE
(Der jüngste Tag)
R: Rudoph Maté. B: Sidney Boehm. K: John F. Seitz, W. Howard Greene. M: Leith Stevens. SP: Gordon Jennings, Harry Burndollar. D: Richard Derr, Barbara Rush, John Hoyt, Mary Murphy, Laura Elliott, Stuart Whitman.
USA

**1952**

INVASION U.S.A.
(Invasion gegen USA)
R: Alfred E. Green. B: R. Smith n. e. Story von R. Smith u. Franz Spencer. K: John L. Russell. M: Albert Glaser. D: Dan O'Herlihy, Gerald Mohr, Peggie Castle, Robert Bice, Phyllis Coates.
USA

## 1953

THE BEAST FROM 20000 FATHOMS
(Panik in New York)
R: Eugène Lourié. B: Lou Marheim, Fred Freiberger n. d. Kurzgeschichte «The Foghorn» v. Ray Bradbury. K: Jack Russell. M: David Buttolph. SP: Ray Harryhausen, Willis Cook. D: Paul Christian (= Paul Hubschmid), Paula Raymond, Kenneth Tobey, Lee Van Cleef, King Donovan.
USA

THE CREATURE FROM THE BLACK LAGOON
(Der Schrecken vom Amazonas)
R: Jack Arnold. B: Harry Essex, Arthur Ross n. e. Story v. Maurice Zimm. K: William E. Snyder. M: Joseph Gershenson. SP(K): Charles S. Welbourne. D: Richard Carlson, Julie Adams, Richard Denning, Whit Bissell, Nestor Paiva, Ricou Browning.
USA

FOUR-SIDED TRIANGLE
R: Terence Fisher. B: Paul Tabori, Terence Fisher n. d. Roman v. William F. Temple. K: Reginald Wyer. M: Malcolm Arnold. D: Barbara Payton, James Hayter, Stephen Murray, John van Eyssen.
GB

INVADERS FROM MARS
(Invasion vom Mars)
R: William Cameron Menzies. B: Richard Blake. K: John Seitz. M: Raoul Kraushaar. SP: Jack Cosgrove. D: Helena Carter, Arthur Franz, Jimmy Hunt, Leif Erickson, Hillary Brooke, Max Wagner.
USA

IT CAME FROM OUTER SPACE
(Gefahr aus dem Weltall)
R: Jack Arnold. B: Harry Essex n. e. Entwurf von Ray Bradbury. K: Clifford Stine. M: Herman Stein, Joseph Gershenson. SP: David S. Horsley. D: Richard Carlson, Barbara Rush, Charles Drake, Russel Johnson.
USA

PROJECT MOONBASE
R: Richard Talmadge. B: Robert A. Heinlein, J. Seaman. K: William Thompson. M: Herschel Burke Gilbert. SP: Jacques Fresco. D: Donna Martell, Ross Ford, Hayden Rorke, James Craven.
USA

SPACEWAYS
R: Terence Fisher. B: Paul Tabori, Richard Landau n. d. Radio-Serie von Charles Eric Maine. K: Reginald Wyer. M: Ivor Slaney. D: Howard Duff, Eva Bartok, Alan Wheatley, Andrew Osborn, Michael Medwin.
GB

THE WAR OF THE WORLDS
(Kampf der Welten)
R: Byron Haskin. B: Barré Lyndon n. d. Roman v. H. G. Wells. K: George Barnes. M: Leith Stevens. SP: Gordon Jennings, Wallace Kelley, Paul Lerpae, Ivyl Burks, Jan Domela, Irmin Roberts. D: Gene Barry, Ann Robinson, Les Tremayne, Paul Frees, Jack Kruschen, Carolyn Jones, Cedric Hardwicke (Erzählstimme).
USA

## 1954

GOJIRA
(Godzilla)
R: Inoshiro Honda, Terry Morse (zus. Szenen f. d. amerik. Version). B: Takeo Murata, Inoshiro Honda n. e. Story v. Shigeru Kayama. K: Masao Ta-

mai, Guy Roe (zus. Szenen f. d. amerik. Version). K: Akira Ifukube. SP: Eiji Tsuburaya, Akira Watanabe, Hiroshi Mukouyama, Kuichiro Kishida. D: Raymond Burr, Akira Takarada, Akihiko Hirata, Tashi Shimura.
J/USA

Revenge of the Creature
(Die Rache des Ungeheuers)
R: Jack Arnold. B: Martin Berkeley. K: Charles S. Welbourne. M: Herman Stein, Joseph Gershenson. D: John Agar, Lori Nelson, John Branfield, Nestor Paiva, Robert B. Williams.
USA

Them!
(Formicula)
R: Gordon Douglas. B: Ted Sherdemann, Russell Hughes n. e. Story v. George Worthing Yates. K: Sid Hickox. M: Bronislau Kaper. SP: Ralph Ayers. D: Edmund Gwenn, James Whitmore, James Arness, Joan Weldon, Onslow Stevens, Chris Drake.
USA

20000 Leagues under the Sea
(20000 Meilen unter dem Meer)
R: Richard Fleischer. B: Earl Fenton n. d. Roman «Deux cent mille lieues sous les mers» von Jules Verne. K: Franz Planer. M: Paul Smith, Joseph S. Dubin. SP: John Hench, Josh Meador, Ub Iwerks, Ralph Hammeras (K), Till Gabbani (Untersee-K). D: Kirk Douglas, James Mason, Paul Lukas, Peter Lorre, Robert J. Wilke, Carleton Young, Ted de Corsia, Percy Helton.
USA

**1955**

The Day the World Ended
(Die letzten Sieben)
R: Roger Corman. B: Lou Rusoff. K: Jock Feindel. M: Ronald Stein. SP: Paul Blaisdell. D: Richard Denning, Adele Jergens, Lori Nelson, Touch (= Mike) Connors, Paul Birch.
USA

It Came from Beneath the Sea
R: Robert Gordon. B: George Worthing Yates, Hal Smith n. e. Story v. George Worthing Yates. K: Henry Freulich. M: Mischa Bakaleinikoff. SP: Ray Harryhausen, Jack Erickson. D: Kenneth Tobey, Faith Domergue, Donald Curtis, Ina Keith, Harry Lauter.
USA

The Quatermass Experiment
(Schock)
R: Val Guest. B: Richard Landau, Val Guest n. d. Fernsehspiel v. Nigel Kneale. K: Walter Harvey. SP: Leslie Bowie. D: Brian Donlevy, Margia Dean, Jack Warner, Richard Wordsworth, David King Wood, Lionel Jeffries.
GB

This Island Earth
(Metaluna 4 antwortet nicht)
R: Joseph Newman. B: Franklin Coen, Edward G. O'Callaghan n. d. Roman v. Raymond F. Jones. K: Clifford Stine. M: Herman Stein, Joseph Gershenson. D: Jeff Morrow, Faith Domergue, Rex Reason, Lance Fuller, Russell Johnson, Robert Nichols.
USA

**1956**

The Creature Walks Among Us
(Das Ungeheuer ist unter uns)
R: John Sherwood. B: Arthur Ross.

K: Maury Gertsman. M: Joseph Gershenson. SP(K): Clifford Stine. D: Jeff Morrow, Rex Reason, Leigh Snowden, Gregg Palmer, Ricou Browning.
USA

FORBIDDEN PLANET
(Alarm im Weltall)
R: Fred McLeod Wilcox. B: Cyril Hume n. e. Story v. Irving Block u. Allen Adler. K: George Folsey. M (Toneffekte): Bebe u. Louis Barron. SP: A. Arnold Gillespie, Warren Newcombe, Irving G. Ries, Joshua Meador. D: Walter Pidgeon, Anne Francis, Leslie Nielsen, Warren Stevens, Jack Kelly, Richard Anderson, Earl Holliman, James Drury, Bob Dix.
USA

INVASION OF THE BODY SNATCHERS
(Die Dämonischen/Invasion der Körperfresser)
R: Don Siegel. B: Daniel Mainwaring (ohne *credit*: Sam Peckinpah) n. d. Roman «The Body Snatchers» v. Jack Finney. K: Ellsworth Fredricks. M: Carmen Dragon. SP: Milt Rice. D: Kevin McCarthy, Dana Wynter, Carolyn Jones, King Donovan, Larry Cates, Pat O'Malley.
USA

IT CONQUERED THE WORLD
R: Roger Corman. B: Lou Rusoff. K: Frederick West. M: Ronald Stein. SP: Paul Blaisdell. D: Peter Graves, Beverly Garland, Lee Van Cleef, Sally Fraser, Charles B. Griffith, Paul Blaisdell.
USA

SORANO DAIKAIJYU RADON
(Rodan/Die fliegenden Monster von Osaka)
R: Inoshiro Honda. B: Takeshi Kimura, Takeo Murata n. e. Story v. Takashi Kuronuma. K: Isamu Ashida. M: Tadashi Yamauchi. SP: Eiji Tsuburaya. D: Kenji Sawara, Yumi Shirakawa, Akihiko Hirata, Akio Kobari.
J

1984
(1984)
R: Michael Anderson. B: William P. Templeton, Ralph Bettinson n. d. Roman v. George Orwell. K: C. Pennington Richards. M: Malcolm Arnold. SP: B. Langley, G. Blackwell, N. Warwick. D: Edmond O'Brien, Michael Redgrave, Jan Sterling, David Kossoff, Mervyn Johns, Donald Pleasence, Patrick Allen.
GB

TARANTULA!
(Tarantula)
R: Jack Arnold. B: Robert M. Fresco, Martin Berkeley, Jack Arnold. K: George Robinson. M: Henri Mancini. SP(K): Clifford Stine. D: John Agar, Mara Corday, Leo G. Carroll, Nestor Paiva, Ross Elliott.
USA

THE TWENTY-SEVENTH DAY
(Der 27. Tag)
R: William Asher. B: John Mantley n. seinem Roman. K: Henry Freulich. M: Mischa Bakaleinikoff. D: Gene Barry, Valerie French, George Voskovex, Arnold Moss, Stefan Schnabel, Ralph Clanton.
USA

## 1957

CHIKYU BOEIGUN
(Weltraum-Bestien/Phantom 7000)
R: Inoshiro Honda. B: Takeshi Kimura, S. Kayama n. e. Story v. Jojiro Okami. K: Hajime Koizumi. M: Akira Ifukube. SP: Eiji Tsuburaya. D: Kenji Sawara, Yumi Shirakawa, Akihiko Hirata, Momoko Kochi.
J

THE INCREDIBLE SHRINKING MAN
(Die unglaubliche Geschichte des Mister F)
R: Jack Arnold. B: Richard Matheson n. seinem Roman «The Shrinking Man». K: Ellis W. Carter. M: F. Carling, E. Lawrence, Joseph Gershenson. SP(K): Clifford Stine. D: Grant Williams, Randy Stuart, April Kent, Paul Langton, Raymond Bailey, William Schallert, Frank Scannell.
USA

QUATERMASS II
(Feinde aus dem Nichts)
R: Val Guest. B: Nigel Kneale, Val Guest n. d. Fernsehserie v. Nigel Kneale. K: Gerald Gibbs. M: James Bernard. D: Brian Donlevy, Vera Day, Bryan Forbes, John Langdon, Sidney James.
GB

THE SPACE CHILDREN
R: Jack Arnold. B: Bernard C. Schoenfeld n. e. Story v. Tom Filer. K: Ernest Laszlo. M: Van Cleave. SP: John P. Fulton. D: Adam Williams, Peggy Webber, Michael Ray, Johnny Crawford, Jackie Coogan, Sandy Descher.
USA

**1958**

THE BLOB
(Blob – Schrecken ohne Namen/Angriff aus dem Weltall)
R: Irvin S. Yeaworth jr. B: Theodore Simonson, Kate Phillips. K: Thomas Spalding. M: Ralph Carmichael. SP: Barton Sloane. D: Steve McQueen, Aneta Corseaut, Earl Rowe, Olin Howlin.
USA

THE FLY
(Die Fliege)
R: Kurt Neumann. B: James Clavell n. d. Kurzgeschichte v. George Longelaan. K: Karl Struss. M: Paul Sawtell. SP: L. B. Abbott. D: Al Hedison, Patricia Owens, Vincent Price, Herbert Marshall, Kathleen Freeman, Charles Herbert, Betty Lou Gerson.
USA

I MARRIED A MONSTER FROM OUTER SPACE
R: Gene Fowler jr. B: Louis Vittes. K: Haskell Boggs. SP: John P. Fulton. D: Tom Tryon, Gloria Talbott, Ken Lynch, John Eldredge, Valerie Allen, Maxie Rosenbloom.
USA

MONSTER ON THE CAMPUS
(Der Schrecken schleicht durch die Nacht)
R: Jack Arnold. B: David Duncan. K: Russell Metty. M: Joseph Gershenson. SP(K): Clifford Stine. D: Arthur Franz, Joanna Moore, Judson Pratt, Nancy Walters, Troy Donahue, Phil Harvey, Helen Westcott.
USA

THE MOST DANGEROUS MAN ALIVE
R: Allan Dwan. B: James Leicester, Phillip Rock n. e. Story v. Phillip Rock u. Michael Pate. K: Carl Carrahal. M: Louis Forbes. D: Ron Randell, Debra Paget, Elaine Stewart, Anthony Caruso, Gregg Palmer, Morris Ankrum.
USA

THE WORLD, THE FLESH, AND THE DEVIL
(Die Welt, das Fleisch und der Teufel)
R: Ranald MacDougall. B: Ranald MacDougall n. d. Roman «The Purple Cloud» v. M. P. Shiel. K: Harold J. Marzorati. M: Miklos Rosza. SP: Lee

LeBlanc. D: Harry Belafonte, Inger Stevens, Mel Ferrer.
USA

**1959**

THE MOUSE THAT ROARED
(Die Maus die brüllte)
R: Jack Arnold. B: Roger MacDougall, Stanley Mann n. d. Roman v. Leonard Wibberley. K: John Wilcox. M: Edwin Astley. D: Peter Sellers (3 Rollen), Jean Seberg, David Kossoff, William Hartnell, Timothy Bateson, Leo McKern.
GB

ON THE BEACH
(Das letzte Ufer)
R: Stanley Kramer. B: John Paxton n. d. Roman v. Nevil Shute. K: Giuseppe Rotunno. M: Ernest Gold. SP: Lee Zavitz. D: Gregory Peck, Ava Gardner, Fred Astaire, Anthony Perkins, Donna Anderson, Guy Doleman.
USA

**1959/60**

JOURNEY TO THE CENTER OF THE EARTH
(Die Reise zum Mittelpunkt der Erde)
R: Henry Levin. B: Walter Reisch, Charles Brackett n. d. Roman «Voyage au centre de la terre» v. Jules Verne. K: Leo Tover. M: Bernard Herrmann. SP: L. B. Abbott, James B. Gordon, Emil Kosa jr. D: James Mason, Arlene Dahl, Pat Boone, Diane Baker, Thayer David, Peter Ronson, Alex Napier, Fredrick Halliday.
GB

**1960**

ATLANTIS, THE LOST CONTINENT
(Atlantis, der verlorene Kontinent)
R: George Pal. B: Daniel Mainwaring n. d. Roman «Atalanta. A Story of Atlantis» v. Gerald Hargreaves. K: Harold E. Wellman. M: Russel Garcia. SP: A. Arnold Gillespie, Lee LeBlanc, Robert R. Hoag. D: Anthony Hall, Joyce Taylor, Frank de Kova, John Dall, Jay Novello, Edgar Stehli.
USA

MYSTERIOUS ISLAND
(Die geheimnisvolle Insel)
R: Cyril Endfield. B: John Prebble, Daniel Ullman, Crane Wilbur n. d. Roman «L'Ile mystérieux» v. Jules Verne. K: Wilkie Cooper. M: Bernard Herrmann. SP: Ray Harryhausen, Egil Woxholt (Unterwasser-K). D: John Phillip Law, Marisa Mell, Michel Piccoli, Adolfo Celi, Mario Donen, Terry-Thomas.
GB

THE TIME MACHINE
(Die Zeitmaschine)
R: George Pal. B: David Duncan n. d. Roman v. H. G. Wells. K: Paul C. Vogel. M: Russel Garcia. SP: Gene Warren, Wah Chang. D: Rod Taylor, Alan Young, Yvette Mimieux, Sebastian Cabot, Whit Bissell.
USA

**1961**

THE DAMNED
(Sie sind verdammt)
R: Joseph Losey. B: Evan Jones n. d. Roman «The Children of the Light» v. H. L. Lawrence. K: Arthur Grant. M: James Bernard, John Hollingsworth. D: MacDonald Carey, Shirley Ann

Field, Viveca Lindfors, Alexander Knox, Oliver Reed, Rachel Clay.
GB

The Day the Earth Caught Fire
(Feuer wird vom Himmel fallen/Der Tag, an dem die Erde Feuer fing)
R: Val Guest. B: Val Guest, Wolf Mankowitz. K: Harry Waxman. M: Stanley Black. SP: Les Bowie. D: Edward Judd, Janet Munro, Leo McKern, Michael Goodliffe, Reginald Beckwith.
GB

Master of the World
(Robur – Der Herr der sieben Kontinente/Herr der Welt)
R: William Witney. B: Richard Matheson n. d. Roman «Robur le conquérant» v. Jules Verne. K: Gil Warrenton. M: Les Baxter, Albert Harris. SP: Tim Barr, Wah Chang, Gene Warren. D: Vincent Price, Charles Bronson, Henry Hull, David Frankham, Mary Webster, Richard Harrison.
USA

Voyage to the Bottom of the Sea
(Unternehmen Feuergürtel/Als der Weltraum zu brennen begann)
R: Irwin Allen. B: Irwin Allen, Charles Bennett. K: Winton Hoch. M: Paul Sawtell. SP: L. B. Abbott, John Lamb (Unterwasser-K). D: Walter Pidgeon, Robert Sterling, Peter Lorre, Joan Fontaine, Barbara Eden, Michael Ansara, Frankie Avalon, Mark Slade, John Litel.
USA

**1962**

La Jetee
(Am Rande des Rollfelds)
R, B: Chris Marker. K: Jean Chiabaud, M: Trevor Duncan. SP: C. S. Olaf. D: Hélène Chatelain, Jacques Ledoux, Davos Hanich, André Heinrich.
F

Panic in the Year Zero
R: Ray Milland. B: Jay Simms, John Morton n. e. Story v. Jay Simms. K: Gil Warrenton. M: Les Baxter. SP: Pat Dinga, Larry Butler. D: Ray Milland, Jean Hagen, Frankie Avalon, Mary Mitchell, Joan Freeman, Richard Garland.
USA

Planeta Burg
R: Pavel Klushantsev. B: Alexander Kazantsev, Pavel Klushantsev. K: Arkadji Klimov. D: Kyunna Ignatova, Gennadi Vernov, Vladimir Yemelianov.
UdSSR

**1963**

Children of the Damned
R: Anton M. Leader. B: Jack Briley n. d. Roman «The Midwich Cuckoos» v. John Wyndham. K: David Boulton. M: Ron Goodwin. SP: Tom Howard. D: Ian Hendry, Alan Badel, Barbara Ferris, Alfred Burke, Roberta Rex.
GB

Dr. Strangelove, or How I Learned to Stop Worrying and Love the Bomb
(Dr. Seltsam oder Wie ich lernte, die Bombe zu lieben)
R: Stanley Kubrick. B: Stanley Kubrick, Terry Southern, Peter George n. d. Roman «Red Alert» v. Peter George. K: Gilbert Taylor. SP: Wally Veevers. D: Peter Sellers (3 Rollen), George C. Scott, Sterling Hayden, Keenan Wynn, Slim Pickens, Peter Bull, Tracy Reed, James Earl Jones.
USA

**1964**

FIRST MEN IN THE MOON
(Die erste Fahrt zum Mond)
R: Nathan Juran. B: Nigel Kneale, Jan Read n. d. Roman v. H. G. Wells. K: Wilkie Cooper. M: Laurie Johnson. SP: Ray Harryhausen. D: Edward Judd, Martha Hyer, Lionel Jeffries, Miles Malleson, Peter Finch, Gladys Henson.
GB

KAITEI GUNKAN
(U 2000 – Tauchfahrt des Grauens)
R: Inoshiro Honda. B: Shinichi Sekizawa. K: Hajime Koizumi. SP: Eiji Tsuburaya. D: Tadao Takashima, Yu Fujiki, Yoko Fujiyama, Ken Uehara, Akemi Kita.
J

**1965**

ALPHAVILLE – UNE ETRANGE AVENTURE DE LEMMY CAUTION
(Lemmy Caution gegen Alpha 60)
R, B: Jean-Luc Godard. K: Raoul Coutard. M: Paul Misraki. D: Eddie Constantine, Anna Karina, Akim Tamiroff, Howard Vernon, Laszlo Szabo.
F

FAHRENHEIT 451
(Fahrenheit 451)
R: François Truffaut. B: François Truffaut, Jean-Louis Richard n. d. Roman v. Ray Bradbury. K: Nicholas Roeg. M: Bernard Herrmann. SP: Charles Staffel, Les Bowie. D: Oskar Werner, Julie Christie, Cyril Cusack, Anton Diffring, Bee Duffell.
GB

KONEC SRPNA V HOTELU OZON
R: Jan Schmidt. B: Pavel Jurácek. K: Jiři Macack. M: Jan Klusak. D: Andrej Jariabek, Beta Ponicanova, Magda Seidlerova, Hana Vitkova.
ČSSR

**1966**

FANTASTIC VOYAGE
(Die phantastische Reise)
R: Richard Fleischer. B: Harry Kleiner n. d. Roman v. Isaac Asimov. K: Ernest Laszlo. M: Leonard Rosenman. SP: L. B. Abbott, Art Cruickshank, Emil Kosa jr. D: Stephen Boyd, Raquel Welch, Edmond O'Brien, Donald Pleasence, Arthur O'Connell, William Redfield, Arthur Kennedy, Jean Del Val, Ken Scott.
USA

THE WAR GAME
R, B: Peter Watkins. K: Peter Bartlett. D: Michael Aspel, Dick Graham (Erz.).
GB

**1967**

BARBARELLA
(Barbarella)
R: Roger Vadim. B: Roger Vadim, Terry Southern, Claude Brule, Vittorio Bonicelli, Clement Biddle Wood, Brian Degas, Tudor Gates, Jean-Claude Forest n. d. Comic v. Jean-Claude Forest. K: Claude Renoir. M: Maurice Jarre. SP: Auguste Lohman, Gerard Cogan. D: Jane Fonda, Anita Pallenberg, John Phillip Law, Ugo Tognazzi, Milo O'Shea, Claude Dauphin, David Hemmings, Marcel Marceau.
F

QUATERMASS AND THE PIT
(Das grüne Blut der Dämonen)
R: Roy Ward Baker. B: Nigel Kneale

n. s. Fernsehserie «The Quatermass Experiment». K: Arthur Grant. M: Tristram Cary. SP: Les Bowie. D: James Donald, Andrew Keir, Barbara Shelley, Julien Glover, Duncan Lamont.
GB

**1968**

PLANET OF THE APES
(Planet der Affen)
R: Franklin J. Schaffner. B: Michael Wilson, Rod Serling n. d. Roman «Le Planète des singes» v. Pierre Boulle. K: Leon Shamroy. M: Jerry Goldsmith. SP: L. B. Abbott, Art Cruickshank, Emil Kosa jr. D: Charlton Heston, Roddy McDowall, Kim Hunter, Maurice Evans, James Whitmore, James Daly.
USA

KYUKETSUKI GOKEMODIRO
(Goke – Vampir aus dem Weltall)
R: Hajime Sato. B: Susumu Takaku, Kyuzo Kobayashi. M: Shumuke Kikuchi. D: Hideo Ko, Terno Yoshida, Tomomi Sato, Eizo Kitamura.
J

2001: A SPACE ODYSSEY
(2001: Odyssee im Weltraum)
R: Stanley Kubrick. B: Arthur C. Clarke, Stanley Kubrick n. d. Kurzgeschichte «The Sentinel» von Arthur C. Clarke. K: Geoffrey Unsworth. M: Johann Strauß, Richard Strauss, György Ligeti, Aram Khatchaturian. SP: Wally Veevers, Douglas Trumbull, Con Pederson, Tom Howard. D: Keir Dullea, Gary Lockwood, William Sylvester, Daniel Richter, Douglas Rain, Leonard Rossiter.
USA/GB

**1969**

IDO ZERO DAISAKUSEN
(U 4000 – Panik unter dem Ozean)
R: Inoshiro Honda. B: Shinichi Sekizawa, Ted Sherdeman. K: Taiichi Kankura. M: Akira Ifukube. SP: Eiji Tsuburaya. D: Joseph Cotten, Cesar Romero, Akira Takarada, Richard Jaeckel, Masumi Okada, Linda Haynes.
J/USA

MAROONED
(Verschollen im Weltraum)
R: John Sturges. B: Mayo Simon n. d. Roman v. Martin Caidin. K: Daniel Fapp. SP: Lawrence W. Butler, Donald C. Glauner, Robbie Robinson. D: Gregory Peck, Richard Crema, David Janssen, James Franciscus, Gene Hackman, Lee Grant, Nancy Kovack, Scott Brady.
USA

**1970**

BENEATH THE PLANET OF THE APES
(Rückkehr zum Planet der Affen)
R: Ted Post. B: Paul Dehn, Mort Abrahams. K: Milton Krassner. M: Leonard Rosenman. SP: L. B. Abbott, Art Cruickshank. D: James Franciscus, Charlton Heston, Linda Harrison, Kim Hunter, Maurice Evans, Victor Buono.
USA

COLOSSUS: THE FORBIN PROJECT
(Colossus)
R: Joseph Sargent. B: James Bridges n. d. Roman «Colossus» v. D. F. Jones. K: Gene Polito. M: Michel Colombier. SP: Albert Whitlock. D: Eric Braeden, Susan Clark, Gordon Pinsent, William Schallert.
USA

THX 1138
(THX 1138)
R: George Lucas. B: George Lucas, Walter Murch. K: Dave Meyers, Albert Kihn. M: Lalo Schifrin. D: Robert Duvall, Donald Pleasence, Don Pedro Colley, Maggie McOmie, Ian Wolfe.
USA

**1971**

THE ANDROMEDA STRAIN
(Andromeda – Tödlicher Staub aus dem All)
R: Robert Wise. B: Nelson Gidding n. d. Roman v. Michael Crichton. K: Richard H. Kline. M: Gil Mellé. SP: Douglas Trumbull, James Shout. D: Arthur Hill, David Wayne, James Olson, Kate Reid.
USA

A CLOCKWORK ORANGE
(Uhrwerk Orange)
R: Stanley Kubrick. B: Stanley Kubrick n. d. Roman v. Anthony Burgess. K: John Alcott. M: Walter Carlos e. a. D: Malcolm McDowall, Patrick Magee, Warren Clarke, Michael Bates, Clive Francis.
GB

ESCAPE FROM THE PLANET OF THE APES
(Flucht vom Planet der Affen)
R: Don Taylor. B: Paul Dehn. K: Joseph Biroc. M: Jerry Goldsmith. D: Roddy McDowall, Kim Hunter, Bradford Dillman, Natalie Trundy, Sal Mineo.
USA

THE OMEGA MAN
(Der Omega-Mann)
R: Boris Sagal. B: John William, Joyce H. Corrington n. d. Roman «I Am Legend» v. Richard Matheson. K: Russell Metty. M: Ron Grainer. D: Charlton Heston, Anthony Zerbe, Rosalind Cash, Paul Koslo.
USA

**1972**

CONQUEST OF THE PLANET OF THE APES
(Eroberung vom Planet der Affen)
R: J. Lee Thompson. B: Paul Dehn. K: Bruce Surtees. M: Tom Scott. D: Roddy McDowall, Don Murray, Ricardo Montalban, Natalie Trundy, Hari Rhodes.
USA

SILENT RUNNING
(Lautlos im Weltall)
R: Douglas Trumbull. B: Deric Washburn, Mike Cimino, Steve Bochco n. e. Story v. Douglas Trumbull. K: Charles F. Wheeler. SP: Richard O. Helmer, James Rugg, Marlin Jones, Vernon Archer, R. L. Helmer, Douglas Trumbull, John Dykstra. M: Peter Schickele. D: Bruce Dern, Cliff Potts, Ron Rifkin, Jesse Vint.
USA

SOLARIS
(Solaris)
R: Andrej Tarkowskij. B: Andrej Tarkowskij, Friedrich Gorenstein n. d. Roman v. Stanislaw Lem. M: Eduard Arteniew. K: Vadim Yousov. D: Donatas Banionis, Natalia Bondartschuk, Juri Javet.
UdSSR

**1973**

BATTLE FOR THE PLANET OF THE APES
(Schlacht um den Planet der Affen)
R: J. Lee Thompson. B: John William Corrington, Joyce Hooper Corrington. K: Richard H. Kline. M: Leonard Ro-

senman. D: Roddy McDowall, Claude Akins, Natalie Trundy, Lew Ayres.
USA

Dark Star
(Finsterer Stern)
R: John Carpenter. B: Dan O'Bannon, John Carpenter. SP: Dan O'Bannon, Ron Cobb, Bob Greenberg. (Mit Laiendarstellern.)
USA

Soylent Green
(Jahr 2022 ... die überleben wollen)
R: Richard Fleischer. B: Stanley R. Greenberg n. d. Roman «Make Room, Make Room!» von Harry Harrison. K: Richard H. Kline. M: Fred Myrow. SP: A. J. Lohman. D: Charlton Heston, Edward G. Robinson, Leigh Taylor-Young, Chuck Connors, Joseph Cotten, Brock Peters, Paula Kelly.
USA

Westworld
(Westworld)
R, B: Michael Crichton. K: Gene Polito. M: Fred Karlin. SP: Charles Schulthies. D: Yul Brynner, Richard Benjamin, James Brolin, Victoria Shaw.
USA

**1974**

Phase IV
(Phase IV)
R: Saul Bass. B: Mayo Simon. K: Dick Bush, Ken Middleton. M: Brian Gascoigne. SP: John Richardson. D: Nigel Davenport, Michael Murphy, Lynne Frederick, Alan Gifford.
USA

Zardoz
(Zardoz)
R, B: John Boorman. K: Geoffrey Unsworth. M: David Munrow. SP: Gerry Johnston. D: Sean Connery, Charlotte Rampling, Sara Kestelman, John Alderton.
GB

**1975**

Futureworld
(Futureworld – die Welt von Übermorgen)
R: Richard T. Heffron. B: Mayo Simon. K: Howard Schwarz. M: Fred Korlin. D: Peter Fonda, Blythe Danner, Arthur Hiller, John Ryan, Stuart Margolin.
USA

The Man Who Fell to Earth
(Der Mann, der vom Himmel fiel)
R: Nicolas Roeg. B: Paul Mayersberg n. d. Roman v. Walter Tevis. K: Anthony Richmond. M: John Phillips. D: David Bowie, Rip Torn, Candy Clark, Buck Henry.
GB

Rollerball
(Rollerball)
R: Norman Jewison. B: William Harrison. K: Douglas Slocombe. M: André Prévin. D: James Caan, John Houseman, Maud Adams, John Beck.
USA

**1977**

CLOSE ENCOUNTERS OF THE THIRD KIND
(Unheimliche Begegnung der dritten Art)
R, B: Steven Spielberg. K: Vilmos Zsigmond, William A. Fraker, Douglas Slocombe. SP: Douglas Trumbull. M: John Williams. D: Richard Dreyfuss, François Truffaut, Melinda Dillon.
USA

STAR WARS
(Krieg der Sterne)
R, B: George Lucas. K: Gilbert Taylor. M: John Williams. SP: John Dykstra, John Stears. D: Mark Hamill, Harrison Ford, Carrie Fisher, Peter Cushing, Alec Guinness, Peter Mayhew, David Prowse.
USA

**1978**

SUPERMAN – THE MOVIE
(Superman – Der Film)
R: Richard Donner. B: Mario Puzo, David Newman, Leslie Newman, Robert Benton, Tom Mankiewicz. K: Geoffrey Unsworth. SP: Colin Chilvers. M: John Williams. D: Christopher Reeves, Margot Kidder, Gene Hackman, Valerie Perrine, Ned Beatty, Marc McClure, Marlon Brando, Trevor Howard, Susannah York.

**1979**

ALIEN
(Alien – das unheimliche Wesen aus einer fremden Welt)
R: Ridley Scott. B: Walter Hill, David Giler. K: Derek Vanlint. SP: Brian Jones. M: Jerry Goldsmith. D: Tom Skerrit, Sigourney Weaver, Veronica Cartwright, Harry Dean Stanton, John Hurt, Jan Hom, Yaphet Kotto.

# Verzeichnis der im Text zitierten Bücher und Zeitschriftenartikel


Hans Joachim Alpers: Verne und Wells – zwei Pioniere der Science Fiction? In: Eike Barmeyer (Hrsg.): Science Fiction. Theorie und Geschichte. München 1972.

Jan Appelkamp: The War Game. In: «Medium» Nr. 1. Frankfurt 1972.

John Baxter: Science Fiction in the Cinema. New York 1970.

J. P. Bouyxou: La science fiction au cinéma. Paris 1971.

John Brosnan: Future Tense. The Cinema of Science Fiction. London 1978.

Lotte H. Eisner: Dämonische Leinwand. Die Blütezeit des deutschen Films. Wiesbaden 1955.

Hanns Fischer, zit. nach: Arbeitsgemeinschaft der Jugendfilmclubs (Hrsg.): Kino der Utopien. Aachen 1968.

Bodo Fründt: Ein Höhepunkt des Science-fiction-Films. Nicolas Roegs «Der Mann, der vom Himmel fiel». In: «Die Zeit» Nr. 36. Hamburg 1976.

Northrop Frye: Spielarten der utopischen Literatur. In: Frank E. Manuel (Hrsg.): Wunschtraum und Experiment. Vom Nutzen und Nachteil utopischen Denkens. Freiburg 1970.

Roger Garaudy: Ästhetik und Erfindung der Zukunft / Esthétique et invention du futur. Berlin 1973.

Rolf Giesen: Westworld. In: «Vampir» Nr. 7. Nürnberg 1974.

Vera Graaf: Homo Futurus. Eine Analyse der modernen Science Fiction. Hamburg/Düsseldorf 1971.

Michael Hausgartner: Soylent Green. In: «Zoom» Nr. 14. Bern/Zürich 1975.

Uwe Japp, zit. nach Frank E. Manuel (Hrsg.): Wunschtraum und Experiment. Vom Nutzen und Nachteil utopischen Denkens. Freiburg 1970.

Fernand Jung/Georg Seeßlen/Claudius Weil: Der Horror-Film (Enzyklopädie des populären Films Band 2). München (Schondorf/Ammersee) 1978.

Klaus Keller (Hrsg.): Der Utopische Film. Aachen o. J.

Siegfried Kracauer: Von Caligari bis Hitler. Reinbek 1958.

Sam J. Lundwall: Science Fiction: What it's All About. New York 1971.

Friedrich Leiner/Jürgen Gutsch: Science Fiction. Materialien und Hinweise. Frankfurt/Berlin/München 1972.

Stanislaw Lem: Roboter in der Science Fiction. In: Eike Barmeyer (Hrsg.): Science Fiction. Theorie und Geschichte. München 1972.

Jürgen Menningen: Filmbuch Science Fiction. Köln 1975.

Jürgen Menningen: Mythos und Kolportage. Erscheinungsformen des amerikanischen Science-fiction-Films. In: «Filmstudio» Nr. 54. Frankfurt 1967.

Brian Murphy: Monster Movies. They Came from Beneath the Fifties. In: «The Journal of Popular Film» Nr. 1. Bowling Green 1972.

The Oxford Companian to Film. Deutsche Ausgabe (Bearbeitung: Wolfram Tichy): Buchers Enzyklopädie des Films/rororo-Filmlexikon. Luzern 1977/Reinbek 1978.

Enno Patalas: Kommentierte Filmografie. In: Peter W. Jansen/Wolfram Schütte (Hrsg.): Fritz Lang. München 1976.

Enno Patalas: ... die phantastische Reise. In: «Filmkritik» Nr. 3. München 1967.
Michael Pehlke/Norbert Lingfeld: Roboter und Gartenlaube. Ideologie und Unterhaltung in der Science-Fiction Literatur. München 1970.
Günther Pflaum: Reiseabenteuer mit Jules Verne. In: «Süddeutsche Zeitung» vom 3. April. München 1972.
Martin Schäfer: Science Fiction als Ideologiekritik? Utopische Spuren in der amerikanischen Science-Fiction Literatur 1940–1955. Stuttgart 1977.
Jürgen vom Scheidt: Descensus ad inferos. Tiefenpsychologische Aspekte der Science Fiction. In: Eike Barmeyer (Hrsg.): Science Fiction. Theorie und Geschichte. München 1972.
Hans Scheugl: Sexualität und Neurose im Film. München 1974.
Vera Schitowa: Andrej Tarkowskij: Solaris. In: «Kino» Nr. 15. Berlin 1974.
Peter L. Valenti: The «Film Blanc»: Suggestions for a Variety of Fantasy 1940–1945. In: «The Journal of Popular Film» Nr. 4. Bowling Green 1978.
Louis Vax: Die Phantastik. In: Rein A. Zondergeld (Hrsg.): Phaicon 1 – Almanach der phantastischen Literatur. Frankfurt 1974.
Alexander Walker: Stanley Kubrick Directs. London/New York 1973.
Lawrence Wharton: Godzilla to Latitude Zero: The Cycle of the Technological Monster. In: «The Journal of Popular Film» Nr. 1. Winter. Bowling Green 1974.

# Bibliografie zur Geschichte, Mythologie und Ästhetik des Science-fiction-Films

## (zusammengestellt von Jürgen Berger)

## 1. Selbständige Veröffentlichungen

Forrest J. Ackerman (Hrsg.): The Best From Famous Monsters of Filmland. New York 1964.
Forrest J. Ackerman (Hrsg.): Famous Monsters of Filmland Strike Back. New York 1965.
Forrest J. Ackerman: The Frankenscience Monster. New York 1969.
Alan Adler (Hrsg.): Science-Fiction und Horror Movie Posters in Full Color. New York 1977.
Werner Adrian: Freaks. The Cinema of the Bizarre. London 1976.
Jerome Agel (Hrsg.): The Making of Kubrick's 2001. New York 1970.
Lino Aldani: La Fantascienza. Piacenza 1962.
David L. Allen: Science Fiction. An Introduction. Lincoln 1973.
Dick Allen: Science Fiction: The Future. New York 1971.
Alfonso Villar Alvarez: La ciencia-ficción en nuestro mundo. Madrid 1966.
Kirk Alyn: A Job for Superman. Los Angeles 1971.
Ralph J. Amelio: The Filmic Moment. An Approach to Teaching American Genre Film Through Extracts. Dayton 1974.
Ralph J. Amelio: Hal in the Classroom. Science Fiction Films. Dayton 1975.
Kingsley Amis: New Maps of Hell. London 1961.
Jean-Pierre Andrevon/Alain Schlockoff: Cent monstres du cinéma fantastique. Grenoble 1978.
Bart Andrews mit Howard Davenport: From ‹The Blob› to ‹Star Wars›. The Science Fiction Movie Quiz Book. London 1977.
David Annan: Ape. The Kingdom of Kong. London 1974.
David Annan: Catastrophe. The End of the Cinema? London 1975.
David Annan: Cinefantastique. Beyond the Dream Machine. London 1974.
Arbeitsgemeinschaft der Deutschen Jugendfilmclubs und -Gruppen im Verband der Deutschen Filmclubs (Hrsg.): Kino der Utopien. Aachen 1968.
Brian Ash (Hrsg.): The Visual Encyclopedia of Science Fiction. A Documented Pictorial Checklist. London 1977.
Thomas R. Atkins (Hrsg.): Science Fiction Films. New York 1976.
Thomas G. Aylesworth: Monsters from the Movies. Philadelphia/London 1972.
Mehrdad Azarmi: Optical Effects Cinematography. Its Development, Methods and Techniques. Dissertation. University of Southern California, Los Angeles 1973.

Bob Balaban: Close Encounters of the Third Kind Diary. Behind the Scenes Diary of How They Made the Decade's Greatest Movie. London 1978.
Eike Barmeyer (Hrsg.): Science Fiction. Theorie und Geschichte. München 1972.
Myra Edwards Barnes: Linguistics and Languages in Science Fiction-Fantasy. Dissertation. East Texas State University 1971. New York 1975[2].
Iris Barry: George Méliès, Magician and Film Pioneer. New York 1939.
John Baxter: Science Fiction in the Cinema. New York 1970.
J. B. Pierre Benichou: Horreur et épouvante dans le cinéma fantastique. Paris 1977.
Paolo Bertetto: Il cinema dell'utopia. Salerno 1970.
Maurice Bessy: Les Truquages au cinéma. Paris 1951.
Maurice Bessy/Guiseppe Lo Duca: Georges Méliès, mage. Paris 1945. 1961[2].
Pierre Boogaerts: Roboter. Dreieich 1978.
John Boorman mit Bill Stair: Zardoz (Drehbuch). New York 1974.
Jean-Pierre Bouyxou/Roland Lethem: Science fiction au cinéma. Paris 1971.
Jiri Brdecka: Die Erfindung des Verderbens. Praha 1960.
Reginald Bretnor (Hrsg.): Science Fiction: Today and Tomorrow. New York 1974.
Emil Brodbeck: Movie and Videotape Special Effects. New York 1968.
John Brosnan: Future Tense. The Cinema of Science Fiction. London 1978.
John Brosnan: Movie Magic. The Story of Special Effects in the Cinema. London 1974.
Winfried Bruckner: Spuren im All. Das seltsame Fremde. Wien 1970.
Henry A. V. Bulleid: Special Effects in Cinematography. London 1954.
Ivan Butler: The Horror Film. New York/London 1967. Neuauflage unter dem Titel: Horror in the Cinema. London 1970.
Betsy Caprio: Star Trek. Good News in Modern Images. Kansas City 1978.
Paul A. Carter: The Creation of Tomorrow. Fifty Years of Magazine Science Fiction. New York 1977.
Julien Caunter: How to Make Movie Magic. London 1971.
Antonio Cervera: Indice analitico del cine fantástico. Sitges 1968.
Carlos Clarens: An Illustrated History of the Horror Film. New York 1968.
Thomas D. Clareson: Many Futures, Many Worlds. New York 1977.
Thomas D. Clareson (Hrsg.): The Other Side of Realism. Essays on Modern Fantasy and Science Fiction. Bowling Green 1971.
Thomas D. Clareson: Science Fiction Criticism. An Annotated Bibliography. Kent 1971.
Frank P. Clark: Special Effects in Motion Pictures. New York 1966.
Bruce Randall Cook: Science, Fiction and Film. A Study of the Interaction of Science, Science Fiction Literature and the Growth of Cinema. Dissertation. University of Southern California, Los Angeles 1976.
Michael Crichton: Westworld (Drehbuch). New York 1974.
Carlos Fernandez Cuenca: De Fantomas à Judex. San Sebastian 1964.
Don Dohler (Hrsg.): Film Magic. The Fantastic Guide to Special Effects Filmmaking. Baltimore 1979.
Raymond Durgnat: The Wedding of Poetry and Pulp. In: Ders.: Films and Feelings. Cambridge 1967.

Edward Edelson: Great Monsters of the Movies. Garden City 1973.
Harlan Ellison: With the Eye of a Demon: Seeing the Fantastic as a Video Image. In: Reginald Bretnor (Hrsg.): The Craft of Science Fiction. New York/San Francisco/London 1977.
William K. Everson: The Monsters. In: Ders.: The Bad Guys. A Pictorial History of the Movie Villain. New York 1964.
Don Fabun: Science Fiction in Motion Pictures, Radio and Television. In: Reginald Bretnor (Hrsg.): Modern Science Fiction. Its Meaning and its Future. New York 1953.
Raymond Fielding: The Techniques of Special Effects Cinematography. London/New York 1965. 1972[3].
Michael L. Fleischer: The Great Superman-Book. New York 1978.
Goffredo Fofi/Marcello Flores: Cinema e fantascienza. Torino 1975.
George Fox: Earthquake. The Story of the Movie. New York 1974.
Ron Fry/Pamela Fourzon: The Saga of Special Effects. Englewood Cliffs 1977.
Alan Frank: Monsters and Vampires. London 1976.
Alan Frank: Sci-Fi Now. 10 Exciting Years of Science Fiction From ‹2001› to ‹Star Wars› and Beyond ... London 1978.
Anthony Frewin: One Hundred Years of Science Fiction Illustration, 1840–1940. New York 1974.
Luis Gasca: Cine y ciencia-ficción. Barcelona 1969.
Luis Gasca: Los Comics en la pantalla. San Sebastian 1965.
Luis Gasca: Lessico del cinema di fantascienza. Milano 1970.
Luis Gasca/G. Mazotta: Fantascienza e cinema. Lessico delle opere, storie e personaggi dal 1898 ai nostri giorni. Milano 1972.
Luis Gasca: Imagen y ciencia-ficción. San Sebastian 1966.
Luis Gasca: Mujeres fantasticas. Taber 1969.
Carolyn Geduld: Filmguide to ‹2001: A Space Odyssey›. Bloomington 1973.
Harry M. Geduld/Ronald Gottesman (Hrsg.): Robots Robots Robots. New York/Boston 1978.
Gary Gerani: Fantastic Television. New York 1977.
Gary Gerani/Buddy Weiss: Fantasy Film Femmes. New York 1978.
Rolf Giesen: Der phantastische Film. Dissertation. Berlin 1979. München 1980.
Rolf Giesen: Die phantastischen Mechanismen des Science-Fiction Films. Materialien zu einem Seminar des filmforums Duisburg. Duisburg 1973.
H. R. Giger: Giger's Alien. London 1979.
Paul Gilson: Ciné Magic. Paris o. J. (1951).
Denis Gifford: Science Fiction Film. London 1971.
Jean-Luc Godard: Alphaville (Drehbuch). London 1969.
Jacques Goimard: L'année 1977–1978 de la science fiction et du fantastique. Paris 1978.
Orville Goldner/George J. Turner: The Making of King Kong. The Story Behind a Film Classic. South Brunswick/New York/London 1975.
Ronald Gottesman/Harry Geduld (Hrsg.): The Girls in the Hairy Paw. A Documentary Story of King Kong. New York 1976.
Vera Graaf: Homo Futurus. Eine Analyse der modernen Science Fiction. Hamburg/Düsseldorf 1971.
Barry K. Grant (Hrsg.): Film Genre. Theory and Criticism. Metuchen 1977.

Harvey R. Greenberg: The Movies on Your Mind. New York 1975.
Alexandre de Groote: Filmographie (1938–1961). Science-Fiction, épouvante et fantastique. Lausanne 1962.
Gary H. Grossman: Superman. Serial to Cereal. New York 1976.
James Gunn: Alternate Worlds. The Illustrated History of Science Fiction. New York o. J. (1976).
G. Gurevič: Kino i fantastika. Moskva 1966.
Peter Haining: H. G. Wells on Film. New York 1979.
Paul Hammond: Marvellous Méliès. London 1974.
Jim Harmon/Donald F. Glut: The Great Movie Serials. Their Sound and Fury. New York 1972.
Harry Harrison: Mechanismo. Los Angeles 1979.
Ray Harryhausen: Film Fantasy Scrapbook. London/New York 1972.
Frank Hauser: Science Fiction Films. In: William Whitebait (Hrsg.): International Film Annual No 2. New York 1958.
Gail Morgan Hickman: The Films of George Pal. South Brunswick/New York/London 1975.
Walter Hirsch: American Science Fiction, 1926–1950: A Content Analysis. Dissertation. Evanston 1957.
Lothar Hitzinger: Utopie im Film. Berlin 1963.
Richard Hodgens: A Brief Tragical History of the Science Fiction Film. In: Thomas D. Clareson (Hrsg.): Science Fiction. The Other Side of Realism. Bowling Green 1971.
Lloyd Bruce Holman: The History and Technique of Puppet Animation in Cinema. Dissertation. Syracuse University 1971.
R. J. Holtz: Die Phänomenologie und Psychologie des Trickfilms. Dissertation. Hamburg 1940.
M. V. Hotschewar: Filmtricks und Trickfilme. Düsseldorf 1954.
Roy Huss/T. J. Ross (Hrsg.): Focus on the Horror Film. Englewood Cliffs 1972.
Tom Hutchinson: Horror and Fantasy in the Movies. New York 1974.
David Hutchison: Special Effects, Vol. 1. Starlog Photo Guidebook. New York 1979.
Mitch Ikuta/Lee Seiler: Building Beings, Creating Creatures and Doing Dinosaurs. Elk 1979.
Illustrierte Filmbühne. Programmhefte nach 1945. III: 50 Horror-, Monster- und Science-Fiction-Filme. München 1978.
Hobana Ion: Imaginile posibilului-filmul stiinfico-fantastic. Bucarest 1968.
William Johnson (Hrsg.): Focus on the Science Fiction Film. Englewood Cliffs 1972.
Jack R. Jones (Hrsg.): Fantasy Films and Their Fiends. Oklahoma City 1964.
Klaus Keller: Der utopische Film. Aachen o. J. (1974).
William Klein: Mister Freedom. Paris 1970.
Bernt Kling: Science Fiction. In: Georg Seeßlen/Bernt Kling: Unterhaltung. Lexikon zur populären Kultur. Band 1. Reinbek 1977.
Nigel Kneale: Quartermass and the Pit. A Play for TV in 6 Parts. Harmondsworth 1960.
Nigel Kneale: The Quartermass Experiment. A Play for TV in 6 Parts. Harmondsworth 1959.

Nigel Kneale: Quartermass II. A Play for TV in 6 Parts. Harmondsworth 1960.

Damon Knight: The Futurians. The Story of the Science Fiction «Family» of the 30's That Produced Todays's Top SF Writers and Editors. New York 1977.

Damon Knight: In Search of Wonder. Essays on Modern Science Fiction. Chicago 1956. 1967[2].

Andrzej Kołodynski: Filmy fantastyczno-naukowe: charakterystyka rodzaju i rys historyczny. Warszawa 1972.

Stanley Kubrick: A Clockwork Orange. New York 1972.

David Kyle: The Illustrated Book of Science Fiction Ideas & Dreams. London/New York/Sydney/Toronto 1977.

Ado Kyro: Le surréalisme au cinéma. Paris 1953. 1963[2].

Michel Laclos: Le fantastique au cinéma. Paris 1958.

Fritz Lang: Metropolis (Drehbuch). London 1973.

Glen A. Larson/Richard J. Anobile: Battlestar Galactica: The Photostory. Berkeley 1979.

Glen A. Larson/Robert Hurston: The Battlestar Galactica Storybook. New York 1979.

Walt Lee: Reference Guide to Fantastic Films. Science Fiction, Fantasy & Horror. Vol. I: A–F/ Vol. II: G–O/ Vol. III: P–Z. Los Angeles 1972/1973/1974.

Gérard Lenne: Le cinéma «fantastique» et ses mythologies. Paris 1970.

Giuseppe Lippi/Lorenzo Codelli: Fant'Italia 1957–1966 (Katalog des ‹14. Festival Internazionale del Film Fantascienza›). Trieste 1976.

George Lucas: Krieg der Sterne. München 1978.

George Lucas: THX 1138. London 1978.

Frank D. McConnell: The Spoken Seen. Film and the Romantic Imagination. Baltimore 1975.

Frank Manchel: An Album of Great Science Fiction Films. New York/London 1976.

Frank Manchel: Terrors of the Screen. Englewood Cliffs 1970.

Roger Manvell: The Animated Film. London 1954.

Jürgen Menningen unter Mitarbeit von Werner Dütsch: Filmbuch Science Fiction. Köln 1975.

Douglas Alver Menville: A Historical and Critical Survey of the Science Fiction Film. Dissertation. Los Angeles 1959. New York 1974[2].

Douglas A. Menville/Robert Reginald: Things to Come. An Illustrated History of the Science Fiction Film. New York 1978.

Richard Meyers: The World of Fantasy Films. Cranbury/London 1979.

Giovanni Mongini: Storia del cinema di fantascienza. Volume primo (1898–1959)/ Volume secondo (1960–1976). Roma 1976/1977.

Pierre Monier: Des effets spéciaux. Paris 1968.

Roger Moore: Roger Moore's James Bond Diary. Greenwich 1973.

Sam Moscowitz: Explorers of the Infinite. Shapers of Science Fiction. Cleveland/New York 1963.

Sam Moscowitz: Seekers of Tomorrow. Master of Modern Science Fiction. Cleveland/New York 1963.

Ranko Munitic: Fantastika na ekranu kngiga prva vilinskim stzama (1895–1930). Beogard 1971.

Ed Naha: Horrors. From Screen to Scream. New York 1975.

Ed Naha: Robots. Starlog Photo Guidebook. New York 1979.

Ed Naha: Science Fiction Aliens. Starlog Photo Guidebook. New York 1977.

Jack Nealon: A Historical and Critical Survey of the American Horror Film Since 1930. M. A. Thesis. University of Southern California, Los Angeles 1953.

Arnhelm Neusüss: Utopie. Begriff und Phänomen des Utopischen. (Ausführliche Bibliographie). Neuwied/Berlin 1968.

Peter Nicholls (Hrsg.): The Encyclopedia of Science Fiction. An Illustrated A to Z. London/Toronto/Sydney/New York 1979.

Christian Oddos: Le cinéma fantastique. Contribution à une analyse du fantastique à l'écran. Paris 1977.

Shoji Ohtomo/Hajime Tsuburaya: The Films of Eiji Tsuburaya. Tokyo 1973.

James Robert Parish/Michael R. Pitts: The Great Science Fiction Pictures. Metuchen 1977.

Michael Pehlke/Norbert Lingfeld: Roboter und Gartenlaube. Ideologie und Unterhaltung in der Science-Fiction Literatur. München 1970.

David Michael Petrou: The Making of Superman. New York 1978. Dtsch. Ausgabe: So entstand Superman der Film. München 1979.

Roy Pickard: Science Fiction in the Movies. London 1978.

René Predal: Le cinéma fantastique. Paris 1970.

René Predal: Midi-minuit fantastique. Etude analytique et semiologique. 2 volumes. Nice 1977.

Renato Quittan/Flavia Paulon/Bruno Orlando (Hrsg.): Dieci anni di fantascienza. Festival Internazionale del Film di Fantascienza di Trieste 1963–1972. Mestre 1972.

Ivor Rogers: Redemption of Physical Reality in SF Films. Los Angeles 1971.

Stuart Rosenthal/Lorenzo Codelli/Rosella Pisciotta/Sandra Tombesi (Hrsg.): Fant' America, 2: Serials (Katalog des ‹16. Festival Internazionale del Film di Fantascienza›). Trieste 1978.

Jeff Rovin: The Fabulous Fantasy Films. South Brunswick/London 1977.

Jeff Rovin: From the Land Beyond Beyond. The Films of Willis O'Brien and Ray Harryhausen. New York 1977.

Jeff Rovin: A Pictorial History of Science Fiction Films. Secaucus 1975.

Jeff Rovin: The Supernatural Movie Quiz Book. New York 1977.

Jeff Rovin: The UFO Movie Quiz Book. New York 1978.

Jean-Marie Sabatier: Les classiques du cinéma fantastique. Paris 1973.

George Sadoul: Georges Méliès. Paris 1961.

Jacques Sadoul: Histoire de la science-fiction moderne (1911–1975). Tome I: Domaine anglo-saxon/Tome II: Domaine français (1905–1975). Paris 1975.

Dennis Saleh: Science Fiction Gold. Film Classics of the 50s. New York 1979.

David Samuelson: Visions of Tomorrow. Six Journeys from Outer to Inner Space. New York 1975.

Paul Scanlon/Michael Gross: The Book of ‹Alien›. London 1979.

Dore Schary: Case History of a Movie (‹The Next Voice You Hear›). New York 1950.

Herman G. Scheffauer: The Vivifying of Space. In: Lewis Jacobs (Hrsg.): Introduction to the Art of the Movies. New York 1960.

Lutz Schön: Die Funktion des Utopischen Films im Prozeß der Bewußtseinsbildung. Hochschule für Film und Fernsehen Diplomarbeit. Babelsberg/Berlin 1971.

Guido Seeber/G. V. Mendel: Der Trickfilm in seinen grundsätzlichen Möglichkeiten. Berlin 1927. Frankfurt 1979.
Jack G. Shaheen (Hrsg.): Nuclear War Films. Carbondale 1978.
Robert Sheckley: Futuropolis. New York 1978.
Robert Sheckley: The 10th Victim. Boston 1978².
Jacques Siclier/André S. Labarthe: Images de la science-fiction. Paris 1958.
Richard Siegel/Jean-Claude Suares: Alien Creatures. Los Angeles 1978.
Seymour Simon: Space Monsters. From Movies, TV & Books. New York 1977.
Vivian C. Sobchak: The Limits of Infinity. The American Science Fiction Film. South Brunswick/London 1979.
Susan Sontag: The Imagination of Disaster. In: Dies.: Against Interpretation. New York 1965. Dtsch.: Die Katastrophenphantasie. In: Dies.: Kunst und Antikunst. Reinbek 1968.
Steven Spielberg: Close Encounters of the Third Kind. New York 1978. London 1978. Dtsch.: Unheimliche Begegnung der dritten Art. Das Buch zum Film. München 1978.
L. Sprague de Camp/Catherine Sprague de Camp: Science Fiction Handbook. Philadelphia 1975.
Stanley J. Solomon: The Nightmare World. In: Ders.: Beyond Formula. American Film Genres. New York/Chicago/San Francisco/Atlanta 1976.
Chris Steinbrunner/Burt Goldblatt: Cinema of the Fantastic. New York 1972.
Ralph Stevenson: Animation in the Cinema. New York 1967.
Jacques Sternberg: Une succursale du fantastique nommée science fiction. Paris o. J.
Jannick Storm/Bengt Holbeck: Science Fiction Film. København 1965.
Philip Strick: Science Fiction Movies. London 1976.
Alex Stüler: Filmtricks und Trickfilme. Halle 1933.
Lars Swanberg: Special Effects. Stockholm 1972.
Ivan Tors: Science Fiction: In: Lola G. Yoakem (Hrsg.): TV and Screen Writing. Berkeley/Los Angeles 1958.
Twentieth Century Fox Corporation (Hrsg.): The Star Wars Album. New York 1977.
Blažena Urgosikova: Sci-fi. Vedecko fantastický film od Mélièse k Tarkorvskemu. Praha 1974.
François Vergne: Le fantastique dans le cinéma occidental depuis les debuts du parlant. Dissertation. Paris 1973.
Pierre Versin: Encyclopedie de l'utopie des voyages extraordinaires, et de la science fiction. Lausanne 1972.
Val Warren: Lost Lands, Mythical Kingdoms, and Unknown Worlds. New York 1979.
Peter Watkins: The War Game. London 1967.
Ken Weiss/Ed Goodgold: ... to be Continued. New York 1972.
H. G. Wells: Things to Come. A Film Story Based on the Material Contained in His History of the Future «The Shape of Things to Come». London 1935.
Kraft Wetzel/Peter Hagemann: Liebe, Tod und Technik. Kino des Phantastischen 1933–1945. Berlin 1977.
Stephen E. Whitfield/Gene Roddenberry: The Making of Star Trek. New York 1968.

Bernard Wilke: The Techniques of Special Effects in Television. London/ New York 1971.

J. E. Williamson: Twenty Years under the Sea. London 1935.

Donald C. Willis: Horror and Science Fiction Films. A Checklist. Metuchen 1972.

Leonard Wolf: Twenty Terrible and Wonderful Beasts from the Classic Dragon and Colossal Minotaur to King Kong and the Great Godzilla. San Francisco 1974.

Piero Zanotto: La Fantascienza. Padova 1967.

Piero Zanotto: Il film terrifico e galattico. Torino 1960.

George Zebrowski: Science Fiction and the Visual Media. In: Reginald Bretnor (Hrsg.): Science Fiction. Today and Tomorrow. New York/San Francisco/London 1974.

## 2. Zeitschriftenartikel

Leigh Allen: Filming a Trip to the Moon. In: «American Cinematographer» Nr. 2. Februar. Hollywood 1950.

Guy Allombert/Alain Dorémieux/Jean-Claude Romer/Guy Gauthier/François Chevassu/Michel Ciment/Raymond Lefèvre/Jacques Zimmer: A la recherche du fantastique (Diskussion). In: «Image et Son» Nr. 194. Mai. Paris 1966.

Guy Allombert: Science fiction ... ... infantilisme ou mystifications? In: «Image et Son» Nr. 105. Oktober 1957.

Joe Alves: Designing a World For UFO's, Extraterrestrials and Mere Mortals. In: «American Cinematographer» Nr. 1. Januar. Hollywood 1978.

Jean-Pierre Andrevon/Jacques Goimard/Alain Schlockoff: Demain la science-fiction. In: «Cinéma d'aujourd'hui» Nr. 7. Frühjahr. Paris 1976.

Michael Armstrong: Some Like it Chilled. In: «Films and Filming» Nr. 5. Februar/Nr. 6. März/Nr. 7. April/Nr. 8. Mai. London 1971.

Francis Arnold: Out of This World. In: «Films and Filming» Nr. 9. Juni. London 1963.

Allan Asherman: Things to Come. In: «L'Incroyable Cinema» Nr. 3. Salford 1970.

Eric Ashton: Come Face to Face(?) With ... Invaders From Outer Space. In: «Famous Monsters of Filmland» Nr. 139. Dezember. New York 1977.

Juan Garcia Atienza: El cine de la bomba. In: «Cinestudio» Nr. 60/61. Madrid 1967.

Thomas R. Atkins: The Illustrated Man. An Interview With Ray Bradbury. In: «Sight and Sound» Nr. 2. Frühjahr. London 1974.

Klaus Bädekerl: Phantastische Phantasielosigkeit. In: «Filmkritik» Nr. 7. Juli. München 1970.

Umberto Barbaro: Storicita della fantasia. In: «Filmcritica» Nr. 244. April. Roma 1974.

Robert Barshay: Ethnic Stereotypes in Flash Gordon. In: «The Journal of Popular Film» Nr. 1. Winter. Bowling Green 1974.

Ken Beale: Freaks and Other Mutations. In: «Castle of Frankenstein» Vol. 6. Nr. 4 (24). New York 1974.

Rudy Behlmer: The Saga of Flash Gordon. In: «Screen Facts» Vol. 2. Nr. 4 (10). Kew Gardens 1965.

John Belton: Prisoners of Paranoia. In: «The Velvet Light Trap» Nr. 17. Winter. Cottage Grove 1977.

Robert Benayoun: Méphisto, ce martien. In: «Cinéma 57» Nr. 20. Juli–August. Paris 1957.

Maria Benesova: Karel Zeman, ce nouveau Méliès ... In: «Jeune Cinéma» Nr. 3/4. Dezember–Januar. Paris 1964/1965.

Maria Benesova: Une voie nouvelle: la science fiction. In: «Jeune Cinéma» Nr. 3/4. Dezember–Januar. Paris 1964/1965.

Yves Bérard: Le voyage dans l'espace. Filmographie. In: «L'Avant-Scène du Cinéma» Nr. 177. Paris 1977.

Albert I. Berger: Astounding Science Fiction. In: «Views and Reviews» Nr. 4. Sommer. Milwaukee 1974.

Pierre Billard: Visage du futur. In: «Cinéma 66» Nr. 106. Mai. Paris 1966.
Robert Blalack/John Fitzharris: Star Wars' Effect on the World of Special Effects. In: «Millimeter» Nr. 4. April. New York 1978.
Robert Blalack/Paul Roth: Composite Optical and Photographic Effects for Star Wars. In: «American Cinematographer» Nr. 7. Juli. Hollywood 1977.
Jon Blom: Photographing The Andromeda Strain. In: «American Cinematographer» Nr. 5. Mai. Hollywood 1971.
Igor Bogdanoff/Grichka Bogdanoff: Les effets speciaux. In: «Lumiere du Cinéma» Nr. 7. September. Paris 1977.
Ted A. Bohus/Jay Duncan: War of the Worlds. In: «SPFX – Special Effects Magazine» Nr. 1. Palisades Park 1977.
Joe Bonham: The Return of Roger Corman. In: «Starlog» Nr. 19. Februar. New York 1979.
Raymond Borde: La science fiction trahit l'avenir. In: «Cinéma 57» Nr. 20. Juli–August. Paris 1957.
Jean Boullet: 10 ans d'épouvante et de fantastique. In: «La Methode» Nr. 9. Juni. Paris 1962.
Jean Boullet: Galerie des monstres. In: «Bizarre» Nr. 17/18. Paris 1961.
Jean Boullet: Willis O'Brien ou la genèse d'un film du dessin au photogramme. In: «Midi-Minuit Fantastique» Nr. 3. Oktober–November. Paris 1962.
Jean-Pierre Bouyxou: Petite chronique du «spécial fantastique». In: «L'Avant-Scène du Cinéma» Nr. 166. Februar. Paris 1976.
Ben Bova: Space: 1999 Marked Down From 2001. From ‹Metropolis› to Televised Sci-Fi, the Special Effects Have Dwarfed the Science. In: «American Film» Nr. 4. Januar–Februar. Washington 1976.
LesBowie/David Samuelson: Mattes and Composites for ‹Superman›. In: «American Cinematographer» Nr. 1. Januar. Hollywood 1979.
David Boyd: Mode and Meaning in 2001. In: «The Journal of Popular Film» Nr. 3. Bowling Green 1978.
Ray Bradbury/Jack Arnold: It Came From Outer Space. Bradbury and Arnold on the Making of the 3-D Invasion Classic. In: «Fangoria» Nr. 3. New York 1979.
John Brosnan: Irwin Allen Aliens. In: «Starburst» Nr. 13 (Vol. 2. Nr. 1). London 1979.
John Brosnan: Jack Arnold: Science Fiction-Film-Director Extraordinair. In: «Science Fiction Monthly» Nr. 11. London 1975.
John Brosnan: A History of Science Fiction Films. In: «Starburst» Nr. 3. Mai. London 1978.
John Brosnan: Starburst Talks to Derek Meddings, Effects Expert of Moonraker. In: «Starburst» Nr. 12. August. London 1979.
John Brosnan: Superman. The Effects. In: «Starburst» Nr. 7. März. London 1979.
David Richard Brown: Sci-Fi Aliens. In: «Screen On!» Nr. 1. London 1979.
James Burns: The Amazing Worlds of Gerry Anderson. In: «Fantastic Films» Nr. 5. Dezember. Chicago 1978.
James Burns: John Dykstra (Interview). In: «Fantastic Films» Nr. 3. August. Chicago 1978.
James Burns: Fantasy Incorporated. SF TV Animation. In: «Fantastic Films» Nr. 5. Dezember. Chicago 1978.

James Burns: Pal's Puppetoons. In: «Fantastic Films» Nr. 11 (Vol. 2. Nr. 5). Oktober. Chicago 1979.

Michael Caen/Jean-Claude Romer/Jacques Zimmer: 70 ans de cinéma fantastique. In: «Image et Son» Nr. 194. Mai. Paris 1966.

Antonio Camin: Los hombres de la fantasia: Jack Arnold. Filmografia. In: «Terror Fantastic» Nr. 7. April. Barcelona 1972.

Antonio Camin: Los hombres de la fantasia: Mario Bava. Filmografia. In: «Terror Fantastic» Nr. 16. Januar. Barcelona 1973.

Antonio Camin: Los hombres de la fantasia: Inoshiro Honda. In: «Terror Fantastic» Nr. 6. März. Barcelona 1972.

John Ramsey Campbell/Michael Parry: King Kong. Classic or Catastrophe? In: «L'Incroyable Cinema» Nr. 2. Sommer. Salford 1969.

John Canemaker: Peter Ellenshaw Returns for Walt Disney's The Dark Hole. In: «Millimeter» Nr. 9. September. New York 1979.

Mark Patrick Carducci/Glenn Lovell/Frederick S. Clarke/Jordan R. Fox/Alan Jones/Mike Childs/Albert Levy: Making Alien. Behind the Scenes Interviews With Ridley Scott, Walter Hill, David Giler, Carlo Rambaldi, Bolaji Badejo, Michael Seymour, Ivor Powell, Roger Dicken, H. R. Giger. In: «Cinefantastique» Nr. 1. Herbst. Oak Park 1979.

Alan Casty: Realism and Beyond. The Films of John Frankenheimer. In: «Film Heritage» Nr. 2. Winter. Dayton 1966/67.

Dean Chambers: Dissecting the Fly Family. In: «Midnight Marquee» Nr. 27. September. Baltimore 1978.

Fred Chappell: The Science-Fiction Film Image. In: «The Film Journal» Nr. 6. (Vol. 2. Nr. 3). Hollins College 1974.

René Chateau/Robert Benayoun/Claude Guillot: Les comics et la cinéma. In: «La Methode» Nr. 10. Februar. Paris 1963.

Mario Chiari/Dale Hennessy: Production Design for the New ‹King Kong›. In: «American Cinematographer» Nr. 1. Januar. Hollywood 1977.

Colin Chilvers: Physical and Mechanical Special Effects for ‹Superman›. In: «American Cinematographer» Nr. 1. Januar. Hollywood 1979.

Cinema e Fantascienza (Antworten auf eine Umfrage: Lindsay Anderson, Michelangelo Antonioni, Luis G. Berlanga, Paul Bordry, Frans Buyens, Catrano Catrani, Damiano Damiani, Jean-Luc Godard, David Josè Kohon, Rodolfo Kuhn, Philippe Langlet, Elio Petri, Glauber Rocha, Christiane Rochefort, François Truffaut). In: «Cinema Domani» Nr. 4/5. Juli–Oktober. Torino 1962.

Frederick S. Clarke: Whatever Happened to Jim Danforth's Timegate. In: «Cinefantastique» Nr. 4. Sommer. Oak Park 1979.

Frederick S. Clarke/Steve Rubin: Making Forbidden Planet. In: Cinefantastique» Nr. 3. Frühjahr. Oak Park 1979.

Richard Combs/Tom Milne: The Man in the Cryogenic Freezer. In: «Sight and Sound» Nr. 2. Frühjahr. London 1978.

Edward Connor: Angels on the Screen. In: «Films in Review» Nr. 7. August bis September. New York 1958.

Denys Coop/David Samuelson: Of Flying and Front Projection. In: »American Cinematographer» Nr. 1. Januar. Hollywood 1979.

Calisto Cosulich: Welcome eroi della stratosfera. In: «Cinema Nuovo» Nr. 88 vom 25. August. Milano 1956.

Tony Crawley: The Road to Close Encounters. Doug Trumbull on the Movie of the Year (Douglas Trumbull Interview, Teil II). In: «Starburst» Nr. 6. Januar. London 1979.

Tony Crawley: Silliphant's Journey. Top Fantasy Screenwriter speaks. (Interview mit Stirling Silliphant). In: «Starburst» Nr. 4. November. London 1978.

Tony Crawley: Douglas Trumbull. The Wizard of Special Effects. Part I. Part III. In: «Starburst» Nr. 5. Dezember/Nr. 7. März. London 1978/1979.

Doug Crepeau: Dean Jeffries. Creating the Future on Wheels. In: «Starlog» Nr. 29. Dezember. New York 1979.

Douglas L. Crepeau: Blacks in Science Fiction Film. In: «Starlog» Nr. 23. Juni. New York 1979.

Hervé Cronel: Science-fiction. Les grands thèmes. In: «Cinématographe» Nr. 12. März–April. Paris 1975.

Bosley Crowther: Outer Space Comes of Age. In: «The Atlantic» Nr. 3. März. Boston 1952.

Art Cruickshank: Magical Effects in the Land of the Giants. In: «Making Films in New York» Nr. 3. Juni. New York 1969.

John Davis: When Will They Ever Learn? A Tale of Mad Geniuses, Scientists, Artists and a Director (Also Mad). In: «The Velvet Light Trap» Nr. 15. Herbst. Cottage Grove 1975.

Joan F. Dean: Between 2001 and Star Wars. In: «The Journal of Popular Film and Television» Nr. 1. Bowling Green 1978.

James Delson: Alien From the Inside Out. An Exclusive Interview With The Director of Alien Ridely Scott (Part I). (Part II). In: «Fantastic Films» Nr. 11 (Vol. 2. Nr. 5) / Nr. 12 (Vol. 2. Nr. 6). Chicago 1979.

James Delson: A Comprehensive Conversation With Ken Swenson. Master Model Maker & SPFX Technician. In: «Fantastic Films» Nr. 6. Februar. Chicago 1979.

James Delson: A Definite Interview With The Outspoken Douglas Trumbull, Engineer/Wizard of Cinematic Special Effects. In: «Fantastic Films» Nr. 3. August. Chicago 1978.

James Delson: An Interview With Greg Jein. Maker of the Mothership From Close Encounters and Other Interstellar Craft From Flesh Gordon, Dark Star, Laserblast, the UFO Incident and More. In: «Fantastic Films» Nr. 4. Oktober. Chicago 1978.

James Delson: ‹Move That Monster, Mister!› An In-Depth Interview With Ray Harryhausen, Master of the Art of Stop-Motion Model Animation. In: «Fantastic Films» Nr. 4. Oktober. Chicago 1978.

James Delson: An Outspoken Interview With John Dykstra. In: «Fantastic Films» Nr. 5. Dezember. Chicago 1978.

James Delson: Science Fiction on Television. Part I: 1949–1953/Part II: 1953–1959/Part III: 1959–1963/Part IV: 1963–1967/Part V: 1967–1972. In: «Fantastic Films» Nr. 5. Dezember/Nr. 6. Februar/Nr. 7 (Vol. 2. Nr. 1). April/Nr. 8. (Vol. 2. Nr. 2). Juni/Nr. 10 (Vol. 2. Nr. 4). September. Chicago 1978/1979.

Hubert Desrues: Cinéma science-fiction et société. In: «La Révue du Cinéma Image et Son» Nr. 319. September. Paris 1977.

Don Dixon: SFX Special Effects. Part XX: Secrets of a Space Artist. In: «Starlog» Nr. 26. September. New York 1979.

J. P. Dumont/J. Monod: Beyond the Infinite: A Structural Analysis of 2001: A Space Odyssey. In: «Quarterley Review of Film Studies» Nr. 3. Sommer. Pleasantville 1978.

Jay Duncan/Ted Bohus: Interview: Edmund H. North Screenwriter. In: «SPFX Special Effects Magazine» Nr. 2. Palisades Park 1978.

Linwood G. Dunn: Creating Film Magic for the Original «King Kong». In: «American Cinematographer» Nr. 1. Januar. Hollywood 1977.

Bobby Dupea: SF in the East. In: «Starburst» Nr. 17 (Vol. 2. Nr. 5). London 1979.

Gérard Dupont: Le refoulement. In: «Cinématographe» Nr. 12. März–April. Paris 1975.

Jacques Durand: Requiem pour un futur deja present. In: «Ecran» Nr. 60. Juli. Paris 1977.

Raymond Durgnat: The Serial Rides Again. In: «Cinema» Vol. 2. Nr. 5. März–April. Beverley Hills 1965.

Bruno Duval: Le cinéma de science-fiction. Cours, camarade, le futur est derrière toi. In: «La Révue du Cinéma Image et Son» Nr. 319. September. Paris 1977.

Martin S. Dworkin: Atomic Operas. In: «Contemporary Review» Nr. 203. Januar. New York 1963.

Martin S. Dworkin: Dopo la «horse opera», la «atomic opera». In: «Bianco e Nero» Nr. 11. November. Roma 1962.

John Dykstra: Miniature and Mechanical Special Effects for ‹Star Wars›. In: «American Cinematographer» Nr. 7. Juli. Hollywood 1977.

John Dykstra: Special Effects for ‹Silent Running›. In: «American Cinematographer» Nr. 7. Juli. Hollywood 1972.

Peter John Dyer: All Manner of Fantasies. In: «Films and Filming» Nr. 9. Juni. London 1958.

Peter John Dyer: Some Nights of Horror. In: «Films and Filming» Nr. 10. Juli. London 1958.

Peter John Dyer: Some Personal Visions. In: «Films and Filming» Nr. 2. November. London 1958.

Phil Edwards/Leone Edwards: Dicken's Aliens (Interview mit Roger Dicken). In: «Starburst» Nr. 15 (Vol. 2. Nr. 3). London 1979.

Phil Edwards: Invaders From Mars. In: «Starburst» Nr. 13 (Vol. 2. Nr. 1). London 1979.

Phil Edwards/Derek Treharne: Dan O'Bannon on Dark Star, Star Wars, Dune & Alien. In: «Starburst» Nr. 17 (Vol. 2. Nr. 5). London 1979.

Phil Edwards: Planet of the Apes. In: «Starburst» Nr. 16 (Vol. 2. Nr. 4). London 1979.

Phil Edwards: The Time Machine. In: «Starburst» Nr. 14 (Vol. 2. Nr. 2). London 1979.

Alex Eisenstein: The Forerunners of CE3K. In: «Fantastic Films» Nr. 1. April. Chicago 1978.

Harlan Ellison: Them or Us. An Admittedly Opinionated Survey of the Past, Present and Future of Science Fiction in the Movies. In: «Show» Nr. 4. April. Hollywood 1970.

Robert Entman/Francie Seymour: Close Encounters of the Third Kind: Close Encounters With the Third Reich. In: «Jump Cut» Nr. 18. August. Chicago 1978.

William K. Everson: Film Spectacles. In: «Films in Review» Nr. 9. November. New York 1954.

William K. Everson: Movies Out of Thin Air. In: «Films in Review» Nr. 4. April. New York 1955.

Marion Fairfax: The Lost World (Script). In: «Classic Film Collector» Nr. 23. Frühjahr/Nr. 24. Sommer/Nr. 25. Herbst/Nr. 26. Winter/Nr. 27. Frühjahr–Sommer/ Nr. 28. Herbst. Indiana 1969/1970.

Claude Fabrizio: Le cinéma de science fiction ou un pessimisme cosmique. In: «Midi-Minuit-Fantastique» Nr. 22. Sommer. Paris 1970.

Helmut Färber: Utopie und Film. In: «Süddeutsche Zeitung» Nr. 20 vom 23./24. Januar. Nr. 26 vom 30./31. Januar. München 1971.

B. H. Fairchild: An Event Sociologique: Close Encounters. In: «The Journal of Popular Film» Nr. 4 Bowling Green 1978.

Fantascienza e Cinema. (Antworten auf eine Umfrage: Poul Anderson, Brian Aldriss, Isaac Asimov, J. G. Ballard, L. Sprague de Camp, Roberta Rambelli, Yves Dermèze, Clifford D. Simak). In: «Cinema Domani» Nr. 6. November–Dezember. Torino 1962.

Fantascienza e Cinema (2). (Antworten auf eine Umfrage: Ray Bradbury, Frans Buyens, James Blish, Walter Ernsting, Jacques Ferrow, Max-André Rayjean, Damon Knight, E. J. Carnell, Alfred Bester, Ugo Malaguti). In: «Cinema Domani» Nr. 7. Januar–Februar. Torino 1963.

Fantascienza e Cinema (3). (Antworten auf eine Umfrage: John Wyndham, Robert A. Heinlein, Jacques Bergier, Frederik Pohl, Harry Harrison, Jack Williamson). In: «Cinema Domani» Nr. 8. März–April. Torino 1963.

Jonathan Farren: Cinéma fantastique. In: «Cinéma 76» Nr. 209. Mai. Paris 1976.

Franco Ferrini: I generi classici del cinema americano: Fantascienza. In: «Bianco e Nero» Nr. 3/4. März–April. Roma 1974.

Roy Field/David Samuelson: The Ultimate in Optical Illusions. In: «American Cinematographer» Nr. 1. Januar. Hollywood 1979.

Raymond E. Fielding: Norman O. Dawn: Pioneer Worker in Special-Effects Cinematography. In: «Journal of the Society of Motion Picture and Television Engineers» Nr. 1. Januar. New York 1963.

Jacques Fieschi: Science-fiction et cinéma français. In: «Cinématographe» Nr. 12. März–April. Paris 1975.

Guido Fink: La fantapolitica. In: «Cinestudio» Nr. 16. Monza 1966.

Vincent Firth: Fifty Years of Science-Fiction Films. From ‹Metropolis› to ‹Star Wars›. In: «Film Review» Nr. 12. Dezember. London 1977.

David Fisher: The Angel, the Devil and the Space Traveller. Variations on a Traditional Theme. In: «Sight and Sound» Nr. 3. Januar–März. London 1954.

John Fleming: Gerry Anderson. From Supercar, to Thunderbirds to Space 1999 (Interview). In: «Starburst» Nr. 8. April. London 1979.

John Fleming: The Art of Space 1999. Starburst Talks to British Production Designer Keith Wilson. In: «Starburst» Nr. 13 (Vol. 2. Nr. 1). London 1979.

John Fleming: Cut Price Miracles (Interview mit Tony Harding). In: «Starburst» Nr. 14 (Vol. 2. Nr. 2). London 1979.

John Fleming: Matt Irvine. The Craft of Space (Interview). In: «Starburst» Nr. 17 (Vol. 2. Nr. 5). London 1979.

John Fleming: Brian Johnson (Interview). In: «Starburst» Nr. 9. London 1979.

John Fleming: Nigel Kneale (Interview). In: «Starburst» Nr. 16 (Vol. 2. Nr. 4). London 1979.
John Flemming: The Lost Worlds. In: «Starburst» Nr. 12. London 1979.
John Fleming: Terry Nation. Creator-Writer of Blake's 7, The Daleks, an The Survivors (Interview). In: «Starburst» Nr. 6. Januar. London 1979.
George Folsey: The Filming of the ‹Forbidden Planet›. In: «American Cinematographer» Nr. 8. August. Hollywood 1955.
Rémo Forlani: Le cinéma interplanétaire. In: «Cinéma 57» Nr. 20. Juli–August. Paris 1957.
Julian Fox: The Golden Age of Terror. Part V: The Unknown Country. In: «Films and Filming» Nr. 1. Oktober. London 1976.
Carlo Frabetti: Funcion sociocultural de la SF. In: «Terror Fantastic» Nr. 16. Januar. Barcelona 1973.
Arnold Fröhlich: Die Tradition der Utopie: In: «Cinema» Nr. 60 (Vol. 15. Nr. 4). Januar. Adliswil 1970.
Hans D. Furrer: Trickmann Trumbull. In: «Vampir» Nr. 3. April. Nürnberg 1973.
Alain Garsault: 6[e] Festival de Paris du Film Fantastique et de Science-fiction. In: «Positif» Nr. 195/196. Juli–August. Paris 1977.
Luis Gasca: Los comics fantasticos. Superman de nuevo por los aires. Filmografia. In: «Terror Fantastic» Nr. 9. Juni. Barcelona 1972.
Guy Gauthier: Le musée imaginaire de la science fiction. In: «Image et Son» Nr. 194. Mai. Paris 1966.
Guy Gauthier: Visions de la ville future. In: «La Révue du Cinéma Image et Son» Nr. 319. September. Paris 1977.
Ken Gay: Regaining the Poetry of the Cinema. In: «Films and Filming» Nr. 3. Dezember. London 1956.
Harry M. Geduld: Celluandroid: The Robot in Cinema. In: «The Humanist» Juli–August. Buffalo 1975.
Harry M. Geduld: Return to Méliès: Reflection on the Science Fiction Film. In: «The Humanist» November–Dezember. Buffalo 1968.
Elaine M. Geltzer/George Geltzer mit William K. Everson: Ford Beebe. In: «Screen Facts» Vol. 2. Nr. 5. Nr. 6/Vol. 3. Nr. 1. Kew Gardens 1965/1966.
V. Giacci: Il cinema «fantastico» in Italia. In: «Cineforum» Nr. 123. Juni. Roma 1973.
Rolf Giesen: Gefahr aus dem Weltall. Filmische Invasionsstories (1) (2). In: «Vampir» Nr. 6. Februar. Nr. 7. Mai. Nürnberg 1974.
Rolf Giesen: Godzilla, Gamera und Co. In: «Vampir» Nr. 4. Juli. Nürnberg 1973.
Rolf Giesen: Die Hexenmeister des Films. Auf den Spuren der Modellanimatoren. Willis O'Brien – Kongs Vater. Ray Harryhausen – Kongs Sohn. Jim Danforth – Jim, der Riesentöter. In: «Vampir» Nr. 15. Nürnberg 1977.
Rolf Giesen: Der Phantastische Film. Filmreport. In: «Comet» Nr. 6. Nr. 7. Celle 1977.
Rolf Giesen: Die phantastischen Filme von Jack Arnold. In: «Vampir» Nr. 10. Nürnberg 1975.
Rolf Giesen: Ratten und Insekten. In: «Science Fiction Times» Nr. 144. März. Bremerhaven 1978.
Rolf Giesen: Zur Ideologie der Monster-Thriller. In: «Vampir» Nr. 4. Juli. Nürn-

berg 1973.

Pierre Gires: H. G. Wells et le cinéma. Filmographie. In: «L'Ecran Fantastique» Nr. 3. Neuilly 1973.

Pierre Gires: De la bande dessinée au cinéma de science-fiction. Les serials – Ford L. Beebe. In: «L'Ecran Fantastique» Nr. 5. Neuilly 1974.

Pierre Gires/Alain Schlockoff/H. Higuchi/J. C. Michel: Le 4ème Festival International de Paris du Film Fantastique et de Science-Fiction. In: «Cinéma d'aujourd'hui» Nr. 3. Sommer. Paris 1975.

Ed Godziszewski: Twenty-Five Years With Godzilla. In: «Fangora» Nr. 1. August. New York 1979.

Jacques Goimard: Poétique de la science-fiction. I: Hier et avant-hier/II: Demain et après-demain. In: «Positif» Nr. 160. Juni. Nr. 162. Oktober. Paris 1974.

Jacques Goimard: Le tour de la S. F. en 80 films. In: «L'Avant-Scène du Cinéma» Nr. 231/232. Juli. Paris 1979.

Mike Gold: Future Animation. In: «Fantastic Films» Nr. 4. Oktober. Chicago 1978.

Andrew Gordon: Star Wars. A Myth For Our Time. In: «Literature/Film Quarterly» Nr. 4. Herbst. Salisbury 1978.

Gordon Gow: Beyond Reality. In: «Films and Filming» Nr. 7. April. London 1978.

Gordon Gow: Glamour and Catastrophe: Ray Milland, Irwin Allen Interviewed. In: «Films and Filming» Nr. 12. September. London 1975.

Gordon Gow: The Non Humans. In: «Films and Filming» Nr. 12. September. London 1974.

Gilles Gressard: Gorgo. In: «Mad Movies Ciné-Fantastique» Nr. 15. März. Champigny 1977.

Gilles Gressard: Les monstres. In: «Mad Movies Ciné-Fantastique» Nr. 13. Oktober. Champigny 1976.

Martin Grotjahn: Horror – Yes, It Can Do You Good. In: «Films and Filming» Nr. 2. November. London 1958.

François Guerif: Permanence du fantastique, évolution de la science-fiction. In: «Jeune Cinéma» Nr. 110. April–Mai. Paris 1978.

Arthur Gumenik: A Clockwork Orange: Novel Into Film. In: «Film Heritage» Nr. 4. Sommer. Dayton 1972.

G. Gurevič: Rifi kino fantastiki. In: «Iskusstvo Kino» Nr. 5. Mai. Moskva 1966.

Ulio Habegger: Utopie Film Gesellschaft. Der Utopische Film als Mittel der gesellschaftlichen Bewußtseinsveränderung. In: «Cinema» Nr. 60 (Vol. 15. Nr. 4). Januar. Adliswil 1970.

Peter S. Haigh: 2001 – and All That. In: «ABC Film Review» Nr. 7. Juli. London 1968.

J. Hanjutin: NTR, čelovek, kinematograf. In: «Iskusstvo Kino» Nr. 4. April. Moskva 1975.

Clifford Harrington: Japan's Master of Monsters. In: «American Cinematographer» Nr. 8. August. Hollywood 1960.

Ray Harryhausen: Harryhausen on Horror. In: «House of Hammer» Nr. 11. August. London 1977.

John Hartl: Retrospect.The Incredible Shrinking Man. In: «Cinefantastique» Nr. 2. Sommer. Oak Park 1975.

Pierre Hémardinquer: Evolution des techniques: les films de monstres. In: «Le Technicien du Film» Nr. 255. Nr. 256. Nr. 257. Paris 1978.

Alan Hewetson: Comics in Cinema. In: «Cinema» Vol. 5. Nr. 4. Beverly Hills 1969.

David Hirsch: Martin Bower. A Rising Star in the World of Miniatures. In: «Starlog» Nr. 29. Dezember. New York 1979.

F. Hoda: Epouvante et science fiction dans le cinéma américain actuel. In: «Positif» Nr. 12. November–Dezember. Paris 1954.

F. Hoda/Louis Seguin: Du savant fou à la science-fiction d'épouvante. In: «Cinéma 57» Nr. 20 Juli–August. Paris 1957.

Richard Hodgens: A Brief, Tragical History of the Science Fiction Film. In: «Film Quarterly» Nr. 2. Winter. Berkeley 1959.

Richard Holliss: The Avengers. In: «Starburst» Nr. 13 (Vol. 2. Nr. 1). Nr. 14 (Vol. 2. Nr. 2). London 1979.

Richard Holliss: Kronos. In: «Starburst» Nr. 16 (Vol. 2. Nr. 4). London 1979.

Scot Holton/Robert Skotak: William Cameron Menzies: A Career Profile. In: «Fantascene» Nr. 4. Westland 1978.

David Houston: The Magical Techniques of Movie and TV Special Effects. Part I: The Use of Miniatures. Part II: Robby the Robot. Part III: Model Animation. Part IV: Magicam. Part V: How to Roll Your Own. In: «Starlog» Nr. 6. Juni/Nr. 7. August/Nr. 8. September/Nr. 9. Oktober/Nr. 10. November. New York 1977.

David Houston: The Magical Techniques of Movie and TV Special Effects. Part VI/Part VII: The Makeup Men. Part VIII/Part IX: The Matte Artist. Part X: Sound Effects. Part XI: Supermarionation. In: «Starlog» Nr. 11. Januar/Nr. 12. Februar/Nr. 13. April/Nr. 14. Mai/Nr. 15. Juli/Nr. 16. September. New York 1978.

David Houston: The Magical Techniques of Movie & TV SFX. Part XV: Brick Price – The Model Man. In: «Starlog» Nr. 20. März. New York 1979.

David Houston: David Garber and Wayne Smith, Directors at the New Special-Effects Facility of Universal Studios, Reveal the Hectic History of The Space Battle Nobody Saw: ‹Buck Rogers› Versus ‹Battlestar Galactica›. In: «Starlog» Nr. 27. Oktober. New York 1979.

David Houston: Man of Light & Vision. Ralph McQuarrie (Interview). In: «Starlog» Nr. 17. Oktober. New York 1978.

David Houston: The Model Makers at Magicam. In: «Starlog» Nr. 27. Oktober. New York 1979.

David Houston: Don Post Studios. The Second Generation. In: «Starlog» Nr. 28. November. New York 1979.

David Houston: Miklos Rozsa. A Master of Film Music Discusses his Scores for Fantasy and Science Fiction. In: «Starlog» Nr. 31. Februar. New York 1980.

Penelope Houston: Glimpses of the Moon. In: «Sight and Sound» Nr. 4. April–Juni. London 1953.

Penelope Houston: Red Planet Mars. In: «Sight and Sound» Nr. 2. Oktober–Dezember. London 1952.

Fereydoun Hoveyda: L'anticipation cinématographique suivi 50 ans de S. F. au cinéma. In: «Bizarre» Nr. 1. Paris 1953.

Fereydoun Hoveyda: La science fiction à l'ère des spoutniks. In: «Cahiers du Cinéma» Nr. 80. Februar. Paris 1958.

Ted Michael Hruschak/Richard Meyers: Lost in Space Lives. Lost in Space Complete Episode Guide. In: «Starlog» Nr. 21. April. New York 1979.

David Hutchison: The Magical Techniques of Movie & TV SFX. Part XII: Explosions for Miniatures. Part XIII: Hollywood Halloween. In: «Starlog» Nr. 17. Oktober. Nr. 18. Dezember. New York 1978.

David Hutchison: SFX Special Effects. Part XVIII: Careers, Chapter 2: Brick Price, Charles Cirino. Part XXI: The Special Effects Supervisor: Brian Johnson and Nick Allder on Alien. Part XXV: Undersea With Harper Goff. In: «Starlog» Nr. 23. Juni Nr. 27. Oktober/ Nr. 31. Februar. New York 1979/1980.

David Hutchison: Re-Making ‹Rocketship X-M›. In: «Cinemagic» Nr. 1. New York 1979.

Neil D. Isaacs: Unstuck in Time. Clockwork Orange and Slaughterhouse-Five. In: «Literature/Film Quarterly» Nr. 4. April. Salisbury 1973.

Philip Jenkinson: Camera Magic. In: «Film» Nr. 54. Frühjahr. London 1969.

Paul Jensen: H. G. Wells on the Screen. In: «Films in Review» Nr. 9. November. New York 1967.

Dennis S. Johnson: The Five Faces of George Pal. In: «Cinefantastique» Nr. 4. Herbst. Oak Park 1971.

Thomas A. Johnson: Exclusive Interview: John Dyckstra. Supervisor of Miniatures and Special Photographic Effects for the Space Fantasy Epic – Star Wars. In: «Fantasy Film Journal» Nr. 1. Winter. Memphis 1977/78.

Preston Neal Jones: Star Trek The Motion Picture (Interviews mit Robert Wise, Harold Livingston, DeForest Kelley, Harold Michelson, Walter Koenig, Lee Cole, Persis Khambatta). In: «Cinefantastique» Nr. 2. Winter. Oak Park 1979.

Rolando Jotti: Un futuro che ci riguarda. In: «Cinema Domani» Nr. 8. März–April. Torino 1963.

Pierre Jouvet: Dossier: Les monstres. Les monstres dans la salle. In: «Cinématographe» Nr. 18. April–Mai. Paris 1976.

Fernand Jung: Materialien zum Phantastischen Film. In: «Science Fiction Times» Nr. 127/Nr. 130. Bremerhaven 1972/1973.

Joe Kane: Mushroom Monsters or: The Day the World Ended. In: «The Monster Times» Nr. 1. Januar. Nr. 3. März. New York 1972.

Joe Kane: Nuclear Films. In: «Take One» Vol. 2. Nr. 6. Montreal 1969.

Pierre Kast/Boris Vian/André-S. Labarthe: Entretien autour de la science fiction. In: «L'Ecran» Nr. 1. Januar. Paris 1958.

Bruce F. Kawin: Peter Watkins: Cameraman at World's End. In: «The Journal of Popular Film» Nr. 3. Sommer. Bowling Green 1973.

Bill Kelley: Jack is Back! Jack Arnold. In: «Cinefantastique» Nr. 2. Sommer. Oak Park 1975.

Roy Kinnard: The Robot Report. Part III: The Science Fictional 50's. In: «Fantastic Films» Nr. 14 (Vol. 2. Nr. 8). Februar. Chicago 1980.

Nigel Kneale: Not Quite so Intimate. In: «Sight and Sound» Nr. 2. Frühjahr. London 1959.

Manfred Knorr: Vor dem Krieg der Sterne. Unheimliche Begegnungen im Science Fiction Film. In: «Vampir» Nr. 16. März. Nr. 17. Juli. Nürnberg 1979.

Stanley Kubrick: Dr. Seltsam oder wie ich lernte, die Bombe zu lieben (Drehbuch). In «Film» Nr. 8. Juni–Juli. München 1964.

Stanley Kubrick: 2001: L'Odyssee de L'Espace (Drehbuch). In: «L'Avant-Scène du Cinéma» Nr. 231/232. Juli. Paris 1979.
Wolfgang Kühn: Katastrophen-Filme. In: «Vampir» Nr. 10. Nürnberg 1975.
Arnold P. Kunert: Interview With Ray Bradbury. In: «Take One» Vol. 3. Nr. 11. Mai–Juni. Montreal 1972.
Ado Kyrou: La science et la fiction. In: «Positif» Nr. 24. Mai. Paris 1957.
Pierre Lachat: Reise ans Ende des Denkbaren. Zu ‹2001 – A Space Odyssey›. Eine unnötig forcierte Interpretation. In: «Cinema» Nr. 60 (Vol. 15. Nr. 4). Januar. Adliswil 1970.
Roland Lacourbe: Le cinéma de science-fiction existe-t-il? In: «Ecran» Nr. 60. Juli. Paris 1977.
Roland Lacourbe: Les visages de l'impossible. In: «Cinéma 69» Nr. 132. Januar. Paris 1969.
René Laloux/Roland Topor: La Planète Sauvage (Drehbuch). In: «L'Avant-Scène du Cinéma» Nr. 149/150. Paris 1974.
Larry N. Landrum: Bibliography. A Checklist of Materials about Science Fiction Films of the 1950s. In: «The Journal of Popular Film» Nr. 1. Winter. Bowling Green 1972.
Ernest Larsen: King Kong Meets Exxon. In: «Jump Cut» Nr. 16. November. Chicago 1977.
Alain LeBris: Connaissance de Ray Harryhausen. In: «Midi-Minuit Fantastique» Nr. 6. Juni. Paris 1963.
A. LeGacy: The Invasion of the Body Snatchers: A Metaphor for the Fifties. In: «Literature/Film Quarterly» Nr. 3. Sommer. Salisbury 1978.
Gérard Lenne: Trois «genres» sexistes? La femme dans le western, le cinéma fantastique, le film érotique. In: «Ecran» Nr. 28. August–September. Paris 1974.
Roland Lethem: Entretien avec Karel Zeman. In: «Midi-Minuit Fantastique» Nr. 15/16. Dezember–Januar. Paris 1966/67.
Boris Leven: Designing The Andromeda Strain. In: «Making Films in New York» Nr. 2. April. New York 1971.
Barbara Lewis: Ray Bradbury. The Martian Chronicler (Interview). In: «Starlog» Nr. 25. August. New York 1979.
Roberto Leydi: Fantascienza nel film. Quando i mondi si scontrano nei cassetti della Paramount. In: «Cinema Nuovo» Nr. 21/22. Torino 1953.
Herb A. Lightman: The Cameraman Becomes the «Star» of ‹Fantastic Voyage›. In: «American Cinematographer» Nr. 2. Februar. Hollywood 1966.
Herb A. Lightman: Filming ‹Planet of the Apes›. In: «American Cinematographer» Nr. 4. April. Hollywood 1968.
Herb A. Lightman: Filming 2001 – A Space Odyssey. In: «American Cinematographer» Nr. 6. Juni. Hollywood 1968.
Charles Loring: The Cinema Workshop. Part 12: Special Effects. Part 13: Camera Tricks. In: «American Cinematographer» Nr. 6. Juni. Nr. 7. Juli. Hollywood 1947.
Jean Loth: Le fantastique érotique ou l'orgasme qui fait peur. In: «Cinéma 57» Nr. 20. Juli–August. Paris 1957.
Gene Lourie: A Background to Horror. In: «Films and Filming» Nr. 5. Februar. London 1960.
Peter MacDonald: Geoffrey Unsworth, BSC and the Photography of ‹Superman›.

In: «American Cinematographer» Nr. 1. Januar. Hollywood 1979.

Ugo Malaguti: Fantascienza cinema e televisione. In: «Cinema Domani» Nr. 9. Mai–Juni. Torino 1963.

Paul Mandell: Animator: Lee Howard (Interview). In: «Closeup» Nr. 2. Little Neck 1976.

Paul Mandell/David Prestone: Animator: Don Shalin (Interview). In: «Closeup» Nr. 2. Little Neck 1976.

Paul R. Mandell: Anything God Can Do, John Can Do Better. In: «Photon» Nr. 25. New York 1975.

Paul Mandell: The Magical Techniques of Movie & TV SFX. Part XIV: The Mothership. Part XVII: Model Animation: From Home to Hollywood. Part XIX: Careers, Chapter 3: Frank van der Veer, Susan Turner. In: «Starlog» Nr. 19. Februar/Nr. 22. Mai/Nr. 25. August. New York 1979.

Paul Mandell/Mick Garris/Mike Childs/Alan Jones/Carl Macek: Making Star Wars (Interviews mit John Dykstra, Richard Edlund, Adam Beckett, Dennis Muren, Ken Ralston, Robert Blalack, John Stears, Rick Baker, Doug Beswick, Laine Liska, Jon Berg, Phil Tippett, Ben Burtt, Joseph Johnston, Ralph McQuarrie, Grant McCune, Dave Jones, Joe Viskocil, Gary Kurtz). In: «Cinefantastique» Vol. 6. Nr. 4–Vol. 7. Nr. 1. Frühjahr. Oak Park 1978.

Paul Mandell: Of Beasts and Behemoths. The Fantastic Films of Eugene Lourie. In: «Fantastic Films» Nr. 14 (Vol. 2. Nr. 8). Februar. Chicago 1980.

Paul Mandell: Preproducing The Primevals or: Whatever Happened to Raiders of the Stone Ring. In: «Cinefantastique» Nr. 1. Winter. Oak Park 1978.

James M. Martin: The Best of all Impossible Worlds. Little Known and Unsung, the Special Effects Craftsmen Destroy and Re-Create the World. In: «American Film» Nr. 5. März. Washington 1976.

Marcel Martin: Conscience-fiction. In: «Cinéma 66» Nr. 106. Mai. Paris 1966.

David M. Massaro: King Kong Unchained. Willis O'Brien, the Philippe Pinel of the Mind. In: «Closeup» Nr. 3. Little Neck 1977.

Paul Mayersberg: Contamination. In: «Movie» Nr. 9. Mai. London 1963.

Judith Mayne: ‹King Kong› and the Ideology of Spectacle. In: «Quarterly Review of Film Studies» Nr. 4. November. Pleasantville 1976.

Derek Meddings: Superman and Bond Effects Technician Speak. In: «Starburst» Nr. 11. London 1979.

Jürgen Menningen: Mythos und Kolportage. Erscheinungsformen des amerikanischen Science-fiction-Films. In: «Filmstudio» Nr. 54. Frankfurt 1967.

Ray Mercer: Monsters and Miniatures. In: «American Cinematographer» Nr. 12. Dezember. Hollywood 1959.

Richard Meyers: Return of the Video Superheroes. In: «Starlog» Nr. 17. Oktober. New York 1978.

J. Blake Mitchell/James Ferguson: The Star Trek Costumes. Interview With Bob Fletcher Costume Designer. In: «Fantastic Films» Nr. 14 (Vol. 2. Nr. 8). Februar. Chicago 1980.

Steve Mitchell: The Designing of Star Trek The Motion Picture. An Exclusive Interview With Harold Michelson, Star Trek Art Designer. In: «Fantastic Films» Nr. 14 (Vol. 2. Nr. 8). Februar. Chicago 1980.

Steve Mitchell: Directing ‹The Black Hole›. In: «Fantastic Films» Nr. 14 (Vol. 2. Nr. 8). Februar. Chicago 1980.

Alain Mitjaville: Le monstre. In: «Cahiers de la Cinémathèque» Nr. 7. Sommer. Perpignan 1972.

Dario Mogno: Trieste: Il primo festival dalla fantascienza. In: «Bianco e Nero» Nr. 7. Juli–August. Roma 1963.

Francisco Montaner: Los insectos gigantes. Filmografia. In: «Terror Fantastic» Nr. 17. Februar. Barcelona 1973.

Francisco Montaner: La S. F. en el cine español. Filmografia de la S. F. española. In: «Terror Fantastic» Nr. 16. Januar. Barcelona 1973.

Francisco Montaner: Los simios. Filmografia. In: «Terror Fantastic» Nr. 18. März. Barcelona 1973.

P. Mora: Disaster Films. In: «Cinema Papers» März–April. Richmond 1975.

Edgar Morin: «Pianeta Proibito» e il cinema galattico. In: «Cinema Domani» Nr. 4/5. Juli–Oktober. Torino 1962.

Ellen M. Mortimer: Doctor Who. Britain's Time Traveller Arrives in the Colonies. Doctor Who Episode Guide. In: «Starlog» Nr. 23. Juni. New York 1979.

Brian Murphy: Monster Movies. They Came From Beneath the Fifties. In: «The Journal of Popular Film» Nr. 1. Winter. Bowling Green 1972.

Brian Shelly Nasimok: Godzilla. The Monster Behind the Myth. In: «Take One» Vol. 3. Nr. 7. September–Oktober. Montreal 1971.

Jerry Neeley: An Exclusive Interview With Rick Baker, Creator of Star Wars Aliens. In: «Fantastic Films» Nr. 1. April. Chicago 1978.

Jerry Neeley: An Interview With Kirk Alyn. From Broadway Hoofer to 2,288 Starurdays as Superman. In: «Fantastic Films» Nr. 3. August. Chicago 1978.

Michel Nuridsany: Eve Future. La femme robot. In: «Midi-Minuit Fantastique» Nr. 2. Juli–August. Paris 1962.

Vicky O'Hara: «Let the Wookie Win!» or ... Animating the Star Wars «Chess» Sequence. In: «Fantastic Films» Nr. 1. April. Chicago 1978.

Dannis Peary: Political Attitudes in American Science Fiction Films. In: «The Velvet Light Trap» Nr. 4. Frühjahr. Madison 1972.

Roy Pickard: The Future ... a Slight Return. In: «Films and Filming» Nr. 10. Juli. London 1971.

P. Pitiot/M. Romejon/H. Talvat: Généalogie. In: «Cahiers de la Cinémathèque» Nr. 7. Sommer. Perpignan 1972.

René Predal: Le fantastique à l'assaut du cinéma français. In: «Cinéma» Nr. 195. Februar. Paris 1975.

René Predal: Fantastique et science-fiction dans le cinéma japanois. In: «La Révue du Cinéma Image et Son» Nr. 222. Dezember. Paris 1968.

René Predal: Nouveaux courants dans la science-fiction américaine. In: «Jeune Cinéma» Nr. 86. April. Paris 1975.

David Prestone: King Kong Uncensored. In: «Closeup» Nr. 3. Little Neck 1977.

Franco Prono: La comode utopie della repressione completa. In: «Cinema Nuovo» Mai–Juni. Torino 1974.

Jean-Pierre Putters: Godzilla. Godzilla, King of the Monsters. Les films de «Godzilla». In: «Mad Movies Ciné-Fantastique» Nr. 14. Champigny 1976.

Jean-Pierre Putters/Gilles Gressard: Les grands themes de la SF dans les années cinquante américaines. Les robots. Les savants fous. Les films-catastrophe. Les insectes géants. Les monstres. Les invahisseurs. In: «Mad Movies Ciné-Fantastique» Nr. 13. Oktober. Champigny 1976.

Jean-Pierre Putters: La SF américaine dans le cinéma des années cinquante. Filmographie. In: «Mad Movies Ciné-Fantastique» Nr. 12. März. Champigny 1976.

Tino Ranieri: Trieste: Rassegna utile con qualche incertezza. In: «Bianco e Nero» Oktober–November. Roma 1965.

Craig Reardon: A Conversation With Rick Baker. King Kong Uncrowned. In: «Closeup» Nr. 3. Little Neck 1977.

Alain Resnais/Jacques Sternberg: Je T'Aime – Je T'Aime (Drehbuch). In: «L'Avant-Scène du Cinéma» Nr. 91. Paris 1969.

Donald Richie: Inoshiro Honda. In: «Midi-Minuit Fantastique» Nr. 20. Oktober. Paris 1968.

Donald Richie: The Unexceptional Japanese Film. In: «Films in Review» Nr. 6. Juni–Juli. New York 1955.

Ivor Rogers: Redemption of Physical Reality in Science Fiction Films. In: «Extrapolation» Nr. 2. Mai. Wooster 1972.

Jean-Claude Romer: Bert I. Gordon. In: «Midi-Minuit Fantastique» Nr. 22. Sommer. Paris 1970.

Art Ross: A Genealogy of Sci-Fi Films Great and Small. In: «Making Films in New York» Nr. 5. Oktober. New York 1975.

Christian Rost: Affen im Kino. In: «Science Fiction Times» Nr. 145. August. Bremerhaven 1978.

Lane Roth: Metropolis, The Lights Fantastic: Semiotic Analysis of Lighting Codes in Relation to Character and People. In: «Literature/Film Quarterly» Nr. 4. Herbst. Salisbury 1978.

Steve Rubin: Retrospect. The Day the Earth Stood Still. In: «Cinefantastique» Nr. 4. Winter. Oak Park 1975/76.

Steve Rubin: Retrospect. Forbidden Planet. In: «Cinefantastique» Nr. 1. Frühjahr. Oak Park 1975.

Steve Rubin: Retrospect. Them! In: «Cinefantastique» Nr. 3. Winter. Oak Park 1973.

Steve Rubin: The War of the Worlds. In: «Cinefantastique» Nr. 4. Frühjahr. Oak Park 1977.

Jacques Sadoul: Du livre au film. In: «Cinématographe» Nr. 12. März–April. Paris 1975.

Paul M. Sammon: The Black Hole. Executive Producer Ron Miller and Director Gary Nelson Talk About Disney's Science Fiction Gamble. In: «Cinefantastique» Nr. 2. Winter. Oak Park 1979.

Paul Sammon: Richard Matheson Master of Fantasy. In: «Fangoria» Nr. 3. New York 1979.

Andrew Sarris: Film Fantasies, Left and Right. In: «Film Culture» Nr. 34. Herbst. New York 1964.

Golda Savage: Producing ‹Battle Star Galactica› With a Galaxy of Special Effects Experts. In: «Millimeter» Nr. 9. September. New York 1978.

Dan Scapperotti: Oriental Fantasy From Daiei. In: «Cinefantastique» Nr. 3. Sommer. Oak Park 1971.

Dan Scapperotti: Sinbad and the Eye of the Tiger. Ray Harryhausen Interview. In: «Cinefantastique» Nr. 2. Herbst. Oak Park 1977.

Dan Scapperotti: Douglas Trumbull (Interview). In: «Cinefantastique» Vol. 6.

Nr. 4–Vol. 7. Nr. 1. Frühjahr. Oak Park 1978.
Peter Schepelern: Katastrofefilm og Filmkatastrofer. In: «Kosmorama» Nr. 126. Sommer. København 1975.
Peter Schepelern: Science Fiction – en Genre beskrivelse. En Kronologisk Filmografi over Science Fiction Film. In: «Kosmorama» Nr. 135. København 1977.
Alain Schlokoff: Horror Movies from Japan. In: «Cinéma d'aujourd'hui» Nr. 3. Sommer. Paris 1975.
Alain Schlokoff: Rencontre à Hollywood avec Eugène Lourié. In: «Cinéma d'aujourd'hui» Nr. 7. Frühjahr. Paris 1976.
Charles Schneer: The Sky is not the Limit. In: «Films Illustrated» Nr. 75. November. London 1977.
Schoedsack Tells of Making Dr. Cyclops. In: «American Cinematographer» Nr. 4. April. Hollywood 1940.
Patrick Schupp: L'évolution des films fantastique et de science-fiction depuis 1960. In: «Séquences» Nr. 80. April/Nr. 83. Januar Nr. 86. Oktober/Nr. 87. Januar. Montreal 1975/1976/1977.
Nancy Schwartz: THX 1138 vs. Metropolis. The New Politics of Science Fiction Films. In: «The Velvet Light Trap» Nr. 4. Frühjahr. Madison 1972.
Ridley Scott: The Filming Of ‹Alien›. In: «American Cinematographer» Nr. 8. August. Hollywood 1979.
Georg Seeßlen/Claudius Weill: Affen im Kino. In: «Science Fiction Times» Nr. 143. September. Bremerhaven 1977.
Louis Seguin: Pour un catalogue du fantastique. In: «Cinéma 56» Nr. 7. November. Paris 1955.
Michael Seymour: Out-of-this-World Production Design. In: «American Cinematographer» Nr. 8. August. Hollywood 1979.
Jack G. Shaheen: The War Game Revisited. In: «The Journal of Popular Film» Nr. 4. Herbst. Bowling Green 1972.
Don Shay: Close Encounters at Future General. Interviews With Douglas Trumbull and his Future General Effects Staff. In: «Cinefantastique» Vol. 7. Nr. 3/4. Herbst. Oak Park 1978.
Don Shay: Close Encounters Extraterrestrials. Don Shay Interviews Alien Creators Carlo Rambaldi, Tom Burman, Bob Baker and Others. In: «Cinefantastique» Nr. 3/4. Herbst. Oak Park 1978.
Don Shay: Richard Donner on Superman. The Director of Steel Bends Producers in his Bare Hands. In: «Cinefantastique» Nr. 4. Sommer. Oak Park 1979.
Don Shay: Charlton Heston Talks About Science Fiction. In: «Fantastic Films» Nr. 14 (Vol. 2. Nr. 8). Februar. Chicago 1980.
Don Shay: Willis O'Brien. Creator of the Impossible. In: «Focus on Film» Nr. 16. Herbst. London 1973.
Don Shay: Star Trek. The Motion Picure. In: «Cinefantastique» Nr. 2/3. Frühjahr. Oak Park 1979.
Viktor Sidler: Science Fiction und Utopie. In: «Cinema» Nr. 60 (Vol. 15. Nr. 4). Januar. Adliswil 1970.
Horst Dieter Sihler: Magere utopische Ausbeute. Zehn Jahre Science-fiction-Filmfestival in Trieste. In: «Frankfurter Allgemeine Zeitung» vom 1. August. Frankfurt 1973.
Robert Skotak/Scot Holton: Invaders from Mars. In: «Fantascene» Nr. 4. West-

land 1978.
Robert Skotak: Dennis Muren (Interview). In: «Fantascene» Nr. 4. Westland 1978.
Vivian Sobchack: The Alien Landscapes of the Planet Earth. In: «The Film Journal» Nr. 6 (Vol. 2. Nr. 3). Hollins College 1974.
Don Siegel: L'invasion des profanateurs de sépultures (Drehbuch). In: «L'Avant-Scène du Cinéma» Nr. 231/232. Juli. Paris 1979.
Susan Sontag: The Imagination of Disaster. In: «Commentary» Nr. 4. Oktober. New York 1965.
Michael Stein: The Robot Report. Part I: The Silent Robot. Part II: The Clanking Cliffhangers. In: «Fantastic Films» Nr. 12 (Vol. 2. Nr. 6). November/Nr. 13 (Vol. 2. Nr. 7). Januar. Chicago 1979/1980.
Jacques Sternberg: Je t'aime, je t'aime. Avant propos à propos d'un scénario. In: «Midi-Minuit Fantastique» Nr. 20. Oktober. Paris 1968.
Philip Strick: Science Fiction at Triest. In: «Films and Filming» Nr. 2. November. London 1971.
Jim Sulski: An Exclusive Interview With Larry «Buster» Crabbe. In: «Fantastic Films» Nr. 6. Februar. Chicago 1979.
Ed Sunden II: An Exclusive Interview With Ron Cobb. In: «Fantastic Films» Nr. 9 (Vol. 2. Nr. 3). Juli. Chicago 1979.
Ed Sunden II: Dan O'Bannon on Alien. Alien Screenplay Writer Speaks his Mind. In: «Fantastic Films» Nr. 10 (Vol. 2. Nr. 4). September. Chicago 1979.
G. J. Svehla: The American SF Mythos. In: «Gore Creatures» Nr. 24. Oktober. Baltimore 1975.
Neesa Sweet: ... Animating the Death Star Trench ... In: «Fantastic Films» Nr. 1. April. Chicago 1978.
Steve Swires: Filming the Fantastic. Steven Spielberg (Interview). In: «Starlog» Nr. 17. Oktober. New York 1978.
Steve Swires: I Have no Wings and I Must Fly. The Dangerous Visions of Harlan Ellison. In: «Take One» Vol. 5. Nr. 4. Oktober. Montreal 1976.
G. Talon: Pour un fantastique populaire. In: «Cahiers de la Cinémathèque» Nr. 7. Sommer. Perpignan 1972.
H. Talvat: Évolution du langage critique. In: «Cahiers de la Cinémathèque» Nr. 7. Sommer. Perpignan 1972.
Jean-François Tarnowski: Approche et définition(s) du fantastique et de la science-fiction cinématographique. In: «Positif» Nr. 195/196. Juli–August. Paris 1977.
Jean-François Tarnowski: Les voies du silence («Silent Running» et le cinéma fantastique). In: «Positif» Nr. 177. Januar. Paris 1976.
Margaret Tarratt: Monsters from the Id. In: «Films and Filming» Nr. 3. Dezember/Nr. 4. Januar. London 1970/1971.
Al Taylor: Creatures Great and Small. The SF Films of Jack Arnold. The Master of Hollywood Horror Interviewed. In: «Fangoria» Nr. 3. New York 1979.
Al Taylor/David Hutchison: SFX Special Effects. Part XXII/XXIII: Les Bowie: The Father of British Special Effects. Filmography. In: «Starlog» Nr. 28. November. Nr. 29. Dezember. New York 1979.
Al Taylor: Eiji Tsuburaya. The Man Who Made Godzilla Famous. In: «Fantastic Films» Nr. 13 (Vol. 2. Nr. 7). Januar. Chicago 1980.

Jason Thomas: Robots in the Cinema. In: «The Monster Times» Nr. 36. Oktober. Nr. 37. Dezember. New York 1974.

Kenneth Thompson: Close Encounters of Various Kind. In: «Films Illustrated» Nr. 80. April. London 1978.

Jean-Paul Torek: H Pictures. In: «Positif» Nr. 39. Paris 1961.

Timothy Travers: The Shape of Things to Come: H. G. Wells and Radical Culture in the 1930's. In: «Film & History» Nr. 2. Mai. Newark 1976.

François Truffaut: Journal de ‹Fahrenheit 491›. In: «Cahiers du Cinéma Nr. 175–180. Februar–Juli. Paris 1966. Dtsch.: Tagebuch über ‹Fahrenheit 491›. In: «Film» Nr. 5–10. Mai–Oktober. Velber 1966.

Douglas Trumbull: Creating Special Effects for 2001 – A Space Odyssey. In: «American Cinematographer» Nr. 6. Juni. Hollywood 1968.

Douglas Trumbull: Creating the Photographic Special Effects for Close Encounters of the Third Kind. In: «American Cinematographer» Nr. 1. Januar. Hollywood 1978.

Douglas Trumbull: Creating the Title-Role Villain for The Andromeda Strain. The Mechanics and Electronics of Spawning a Killer Micro-Organism from Outer Space. In: «American Cinematographer» Nr. 5. Mai. Hollywood 1971.

Glenn H. Turner: Animation With Puppets. In: «American Cinematographer» Nr. 11. November. Hollywood 1951.

Wm. Blake Tyrell: Star Trek as Myth and Television as Mythmaker. In: «Journal of Popular Culture» Nr. 4. Frühjahr. Bowling Green 1977.

Adolf Urban: Nel cosmo umano. In: «Filmcritica» Nr. 244. April. Roma 1974.

Tise Vahimagi: Fantastic Cliffhangers. In: «Starburst» Nr. 14 (Vol. 2. Nr. 2). Nr. 15 (Vol. 2. Nr. 3). London 1979.

Tise Vahimagi: Invasion of the Space Turkeys or ... The Attack of That, It, Them, Those, Lost Giant 50ft Hell Crab Monster Blob Creatures from Outer Space – on $ 35 a Day! In: «Starburst» Nr. 9. London 1979.

Tise Vahimagi: Mechanical Men of the Movies. In: «Starburst» Nr. 7. März. London 1979.

Tise Vahimagi: Science Fiction on Television. In: «Starburst» Nr. 16 (Vol. 2. Nr. 4). November. Nr. 17 (Vol. 2. Nr. 5). Dezember. London 1979.

Tise Vahimagi: They Came From Outer Space. In: «Starburst» Nr. 10. London 1979.

Tise Vahimagi: The Thing from Another World. In: «Starburst» Nr. 12. London 1979.

Stan Vanderbeek: On ‹Science Fiction›. In: «Film Culture» Nr. 22/23. Sommer. New York 1961.

Derek Vanlint: ‹Alien› and its Photographic Challenges. In: «American Cinematographer» Nr. 8. August. Hollywood 1979.

Monique Vernhes: Enquête. Alain Resnais, Pierre Boulle, Robert Kanters, Carlos Vilardebo, Alain Dorémieux, Anatole Dauman, Georges Bardawill. In: «Cinéma 66» Nr. 106. Mai. Paris 1966.

Antonio Vilella: El bestiaro pop japones. In: «Terror Fantastic» Nr. 25. Oktober. Barcelona 1973.

Frédéric Vitoux: Science fiction litérature et cinéma. In: «Midi-Minuit Fantastique» Nr. 22. Sommer. Paris 1970.

Ornella Volta: Mario Bava habla para Terror Fantastic. In: «Terror Fantastic»

Nr. 3. Dezember. Barcelona 1971.

Ornella Volta: Petit bilan du cinéma fantastique. In: «Positif» Nr. 138. Mai. Paris 1972.

Kenneth Walker: Building Your Spaceship. A Detailed Step-by-Step Case History. In: «Cinemagic» Nr. 2. New York 1979.

Kraft Wetzel: Vom Himmel hoch da komm ich her ... 2001: Odyssee im Weltraum und Solaris. In: «Kino» Nr. 15. Juni–Juli. Berlin 1974.

Lawrence Wharton: Godzilla to Latitude Zero: The Cycle of the Technological Monster. In: «The Journal of Popular Film» Nr. 1. Winter. Bowling Green 1974.

John Whitney: Creating the Special Effects for ‹Westworld›. In: «American Cinematographer» Nr. 11. November. Hollywood 1973.

Steven S. Wilson: Planet of Dinosaurs. Making Dimensional Animation Effects Economical. In: «Cinefantastique» Nr. 4. Sommer. Oak Park 1979.

Dale Winogura: The Auteur in Science Fiction. In: «Photon» Nr. 24. New York 1974.

Dale Winogura: Dialogues on Apes, Apes, and More Apes. In: «Cinefantastique» Nr. 2. Sommer. Oak Park 1972.

Mark Wolf: Sinbad and the Eye of the Tiger. The Special Visual Effects. In: «Cinefantastique» Nr. 2. Herbst. Oak Park 1977.

Mark Wolf: Stop Frame. The History and Technique of Fantasy Film Animation. In: «Cinefantastique» Nr. 2. Winter/Nr. 1. Frühjahr. Oak Park 1971/1972.

Gary K. Wolfe: Dr. Strangelove, Red Alert and Patterns of Paranoia in the 1950's. In: «The Journal of Popular Film» Nr. 1. Bowling Green 1976.

Denis Wood: The Stars in our Hearts – a Critical Commentary on George Lucas' Star Wars. In: «The Journal of Popular Film» Nr. 3. Bowling Green 1979.

Michael Wood: Kiss Tomorrow Hello. In: «American Film» Nr. 6. April. Washington 1977.

Chris Wordsworth: How They Made Superman F-l-y! Interview With Zoran Perisic. In: «Film Making» Nr. 6. Juni. London 1979.

Piero Zanotto: Il film terrifico e galattico. In: «Centrofilm» Nr. 27/28. November–Dezember. Torino 1961.

Elio Zarmati: George Pal. Producing Special Effects Features – Without Special Budgets. In: «Millimeter» Nr. 2. Februar. New York 1978.

Jacques Zimmer: L'homme retréci. In: «La Révue du Cinéma Image et Son» Nr. 319. September. Paris 1977.

Howard Zimmerman: The First Men in the Moon. Moon Movies. In: «Starlog» Nr. 26. September. New York 1979.

Vilmos Zsigmond: Lights! Camera! Action! For «CE3K». In: «American Cinematographer» Nr. 1. Januar. Hollywood 1978.

V. Zuravleva/G. Al'tov: Ekran, otkrytyj v buduščee. In: «Iskusstvo Kino» Nr. 2. Februar. Moskva 1965.

# Register der Filmtitel

*Kursive Seitenzahlen verweisen auf Abbildungen*

# Personenregister

Das Register bezieht sich auf den Text. Nicht aufgenommen wurden die Namen aus der Filmografie.
*Kursive Seitenzahlen verweisen auf Abbildungen.*